CRIME SCENE
FICTION

KEEP IT IN THE FAMILY
Text copyright © 2022 by John Marrs.

This edition is made possible under a license arrangement originating with Amazon Publishing, www.apub.com, in collaboration with Sandra Bruna Agencia Literaria

Este livro é uma obra de ficção. Nomes, personagens, locais e eventos são frutos da imaginação do autor ou usados meramente no âmbito ficcional. Qualquer semelhança a pessoais reais, vivas ou mortas, empresas, eventos ou localidades não passa de uma coincidência.

Imagens ©Adobe Stock

Tradução para a língua portuguesa
© Vinícius Loureiro, 2025

Diretor Editorial
Christiano Menezes

Diretor de Novos Negócios
Chico de Assis

Diretor de Planejamento
Marcel Souto Maior

Diretor Comercial
Gilberto Capelo

Diretora de Estratégia Editorial
Raquel Moritz

Gerente de Marca
Arthur Moraes

Gerente Editorial
Bruno Dorigatti

Editor
Paulo Raviere

Editor Assistente
Lucio Medeiros

Capa e Projeto Gráfico
Retina 78

Coordenador de Diagramação
Sergio Chaves

Designer Assistente
Jefferson Cortinove

Preparação
Fabiano Calixto

Revisão
Igor de Albuquerque
Vinicius Tomazinho

Finalização
Roberto Geronimo

Marketing Estratégico
Ag. Mandíbula

Impressão e Acabamento
Ipsis Gráfica

DADOS INTERNACIONAIS DE CATALOGAÇÃO NA PUBLICAÇÃO (CIP)
Jéssica de Oliveira Molinari CRB-8/9852

Marrs, John
  Tudo em família / John Marrs ; tradução de Vinícius Loureiro. --
Rio de Janeiro : DarkSide Books, 2025.
  352 p.

  ISBN: 978-65-5598-510-8
  Título original: Keep it in the family

  1. Ficção inglesa 2. Suspense I. Título II. Loureiro, Vinícius

25-0895   CDD 823

Índice para catálogo sistemático:
1. Ficção inglesa

[2025]
Todos os direitos desta edição reservados à
DarkSide® Entretenimento LTDA.
Rua General Roca, 935/504 — Tijuca
20521-071 — Rio de Janeiro — RJ — Brasil
www.darksidebooks.com

TUDO EM FAMÍLIA

JOHN MARRS

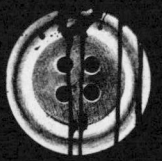

TRADUÇÃO
VINÍCIUS LOUREIRO

DARKSIDE

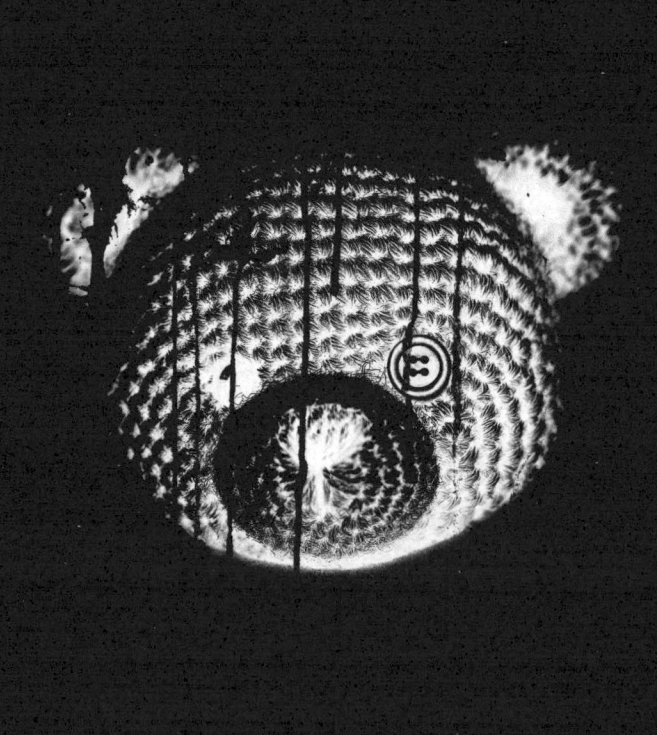

JOHN MARRS
TUDO EM FAMÍLIA

PRÓLOGO
TRINTA E NOVE ANOS ANTES

Reúno coragem para dar o primeiro passo e começar a subir a escada. Conheço bem este caminho, por isso desvio de todas as tábuas que rangem.

Mantendo a distância de um braço da porta da qual estava me aproximando, dobro meus joelhos e congelo quando eles estalam como galhos secos se quebrando. Se alguém tiver me ouvido e a maçaneta girar, é meu fim. Tal violação das regras poderia me colocar dentro do quarto da próxima vez.

Mesmo sabendo do risco, não posso evitar querer estar aqui, perto da ação.

Quando me convenço de que é seguro, deito todo o meu corpo diante da porta. Meu rosto quente pressionado contra as tábuas frias do assoalho até que enfim posso ouvi-lo. Sua voz está mais abafada e silenciosa do que pela manhã. Antes, ele estava batendo no chão com os punhos e os pés, seus gritos e pedidos para ser libertado ecoavam pelas paredes e pelo teto. Isso não durou muito, pois ele rapidamente ficou em silêncio quando subiram as escadas para confrontá-lo.

Agora, estou apertando os olhos com tanta força sob a abertura da porta que eles chegam a arder. Está ensolarado lá fora, mas sombrio aqui dentro, então as cortinas devem estar fechadas. Uma precaução inútil, pois nenhuma outra estrutura tem vista para cá. Do lado de fora, há apenas um jardim particular e murado, além de um modesto pomar de macieiras. Um quintal abandonado nos separa do vizinho mais próximo, que está a quatrocentos metros estrada acima.

Por fim, consigo distinguir um par de pés descalços. As solas dos pés estão arqueadas, mas não encostam no chão, então ele deve estar na ponta dos pés. É provável que esteja sendo mantido em pé pela corda presa ao gancho no teto. Eles devem ter afrouxado a mordaça, já que posso quase distinguir palavras como "casa" e "me soltem". Seu desespero vai encantá-los.

Ele não é o primeiro a ser pego nesta teia e não vai ser o último. A maioria implora por misericórdia, mas todos apenas perdem seu tempo. Não haverá mudança de ideia, porque nunca há. Ninguém sob este teto acredita em compaixão. A empatia é uma emoção inconcebível aqui.

Meus pensamentos se desviam dele para os outros. Eles têm uma parceria incompatível, mas foram feitos um para o outro. Apenas juntos podem ser seus verdadeiros *eus*. Lá fora, no mundo real, onde não têm controle sobre o que está a seu redor, são forçados a se adaptar e cumprir com as expectativas. São calmos e modestos, e espero que a maioria das pessoas se esqueça de quem são logo depois de cruzar o caminho deles. Eles se safam do que fazem se escondendo à vista de todos e sendo comuns. Ninguém vê neles o que eu vejo porque ninguém tem motivo para olhar. Só eu percebo o vazio em seus olhos.

Uma tosse seca no interior do cômodo traz de volta a atenção, rapidamente seguida por suspiros desesperados e sufocantes em busca de ar. Então, um raio de luz surge no interior, e minha visão anteriormente fragmentada faz sentido: ele está se equilibrando nas pontas das unhas dos pés. Mas, mesmo diante da certeza, ele não desiste. "Por favor", diz ofegante. "Não faça isso." Ele é mais persistente do que eu havia pensado.

Como os outros antes dele, atém-se à esperança de um milagre. Não percebe que, para eles, ele não é humano. Apenas um objeto qualquer, sem valor. E de fato não importa se você trata um objeto qualquer sem cuidado, porque, se ele quebrar, é facilmente substituído. É isso que vai acontecer com ele. Pode levar semanas ou meses, mas, no fim das contas, outro como ele vai aparecer. Sempre aparece alguém.

O farfalhar de um saco plástico me diz que terminaram de brincar com ele. Então, em uma única manobra rápida, seus pés deixam o chão e desaparecem para cima, como se os anjos o tivessem levado para o céu. Não levaram, é claro. Este é um lugar que até os anjos evitam. O som de uma batida violenta segue, acompanhado por mais gritos sussurrantes e abafados, antes que o cômodo fique em silêncio.

Agora, tudo o que resta é um fino véu de fumaça de cigarro escapando por baixo da porta.

É a minha deixa para sair. Levanto-me com o mesmo silêncio e lentidão com que vim, atravesso o corredor a passos suaves até chegar ao meu quarto e fecho a porta. Estou deitado na minha cama com um livro aberto nas mãos quando, logo depois, eles se aproximam da minha porta.

Ela é a primeira a falar, uma entonação cantada em sua voz. "Você pode sair agora." Ela só fica tão animada assim depois que termina. Quando não respondo, os passos param. Minha porta se abre lentamente, e ambos estão parados na porta. O cabelo dele está bagunçado, e há uma marca de batom vermelho escuro no pescoço. Ela tem a mesma expressão satisfeita de quando dá a primeira tragada em um cigarro. "Você me ouviu?", ela pergunta.

"Ouvi", respondo e mostro um sorriso dissimulado. "Desculpe."

Ela me contempla por um momento antes de seguirem em frente, deixando a porta entreaberta, e eu volto para o livro que não estou lendo.

Assim que tenho certeza de que voltaram ao térreo, minha curiosidade mórbida me incita a voltar para o quarto. Ela quer que eu olhe debaixo da porta outra vez e localize o corpo porque nunca vi o que fazem com eles quando não têm mais serventia. Mas imagino. Com muita frequência. No entanto, convenço-me a não ir. Não, penso, já abusei da minha sorte o suficiente por hoje e a recompensa não vale o risco ou a retribuição.

Não vai demorar muito até que este último desaparecimento se torne público. Pode permanecer nos jornais ou na televisão por alguns dias, ou até mesmo por uma semana. Então, algo mais novo e mais urgente vai substituí-lo. Todos, exceto a família, logo se esquecem de uma criança desaparecida. E eu. Eu me lembro de cada uma delas.

Porque sou a isca que as atrai até aqui.

PARTE I

*TRANSCRIÇÃO DA ENTREVISTA DA
ANGLIA TV NEWS COM KATE THURSTON,
HIGH STREET, STEWKBURY, BEDFORDSHIRE*

É o tipo de casa em que você não presta atenção, mesmo morando há anos na vila. Fica bem na periferia e é tão recoberta de vegetação que não é possível vê-la através das árvores e dos arbustos. A última vez que alguém viveu aqui foi há mais de trinta anos — um casal de idosos que acho que posteriormente passou a ser acompanhado por uma família jovem. Então, alguns anos depois, todos eles desapareceram do dia para a noite. Ninguém sabe por que ou para onde foram. De qualquer forma, eu nunca tinha visto ninguém entrar ou sair daqui até aquele novo casal chegar. Ficamos todos imaginando quem viveria em um lugar como esse. Nós pensamos que eles deviam ter carteiras abarrotadas e muito tempo para gastar.

JOHN MARRS
TUDO EM FAMÍLIA

CAPÍTULO 1
MIA, 2018

Sentados dentro da van de Finn, olhamos para a propriedade à nossa esquerda. Ele desliga o motor, e o silêncio é palpável. Nenhum de nós sabe o que dizer primeiro.

"Então", ele enfim começa, "esta vai ser a nossa casa?"

É como se ele quisesse que eu confirmasse informações que já sabe. Tento bolar algo tão entusiasmado quanto "Vamos ser tão felizes aqui" ou "Esta é a casa dos nossos sonhos", mas minha resposta é mais sucinta do que reconfortante. "É, sim", digo.

Ele responde com um aceno lento enquanto tenta compreender o que fizemos. Então, caímos em silêncio outra vez conforme a enormidade da tarefa diante de nós se assenta. Sinto-me enjoada.

Vejo de relance o resto da rua principal no retrovisor. Caminhamos e dirigimos por essas estradas um punhado de vezes ao longo do último ano, concordando que era exatamente o tipo de cidade pequena para a qual queríamos nos mudar. Nossos critérios eram simples: o lugar não poderia estar a mais de quinze minutos dirigindo do centro da cidade e da estação de trem, deveria ter lojas e um bar, não poderia ser muito negligenciado e tinha que ser cercado por uma abundância de longas estradas rurais para quando adotarmos aquele cachorro que estamos sempre prometendo a nós mesmos. Stewkbury preenchia todos os requisitos.

O único ponto de discordância — e era um dos grandes — era o preço das propriedades. Se você não quiser viver em um desses novos imóveis, todos idênticos, esteja preparado para pagar pelo privilégio. E nós não tínhamos esse dinheiro.

Nem Finn nem eu tínhamos notado essa casa vitoriana de dois andares e cinco quartos em nossas viagens anteriores. Ela só surgiu no nosso radar quando a criatura monstruosa que chamo de sogra a viu anunciada em um folheto de uma casa de leilões on-line. Ela e meu sogro iam fazer uma oferta para reformá-la, mas era perfeita para Finn e para mim. E, depois de algumas discussões, eles enfim — embora tenham relutado — concordaram em nos deixar fazer uma oferta por ela.

E, antes que percebêssemos, estávamos sentados em um salão cheio de correntes de ar, dando lances contra meia dúzia de estranhos.

Quando o leilão começou, os nós dos dedos de Finn estavam tão pálidos quanto o rosto. Era como se ele estivesse tendo uma premonição do que estava diante de nós. Quebrar e reconstruir esta casa ia pôr fim aos nossos fins de semana em hotéis refinados como um casal de anônimos, meus momentos de spa com as meninas, na sua liga de futebol de domingo de manhã com os rapazes, juntamente com shows e matrículas em academias superfaturadas. Adeus diversão; olá, trabalho duro.

A compra da casa não está sendo um processo fácil para nós. Quando nos casamos, cinco anos atrás, vendemos meu apartamento em Londres e nos mudamos para a casa conjugada de Finn em Leighton Buzzard. Mas os dois cômodos de baixo e os dois de cima não eram espaçosos o suficiente para começar uma família. Então, nós a vendemos e fomos morar com os pais dele, Dave e Debbie, enquanto esperávamos para encontrar um lugar. Nossa oferta por uma casa foi aceita quatro vezes, mas quatro vezes aumentaram o valor pedido ou os proprietários mudaram de ideia. Então, jogando a cautela às favas e sem sequer ver esta casa pessoalmente ou conferir as medidas, nos encontramos como os últimos restantes no leilão.

Agora, olho para Finn, seu olhar fixo na casa como se ele fosse um coelho sob as luzes de um holofote. Não posso deixá-lo saber que também tenho dúvidas. A minha próxima pergunta suscita críticas, mas a faço independentemente disso. "É melhor ou pior do que você achava?"

"É difícil dizer", afirma ele. Ele escolhe as palavras com cuidado. Quase posso ouvir as engrenagens em seu cérebro girando enquanto ele prioriza o trabalho necessário. Finn é do tipo pragmático e possui um talento natural para resolver problemas. Suponho que é isso que faz dele um bom encanador e um faz-tudo. Ele olha para um objeto e instintivamente sabe como funciona ou como consertar. Eu sou o oposto. Olho para alguma coisa, e ela desmorona.

"Mas você e seu pai vão fazer a maior parte do trabalho, não é?"

"Espero que sim."

Saímos da van. "Vamos entrar?" Enrolo minhas mãos ao redor de seu braço. Ele está tão tenso quanto um negociador de reféns.

Nós sempre fomos totalmente honestos um com o outro, mas hoje me contenho em compartilhar o que de fato estou pensando — que nós cometemos um erro gigantesco e estamos tão longe da nossa zona de conforto que não podemos sequer vê-la de onde estamos agora. Mas essa é a única maneira de conseguir o que queríamos — uma casa no campo por uma fração do preço, além de escapar de viver com seus pais. Ele pode ser próximo a eles, mas eu definitivamente não sou.

Este lugar pode ser bom para nós, digo a mim mesma. *Pode ser exatamente do que precisamos.*

Minha positividade dura enquanto o pensamento persiste. E, então, volto a sentir náuseas.

JOHN MARRS
TUDO EM FAMÍLIA

CAPÍTULO 2

FINN

Que merda acabamos de fazer? Que *merda é essa*? Meu coração está batendo em um ritmo frenético, e é tudo o que posso fazer para me impedir de deixar escapar como realmente me sinto para Mia.

Sempre dissemos que contaríamos a verdade um ao outro, por mais que isso pudesse magoar, mas, no que diz respeito a esta casa, eu engoli tudo. Desde o momento em que entramos naquela casa de leilão até quando pegamos as chaves há uma hora, meu instinto diz que estamos cometendo um grande erro. Nós enfiamos as economias da nossa vida em um imóvel que nem sequer vimos por dentro, e estou ficando estressado só de pensar em quanto dinheiro nosso ele vai drenar.

Eu só não pensei que iríamos em frente com isso. A regra de ouro é que, se mamãe adora, Mia vai odiar. Só que, desta vez, Mia realmente queria e não iria aceitar um não como resposta. Meus pais estavam planejando mudar tudo, e agora me sinto como lixo por tirar a oportunidade deles, porque eles de fato precisam de dinheiro.

Mesmo quando nosso lance mais alto foi aceito, ainda pensei que algo aconteceria no último instante. Mas agora estamos aqui, com as chaves na mão, nosso nome prestes a ser inserido na escritura. E estou me cagando como se tivesse tomado uma cartela de laxantes. Uma rápida vista de fora me diz que é ainda pior do que eu imaginava. Mas, pelo bem da Mia, tenho que agir como se tudo fosse dar certo. Já jogaram muita água no chope dela sem que eu colaborasse.

Talvez esteja interpretando mal minha esposa, mas algo me diz que ela não está tão interessada neste lugar quanto está deixando transparecer.

Quando está ansiosa ou entusiasmada com alguma coisa, mas não quer admitir, ela esfrega os polegares contra os dedos indicadores. Hoje, está movendo os dedos com tanta velocidade que corre o risco de soltar faíscas.

Mia atravessa a estrada primeiro; estou logo atrás. Ela abre um portão de metal enferrujado na altura da cintura, e vamos desbravando nosso caminho através de uma passagem tão recoberta de vegetação que é difícil ver onde o jardim termina e começa. "É como *Jumanji*", digo. "Estou quase esperando que Dwayne Johnson apareça em uma motocicleta." Minha piada entra por um ouvido e sai pelo outro.

A porta da frente e as janelas do piso térreo foram protegidas com chapas de metal, mas as janelas do primeiro andar ainda são visíveis. Algumas estão quebradas, talvez pelo tempo, pelo clima ou por vândalos, enquanto outras estão por um fio em suas estruturas apodrecidas. Eu nunca vi uma glicínia crescer tão alto — seu tronco é como o de uma pequena árvore e se estende até o telhado. Duas chaminés e grande parte da alvenaria ao redor da moldura da porta precisam ser refeitas, e as fachadas de madeira estão podres. Não precisa de uma reforma, tem que derrubar a coisa inteira e construir tudo do zero.

Só que não temos dinheiro para isso. O plano é fazer o máximo de trabalho que pudermos com nossas próprias mãos. Eu nunca diria isso em voz alta, mas graças a Deus os negócios do meu pai foram pelo ralo, porque, caso contrário, ele não teria o tempo que esta casa demanda. Faturas não pagas e a diminuição do trabalho o forçaram a fechar sua empresa de construção, então agora ele sobrevive de bicos e trabalhando para os outros. Ele não fala comigo sobre como é difícil para ele. Raramente falamos de algo importante.

Mia abre os cadeados da porta, e entramos. As janelas fechadas com tábuas escurecem o interior, então volto para a van para pegar algumas lanternas da caixa de ferramentas. Eu também começo a gravar no meu telefone para rever mais tarde, calculando o que priorizar.

"Você lembra há quanto tempo ela está vazia?", pergunto. "Acho que o leiloeiro disse quarenta e poucos anos."

A cozinha é o nosso primeiro ponto de parada. É composta de paredes com painéis de madeira e armários escondidos por meias cortinas ou portas. É tudo muito antiquado. A sala de jantar, a sala de estar, o banheiro e o saguão não são melhores, e seguimos o nosso caminho com cuidado até a escada, tendo a cautela de pisar nas laterais de cada degrau ou correr o risco de cair através de um miolo enfraquecido. Nós tomamos o mesmo cuidado com as tábuas do assoalho ao longo do patamar que leva aos cinco quartos. Sem relatório de condição ou análise de construção, poderíamos estar pisando, até onde sabíamos, em palitos de fósforo.

Mia anda à minha frente e abre a última porta. Dentro, há um quarto vazio contendo um gancho aparafusado no teto e uma corda presa a ele. Parece um laço ou algo assim, o que é uma coisa muito sombria para deixar para trás. Eu antecipo o que ela está pensando. "Tenho certeza de que é uma brincadeira de criança", afirmo, mesmo que não acredite necessariamente. Ela também não está convencida.

De volta ao andar de baixo, estou batendo nas paredes para descobrir quais são as estruturais e quais seremos capazes de derrubar para criar um ambiente aberto. Vai levar anos para conseguir deixar esta casa como queremos, mas é factível, eu admito.

"Fizemos a coisa certa, não fizemos?", Mia pergunta.

Enrolo meu braço em volta dos ombros dela. "O tempo vai dizer."

"Se isso deveria me confortar, é um esforço medíocre."

"Olha, não posso dizer de coração que isso vai dar certo para nós. Pode ser um desastre completo. Mas só podemos dar o nosso melhor e manter os dedos cruzados."

"Engraçado, era isso que eu ia dizer nos meus votos de casamento", ela brinca.

"Senhoras e senhores, minha esposa, a comediante", declaro sem emoção. "De qualquer forma, quem poderia acreditar que você e mamãe estavam lutando para colocar as mãos na mesma coisa?"

"Ela e eu fazemos isso desde que conheci você."

"Estava falando da casa. Vocês duas enfim têm algo em comum. Dizem que os homens se casam com a mãe."

"Vou lembrá-lo dessa comparação na próxima vez que implorar por uns amassos debaixo do edredom. Vou até deixar você me chamar de mamãe, se quiser."

"Você venceu", acrescento e afasto a imagem que ela acabou de criar na minha cabeça.

CAPÍTULO 3
MIA

"A casa é toda nossa." Ergo as chaves e as balanço.

"Parabéns", exclama Debbie, mas seu sorriso não chega aos próprios olhos.

Ela abraça o filho, e eu recebo um tapinha no braço. Esse nível de intimidade me convém muito bem. "Vocês não falaram que o leilão era hoje", diz ela.

"Nós não queríamos dizer nada e dar azar", responde Finn. "Você sabe quantas vezes já nos decepcionamos."

"E passamos muito tempo morando aqui", acrescento. "Somos gratos por tudo o que vocês fizeram por nós, mas precisamos continuar com nossa vida." Olho apenas para Debbie. "Só Finn e eu."

Eu juro que há uma parte dela que murcha como uma lesma mergulhada em sal cada vez que é lembrada de que Finn se casou comigo. Mas só eu percebo isso. Desde o momento em que a conheci e ela notou as tatuagens no meu pulso, tornozelo e costas, meu cartão estava marcado, mesmo que seu filho tivesse um braço fechado de tinta, inclusive com o rosto de sua ex-namorada Emma que ele ainda precisa remover a laser apesar do meu incômodo.

Há uma parte pequena, boba e insegura de mim que se pergunta se ele ainda não a esqueceu completamente, e é por isso que a manteve. Debbie, com certeza, não está disposta a dizer adeus a Santa Emma. Ela mantém uma fotografia emoldurada na sala de jantar dos dois no baile de formatura da escola. Emma está usando um vestido prateado, e Finn está vestido com um terno e gravata elegantes. Presumi que ela acabaria substituindo a foto por uma de nossas fotos de casamento, mas não. Toda vez que estou lá, juro por Deus que os olhos daquela garota me seguem.

"Precisamos fazer muitas coisas, dar um bom trato, mas estamos dispostos a colocar a mão na massa", declaro.

Debbie solta uma risadinha meio debochada. "Ah, Mia, passear pela John Lewis escolhendo roupas de cama e cortinas combinando não é 'colocar a mão na massa'. Será o Finn e o pai dele que vão fazer a maior parte do trabalho, não é?"

Eu amo meu marido e aceito que, às vezes, ele fique entre nós, mas há momentos como este em que preciso que ele tenha colhões e fique ao meu lado. Mordo a língua e me pergunto como consegui suportar viver sob o teto dela nos últimos quatorze meses. Tenho certeza de que teria enlouquecido se não tivéssemos o anexo apenas para nós dois. É compacto, mas tem seu próprio quarto, sala de estar, cozinha pequena e banheiro. Ele nos serviu bem, exceto que não impede que os invasores entrem sempre que queiram.

Desvio minha atenção para longe dela, em direção a Dave. Não consigo deixar de pensar no quanto ele envelheceu no último ano. Ele continua corpulento, mas está menos musculoso do que há alguns meses. O grisalho é agora a cor mais dominante em seu cabelo, que está recuando, então ele não pode mais esconder com uma franja a mancha vermelha profunda que cobre metade da testa e parte da pálpebra.

"Sem dúvidas, é um lugar de bom tamanho", comenta Dave. "Há bastante espaço para colocar sua identidade nele."

"É uma pena que vocês não consigam encher todos aqueles quartos..."

"Debbie!", interrompe Dave, e ele não é o único que não consegue acreditar no que a esposa acabou de dizer.

"Ah, me desculpe...", ela começa, mas seu rosto diz algo diferente. E agora estou saindo do cômodo e fazendo o meu caminho de volta para o anexo. Ela sabe o ponto exato onde me socar para doer mais. Enquanto saio, quero ouvir Finn a repreendendo com vontade, dizendo a ela como aquilo foi imprudente. Mas ele simplesmente me segue.

Bato a porta do anexo atrás de mim, mas ela reabre com a mesma rapidez. "Querida", ele começa, mas não quero ouvir.

"Não se atreva a dar desculpas pelo que ela disse."

"Ela falou sem pensar." Afasto a mão que ele colocou em meu ombro. "Você sabe como ela é."

"Com certeza, eu sei. Ela não perde oportunidade de tentar me fazer sentir inútil. Vejo como ela olha para a nora defeituosa. Bem, estou feliz por ter ovários estragados porque isso significa que ela nunca conseguirá afundar as garras em um neto."

"Você não está falando sério. E vou falar com ela."

"Não se preocupe porque ela não vai escutar", afirmo. "Ela se comporta como uma pirralha mimada porque sabe que merecemos aquela casa, e ela não." Mesmo quando deslizo uma mala sob a cama, sei que estou sendo completamente irracional, mas não posso fazer nada, a não ser seguir em frente. "Vamos arrumar nossas roupas e alguns produtos de higiene pessoal e arranjar um quarto no Travelodge. Podemos recolher o resto das nossas coisas amanhã. Vou ligar para a empresa de armazenamento para avisar e providenciar a entrega na nova casa."

"É inabitável, Mia. Você sabe disso. Vamos dormir aqui e depois conversamos sobre isso pela manhã. E, se você ainda estiver decidida a ir embora, daí procuramos um lugar para ir."

Sei que ele só está me pacificando, só me dizendo o que preciso ouvir. Permito que ele me puxe para seu peito. Nós dois sabemos que, quando a manhã chegar, esse mau humor terá passado. Mas, por esta noite, pretendo fazer sexo alto e apaixonado com o filho da Debbie e gritar até o telhado desmoronar se for preciso, e não me importo com quem ouvir. Se eu não posso lhe dar um filho, vou pelo menos lhe dar a maior diversão que já teve na vida.

JOHN MARRS
TUDO EM FAMÍLIA

CAPÍTULO 4

DAVE

Debbie e eu estamos acordados até tarde da noite, discutindo mais uma vez os prós e contras de Finn e Mia terem comprado aquela casa. Ela está convencida de que, se puder falar a sós com Finn, consegue persuadi-lo a vender para nós no fim das contas. Mas Mia tem a mesma determinação feroz que já vi muitas vezes em minha esposa. Quando elas colocam uma ideia na cabeça, não é fácil convencer nenhuma delas do contrário. Temo que essa não seja uma batalha que Debbie possa vencer.

Mais cedo, tivemos uma conversa a respeito do comentário dela sobre os dois começarem uma família. Eu sei que Debbie não queria ter falado como falou; e, se Mia não tivesse saído pela porta, teria ouvido Debbie se desculpar. Às vezes, ela diz coisas sem pensar, mas não faz por mal. No entanto, Mia tem a cabeça quente, e a briga entre elas vai deixar a atmosfera por aqui estranha por um tempo ainda.

Verdade seja dita, acho que Mia estava tentando iniciar uma discussão. Havia algo de combativo na maneira como ela balançou as chaves da casa na nossa frente. Ela não estava apenas comemorando a compra de uma casa, ela estava comemorando uma vitória sobre Debbie.

"Você não preferiria que a casa pertencesse a um de nós do que a outra pessoa?", pergunto.

"Acho que sim", ela admite, mas odeia perder.

Eu também adverti Debbie de que, se ela não começar a tentar ganhar Mia e fazê-la perceber que não é sua inimiga, vai acabar perdendo Finn. Ele vai escolher manter a esposa feliz em vez de nos agradar, como é o curso natural das coisas. Mas Finn também tem seu fardo para carregar, porque Mia nem sempre é a garota mais fácil de agradar. Ele a chama de ambiciosa e opinativa, mas eu a descreveria como insistente e sempre desejando algo que não tem. Provavelmente, é hereditário. Só encontrei seus pais uma ou duas vezes, mas eles dão a impressão de que também nunca estão felizes com o que lhes cabe. Talvez seja por isso que estão em uma aventura de velejar pelo mundo durante cinco anos: querem ver com os próprios olhos se a grama do vizinho é mais verde no outro lado do mundo.

Eu nunca admitiria isso para Debbie, mas tenho um pouco de inveja da mãe e do pai de Mia. Pensei em escapar muitas vezes quando o peso das minhas preocupações me empurra profundamente ao chão. Nesses momentos, daria qualquer coisa para simplesmente desaparecer. Mas, na verdade, não faria isso. Não poderia deixar Debbie sozinha a menos que fosse absolutamente necessário. Precisamos muito um do outro.

Há uma dor física que não vai embora inquietando meu estômago nesta noite, então quando Debbie finalmente adormece, saio do quarto, desço as escadas até a sala de jantar e pego alguns comprimidos de uma garrafa escondida no armário de bebidas. Depois, engulo-as com uma dose de Jim Beam. Está quase amanhecendo; e, a essa altura, ou é a minha última bebida do dia, ou a primeira. Não me sinto tão culpado quando penso nisso assim.

Não tenho um problema com a bebida, mas também sei que se tornou mais do que um hábito ultimamente. Minha confiança nela para aparar todas as arestas da minha vida começou logo após o diagnóstico de Debbie. Depois, aumentou quando o negócio começou a sair do controle. Empresas de construção maiores, melhores e mais baratas vieram com despesas gerais e orçamentos mais baixos, e não sobrou lugar para empreiteiros como eu.

Sirvo-me outro drinque e prometo a mim mesmo que será o último por hoje. Não tenho certeza se é o álcool ou meu estoque secreto de comprimidos que ajuda a aliviar a dor de estômago. De qualquer forma, é uma correção temporária — especialmente quando desconecto meu telefone do carregador e pressiono play no vídeo que Finn me enviou. Os pelos dos braços arrepiam enquanto ele caminha por cada cômodo e eu começo a calcular mais ou menos o trabalho que precisa ser feito. Por fim, desisto. Há muita coisa para me distrair. Preciso ver pessoalmente.

Pode haver um lado positivo no meio dessa tempestade. Talvez este projeto seja o que Finn e eu precisamos para nos aproximar. A distância entre pai e filho começou no dia em que ele chegou ao nosso mundo, e, admito, parte da culpa é minha.

Coloco meu telefone de volta no carregador, entro no banheiro e escovo os dentes pela segunda vez nesta noite, tomando um longo gole de enxaguante bucal com sabor de hortelã até não poder mais sentir o gosto do uísque. Então, em silêncio, deito de volta na cama com Debbie.

Coloco meu braço sobre o peito dela enquanto ele sobe e desce. Apesar de todos os seus defeitos, eu nunca poderia ficar sem essa mulher. Ela entrou na minha vida em um momento em que eu precisava de alguém para estar do meu lado, e nunca saiu. Morreria por ela sem hesitar. Na verdade, se não fosse por Debbie, eu provavelmente já estaria morto.

CAPÍTULO 5

Vejo uma figura casual ao me aproximar da casa a pé. Levo minha mente ao passado, tentando me lembrar de quando estive aqui pela última vez. Deve ter sido há uns trinta anos, quando a curiosidade me venceu. Mas, antes mesmo de chegar à entrada naquele dia, cada rosto jovem da minha infância suspeita apareceu por trás das janelas manchadas pelo tempo, como se todos estivessem esperando o meu retorno. Em desespero diante de tal confronto, bati em retirada às pressas.

Hoje, essa apreensão retorna. Meus passos desaceleram enquanto observo um caminhoneiro com um cigarro pendurado na boca instalando uma rede até o topo de uma caçamba abarrotada de tijolos velhos, gesso cartonado e um banheiro de suíte familiar. Ao lado dele, há uma caçamba vazia, pronta para ser preenchida com mais restos da casa que uma vez conheci. Imagino que vai sobrar muito pouco dos acessórios originais no momento em que seu trabalho estiver concluído.

Um carro estaciona em frente e paro onde estou, na ansiedade de permanecer invisível. Escondo-me atrás de árvores no lado oposto da estrada. Enquanto os novos proprietários esperam que o caminhão saia de ré da entrada da garagem, torcem o pescoço para cima e olham em direção ao telhado. Meus olhos seguem a direção em que suas cabeças se movem.

Este lugar era irretocável na minha época, muito longe de sua aparência atual. Enquanto papai cuidava da manutenção interna, o jardim ficava sob o domínio da mamãe. Ainda posso imaginá-la aqui, com luvas de poda, um par de tesouras na mão e uma bolsa cheia de galhos podados e talos a seus pés. Ela buscava paz na natureza. No entanto, no final do nosso tempo aqui, nem isso não era suficiente para satisfazê-la.

Hoje, não existem canteiros de flores ou gramados; todos eles se mesclaram em um mar verde. As ervas daninhas se erguem em direção ao céu azul-claro desde a calha do segundo andar.

Sou jovem demais para lembrar com exatidão como acabamos vivendo aqui ou onde estávamos antes. Mas meu irmão, George, me contava histórias das incessantes jornadas de nossa família antes de nos estabelecermos aqui, sempre na estrada, raramente permanecendo em um apartamento ou casa por mais do que alguns meses e sempre morando com outras pessoas muito mais velhas que mamãe e papai. Lembro-me vagamente de dois adultos já estarem nesta casa quando chegamos pela primeira vez, mas eles não ficaram por muito tempo. Logo ficamos com tudo para nós mesmos explorarmos. "Papai diz que somos malucos", George explicou, mas eu não sabia o que ele queria dizer.

Meus olhos gravitam agora em direção às duas janelas, onde todos os seis painéis de vidro foram tapados para impedir a entrada de invasores, presumo eu. Olho para onde ficava o gramado, quase esperando ver os restos da cadeira que arremessei por uma daquelas janelas. Então, mais memórias e emoções há muito enterradas retornam em ondas tão altas que ameaçam me derrubar no chão. Sei que sou uma pessoa diferente, mais dura agora do que era no passado, mas basta raspar a superfície para ver que, por baixo, continuo igual, apenas uma criança assustada.

Quando o caminhão se afasta e os novos guardiões da casa deixam seu veículo, minha atenção gravita em direção à mulher mais do que ao homem. Sua cabeça está reta, os ombros estão jogados para trás e o caminhar é seguro de si. Mas sua confiança é abalada pela maneira como se agarra ao braço dele, como se segurasse à própria vida. Ela é uma atriz. Ela precisa dele mais do que ele precisa dela.

Penso em como têm sorte por não terem conhecimento da história dessa casa. Mesmo que eu não tenha posto os pés sob esse teto há décadas, sou para sempre parte de sua estrutura. Sou a argamassa que une os tijolos, os canos que ligam cada torneira, as vigas de madeira que sustentam o telhado. Nunca fui realmente capaz de escapar daqui. Eu sou ela, e ela sou eu. Para o bem ou para o mal, fez de mim a pessoa que sou hoje. Para alguns, sou uma salvação, mas, para outros, sou uma monstruosidade. Tenho noção do objetivo do meu trabalho, de todas as almas que salvei do tormento. Faz parte do acordo que eu nunca possa compartilhar meu papel com o mundo. Não haveria esperança de que eles entendessem. Cegos como eles são, eu apenas poderia ser um monstro.

PODCAST
POR TRÁS DAS MANCHETES

EPISÓDIO 4/6
TRANSCRIÇÃO PARCIAL DE UMA ENTREVISTA
COM GABBY GIBSON, RESIDENTE E SENHORIA
DO WHITE HART PUB, STEWKBURY

Você pode nos dizer quando tomou conhecimento da reforma da casa?
O primeiro dos caminhões começou a roncar pelas ruas estreitas da nossa vila cerca de duas semanas após a placa de venda aparecer. O barulho fez minhas janelas tremerem. Pensei que estava tendo um terremoto.

Por ser a vizinha mais próxima, o que você conseguia ver?
Nada daqui, mas conseguia uma visão melhor quando levava o cachorro para passear. Depois de passarem alguns dias cortando o jardim, finalmente dava para ver o que havia acontecido com o lugar que ficou escondido durante todos esses anos. É um projeto infernal de se assumir.

Você cresceu na vila. Pode dizer aos nossos ouvintes o que você se lembra sobre a casa?
Nunca soube que estivesse ocupada. O jardim dos fundos é cercado por paredes e não dá para ver dentro. Então, quando éramos adolescentes, era o lugar perfeito para matar aula, passar o dia chapado e bebendo sidra antes de ficar sóbrio e ir para casa. Mas nenhum de nós tentou entrar. Havia algo tão assustador naquele lugar que nem mesmo um grupo de adolescentes entediados era idiota a ponto de invadir.

Como o resto da vila reagiu ao que mais tarde foi encontrado lá dentro?
Como seria de esperar, foi um choque total. É pior do que qualquer um de nós poderia ter imaginado.

JOHN MARRS
TUDO EM FAMÍLIA

CAPÍTULO 6

MIA

Nuvens de poeira pairam em cada cômodo em que entramos. Fizemos certo em ter comprado um monte de máscaras no eBay, senão agora estaríamos tossindo os pulmões para fora. Passo os dedos pelo cabelo e penso que deveria estar usando um capacete de proteção porque já parece seco e empoeirado, mas estou aqui há apenas uma hora. Vou fazer a maior hidratação da minha vida hoje à noite.

Na última vez que estive nesta cozinha, ela era estreita, suja e ridiculamente pequena para uma casa deste tamanho. Dois dias depois, uma parede estrutural foi derrubada e postes de metal estão sustentando o teto. A entrega da RSJ chega amanhã. Quase pareço saber do que estou falando, acho. Mas tive que aprender muito nos dois meses desde que começamos as obras. Dave gerencia o projeto enquanto faz grande parte do trabalho da reforma com as próprias mãos. Se tem um trabalhador no local, então Dave também está lá, seguindo-o como uma sombra e se certificando de que tudo está exatamente como queremos.

Tenho opiniões muito definidas sobre o que quero e o que não quero destes cômodos, assim que forem concluídos. Como parte do meu trabalho de relações públicas em Londres, organizei dezenas de sessões de fotos em casas que aluguei para exibir os produtos dos meus clientes. E, socialmente, com meu ex, passei muito tempo nas casas de celebridades que contrataram designers de interiores para transformar casas de época negligenciadas em palácios. Então, sei o que gostaria de replicar, embora com um orçamento muito mais apertado.

É provável que a poeira e essa máscara estejam me deixando enjoada, mas não estou totalmente convencida de que o sentimento de mal-estar não esteja apenas na minha cabeça. Isso me atinge com uma frequência alarmante sempre que estou aqui, mesmo que seja durante uma pausa no trabalho de demolição. É o lembrete constante de quanto dinheiro estamos investindo nisso, com tanto ainda a ser feito antes que possamos sequer pensar em nos mudar. Talvez devêssemos ter deixado que Debbie e Dave a comprassem.

Estive a um milímetro de jogar a toalha muitas vezes. Como na vez que grande parte do teto do banheiro do andar de cima caiu graças a uma caixa-d'água com vazamento. Ou quando, na primeira semana de trabalho, chegamos e descobrimos que a tempestade havia deixado a metade superior da chaminé na metade inferior da entrada da garagem. Nesse ponto, quis jogar as chaves da casa em Finn, virar e nunca mais colocar os pés aqui.

Mas qual é a alternativa? Se desistirmos agora, vamos deixá-la em uma condição ainda pior do que quando a compramos. E quem iria querer tirá-la de nossas mãos? Além disso, o impacto financeiro nos prejudicaria. Já estamos cortando todos os gastos. Para grande decepção dos meus pais, cancelamos nossos planos de encontrá-los em Long Island e passar uma semana navegando até a Flórida com eles. Nossos cintos estão tão apertados que o meu parece um espartilho.

Tenho muita sorte porque minha chefe, Helena, não precisa que eu vá para a capital cinco dias por semana, uma vez que posso fazer o mesmo trabalho em casa. Então, se não estou trabalhando no meu laptop no anexo, estou perambulando em torno de um monte de cafés e bistrôs diferentes pela cidade. Você pode tirar uma garota de Londres, mas não pode tirar um latte triplo com noz-moscada da mão dela. Não sem um pé de cabra. Minha fome de doce e o aumento da ingestão de massas estão começando a me deixar com uma pancinha, ou o que Finn chama de "bebê de comida". É uma piada, mas é um pouco insensível, considerando tudo. Ou talvez eu ainda esteja um pouco sensível.

Enquanto me dirijo para a porta da frente, pego Debbie caminhando estrada acima com sua bengala. Sua perna parece particularmente pesada hoje. Ela não sabe que posso vê-la, então talvez esteja errada em pensar que às vezes ela exagera em busca de empatia. Eu desvio, corro pela casa e saio pelo enorme buraco na parede.

É um ótimo momento porque agora posso trabalhar no anexo sabendo que ela não está à espreita na casa principal, esperando para se esgueirar como um mau cheiro. Ela nunca entendeu meu trabalho ou o que faz uma RP. Ela acha que é uma carreira inventada, como as roupas novas do imperador, criada para preencher uma lacuna no mercado que não existe de fato. E meio que é. Mas quem se importa se pagam tão bem? Tenho certeza de que Finn disse a ela o quanto ganho a mais que ele no meu "trabalho inventado". O que provavelmente só a fez se ressentir ainda mais.

Meus amigos e colegas ficaram sem palavras quando contei que estava desistindo do meu apartamento em Hoxton para viver aqui no meio do mato. Alguns até organizaram o que chamaram de "uma intervenção" para me persuadir a mudar de ideia, lembrando que eu não deveria desistir de nada por um homem, muito menos um com um trabalho tão comum quanto o de Finn. "Ele é apenas um encanador", afirmou mais de um deles. E, muito tempo atrás, provavelmente eu teria dito o mesmo.

Mas, no momento em que nos conhecemos, eu precisava de mais do que os garotos superficiais que estava acostumada a namorar. Finn não era um fotógrafo de moda com um coque samurai e uma lista de contatos que pudesse me levar a festas exclusivas; seus pais não tinham renome e nem viviam em uma mansão campestre; ele não passava os fins de semana em bares com os frequentadores de Chelsea. Ele era comum, com C maiúsculo. E eu estava começando a perceber que gostava do normal. Mesmo agora, quando ouvimos a música "Common People" do Pulp tocando, ele me diz que é como se Jarvis Cocker estivesse cantando nossa história. Há verdade suficiente em suas palavras para me fazer rir.

Começo a me sentir mal outra vez, então, agora que estou do lado de fora, tiro a máscara e respiro fundo. Entro no carro, ligo o motor e "Get Lucky", do Daft Punk, toca no rádio. Sorrio enquanto morro de rir. Ela estava tocando na noite em que Finn e eu nos conhecemos. Estava na despedida de solteira da minha amiga Priya no Hotel W em Leicester Square, não muito depois de eu ter terminado com Ellis.

Estávamos no bar quando esse homem robusto de um metro e oitenta, com cílios pelos quais eu mataria e olhos tão escuros quanto o cabelo me chamou a atenção.

Eu não conseguia parar de olhar para ele. Ele estava com um grupo de amigos, e, atrevida pelo Prosecco e encorajada pelas meninas, fiz minha abordagem. Ele era um pouco mais jovem do que eu, supus, e falava mais suavemente do que eu imaginava. Presumi que não seria nada mais do que uns beijos alcoolizados ou, no máximo, uma transa de uma noite, se eu estivesse disposta a isso. Mesmo agora, Finn gosta de me lembrar que eu achava que estava sendo sexy e sedutora quando, na realidade, estava babando sobre ele com a graça de um São Bernardo enquanto ele educadamente me afastava. Mas mesmo minha aura desajeitada e encharcada de gim não foi suficiente para apagar a faísca entre nós.

Havia algo um pouco diferente nele. Finn era — e ainda é — um livro aberto e admitiu na mesma hora que tinha namorada, Emma. No entanto, ainda assim enfiei a mão no seu bolso, tirei o telefone e digitei meu número. Justifiquei dizendo a mim mesma que o código das Meninas apenas se aplicava se eu conhecesse a competidora pessoalmente. *Nada legal*, Mia, *nada legal*.

Começamos a trocar mensagens de texto nos dias que se seguiram — instigada por ele, devo acrescentar — e então ele fez uma chamada de vídeo — acidentalmente, alegou. A ligação durou quase duas horas. No dia seguinte, Finn pegou um trem para Londres apenas para me levar para um café durante o meu horário de almoço. Logo depois, ele terminou com a namorada de infância. Em menos de seis meses, vendi meu apartamento e me mudei para Leighton Buzzard.

Logo depois, nos casamos numa praia das Maldivas. Conseguimos um grande desconto através de um cliente, mas Debbie e Dave não podiam se dar ao luxo de se juntar a nós nessa viagem única na vida. Suponho que ela nunca tenha me perdoado por "obrigá-lo" a fazer isso no exterior. E, quando meus pais se juntaram a nós, isso só jogou sal nas feridas dela. As fotografias emolduradas que demos a ela de nosso "sim" na praia ainda não apareceram em nenhum lugar de sua casa.

Desde o início, Finn e eu tentamos ter um bebê. O primeiro ano passou em branco, então, quando meu médico pediu exames, fui diagnosticada com endometriose em ambos os ovários. Passados três anos, uma operação, duas rodadas de fertilização *in vitro* no sistema público de saúde, mais duas em clínicas particulares e três abortos espontâneos, nosso tão desejado filho ainda era somente um sonho. Minha culpa por não ser capaz de dar filhos a Finn era, por vezes, arrebatadora, e eu me perguntava se nosso casamento resistiria a isso.

Várias vezes perguntei a Finn se ele teria se casado comigo sabendo o que sabe agora. Sim, ele continuou a me tranquilizar, é claro que teria. Mas nunca foi o suficiente para que minha mente pudesse descansar. Eu olhava para a fotografia na sala de jantar de Debbie, ele e Emma na noite do baile, dizendo a mim mesma o quanto ele seria mais feliz com ela, e não com alguém tão inútil quanto eu. Isso era o universo me punindo por roubar o homem de outra mulher.

Eu até bisbilhotava seu telefone, lia as mensagens de texto e e-mails e vasculhava suas contas em redes sociais para ver se eles estavam trocando mensagens diretas um com o outro. Mas não encontrei nada. Finn não estava tendo um caso com ninguém, mas arrisquei empurrá-lo para os braços de outra pessoa se continuasse me comportando como uma louca. Assim que aprendi a abrir mão do que não poderia ter, passei a apreciar o que tinha. Finn. Meu Finn. Ele era o suficiente. E eu parei de me comportar como a criança que eu provavelmente não teria.

Criança. Repito a palavra para mim mesma. *Criança*. A ideia é passageira, mas está lá mesmo assim. "Criança", digo em voz alta.

Meu Deus! Não é por isso que estou sentindo enjoo ultimamente, não é? Não posso estar grávida, correto? Não, nossa última rodada de fertilização *in vitro* foi meses atrás. Minha menstruação sempre foi errática, mas agora, pensando nisso, não tenho uma há tempos.

Passo meus dedos no cabelo e sai mais poeira. Minutos depois, estou dirigindo para o centro da cidade para encontrar uma farmácia. Preciso saber com certeza se estou imaginando isso ou não. Porque, se no final estiver grávida, esta é a melhor notícia de todos os tempos, mas no pior momento possível.

CAPÍTULO 7

FINN

Há algo de errado com Mia, posso sentir. Ela não abriu o jogo e disse que existe um problema, mas nos últimos dias esteve distante de mim. Tenho experiência em esconder coisas dela, mas, no geral, ela é bem franca se algo a estiver irritando.

Completamos agora onze semanas de reforma, mas deve parecer uma eternidade para ela, já que é a única fazendo malabarismos com uma carreira em tempo integral e um trabalho noturno gerenciando o dinheiro. Porém, o fato é que sei que seu entusiasmo está diminuindo — se é que alguma vez esteve no alto, para começo de conversa — enquanto o meu fez um giro de cento e oitenta graus. A primeira coisa que passa pela minha cabeça quando acordo de manhã não é mais *Que merda acabamos de fazer?* Em vez disso, fico pensando sobre o que preciso fazer hoje para nos ajudar a avançar em direção à linha de chegada. Eu vejo assim: temos uma oportunidade única na vida de transformar este lugar em algo especial. E quanto mais tempo gasto trabalhando com empenho em cada tubulação, encaixe, assoalho e parede de tijolos, mais rápido isso vai acontecer.

Estou olhando para Mia do final do corredor no armazém de azulejos. Ela está revirando as placas em exibição enquanto tentamos nos decidir por um modelo para usar acima da pia e do fogão agora que a cozinha está mais perto de estar terminada. Quero aqueles azulejos brancos e atemporais ao estilo do metrô, mas ela está com a cabeça voltada para um modelo marroquino colorido que viu no Pinterest. Ela vai vencer. Ela sempre vence. Meus amigos tiram sarro de mim, dizendo que sou tão intimidado que poderia muito bem começar a botar ovos e ciscar. Se Mia quer pensar que ela tem a palavra final e sabe tudo sobre mim, então não vou tentar convencê-la do contrário. Tenho problemas maiores para lidar.

Ela é muito diferente de qualquer outra pessoa que já namorei. Foi um grande salto, passando da garota com quem estive durante toda a minha adolescência, até meus vinte e poucos anos, e conhecia de dentro para fora, para alguém completamente novo. Mas isso fazia parte do apelo. Emma era doce e gentil e faria qualquer coisa que pedisse a ela, mas nosso relacionamento era claustrofóbico. Ela insistia para que fizéssemos tudo juntos, o que sei que é importante, mas não 24 horas por dia. Já estava procurando uma saída na noite em que Mia e eu nos conhecemos. Ela era uma força da natureza, engraçada, confiante e bêbada como um gambá. Ah, e tão atraente quanto se pode ser.

Há algo especial em uma garota que não segue a multidão, se recusa a se encher de botox e preenchimento labial, e não come apenas saladas para ficar magra igual às pessoas no Instagram. Mia não se importa em não vestir trinta e seis. E aquele cabelo loiro e os olhos azuis ainda acendem algo dentro de mim que queima depois de todos esses anos. Ela também valoriza seu próprio espaço, o que significa que tenho tempo para mim mesmo, e isso me convém perfeitamente. Tenho uma vida para além do meu casamento.

Eu nunca tinha ouvido falar dela antes de nos conhecermos porque não leio revistas de fofocas de celebridades, mas as namoradas dos meus amigos a reconheceram imediatamente. Seu ex era um ator de novela quando ganhou um *reality* de dança entre famosos e se tornou um nome familiar do dia para a noite. Isso significava que Mia também foi lançada ao centro das atenções. Pesquisei seu nome no Google recentemente e foi estranho ver uma versão mais jovem da minha esposa na capa de revistas. Ela e Ellis estavam prestes a se casar quando ele foi flagrado dançando com sua parceira profissional fora dos palcos. Mia o largou, e a perda dele foi o meu ganho.

Mia pega uma caixa de azulejos, mas a base de papelão não deve ter sido fechada corretamente porque elas caem no chão e se estilhaçam. Xingando, ela começa a recolher, depois corta o dedo e xinga outra vez, levando a ponta cheia de sangue à boca. Estou pegando o resto com cuidado quando percebo que ela está chorando baixinho. Não pode ter doído tanto assim.

"Está tudo bem, são apenas azulejos", digo.

"Estou grávida", ela solta. Acho que a ouvi mal, mas ela não me dá tempo para pensar no que mais ela poderia ter dito. "E eu sei que é um momento terrível, pois temos tanto trabalho a fazer na casa e morando com seus pais e tudo mais, mas..." Seus soluços retornam, e, desta vez, ela não consegue mantê-los discretos.

Não quero ouvir mais nada. "Há quanto tempo você sabe?", pergunto.

"Cerca de três semanas", ela responde com a voz embargada. "Fui ao hospital ontem para fazer uma ultrassonografia, e o técnico disse que eu estou com doze semanas."

Ela sabia disso fazia semanas e não me contou? Talvez ela seja melhor em guardar segredos do que achei que seria. "Por que você não disse nada? Você não deveria ter ido fazer o exame sozinha."

"Não queria que suas esperanças aumentassem caso houvesse algo de errado com isso." Ela limpa o nariz com as costas da mão e respira fundo. "Eu não poderia suportar ver a decepção em seu rosto mais uma vez."

"E está tudo, você sabe, certo?"

Apenas quando Mia assente, ensaio um sorriso. "Está perfeito", ela responde, e coloca a palma da mão sobre o abdômen. "Está tudo perfeito." Então, pega sua bolsa e retira uma imagem de ultrassom em preto e branco. Ela tem que apontar com precisão onde o bebê está porque, para mim, se assemelha a uma bolha em um oceano.

Ela se levanta enquanto eu permaneço de modo literal e figurativo no chão, tentando descobrir o que isso significa para nós. "Então, o que você acha?", ela pergunta.

Levanto-me e aproximo a cabeça dela do meu peito. "É absolutamente incrível."

O tempo vai ser apertado, mas não há melhor motivação para completar uma casa do que não querer que seu bebê recém-nascido viva em um canteiro de obras. Caminhamos de volta ao carro sem tomar nenhuma decisão sobre azulejos. Ela está falando, mas não estou ouvindo.

Ao contrário, estou tentando entender a notícia de que ela vai me tornar pai. Eu já havia aceitado a ideia de que filhos não estariam em nossos planos. E, se for honesto comigo mesmo, não demorei muito para chegar a essa conclusão. Sempre foi Mia quem estava desesperada para começar uma família, muito mais do que eu. Não que tenha dito isso a ela.

Por mais emocionante e determinante que seja esta notícia, ela vai exigir cada átomo do meu corpo. E isso significa que vou precisar prestar muita atenção, muito mais do que já tenha feito. Porque, se eu não prestar e cometer um deslize, Mia nunca vai me perdoar.

CAPÍTULO 8
DEBBIE

Mia e meu filho estão sentados no lado oposto a mim e Dave, na mesa de madeira no jardim cervejeiro do nosso *pub* local. Ela e Finn voltaram do bar com uma bandeja de bebidas. Acho que ela sempre se oferece para ajudá-lo para que não fique a sós conosco. Não posso culpá-la por isso; prefiro não ficar a sós com ela também. Tudo que eu falo está sempre errado.

Estou realmente tentando ter uma boa relação com ela depois que Dave sugeriu que seria do interesse de todos se eu me esforçasse mais. "Vocês duas não precisam ser amigas", aconselhou ele, "mas você precisa encontrar uma maneira de fazer isso dar certo."

É claro que sou protetora com meu filho, mas isso não significa que não estou disposta a compartilhá-lo. Eu quero gostar de Mia tanto quanto Finn gosta: Emma e eu nos demos bem logo de cara, então sei que não sou eu. Mia só não quer ser minha amiga. Tentei repetidas vezes, mas ela nunca cede, e existe apenas um número restrito de vezes que você pode seguir por um caminho e acabar presa em um beco sem saída. "Vou dar o meu melhor", prometi a ele.

Ergo meu copo médio de *shandy*, que parece pesado com meu pulso fraco. Minha terapeuta ocupacional me prescreveu uma nova medicação. Em tese, deve ajudar a relaxar os músculos e aliviar os espasmos. Funciona de maneira intermitente, e os efeitos colaterais não são agradáveis — diarreia e dor de garganta quando acordo na maioria das manhãs. Se eu misturar os comprimidos com muito álcool, acabo esquecendo as coisas. E não posso me dar a esse luxo.

Esta é a terceira cerveja de Dave, estou contando. E suspeito que esta não foi a única ocasião em que o álcool passou por seus lábios hoje. Embora ele tenha vindo ao *pub* direto do canteiro de obras em que estava trabalhando, tenho certeza de que senti o cheiro de cerveja em seu hálito quando me beijou. Estaria mentindo se dissesse que não estou preocupada com a frequência com que ele usa a bebida para vencer o dia. Notei que o uísque no armário de bebidas desceu para logo abaixo do rótulo. Estava acima dele no início da semana.

Dave também não sabe que encontrei o frasco de comprimidos de tarja preta que ele esconde lá. Eu não reconheço o nome no rótulo — Antoni Kowalski — e tive que pesquisar no Google as palavras *Leki Przeciwbólowe* para descobrir que era analgésico em polonês. Não é do feitio do Dave esconder algo de mim. Até o momento, não perguntei por que precisa deles, mas tenho certeza de que vai dizer que são suas costas que estão incomodando. Quanto mais velho ele fica, menos disposto está a admitir que o trabalho está cobrando seu preço.

Uma cãibra aguda toma minha perna esquerda, e pressiono com força o músculo até a origem. Dói muito, como se alguém tivesse me apunhalado com a lâmina ardente de uma faca e depois a tivesse deixado encravada. Esforço-me para não gritar, então minha família e Mia não percebem. A pior parte é que sei que isso só vai piorar com o tempo. Estou apenas no início dos meus 50 anos, mas me sentindo cada vez mais como um velho cavalo atarracado se encaminhando para a fábrica de cola.

Recentemente, estou dependendo mais de Finn para que me ajude. Para ser honesta, nem sempre preciso dele, mas me mostre uma mãe que não quer passar um tempo com o filho e vou lhe mostrar alguém que não o criou direito. Então, meu coração afunda quando me lembro do limite de tempo que meu diagnóstico estabeleceu sobre nós.

"Nós temos uma coisa para contar", começa Finn, arrancando-me do meu espetáculo de piedade. Ele tira um envelope branco do bolso de trás e o desliza pela mesa. "Abram."

Dentro, há uma imagem de ultrassom. Óbvio o suficiente, mas ainda demora um momento para que caia a ficha. "Você está grávida?", pergunto a Mia, e ela assente.

Olho para Dave, que está tão chocado quanto eu. "Como?", pergunto a eles. "Espero não precisar explicar para você...", Finn ri.

"Do jeito natural", Mia explica. "Depois da cirurgia e todas as tentativas com fertilização *in vitro*, a natureza venceu no final."

"E você tem certeza?", pergunto.

"Quatorze semanas", ela diz e segura o braço do meu filho com mais força, como uma jiboia se envolvendo em torno de sua presa.

Enquanto Dave se levanta e aperta a mão de nosso menino, ofereço a ela um abraço educado que nós duas não vemos a hora de escapar. Mas, quando eu me agarro a meu filho, não quero soltá-lo.

"Eu vou ser vovó", exclamo, mal acreditando em minhas próprias palavras.

Mia, Finn e seu pai continuam a conversar, mas eu desapareci em meu pequeno mundo outra vez. Estou imaginando como nossa vida vai mudar com uma nova adição à família. Posso me imaginar empurrando um carrinho de bebê com meu neto dentro dele. Estou enviando fotos dele para meus amigos. Estou observando como Finn o segura tão preciosamente quanto eu o segurei pela primeira vez. Então, percebo que já estabeleci um gênero para essa criança.

A realidade morde forte e rápido. *Eu não vou ser avó por muito tempo*, penso, e meu ânimo definha em um instante. Dave tem razão. Vou precisar trabalhar muito mais no meu relacionamento com Mia se quiser aproveitar ao máximo o tempo que tenho com meu neto. Tenho que encontrar uma maneira de fazê-la perceber que posso ser sua amiga e não sua inimiga. Só me resta torcer para que ela faça o mesmo comigo.

*TRANSCRIÇÃO DA ENTREVISTA REALIZADA
COM JILL MORRIS, FRANQUEADA DO
SUPERMERCADO COSTCUTTER, STEWKBURY*

Eu estava a caminho da loja para cobrir o turno do almoço quando a primeira viatura do socorrista passou por mim. Ela parou do lado de fora da casa onde toda a obra estava sendo feita, e eu presumi que havia acontecido um acidente. Uma ambulância seguiu no minuto seguinte, com suas luzes azuis piscando, então desci a estrada para ver o que estava acontecendo. E não muito tempo depois, eles saíram com alguém deitado em uma maca, com a cabeça e os ombros em um daqueles colares cervicais e o braço em algum tipo de tala. Havia tanto sangue em seu rosto que não podia nem dizer se era um homem ou uma mulher, mas, sem dúvida, a pessoa estava inconsciente. Era provavelmente melhor assim, julgando pelo estado em que estava.

CAPÍTULO 9

A porta do pátio por imprudência está destrancada e abre deslizando com facilidade. Apenas abro uma fração, o suficiente para atravessar pelo vão. Uma vez lá dentro, entro em silêncio na sala de estar e observo meus arredores. Os móveis são grandes demais para o ambiente compacto, deixando pouco espaço para me mover, mas as cortinas abertas e a lua quase cheia do lado de fora me permitem ver bem o suficiente para evitar esbarrar em algo e atrair a atenção.

Na rara ocasião em que me deparo com a obrigação de invadir uma propriedade, permaneço imóvel e em silêncio como uma estátua enquanto a casa fala comigo. Ouço pacientemente para diferenciar entre o barulho de uma pessoa, de tábuas do assoalho rangendo e da barriga estrondosa de um sistema de aquecimento. Quando tenho certeza de que estou em segurança, resolvo meus negócios. Nesta noite, respirações pesadas me atraem a uma porta entreaberta. Ando lentamente pelo carpete até alcançá-la.

Ela está aqui e está sozinha. Está deitada na cama, alheia à minha presença, de costas e profundamente adormecida. Sua garganta faz um som grasnado enquanto inspira e expira. Aquilo me lembra o chocalho de uma cascavel, algo que ouvi — e provoquei — muitas vezes.

Sem aviso prévio, as luzes externas de segurança se acendem e iluminam o interior do cômodo com mais brilho. Olho para ela, esperando que o brilho a acorde, mas ela nem sequer se contorce. Pela janela, vejo uma raposa com seu filhote procurando comida nos canteiros de flores. E aqui dentro, vejo essa mulher com clareza. Ela é como minha mãe, uma mulher bonita que esconde um coração feio. Sua aparência logo vai descair, e sua alma apenas vai se tornar mais grotesca. Mas minha intervenção pode impedir isso.

Seu pescoço é fino, e, por instinto, movo minhas mãos em direção a ele, pairando tão perto da pele que posso sentir o calor que irradia nas palmas das minhas mãos. Eu me pergunto quanta pressão teria que exercer para romper a traqueia e sufocá-la até a morte. Apenas uma fração, acho. Minhas habilidades são bem afiadas.

Ela empurrou o edredom para baixo da cintura, e posso ver com clareza a barriga inchada e grávida, subindo e descendo sob a camiseta enquanto ela inspira e expira. Minhas mãos se movem em sua direção, aproximando-se aos poucos até que, por fim, estão repousadas sobre ela, que não se mexe quando minha pele toca a sua.

Minhas mãos descansam em uma seção acima do umbigo. É firme ao toque e suponho que, sob a superfície, as costas do feto estejam pressionadas contra ela. Ele dorme como sua mãe, inconsciente da minha presença, alheio ao perigo que enfrenta. Agora, contemplo a força necessária para inserir uma lâmina na carne pastosa e a profundidade necessária para penetrar o útero. Imagino o calor da ferida contra minha pele fria enquanto a abro, enfio as mãos dentro dela, tateando o caminho até que possa localizar e retirar seu conteúdo. Nunca removi um feto, mas, para ela, poderia abrir uma exceção. Os inocentes precisam de proteção, não importa a idade.

Agora estou sobre ela, meu rosto diretamente acima do seu, minha boca próxima a seu nariz. Expiro suavemente para que ela me inspire e eu me torne o oxigênio que enche seus pulmões e nutre seu bebê. Então, abro a boca e permito que um traço tênue de saliva prateada escorra da minha boca, como um fio, sobre a dela. Inconsciente, ela passa a língua pelo lábio inferior, e eu estou dentro dela.

A experiência me ensinou a jamais permanecer mais do que minha presença é bem-vinda, então começo a sair do quarto com a mesma lentidão que entrei. Depois de apenas alguns passos, as luzes do jardim se apagam. Faço uma pausa e olho de volta para as sombras, dando uma última olhada na mulher que agora é responsável pela casa que me tornou quem eu sou. "Volto em breve, Mia", sussurro.

CAPÍTULO 10
MIA

Finn empurra os nós dos dedos no meu ombro enquanto estou deitada em nossa cama no anexo. O iPad diz que são 5h17 da manhã. O lento pulso de um nó me acordou e, por minha vez, eu acordei Finn. "Mais forte", digo. Ele dá o seu melhor, mas simplesmente não consegue desfazer o que está preso nas profundezas distantes da superfície.

Na mesa de cabeceira, há uma imagem 4D emoldurada feita há duas semanas para marcar nossa trigésima semana. É notavelmente detalhada. É possível distinguir os traços dos lábios do nosso filho e a fenda do queixo. Está sendo um inferno o nervosismo de me tornar mãe, mas estou animada demais com a perspectiva de conhecer o nosso pequeno milagre.

Enquanto Finn segue seu curso em torno de meus ombros e costas com a precisão de um homem muito mais experiente com o corpo de uma mulher grávida do que ele deveria ser, permaneço deitada de lado, apoiada com um cotovelo e fazendo algum uso desse despertar tão cedo. Estou percorrendo planilhas de Excel, priorizando quais contas pagar primeiro. Nunca consigo encontrar tempo para relaxar como minha parteira aconselha.

Não tem sido a gravidez mais fácil, especialmente agora que estou há um mês no último trimestre. Além das hemorroidas, tornozelos inchados, bexiga do tamanho de uma bolinha de gude e o fato de que parece que estou contrabandeando um hipopótamo por baixo desse pijama, o Centro de Avaliação de Maternidade do hospital me faz registrar minha pressão alta duas vezes por dia e fazer exames pré-natais a cada quinze dias. Continuo dizendo que, depois de três abortos espontâneos, é a espera que está me deixando nervosa e causando o aumento da pressão. Mas não me dão ouvidos.

Eu deveria estar encurtando meus dias de trabalho, mas isso está fora de questão agora que só o meu salário está entrando na conta. Finn está trabalhando dezesseis horas por dia, instalando dois novos banheiros e ajudando seu pai na parte de fora com serviços de alvenaria e a remoção e instalação de janelas. O trabalho deles nos poupou uma pequena fortuna. Mas vamos viver dos nossos cartões de crédito se eu sair de licença-maternidade agora.

Até Debbie está fazendo um esforço, o que é desconcertante. Ela deixou um vaso de lírios amarelos na cozinha do anexo para mim na semana passada, junto com um kit de mimos de gravidez contendo hidratantes e uma vela perfumada. É quase como se tivéssemos decidido não pensar em tudo o que veio antes da gravidez. Ou é isso, ou ela contratou um excelente cirurgião para reparar as marcas de mordida em sua língua. Não posso mentir e dizer que uma pequena parte de mim não está esperando que ela deslize.

Ela é irritante apenas quando insiste em se envolver em tudo relacionado ao bebê. Mais uma vez, Finn acha que estou exagerando, mas ela se convidou quando fomos comprar móveis para o quarto do bebê e tinha uma opinião sobre cada berço, trocador, canguru, monitor e carrinho de bebê. Então, quando Finn percebeu uma das várias vezes que meus olhos reviraram, interveio, apoiando-me contra a opinião dela na minha escolha de bomba de mama.

Parei de contar aos meus amigos em nosso grupo de WhatsApp sobre como ela me irrita porque eles acham que sou ingrata. Mesmo quando me lembro das coisas passivas-agressivas que Debbie disse, como "Eu gostaria de poder comer como você sem me sentir culpada" ou "É bom ver uma moça da sua idade que não é obcecada pela aparência", eles alegam que estou me excedendo em minhas interpretações. E as amigas que também estiveram grávidas afirmam que ela parece uma dádiva divina por querer estar tão envolvida.

De qualquer forma, vai ser impossível terminar a casa inteira antes que o bebê chegue daqui a dois meses, então dividimos em etapas. A primeira fase é a sala de estar, a sala de jantar da cozinha, o lavabo do andar de baixo, o escritório, o banheiro principal do andar de cima, nosso quarto, o quarto do bebê e o jardim dos fundos. Quando pudermos pagar, vamos começar o resto.

"Ai! Isso dói!" Os nós dos dedos de Finn finalmente identificaram o ponto exato no meu ombro, causando-me uma enorme angústia.

"É assim que deve ser", retruca ele, fincando mais fundo e movendo o nó em um movimento circular até que ceda. Então, ele começa a massagear meus ombros antes que seus lábios rocem em meu pescoço e minha orelha. Estou cansada e com dor e quero reclamar, mas ele sabe exatamente os botões certos para pressionar, por mais estilhaçada que eu me sinta. E, antes que eu perceba, o iPad cai no chão e, apesar do meu tamanho considerável, estou montada nele, e meus quadris estão se movendo como os de Shakira.

É meu dia de folga, então, depois do café da manhã, pego uma carona para a casa com Finn. No caminho, ele fala sobre do que mais o quarto do bebê precisa, sugerindo coisas que nunca considerei, como um termômetro para o banho, uma lata de lixo para fraldas, escovas para limpar mamadeiras, pomadas para assaduras, pacotes intermináveis de lenços umedecidos, musselines e uma cortina *blackout*. Como ele sabe de tudo isso? Deve ter pesquisado. Ele vai ser um pai fantástico.

À medida que a data provável do parto se aproxima, vejo-me sentindo falta dos meus próprios pais. Nunca fomos tão próximos quanto Finn é de seus pais, o que não é necessariamente uma coisa ruim para mim, já que eu não suportaria uma mãe arrogante como Debbie. Mas houve ocasiões em que quase invejei o que os três têm. Finn e eu somos filhos únicos, mas fui criada para ser independente desde cedo. Eu fazia meu próprio jantar antes que mamãe e papai voltassem do trabalho; eles não ficavam no meu pé para que fizesse o dever de casa e me permitiam escolher minhas próprias roupas. Nos últimos cinco anos da minha educação, escolhi ir para o internato e recebi a atenção de que precisava daqueles com quem me acercava. Não me revoltei na adolescência porque não tinha nada contra o que me rebelar. Logo depois que Finn e eu nos casamos e papai venceu a batalha contra o câncer de próstata, eles anunciaram uma expedição para navegar ao redor do mundo. "É o nosso momento agora", explicou papai. Resisti em perguntar, "Quando não foi?".

Quando eles nem sequer retornaram depois dos meus dois primeiros abortos, não me preocupei em lhes contar sobre o terceiro. E, ainda que tenham ficado encantados ao serem informados via Skype que eu estava grávida outra vez, não foram capazes de se comprometer com uma data em que eles estariam de volta para encontrar seu único neto. Às vezes, preocupo-me se a apatia deles pode moldar minha atitude em relação à maternidade.

Finn estaciona do lado de fora da casa ao lado de duas vans. Dave e Debbie já estão aqui. Nós não estamos muito longe do ponto final dessa etapa do trabalho. Será que estou realmente começando a vê-la como nossa casa? Uma vibração morna e inesperada surge no abdômen. É o bebê se movendo ou algo dentro de mim está mudando quando se trata desta casa.

Subo as escadas para o que será o quarto do bebê. Um amigo de Finn, que é pintor e decorador, vem amanhã para arrancar este papel de parede marrom e amarelo ao estilo dos anos 1970, além de lixar o chão e os rodapés. Já escolhi o novo papel de parede e algumas estrelas que brilham no escuro para colar no teto.

As vibrações vindas das marteladas no andar de baixo estremecem meu corpo, então fecho a porta, o que as silencia um pouco. O carpinteiro fez um ótimo trabalho ao restaurar a fechadura e a maçaneta quebradas da porta. O sol atravessa esta janela e agora é capaz de iluminar cada canto e recanto, já que podamos as macieiras e removemos as coníferas. É muito bonito mesmo.

De repente, lembro-me das amostras de tecido de cortina que deixei na parte de trás da van de Finn, mas, enquanto me dirijo para a porta, o papel de parede rasgado na altura do rodapé chama minha atenção. Tenho o desejo de arrancar uma tira, e é tão satisfatório quanto arrancar a pele queimada pelo sol. Há mais papel de parede por baixo, então arranco um pouco mais na direção do rodapé.

Nesse instante, o sol destaca algo que não tinha notado antes. Há linhas gravadas na pintura do rodapé. Aproximo-me e parece que elas compõem a letra V. Esfrego um pouco da poeira com a mão. Há outras letras. Há um S invertido e um R. Na verdade, é uma palavra — está escrito "Salvar".

Do lado de fora, uma nuvem surge e a sala escurece. Com a manga do meu casaco, limpo com hesitação mais um pouco até que, enfim, vejo uma frase inteira. As letras têm aparência infantil.

Estreito os olhos assim que o sol ressurge, e agora posso ler tudo.

EU VOU SALVAR ELAS DO SÓTÃO.

CAPÍTULO 11

FINN

"Finn! Venha aqui!"

Imediatamente, deduzo o pior quando Mia grita meu nome lá de cima. O aviso de nossa especialista sobre sua pressão alta dispara na minha cabeça, e eu corro pelas escadas e encontro Mia no meio do caminho.

"O que aconteceu?", pergunto e olho para sua barriga. Ela a está segurando e entro em pânico. Nós nunca chegamos perto de atingir a marca de sete meses com qualquer uma das nossas outras gestações, mas pensei que tínhamos conseguido com esta. *Agora não*, digo para mim mesmo.

"Preciso que você veja uma coisa", anuncia ela.

"Devemos chamar uma ambulância?"

"O quê?" Ela está confusa. "Meu Deus, não, não, me desculpe, não é o bebê."

Deixo escapar um longo suspiro. "Meu Deus, você quase me matou de susto."

Ela pede desculpas outra vez. "Encontrei uma coisa no quarto do bebê, palavras entalhadas no rodapé."

Mamãe e papai se juntaram a nós agora, após ter ouvido os gritos.

"Ela está bem?" Mamãe se dirige a mim, e eu aceno com a cabeça.

"Palavras? Do que você está falando?", pergunto a Mia.

"Alguém gravou algo no rodapé atrás da porta: 'Eu vou salvar elas do sótão'."

"É alguém com péssimo senso de humor", retruca papai com desdém.

"Não tenho tanta certeza", acrescenta Mia. "O que isso significa? Quem são 'elas' e por que 'elas' estão no sótão?"

Dou de ombros.

"Se as últimas pessoas que viveram aqui tinham filhos", continua papai, "provavelmente é um deles com uma imaginação exorbitante. Lembra como você era quando era jovem, Finn? Você se convenceu de que tinha uma irmã invisível e insistiu que comprássemos presentes de Natal e aniversário para ela."

Eu me encolho de vergonha. *Tan-Tan*. Tinha me esquecido dela.

A expressão de Mia me diz que ela não está convencida de que essa mensagem é tão inocente quanto minha irmã imaginária.

"Finn", exclama papai, "precisamos voltar ao reboco antes que a parede comece a secar." Ele começa a descer, mas para quando ninguém se junta a ele.

Eu sigo Mia até onde vai ser o quarto do nosso filho. "Está vendo?", ela diz, apontando para o rodapé. Dobro meus joelhos e removo um pouco mais da poeira. Leio em voz alta — está escrito exatamente o que ela disse — e me viro para Mia.

Mia está segurando a barriga outra vez como se protegesse nosso bebê de uma ameaça desconhecida. Preciso que fique calma. Sei como ela pode ficar quando dá corda à imaginação. No mês passado, ela assistiu a um documentário no YouTube sobre um irmão e uma irmã que desapareceram do jardim de casa anos atrás e nunca mais foram encontrados. Foi o único assunto que ela comentou durante dias. "Como vamos manter nosso bebê seguro?", ela perguntava sem cessar, mas nada do que eu disse a deixou segura.

"O que você acha?", ela pergunta agora.

"Papai tem razão", afirmo. "São apenas crianças brincando." Olho para mamãe. Ela geralmente está de boa na lagoa, mas até ela parece um pouco assustada com isso.

"Precisamos ir lá em cima e olhar", declara Mia com determinação.

"O sótão?", rebate papai. "Há apenas um par de caixotes lá em cima, não é, Finn?"

"Caixotes?", ela repete. "O que tinha neles?"

Papai balança a cabeça. "Nós não olhamos. Não havia necessidade."

"Até agora."

"Quem escreveu isso provavelmente está falando sobre alguns brinquedos antigos que não queriam que seus pais jogassem fora", alega mamãe. "Eu guardei o Buzz Lightyear e os carrinhos de Finn em nosso sótão quando ele ficou grande demais para eles. Ainda estão em algum lugar lá em cima. Deveríamos recuperá-los para o bebê."

"Então, Buzz e Woody estão deixando mensagens para nós em rodapés, é isso?", dispara Mia. "Finn, não vou descansar até saber o que há naqueles caixotes."

E, se eu conheço minha esposa como acho que a conheço, ela não vai mesmo.

JOHN MARRS
TUDO EM FAMÍLIA

CAPÍTULO 12

MIA

Finn pega uma vara de metal com um gancho na extremidade e solta a trava na porta do sótão. As dobradiças rangem quando se abrem, e todos nós nos desviamos quando uma escada de madeira cai com velocidade alarmante até atingir as tábuas do assoalho.

Ela oscila à medida que Finn sobe, seguido por Dave. Debbie espera comigo na base, e nós duas olhamos para o buraco escuro em que eles desaparecem. Ela agarra minha mão; recuo, mas ela não solta. Talvez ela seja humana, afinal. Acima de nós, um deles aperta um interruptor de luz, mas, um segundo depois, há um zunido e a lâmpada estoura.

"Ainda temos alguma lâmpada sobrando?", grita Dave, e Debbie grita de volta que acha que não. Eles usam as lanternas de seus telefones em vez disso.

"Não estou gostando disso", desabafa Debbie nervosa. Ela levanta a voz para o buraco acima de nós. "É uma casa antiga, Finn; não é seguro aí em cima. Você deveria descer. Devemos esperar até sabermos que as tábuas do assoalho estão seguras para depois sair olhando por aí."

"Não se preocupe", Finn grita de volta, e eu o ouço se afastando da escotilha, ao longo do teto diretamente acima de nós. "Tá legal, estou vendo os caixotes", ele grita, "mas as tampas estão pregadas."

Pego uma chave de fenda caída no chão e começo a subir a escada.

"O que você está fazendo?", pergunta uma Debbie horrorizada.

"Tudo bem."

"Querida!", ela protesta. Odeio que tenha começado a me chamar assim. "Você está grávida de mais de sete meses. Você não pode subir aí."

Não estou acostumada a vê-la preocupada comigo, mas, apesar disso, não consigo olhar para a bengala dela e não retrucar, "Bem, você não pode mesmo". Continuo minha subida. "Vou ficar no topo, mas não vou entrar", concedo. "Fique no degrau inferior e segure firme."

Passo a chave de fenda para Finn, que abre a boca para reclamar da minha façanha, mas sabe pelo olhar que lanço sobre ele que não vou dar ouvidos. Não apenas isso, mas, agora que estou aqui, vou ficar até ter certeza se exagerei na interpretação da mensagem do rodapé.

Ele passa o telefone para o pai, e eu tiro o meu do bolso, ligo a lanterna e começo a gravar um vídeo. Finn empurra a ferramenta sob a borda do caixote e o abre. Ele repete a ação no lado seguinte. A lanterna ilumina os primeiros pregos levantados, e ele precisa empregar toda sua força para que a tampa se erga. Olhamos um para o outro através da escuridão. Eu não sei o que estou esperando encontrar lá, mas minha imaginação está sobrecarregada. Cada filme de terror que me deixou morrendo de medo quando era criança está ressurgindo diante de mim, de palhaços em bueiros até vítimas de incêndios com lâminas no lugar dos dedos. Finn, tenso, por fim, puxa a tampa enquanto seu pai ilumina o interior. Eles ficam quietos, e meu coração quer saltar do peito.

"O que é? O que tem aí?", pergunto. Uma eternidade se passa antes que ele responda.

"Apenas rolos velhos de papel de parede e latas de tinta", declara Finn, e meu alívio é palpável.

"E na segunda?"

A outra abre com mais facilidade. "Mesma coisa", diz ele, e agora me sinto totalmente estúpida por fazê-los subir aí. Culpo meus malditos hormônios da gravidez por me fazerem oscilar para cima e para baixo como um ioiô. Não gosto de parecer irracional na frente de Debbie, mas, para ser justa, ela estava tão angustiada quanto eu.

"Tudo bem", digo enquanto Finn se vira. Sua lanterna pega o canto da sala, uma parede, mas há um pequeno e estranho vão onde ela atinge o telhado. Ele não parece ter notado, mas eu sim. "O que é aquilo?", pergunto e agarro meu telefone.

"O que é o quê?"

"Atrás de você, aponte sua luz para o canto que nem eu."

Ele faz o que peço. É mais óbvio com um terceiro feixe. "Hum! A casa não termina aí", afirma ele. "Pai, essa parede não parece que foi adicionada?"

"Talvez, mas, se foi, é provável que tenha sido para fins de isolamento", explica Dave. "Na década de 1950, era comum reduzir o espaço do sótão ou diminuí-lo para manter mais quente."

Não estou convencida, nem Finn enquanto se move em direção a essa parede adicional e começa a empurrá-la com a palma da mão.

"Não deveríamos estar brincando com isso até sabermos se o chão atrás é seguro", aconselha Dave. "Você não quer tijolos quebrando os tetos dos quartos que acabamos de rebocar."

Mas Finn agora está tão interessado em descobrir o que está por trás dela quanto eu. Finalmente, ele encontra um tijolo solto e o desaloja. O tijolo cai no outro lado, aterrissando com um baque.

"O que está acontecendo?", pergunta Debbie abaixo de mim, assustada com o baque.

"Parece outro cômodo", responde Finn, apontando sua luz para dentro do buraco. "E tem algo lá dentro."

"Por favor, desça, Finn, não é seguro", recomenda Debbie.

"O que tem dentro?", pergunto.

"Não consigo enxergar direito."

Finn me acompanhou para pegar um martelo e uma lâmpada com os operários na sala. Debbie tenta em vão convencê-lo a não retornar ao sótão, mas Finn — muito menos eu — não lhe dá ouvidos e continua seguindo para lá. Quando alcanço o último degrau, aponto a luz do meu telefone na direção de Finn, enquanto ele começa a demolir uma parte da parede para vermos o que tem lá dentro. A luz da lâmpada ilumina uma sala escondida. De cara eu noto a boca de uma chaminé com tijolos faltando, criando um buraco no centro. Então enxergo vários objetos retangulares ao lado da chaminé. O retângulo mais próximo tem, atrás dele, duas fileiras com quatros desses objetos, além desses dois. A formação se espalha em V, como uma revoada de gansos, com a diferença de que os objetos estão posicionados no piso.

"São malas?", pergunto, semicerrando os olhos.

"Acho que sim", Finn responde, e percebo que se afasta delas.

São sete. É difícil afirmar com tanta poeira, mas parecem ser de cores diferentes, embora todas sejam do mesmo tamanho. E há uma letra vermelha gravada em cada uma delas, um P.

"O que é isso na frente delas?" Diante de cada mala, há uma pequena pilha de alguma coisa.

"Roupas", afirma Finn. Ele se volta para o pai, que agora está tão apreensivo quanto o filho. Finn pega um saco, e a poeira o faz espirrar. "Roupas de criança em um saco embalado a vácuo", declara ele sombriamente.

"Talvez devêssemos voltar lá embaixo e deixar isso para outra hora", sugere o normalmente imperturbável Dave.

Começo a ficar tonta. Não consigo ter certeza se é a minha pressão ou se estou apenas me irritando. Assim como Finn, o ar pesado começa a me fazer espirrar.

"Precisamos olhar dentro de uma", digo.

"Por quê?", ele retruca.

"Porque estão no nosso sótão. Abra uma."

Com relutância, ele brinca com os fechos de uma mala até que, por fim, ela se abre. No entanto, a tampa é tão apertada que não se move, por mais que ele tente puxá-la. No final, Dave se apodera da mala enquanto Finn a puxa. Então o topo se abre, mas com tanta força que Dave solta e perde o equilíbrio, caindo de joelhos.

Há um cheiro imediato de putrefação, mas não é avassalador. Finn aponta sua luz sobre a mala, mas, de início, nenhum de nós consegue decifrar o que estamos olhando. É um pedaço grande e sólido de algo, de cor marrom-escura, quase preta. Então, eu reconheço que é pelo e deduzo que é um gato ou um cachorro. Não, espere, isso é cabelo? Sim, é. E vejo que está preso a um crânio. Um crânio humano, só que pequeno. É então que percebo que pertence a uma criança.

Estou olhando para os restos mumificados de uma criança.

Minhas pernas começam a tremer incontrolavelmente e deixo cair o telefone na borda da escotilha do sótão. Mas, antes que possa me estabilizar, estou caindo para trás, até embaixo, meu pulso se chocando na escada antes de aterrissar no piso com um baque pesado e tudo ficar escuro.

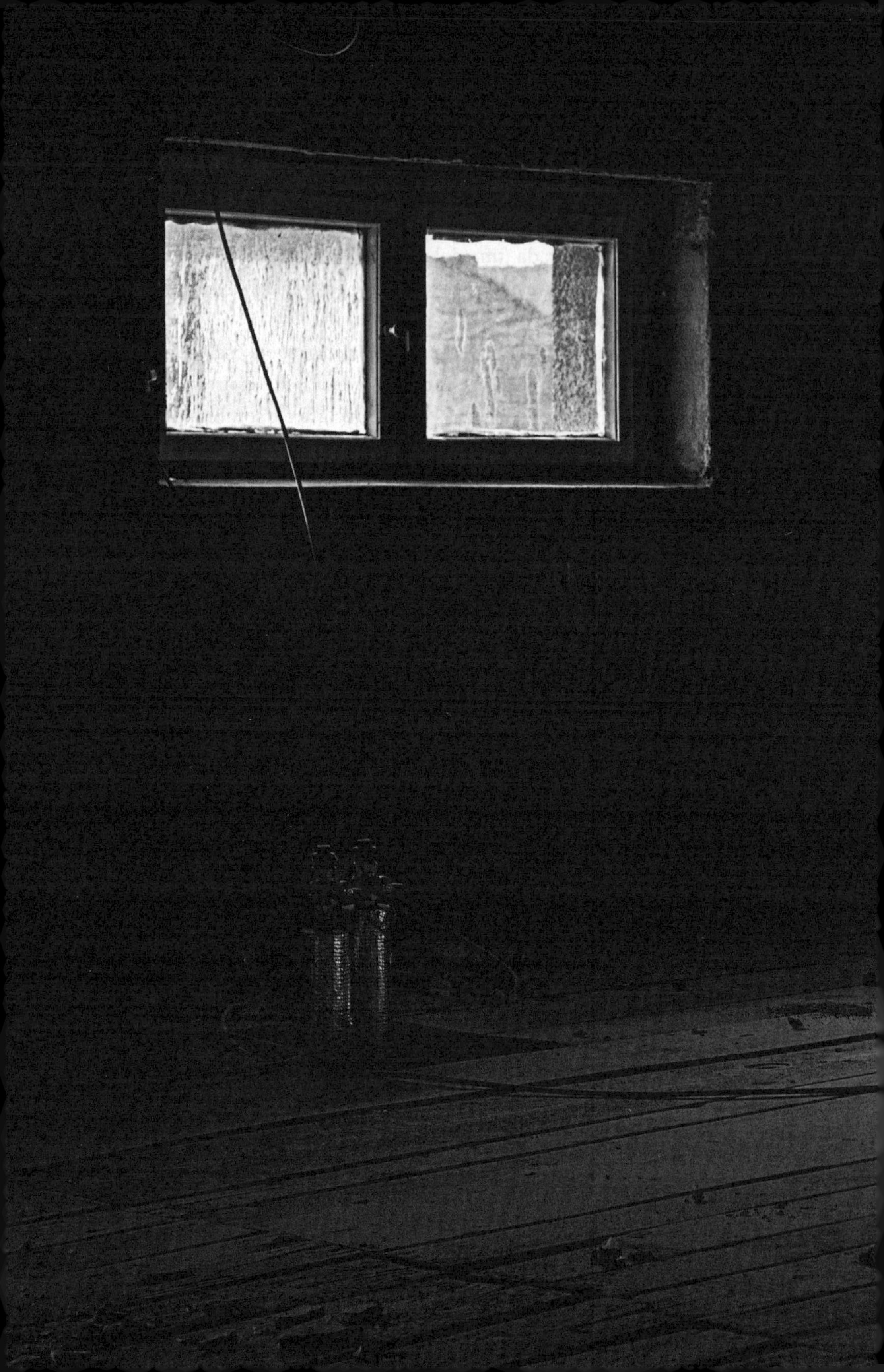

PARTE II

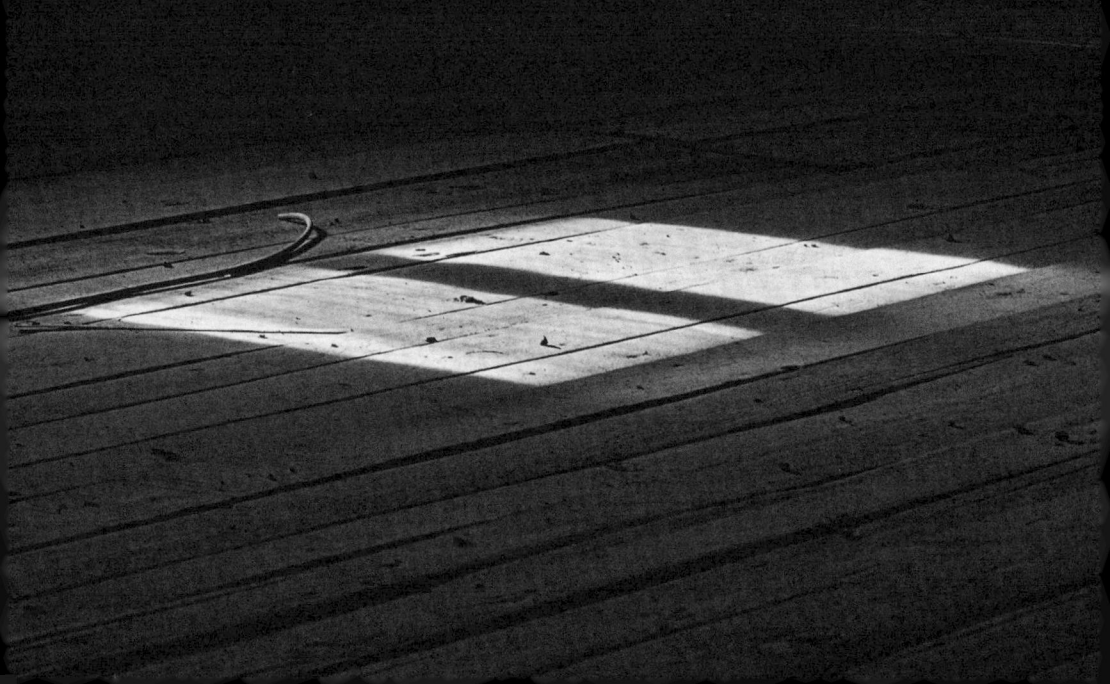

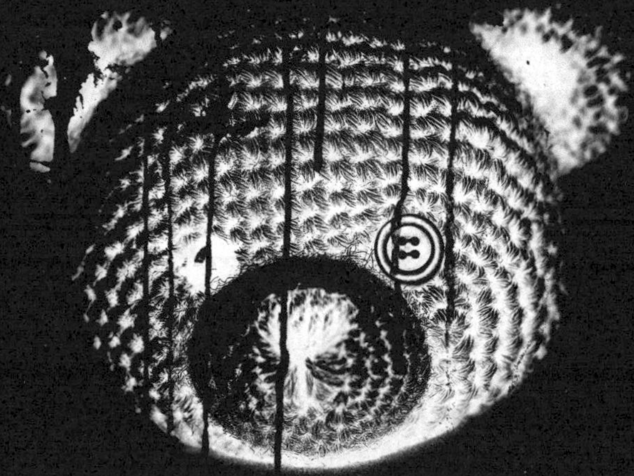

JOHN MARRS
TUDO EM FAMÍLIA

CAPÍTULO 13
UM ANO ANTES

"Você é o último", sussurro enquanto olho no fundo de seus olhos cinzentos, sem vida. Os membros estão descaídos ao lado do corpo, e a pele está morna ao toque conforme minhas mãos deslizam pelo rosto e braços. As impressões rosadas deixadas pelos meus dedos ao redor do pescoço dele estão começando a desaparecer. Eu acaricio seu cabelo antes de, por fim, segurar sua mão. Parece tão pequena na minha.

Meu último ato precisava ser com alguém especial. E, quando vi esse menino com cachos loiros escuros, nariz e bochechas sardentas, voltando da escola para casa sozinho, no mesmo instante soube que tinha encontrado quem estava procurando. Ele era a imagem cuspida do meu irmão George. E, pela primeira vez em todos esses anos, as circunstâncias desse garoto não trariam nenhuma consequência. Eu não estava tentando salvá-lo de nada. Sua morte foi egoísta. Eu o matei porque queria.

Este momento marca o fim de uma era.

Estou de joelhos entre os campos de trigo dourado nesta bela tarde. As plantações à minha frente se estendem além do horizonte, e, muito em breve, os agricultores iniciarão a colheita. A beleza que me engole vai desaparecer, assim como o menino. Mas ambos vão viver dentro de mim.

O local não era de fácil acesso. Primeiro, tive que arrastá-lo pela floresta, estremecendo e xingando enquanto as pontadas afiadas das samambaias rasgavam meus braços nus. Mas as cores que nos cercam são tão vívidas e a paisagem tão perpétua que era atraente demais para ignorar. Sinto a bênção de poder compartilhar esses momentos finais com ele aqui.

Fecho seus olhos com a palma da mão e começo a despi-lo com cuidado até a roupa íntima.

* * *

Semanas atrás, quando o desejo familiar aumentou de uma pontada para uma mordida, escolhi minha localização em um conjunto habitacional de Bristol e usei um uniforme de policial que comprei em uma feira de usados alguns anos atrás.

Eu me aproximei de outro menino não muito diferente deste aqui em um parque e perguntei seu nome. "Estou feliz por ter encontrado você", disse e lhe informei com urgência que meus colegas e eu o estávamos procurando, pois sua mãe havia sido levada às pressas para o hospital depois de ser atropelada por um carro. Ele confiou em mim imediatamente, e, com lágrimas escorrendo pelo rosto, corremos na direção do meu veículo estacionado.

"Está tudo bem, Connor?", uma mulher perguntou ao aparecer do nada com um filho seu. *Droga*, pensei. *Ela o conhece*.

"Mamãe está no hospital", ele soluçou.

A mulher se virou para mim. "O que aconteceu com Sue?", perguntou a amiga em pânico. "Ela está bem?"

"Preciso pegar meu rádio no carro", informei a ela. "Pode ficar de olho em Connor por um momento?"

"Claro", ela respondeu, sua confusão superada por sua necessidade de confortar o menino.

Uma vez fora de vista e de volta ao meu veículo, fui embora.

Foi por pouco, e relataram no noticiário na manhã seguinte como uma "tentativa de sequestro". Para meu alívio, o retrato falado da polícia sobre mim poderia ser de qualquer pessoa.

Houve uma porção de outros fracassos ao longo dos anos, mas esse deixou uma impressão indelével em mim. Se não parar agora, então é certeza que minha captura vai acontecer em breve. Escapei por tanto tempo graças à preparação e determinação minuciosas — além de um pouco de sorte em algumas ocasiões. Mas a tecnologia moderna e as crianças estando mais espertinhas estão dificultando as coisas.

Veja aquela garota em North Yorkshire no ano passado, por exemplo. Não tive escolha senão apressar meu ritual final depois que seu relógio fez um zunido. Eu já havia desativado seu telefone, pensando que era o suficiente para mantê-la fora do radar. Mas não tinha considerado que também poderia haver um dispositivo de rastreamento em seu *smartwatch*. Eu mal tinha passado algum tempo com ela quando alguém tentou localizá-la. Se não tivesse acelerado meu processo, ela logo teria sido dada como desaparecida, e a polícia teria usado torres de celular para identificar sua última localização. Vou me arrepender para sempre de ser incapaz de tratá-la com o respeito que merecia.

Também estou anunciando meu fim porque meu discernimento não é o mesmo de antigamente. Pesquisei o relógio daquela garota depois — alguém pagou mais de 300 libras por ele. Ela não era tão pobre quanto sua aparência sugeria. Então, penso na criança que escolhi em Devon por causa dos buracos em seus jeans e tons pastel em seu cabelo, como tinta que não tinha sido lavada. Ela também parecia ter vindo do nada. Mas, quando seu desaparecimento foi notícia naquela mesma semana, descobri que sua mãe era diretora de uma empresa e seu pai era farmacêutico. As aparências agora são tão enganosas.

É claro que há outras maneiras de encontrar crianças além de me esconder e procurá-las. Tenho experiência com a internet e posso agir com confiança em fóruns, salas de bate-papo, redes sociais e mensagens diretas. Certa vez, tentei me encontrar com um garoto que achava que eu era uma menina de 10 anos com quem ele estava trocando mensagens no Snapchat. Observei de longe enquanto ele esperava na área de lazer, mas algo na situação não me caía bem. Parecia que estava tomando atalhos para atraí-lo até lá. No último minuto, fui embora e, quando cheguei ao carro, excluí todos os vestígios da minha presença on-line.

Alguma tecnologia, no entanto, me beneficia. Durante anos, confiei em mapas e recortes de jornais em microfichas de bibliotecas para delimitar áreas de ataque em cidades desconhecidas. Agora, aplicativos de imóveis e vistas de rua on-line me dão uma amostra de um local antes mesmo de viajar para lá. Mas, aonde quer que eu vá, câmeras de segurança são o inimigo. As câmeras mantêm um registro de onde estive e por quanto tempo estive lá. Os estacionamentos lembram minha placa; ônibus, motos e ciclistas podem ser equipados com lentes no capacete ou no painel, e até mesmo meu próprio carro trabalha contra mim com seu sistema de computador de bordo, registrando todas as viagens que faço. É tudo muito cansativo.

Então, por essa e por todas as outras razões que mencionei, estou me despedindo dessa vida enquanto ainda continua sendo minha a decisão a ser tomada.

Minha atenção volta para a tarefa que tenho em mãos. O *rigor mortis* normalmente se instala depois de três a quatro horas, então enquanto ele ainda é maleável, pego o corpo mole e leve e dobro suavemente o tronco e pernas ao meio, dobrando os braços e pescoço para que caiba dentro da minha mala. Ouço o estalido do pulso ao se partir em dois e peço desculpas a ele. Fecho a tampa, e, pela última vez, ar fresco passa por sua pele. Então, deixo suas roupas empilhadas em ordem na frente da mala seladas em uma embalagem a vácuo.

Dou vários passos para trás e olho para a beleza que criei por tempo suficiente para garantir que cada centímetro dessa cena seja emoldurado e selado em minha memória. No futuro, cada vez que voltar a esse momento, vou lembrá-lo nos mínimos detalhes. Nada vai me escapar, desde a forma e a sombra das nuvens sobre nós até a direção em que a mala lança uma sombra. Cada rocha, cada pedra, cada galho das árvores à nossa frente vai me alimentar pelo resto dos meus dias.

Por fim, quando recebo tudo de que preciso daquele momento, pego a mala, o menino e saio da mesma forma como chegamos. Nós dois juntos, mas eu a sós.

JOHN MARRS
TUDO EM FAMÍLIA

CAPÍTULO 14
MIA, 2019

Mal posso distinguir o som da sirene e acordo com um susto.

Abro os olhos, mas minha visão está turva, então não reconheço o que consigo vislumbrar do meu entorno. *Onde estou?* Esforço o cérebro.

Minha última lembrança, que me ocorre com uma sensação desolada, é de recuperar a consciência em uma maca na parte de trás da ambulância, uma máscara de oxigênio presa ao meu rosto e meu cérebro latejando como se quisesse explodir o crânio. Quando tentei me mover, percebi que estava amarrada, e a cabeça e o pescoço estavam bem apertados. Foi apenas quando uma dor aguda me atingiu no estômago que, para meu horror, lembrei que estava grávida.

"Por favor, não entre em pânico", exclamou Finn, suas palavras minadas por sua expressão aterrorizada. Ele estava sentado comigo, agarrado a um assento minúsculo com as costas na lateral da ambulância.

"O bebê", ofeguei antes de desmaiar outra vez.

Então, faz sentido que tenha acordado no hospital, penso.

"Você está segura", surge a voz de Debbie. Abro os olhos um pouco mais e, através da névoa da medicação para dor, agora a vejo sentada ao lado do meu leito no hospital. Meu bebê que ainda não nasceu é a primeira coisa que me vem à cabeça. A mão de Debbie está apoiada no meu braço, mas a afasto para sentir minha barriga de grávida. Não está tão firme como antes. Mas, antes que possa gritar, ela diz, "Ele está bem, querida", e sorri, então sinto um calor irradiando dela que não reconheço. "Você fez uma cesariana", ela continua. "É só uma coisinha de um quilo e meio, mas os médicos dizem que ele é saudável. Finn está com o bebê agora na UTI neonatal."

"Eu quero vê-lo", digo grogue.

"Você vai, mas não agora. Você precisa descansar. Vou ficar com você."

Meu corpo se recusa a cooperar quando tento me ajeitar ao longo da cama e me apoiar com o cotovelo.

"Você precisa ter cuidado", ela adverte. "Seu corpo passou por um trauma. Você teve sorte — poderia ter sido pior."

"O que há de errado comigo?"

Ela me explica que tenho duas costelas quebradas e hematomas na coluna e na cabeça, e depois fizeram a cesariana. Também tenho várias fraturas no pulso e vou precisar de uma operação para corrigi-lo nos próximos dias. Só então vejo o molde de gesso. "Mas o mais importante é que, apesar do que você fez, meu neto está bem", diz ela. "Ele tem muita sorte."

Paro para absorver suas palavras. *Apesar do que você fez*. A sinceridade em seu timbre sugere que ela não está deliberadamente atribuindo culpa, mas, mesmo que estivesse, ela teria todo o direito de fazê-lo. Quase matei meu filho, o neto dela. O fato de ele ainda estar vivo não tem nada a ver comigo, mas com os cirurgiões que o arrancaram de mim e salvaram sua vida. Debbie me passa um lenço de sua bolsa junto com meu celular, que eu havia deixado na borda da escotilha do sótão.

"As malas", pergunto. "Havia corpos em todas elas?"

Ela retesa o corpo como se até mesmo o pensamento disso a deixasse enjoada. "Nós não sabemos, a polícia está lá agora. É tudo horrível demais para se pensar. Mas, por favor, esqueça isso agora. Feche os olhos e relaxe."

Faço o que ela me pede e logo volto para baixo de um cobertor pesado de analgésicos.

Mais tarde naquela noite, acordo outra vez, e, depois de uma reunião chorosa com Finn, ele e uma enfermeira me colocam em uma cadeira de rodas e meu marido me empurra para a unidade neonatal para conhecer nosso garotinho. De início, tudo em que posso focar é a incubadora de plástico o protegendo dos perigos do mundo — como eu —, depois nas luzes sonoras e piscantes do monitor cardíaco preso ao dedo de seu pé e o tubo lhe dando fluidos por via intravenosa. Mal consigo olhar para ele. É tão, tão pequeno, magro e vulnerável, e eu fiz isso com ele.

"Ele vai ficar aqui por alguns dias enquanto o monitoram", explica Finn. "Mas, pelo que viram até agora, os médicos dizem que nosso filho está indo muito bem. Eles podem até nos deixar ter contato físico amanhã."

Espero que Finn não tenha me visto recuar diante da sugestão. A última coisa que nosso frágil bebê precisa é de mim por perto. Sou um risco para ele. Eu não o mereço.

Mais tarde, dois policiais aparecem no meu quarto — um oficial uniformizado cujo nome não identifico e o sargento Mark Goodwin, o detetive responsável pela investigação dos corpos no sótão que também foi nomeado oficial de ligação para nossa família. Eles pegam meu depoimento, e lhes conto tudo o que consigo lembrar.

"O que vocês sabem?", Finn pergunta quando termino.

"Por enquanto", responde o detetive Goodwin, "tudo o que posso dizer é que as mortes são antigas e parecem ter sido deliberadas."

"São todas crianças?", pergunto.

"É provável que sim."

Fecho os olhos e balanço a cabeça. Por enquanto, não quero saber de mais nada.

*TRANSCRIÇÃO DA COLETIVA DE IMPRENSA
DA POLÍCIA DE BEDFORDSHIRE*

BRIEFING *DE MÍDIA FEITO PELO DETETIVE
SUPERINTENDENTE ADEBAYO OKAFOR*

Boa tarde a todos e obrigado por seu comparecimento. Vou começar lendo uma breve declaração dos fatos, com relação ao que sabemos até o momento. Conforme amplamente relatado, restos humanos de sete indivíduos foram localizados no sótão de uma propriedade no número 45 da High Street, Stewkbury, durante uma reforma. Hoje, os oficiais responsáveis por cenas de crime estão no local vasculhando a propriedade. Os policiais vão continuar a reunir provas por algum tempo. Os ossos dos restos mortais foram examinados por um patologista do Ministério do Interior e agora podemos determinar que todas as vítimas morreram entre o final da década de 1970 e o início da década de 1980. Também podemos confirmar que todas as vítimas eram crianças — três meninos e quatro meninas. O DNA está sendo recuperado de seus restos mortais e vai ser comparado a um banco de dados de crianças que desapareceram durante esse período de tempo. Vou agora abrir a palavra às perguntas dos membros da imprensa.

Vocês já identificaram alguma criança e suas famílias foram informadas?
Não, ainda não. Não será um processo da noite para o dia, pois estamos trabalhando a partir de um momento anterior aos testes de DNA.

Várias famílias se apresentaram, convencidas de que seus filhos estavam naquele sótão. Quanto mais vão ter que esperar?
Estou certo de que todos nós queremos que essas perguntas sejam respondidas, principalmente essas famílias. No entanto, para determinar o que aconteceu, precisamos passar pelos procedimentos com nossa equipe para que nenhum erro seja cometido. Assim que tivermos as informações, as famílias vão ser informadas antes de qualquer outra pessoa.

Vocês já sabem como as crianças morreram e se foi no local?
A causa da morte vai ser revelada no relatório completo da patologia, que esperamos receber daqui a aproximadamente quinze dias e que vamos divulgar logo em seguida.

Os ocupantes anteriores da casa já foram encontrados?
Estamos seguindo um número significativo de pistas após uma resposta de moradores atuais e antigos da vila, além de chamadas para nossa linha direta exclusiva. Mas, nesse momento, a busca continua.

Obrigado pela sua presença hoje, uma nova coletiva de imprensa vai ser realizada amanhã para atualizá-los sobre o progresso da investigação.

CAPÍTULO 15

MIA

É a primeira vez que voltamos à casa desde a nossa descoberta três semanas atrás. Eu não sabia se estava pronta para retornar, mas, para meu alívio, a polícia decidiu por nós.

Estou segurando a mão de Finn com tanta força que tenho medo de quebrar seus dedos. Mas tenho medo de que, se soltá-la, o tornado que nos varreu de nossos pés possa voltar e nos levar à ruína. À nossa frente estão policiais, investigadores ao estilo CSI, fotógrafos, operadores de câmera e equipes forenses. Longe daqui, tivemos que lidar com as perguntas infinitas de amigos e recusamos pedidos implacáveis de entrevistas com jornalistas e programas de TV. É coisa demais para lidar.

Finn e eu não dizemos nada. Simplesmente permanecemos aqui e observamos a cena do crime. Grandes placas brancas de perímetro e cercas escondem a própria casa da vista do público. Até o jardim está fora de vista. De onde estamos, de pé diante da fita da polícia, posso ver uma parte de uma escavadeira mecânica laranja. Presumo que seja para o jardim.

Sonny espirra enquanto dorme e nos arranca do nosso silêncio contemplativo. Nosso bebê está amarrado ao peito do pai em um canguru cinza. Ele é minúsculo e está praticamente todo escondido pela coisa. Finn se vira para olhar para mim, como se esperasse que eu fosse a primeira a dizer algo. Mas não faço ideia de como me expressar agora que estamos aqui. Não há instruções para um cenário como este. Ele retribui meu aperto de mão com maior suavidade, como se isso pudesse me oferecer algum conforto. Não adianta. Um telefone toca, e percebo que é o meu. A tela revela que é uma mensagem de Debbie, que simplesmente diz *Seja forte*, seguida por um emoji de coração. Respondo agradecendo.

Meu pulso vibra enquanto um policial uniformizado verifica com seus superiores se somos quem dizemos ser. Ele presta mais atenção em mim do que Finn, provavelmente notando os fracos resquícios dos hematomas espalhados pelo rosto e pelos braços provenientes da minha queda da escada.

Ele levanta a fita azul e branca, permitindo-nos entrar nesta seção isolada da estrada. Somos recebidos pelo detetive Mark Goodwin, que nos mantém atualizados sobre as últimas novidades e nos convida a nos juntarmos a ele dentro de uma tenda azul erguida em um canto do jardim. Somos alertados por um zumbido fraco no céu, e nós três olhamos para cima. É um drone circulando a propriedade.

"É de vocês?", Finn pergunta.

"Não, é provavelmente a imprensa ou o público", ele responde. "É irritante, mas, legalmente, não há nada que possamos fazer."

Dentro da tenda há cadeiras e mesas de plástico, além de caixas de chá e café. "Nossa equipe forense faz seus intervalos aqui", ele continua e nos convida a sentar. Como se tivesse combinado, duas figuras surgem, vestidas da cabeça aos pés com uniformes brancos de polietileno, pares de luvas em cada mão, além de proteções para os pés e a cabeça. Apenas quando removem seus uniformes de proteção e os jogam no lixo é que posso dizer que são homens. Eles se sentam e conversam enquanto comem sanduíches pré-embalados como se fosse um dia normal no escritório.

Mark, como o detetive Goodwin nos pede para chamá-lo, é simpático, embora profissional, e parece ter empatia com nossa situação. Ele é mais alto e mais corpulento do que Finn, provavelmente próximo à nossa idade, mas com uma barba grisalha. Ele é o que minha mãe chamaria de "um par de mãos seguras".

"Como expliquei ao telefone, não posso levá-los para o interior da casa porque existe uma investigação em andamento", ele começa. "Mas, como estavam ansiosos para tentar entender o que está acontecendo, meu superior disse que posso pelo menos reproduzir as imagens de vídeo que gravamos enquanto trabalhamos. Eu sei que a imprensa está interessada em novos ângulos sobre a história, mas preferimos controlar a narrativa sempre que possível, então agradeceria se vocês guardassem o que vão ver só para si mesmos. Devo também lembrá-los da extensa análise que está acontecendo lá. Nossa equipe de oficiais é especialmente treinada para ser absolutamente minuciosa, então isso pode ser perturbador."

Finn e eu acenamos com a cabeça, e o detetive Goodwin tira o telefone do bolso. Ele mantém as mãos no dispositivo como se estivéssemos nos preparando para arrancá-lo dele. A filmagem começa na porta da frente, e, pelo que posso ver, a varanda permanece igual. Mas o saguão de entrada agora praticamente não tem piso, apenas buracos abertos com tábuas de madeira para atravessar. A parede entre a sala de jantar e a sala de estar não existe mais, e não me lembro se a removemos ou se é algo que eles fizeram. No quarto de cima, onde encontrei a mensagem gravada no rodapé, há pequenos marcadores de plástico amarelos espalhados pelo chão, cada um deles com um número. Estremeço ao pensar em quantas crianças foram feridas em um cômodo onde planejamos ser o quarto do nosso bebê.

Há várias folhas de papel pregadas nas paredes contendo plantas da casa, e alguém também está medindo uma parede. "Usamos engenheiros estruturais para medir o interior e o exterior para ver se têm o mesmo comprimento e largura", explica Goodwin. "Isso nos poupa ter que derrubar tudo." *Pequenos favores*, eu acho.

Continua assim de um cômodo a outro, até que me torno anestesiada ao caos. Há mais furos no chão e nas paredes da sala. O detetive Goodwin explica que é para que possam inserir câmeras endoscópicas para procurar por restos mortais na parte interna. Nossa nova placa de gesso parece ter sido usada como alvo de tiros.

Distraio-me por um momento com uma coceira sob o gesso que cobre meu pulso e antebraço. Três pinos de metal prateado se projetam para fora, mantendo quatro fraturas distintas no lugar enquanto se curam. Já passei por duas cirurgias e espero tirar o gesso dentro de um mês.

A câmera serpenteia até a escada e ao longo do patamar. Ela aponta para cima, e, pela primeira vez, estou ciente de que várias seções do teto foram derrubadas. Agora posso ver diretamente a parte de baixo do telhado. Um arrepio gelado percorre meu corpo quando me recordo do momento em que a primeira mala se abriu e revelou o corpo mumificado de uma criança.

Estendo a mão para acariciar a cabeça do meu bebê adormecido enquanto ele se apoia no peito de Finn, mas a retiro bruscamente antes de fazer contato. Se Finn percebeu, não disse nada.

JOHN MARRS
TUDO EM FAMÍLIA

CAPÍTULO 16

FINN

Mia aperta minha mão com mais força quando as imagens da polícia chegam ao sótão. Não paro para pensar antes de dizer em voz alta, "Bem, pelo menos não precisamos ir muito longe para conseguir novas malas". No momento em que Mia olha para mim, já compreendi que foi um comentário muito estúpido. Humor macabro, acho que chamam assim. Nenhum de nós está pensando direito. O estresse e a privação de sono estão mexendo com nossa cabeça. Agora aquele policial está me olhando como se eu fosse um idiota, e não é a primeira vez. Quando não está dirigindo a maior parte do que diz a Mia, está me olhando como se eu fosse culpado de alguma coisa.

Observamos enquanto o operador da câmera retorna para onde a filmagem começou, na varanda. O piso de *parquet* empilhado desencadeia algo, e meus olhos inesperadamente começam a se encher de lágrimas. Esse piso foi um achado no eBay, e eu viajei mais de cem quilômetros para pegá-lo da mansão que estava se livrando dele. Então, durante boa parte de uma semana, passei todas as noites lixando, varrendo e encaixando cada peça. Agora, vejo que alguns deles estão quebrados, partidos ou lascados, de onde foram arrancados para que olhassem por baixo. Todo aquele esforço desperdiçado. Limpo os olhos com a mão livre.

Observo enquanto outro agente perfura a parede e um adestrador de cães aparece com um *springer spaniel* na guia. Ele cheira o buraco brevemente e depois se afasta. Suponho que isso signifique que não há nada — ou ninguém — lá.

"Quando você acha que tudo isso vai acabar?", pergunto a Goodwin.

"Acho que ainda vai levar algum tempo", ele diz para Mia, não para mim.

"Quanto é algum tempo? Umas duas semanas?", insisto.

Quando ele balança a cabeça, sei que não vou gostar da resposta.

"Finn, uma investigação como esta, envolvendo múltiplos homicídios antigos, pode levar meses. Estamos nessa a longo prazo."

"Meses?", repito. "Mas esta é a nossa casa."

"Eu sei disso, mas nosso mandado nos permite, por lei, tomar todas as medidas necessárias para garantir que estejamos cem por cento confiantes de que não há mais corpos lá dentro."

"Você não pode empregar mais pessoas para acelerar isso?"

Ele olha para mim como se eu fosse um idiota mais uma vez. "Como há provas demais para reunir e preservar em um lugar desse tamanho, é um trabalho que requer oficiais especialmente treinados e licenciados. Não há urgência aqui."

"Não para você, meu amigo, mas há para nós."

Ele volta sua atenção mais uma vez para minha esposa, como se ela fosse capaz de ser mais racional do que eu. Ele não estaria pensando isso se tivesse estado com ela 24 horas por dia nas últimas semanas, como eu estive. Ela teve mais altos e baixos do que um cavalo selvagem.

"Se cortarmos caminho ou tentarmos acelerar as coisas, corremos o risco de cometer erros", ele acrescenta. "Não podemos arriscar deixar nada passar."

Eu sei que ele tem razão, mas isso não ajuda a nossa situação. Apenas quero ir embora deste lugar, mas não consigo ver isso acontecendo em um futuro próximo. Na minha ingenuidade, entrei em contato com um velho colega de escola que trabalha como agente imobiliário para ver quais seriam as chances de uma venda rápida assim que isso tudo acabasse. Ele riu e depois me perguntou, "Quem em sã consciência iria querer comprar uma casa onde sete crianças foram assassinadas?". Ele calculou que deveríamos considerar derrubá-la e reconstruir, ou ainda vender a terra. Goodwin já nos disse que o Ministério do Interior pagará por todos os reparos se decidirmos ficar. Mas não podemos nos dar ao luxo de construir outro lugar aqui, e vender a terra significa que teríamos um enorme impacto financeiro. Estamos fodidos e mal pagos.

Pessoalmente, acho que poderia morar aqui. Não acredito em fantasmas. Uma vez que colocarmos nossa cara nesse lugar, pareceria menos como um necrotério, tenho certeza. No entanto, quando sugeri a ideia à minha horrorizada esposa, ela deixou claro muito rapidamente que não aceitaria nada disso. Talvez com o tempo ela mude de ideia. Mas, pelo que Goodwin diz, não é uma decisão que precisamos tomar com pressa. Então, por enquanto, não temos escolha a não ser viver com meus pais.

Mia pede a Goodwin uma atualização sobre os corpos outra vez, mas, para ser honesto, já estou farto de ouvir sobre isso por hoje. Sei que parece duro, mas Mia e eu precisamos nos concentrar menos nas crianças mortas que nunca conhecemos e mais na criança viva que estou segurando. Minha família é minha prioridade, não eles.

Ela tentou falar sobre isso comigo no início desta manhã, quando viu no noticiário matinal que uma das crianças havia sido identificada. Mas eu já tinha me desligado. Não sei se é um menino ou uma menina. Nem sequer me importo. Estou me esforçando bastante para não deixar esses assassinatos dominarem nossa vida, mas eles estão se metendo muito entre nós ultimamente. Ela me acusou de ser frio e insensível, mas não sou. Sou apenas melhor em compartimentalizar do que ela. Considerando que tudo em sua cabeça está desvinculado nos últimos tempos, como se seus pensamentos estivessem colidindo uns contra os outros como os para-choques de carrinhos de bate-bate. Entendo, lhe digo — o que ela viu, depois sua queda e a chegada prematura de nosso bebê, tudo a atingiu com força física e emocional. Mas ela não está sozinha. Tem sido difícil para nós dois. E agora ela precisa ver que temos alguém para priorizar acima de nós mesmos.

Toda vez que olho para meu filho, penso em como ele tem sorte de estar vivo. Quando Mia caiu da escada e bateu a cabeça com força no piso, eu estava convencido de que perderia os dois estava totalmente desamparado na parte de trás da ambulância, observando enquanto ela perdia e recobrava a consciência, e, pela primeira vez na minha vida, rezei. Deus, se Ele ou Ela existe, deve ter escutado porque todos nós ainda estamos aqui.

Goodwin coloca o telefone de volta em sua jaqueta quando mais dois investigadores forenses entram, removendo suas coberturas plásticas e esfregando as testas. Goodwin sorri para Sonny enquanto meu filho vira a cabeça para avaliar o ambiente a seu redor. Eu me pego segurando Sonny um pouco mais apertado no meu peito e movendo meu corpo para que ele fique fora da linha de visão dele. Então, um cheiro estranhamente doce e familiar chama minha atenção, e sei que é hora de trocar a fralda. Não quero pedir ajuda a Mia para não incomodá-la, pois ela está preocupada. Então, levo Sonny para o canto da tenda para trocá-lo.

Quando retornamos alguns minutos depois, acho que ela nem percebeu que tínhamos ido.

CAPÍTULO 17
MIA

Puxo o edredom para perto do meu queixo. Comecei a dormir com a lâmpada de cabeceira acesa e uma playlist do Spotify de música ambiente tocando ao fundo. Se não estiver distraída, não consigo parar de pensar nas crianças no sótão. No silêncio escuro do meu quarto, posso ouvir com uma clareza inevitável o clique da mala se abrindo. Consigo sentir o cheiro de decomposição e posso ver o formato do crânio daquele pobrezinho.

É egoísta, eu sei, mas o único resultado positivo da minha queda da escada há mais de dois meses é que não tive tempo de ver mais nada lá em cima. O pobre Finn viu aqueles restos mortais por mais tempo do que eu. Ele não me disse se essa imagem o assombra da mesma forma que me assombra, e eu não perguntei. Nós costumávamos falar sobre tudo, mas agora nós varremos tanta coisa para baixo do tapete que ele ficou com uma protuberância do tamanho de um elefante.

Eu me viro e reviro, incapaz de encontrar uma posição confortável. Os analgésicos que tomei mais cedo para uma dor de cabeça persistente devem conter cafeína porque, quando desligo a música, meu cérebro ativo acelera e estou olhando para aquela mala outra vez. Não é apenas à noite que fico assim. Posso estar olhando para as roupas de Sonny, e elas vão trazer de volta imagens de roupas de criança embaladas à vácuo na frente das malas. Ou, se fecho os olhos no chuveiro, minhas pernas se sentem como se estivessem prestes a ceder e eu fosse despencar da escada novamente. Meu cérebro está preso em um momento que não me deixa sair. Estou mais obcecada por essas crianças do que pelo meu próprio filho. E Finn sabe disso.

Vejo como ele olha para mim quando estou com Sonny; me avaliando, me estudando para ver se meu bebê e eu nos conectamos como deveríamos. Mas acho que Finn nunca se perguntou por que estou tão distante. Ele nunca tentou entender o que me transformou em alguém que apenas está cumprindo o papel de ser mãe. Ele não sabe que sou assim porque passo minha vida com um medo perpétuo. Tenho tanto medo de que, se me permitir me apaixonar completamente por Sonny, eu cometa outro erro descuidado, e algo ainda mais terrível aconteça com ele. O peso da responsabilidade parece demais, então o estou mantendo a certa distância para o seu próprio bem. Pela minha própria estupidez, trouxe-o a este mundo cedo demais. Eu não poderia viver comigo mesma se ele o deixasse com a mesma rapidez. Isso me deixaria em pedaços.

Debbie tem sido um apoio incrível. Não posso afirmar o que faria sem ela. "Tenho certeza de que você está fazendo o melhor que pode", ela diz. Mas seu incentivo cai em ouvidos que não escutam. Com meu pulso ainda engessado e minha ferida de cesariana ainda frágil, luto até mesmo para pegá-lo no colo, então ela troca as fraldas e as roupas de Sonny, conforta-o quando ele chora e o alimenta com leite que estou armazenando em garrafas porque estou com muito medo de permitir que ele se agarre ao meu peito caso eu adormeça e ele engasgue. Testemunho Debbie fazendo tudo isso sem reclamar e com a facilidade de uma profissional experiente. E me preocupo; quando estiver curada, serei a mãe que Sonny precisa? Ela é mais mãe para o meu filho do que eu.

Percebi que a julguei mal. Baseei o que eu achava que sabia sobre maternidade na abordagem não intervencionista da minha própria mãe. Pensei que o comportamento de Debbie fosse extremo, mas é assim que as mães deveriam ser, protegendo sua ninhada até mesmo quando são adultos. Elas lutam a seu lado.

Meu corpo logo estará curado, mas minha cabeça está longe de estar em um estado normal. Debbie está certa quando diz que Sonny é um bebê milagroso e sortudo por estar vivo, considerando como ele veio ao mundo. E estou sempre me lembrando dos riscos estúpidos que corri com ele antes de ele nascer. Meu único trabalho era gerá-lo e protegê-lo, mas fui egoísta e teimosa demais para fazer isso direito. Não reduzi minha carga horária apesar da pressão alta e, depois, quase o matei subindo aquela escada.

Não sei como vou um dia me tornar a mãe que ele precisa ou merece. Apenas me sinto grata por poder confiar na ajuda de Debbie.

CAPÍTULO 18

TRÊS ANOS ANTES

Hoje faz 372 dias desde a última vez que matei. E, se eu não atacar outra vez em breve, temo pela minha sanidade. Meus dias começaram a ser consumidos pelo pensamento em todas aquelas pobres almas lá fora que precisam de mim e que estou frustrando nesse período sabático autoimposto. Ao não fazer nada, sou tão cúmplice quanto todos os outros.

Até recentemente, não era um desejo que controlava minha vida cotidiana. Eu não passava por escolas ou centros comerciais buscando o próximo. Segui o curso de meus dias como uma pessoa qualquer. Admito que houve momentos, no final da década de 1990, em que cedia aos meus impulsos com mais frequência e ataquei duas e até três vezes ao longo de um ano. Não agora. Eu me limitei a ajudar uma criança por ano porque, se fizer muito esforço, corro o risco de acabar me expondo. Múltiplos desaparecimentos de crianças com perfis semelhantes dentro de um tempo muito curto ou de um raio muito estreito criam um padrão. E, à medida que as forças policiais trabalham mais juntas e compartilham mais informações, alertas são levantados, e minha segurança é comprometida.

Mas não posso ignorar esses impulsos viscerais. Eles começaram a investir contra mim à noite, quando estou mais vulnerável e há menos oportunidades para me distrair. Na escuridão, revivo como ajudei os outros, lembrando-me de cada cena com clareza. No entanto, não é mais suficiente. A necessidade de entregar os dignos a um mundo melhor é como ter ratos sob a minha pele. Eles esfolam minhas entranhas e rasgam minha carne até romperem a superfície.

Então, não posso mais oferecer a outra face. Nesta tarde, vou fazer o que me treinaram para fazer. E a antecipação por si só é suficiente para desencadear uma torrente de adrenalina correndo por dentro de mim, quase me deixando em estado de confusão. Todas as partes de mim estão despertando.

Você pode não acreditar, mas possuo autoconsciência suficiente para questionar o que faço. Muitas vezes, me perguntei se estou me enganando para acreditar que faço isso pelo bem das vítimas, quando na verdade é para minha própria satisfação pessoal. Não posso negar que há um elemento pequeno e egoísta em tirar uma vida, uma liberação física que é difícil explicar. Mas é um subproduto do que faço, não a razão. Ao fazer uma coisa, estou permitindo outra. Não é diferente de doar dinheiro para caridade. Ao ajudar alguém em necessidade, sinto-me melhor.

Sento-me em um banco em frente a um playground em Newmarket e tomo café da garrafa térmica. Olho as manchetes de notícias no meu telefone e dou uma mordida em uma maçã. Estou aqui para vigiar o centro comunitário próximo. Hoje, está funcionando como local de votação, abarrotado de eleitores decidindo se o nosso país deve permanecer ou deixar a União Europeia. Olho o centro de um lado para outro. Metade de suas janelas foram tapadas, e uma câmera de segurança acima da porta está caída, pendurada no seu suporte. O conjunto habitacional atrás dele também não está nas melhores condições. É uma boa localização.

Estou contando com o grande número de pessoas trabalhando a meu favor porque não há nada memorável em mim. Não me destaco e não estou me comportando de forma estranha. Minhas roupas são normais, minha expressão calma. Transformei a invisibilidade em uma forma de arte. Ninguém vai se lembrar de mim.

Algumas das crianças trazidas aqui hoje foram deixadas para brincar do lado de fora enquanto seus pais marcavam um x na urna. Mas eles raramente ficam dentro do centro por tempo suficiente para que eu faça minha abordagem sem ser observado. Um menino solitário, no entanto, chama minha atenção, e eu o encaro longa e duramente. Ele é baixo e usa óculos, sua armação é leve e os fones de ouvido filtram o ruído e a presença de qualquer pessoa ao seu redor se encaixa no perfil. Vou ficar de olho nele. Ele chegou sozinho, mas, se eu fizer a abordagem certa, vamos sair juntos. Ele já está fazendo minha pele arrepiar.

É em momentos como esses que não posso deixar de pensar em como seria bom ter uma alma compatível para desfrutar dessas experiências. Pensei, uma vez, que havia. Compartilhei tudo o que sabia com essa pessoa, confiei a ela minha vida e minha liberdade. Mas é preciso força, resiliência e convicção para ser alguém como eu e, embora quisesse o mesmo para a pessoa, no fim das contas, ela não era assim em seu âmago.

Afundei em uma profunda melancolia depois que tomamos caminhos diferentes, algo que consegui esconder de todos ao meu redor. Por fim, sacudi a poeira de meu corpo e voltei com novo vigor e desejo de recomeço — ainda que com algumas mágoas —, mas com o mesmo propósito.

Assistir aos pais irem e virem daqui me faz pensar nos meus próprios. Foi apenas depois de adulto e com o benefício da retrospectiva que reconheço como seu comportamento era cruel e perverso. No entanto, havia vislumbres de normalidade se você soubesse onde procurar. Junto com meu irmão George, celebrávamos os Natais, Páscoa e aniversários juntos e, como outras famílias, gostávamos de passar os meses de verão em viagens em nosso trailer.

Éramos sempre só nós quatro. Não havia visitas de tias, tios ou primos. Eu nem sabia se tinha algum parente. E não tive nenhum relacionamento com meus avós paternos até os 12 anos. Pelo que me disseram mais tarde, eles haviam dado as costas ao meu pai por se casar com mamãe. Pensei muito nisso ao longo dos anos e fico me perguntando se foi porque viram uma escuridão nela que meu pai não via. Nunca vou saber quem prejudicou quem ou se eles se encontraram em um meio-termo. A única coisa de que posso ter certeza é que, durante a primeira década da minha vida, eles me moldaram na contradição que sou agora. Eu não sou como eles, embora seja eles. Mato como eles matavam, mas não pela mesma razão. Mato para salvar os outros, não para puni-los. Sigo meu próprio caminho, mas estou sempre ciente dos contornos dos passos de meus pais diante de mim. Matar é tão natural para mim quanto andar ou piscar os olhos. É como estourar uma bolha ou tomar um comprimido para dor de cabeça.

Exceto que, aqui neste playground, não vai haver passos hoje, nem meus nem dos meus pais, porque uma câmera de televisão e um repórter chegaram para entrevistar os eleitores. Não preciso permanecer sob o foco de uma lente. Então, fecho a parte superior da garrafa térmica com força, pego meu telefone do bolso e examino um mapa dessa cidade parcialmente familiar.

Vou dirigir até outra área onde as colheitas podem ser mais ricas, ainda que continuem mais pobres. Então hesito, dando uma última olhada no menino com os fones de ouvido. Ele nunca vai saber como é infeliz por não ter me encontrado.

JOHN MARRS
TUDO EM FAMÍLIA

CAPÍTULO 19
FINN, 2019

Estou de mau humor quando volto para a casa de mamãe e papai.

Acabei de voltar de uma chamada de emergência no início da noite por conta de uma caldeira que perdeu a pressão. Não era um trabalho tão urgente, mas insistiram que eu fosse de imediato, apesar das tarifas mais caras de emergência. Eu preciso do dinheiro, então dificilmente iria recusar. Na mesma hora, era possível dizer que havia algo um pouco suspeito em relação ao trabalho. A caldeira era de um modelo novo, e a torneira que controlava o manômetro tinha sido girada para a posição desligada. Estava firme demais para ter sido acidental.

A cliente tinha uma ótima aparência e era muito simpática enquanto me conduzia. Fiz uma revisão na caldeira para ter certeza de que não havia outros problemas, mas essa mulher não parava de perambular enquanto eu trabalhava. Nessa altura, ela não estava tentando esconder que sabia quem eu era. Ela continuou tentando me fazer falar sobre os tempos difíceis que devíamos ter passado recentemente, se eu já havia estado dentro da casa depois que os corpos foram encontrados, como isso afetou a mim e Mia. E ela não estava recebendo a deixa de minhas respostas curtas. Era o tipo de pergunta que um amigo pode fazer a você, não uma completa estranha, mesmo que seja gostosa. Ela tinha uma intenção oculta, e eu estava farto.

"Quem é você, na verdade?", perguntei, aproximando-me dela.

"O que você quer dizer?" Ela era uma atriz fraca e facilmente intimidada.

"Chega de baboseira."

Ela continuou a protestar enquanto eu guardava minhas ferramentas e me dirigia para a porta da frente.

"Meu nome é Aaliyah Anderson, e eu sou jornalista *freelancer*", ela admitiu por fim. Havia um ar de desespero em sua voz, como se estivesse vendo o maior furo de sua carreira escorregando por entre os dedos. "Veja, Finn, as pessoas só querem ouvir o seu lado da história. Como foi estar naquela casa, como é saber que os corpos de todas aquelas crianças estavam a alguns metros acima de você."

"Sem comentários", murmurei e comecei a caminhar para longe da entrada.

"Como Mia está lidando com isso? Ouvi dizer que ela voltou a falar com o ex, Ellis Anders. Você se sente ameaçado por isso?"

Sem aviso, um fotógrafo apareceu por trás de um carro estacionado e começou a disparar, cegando-me com o clarão do flash. Tentei abrir caminho à frente, e ele não parou; foi então que perdi a compostura. Peguei a câmera de suas mãos e a joguei no chão, quebrando-a. Ele me chamou de todos os nomes que podia lembrar, mas era apenas um cara magricela e não tentou revidar, pelo que fiquei grato porque, no humor em que estava, teria arrancado o couro dele. Vasculhei os escombros da câmera até encontrar o cartão de memória e parti-lo em dois. "Qual foi, esse é o meu sustento!", reclamou ele, exasperado. Mas eu não estava me sentindo caridoso.

Ainda estou furioso enquanto tranco a van na garagem dos meus pais. Meu tempo foi desperdiçado em um trabalho inexistente pelo qual não fui pago, e não como nada desde a hora do almoço. Mesmo daqui, meu estômago ronca com o cheiro de carne assando na churrasqueira do jardim dos fundos. Antes de me juntar aos meus pais, paro no anexo para ver se Mia e Sonny estão lá. Não me recordo da última vez que ela me recebeu com um beijo ou mesmo um "Como foi o seu dia?".

Ouço Sonny berrando antes de abrir a porta. É engraçado como a gente reconhece rápido o que ele quer apenas com seus gritos. Este é agudo e desesperado e me diz que ele está com fome. *Conheço a sensação, filho.* Chamo pela minha esposa, mas ela não responde. Encontro os dois no quarto, ela enrolada em posição fetal na cama, segurando a barriga e usando fones de ouvido. Um som metálico e algumas batidas saem deles. Ela está de costas para Sonny, que está deitado no berço móvel ao lado dela, seu rosto vermelho e brilhante, e as bochechas molhadas de lágrimas. Ele está chorando há algum tempo.

"Mia!", exclamo, pegando Sonny e repetindo mais duas vezes antes de ela enfim piscar e me ver.

"Ah, oi", ela responde e tira os fones de ouvido. Seu sorriso é fraco e forçado.

"Você não o ouviu?" Não disfarço o quanto estou chateado. A metade inferior do macacão de Sonny está encharcada. "Quando foi a última vez que você o trocou?"

"Hum...", pensa. "No início da tarde."

"São quase oito da noite! Você precisa ficar atenta a essas coisas."

"Me desculpe. Adormeci, estava acabando de acordar quando você chegou."

Ela está mentindo, mas não discuto o assunto. Começo a tirar as roupas de Sonny, jogo-as em uma cesta transbordando de roupa suja e puxo uma fralda limpa e roupas das gavetas sob o trocador.

Olho para Mia, que está exausta. Anéis escuros cercam os olhos, e a pele está pálida. Continuo dizendo a ela que precisa sair e tomar um pouco de sol, mas ela não escuta. "Você dormiu bem noite passada?", pergunto.

"Não."

"Experimentou os comprimidos que eu comprei?"

"Não posso tomar se estiver amamentando."

"Bem, talvez você devesse repensar a ideia de não usar fórmula. Aposto que Sonny não vai notar a diferença."

"É claro que vai."

Durante a última semana, estou dormindo no sofá-cama da sala. As constantes viradas e reviradas de Mia e a necessidade de acordar para amamentar Sonny significam que nenhum de nós está dormindo, e eu preciso estar com a cabeça no lugar para fazer meu trabalho. Não me darei o luxo de discutir nesta noite, então mudo de assunto. "Você vai jantar lá fora? Mamãe e papai estão fazendo churrasco." Ergo Sonny fresco e limpo no ar. Seus olhos são castanhos como os meus, e vejo meu reflexo neles. Ele parece contente.

"Eu tenho que ir?"

"Seria uma coisa legal de se fazer." Mia não faz nenhum esforço para sair da cama. "Você vem, então?"

Ela suspira e me diz que vai me encontrar lá fora depois que se arrumar. Levo Sonny e a mamadeira de leite comigo.

O céu está escurecendo quando Mia enfim aparece. Ela se maquiou um pouquinho. Ignora os hambúrgueres e salsichas assados, já esfriando na grelha, e segue em direção à salada. Ela ainda não olhou para Sonny, cuja cabeça está espiando por cima do ombro de sua avó.

"Você deveria comer um hambúrguer", mamãe diz a ela. "O ferro vai te fazer bem."

Espero que Mia rebata. Em vez disso, e sem olhar para mamãe, ela diz, "Tá bom", e pega um. Então, dá uma mordida minúscula.

"Então, sua mensagem de texto de mais cedo", dirijo-me a papai. "Você disse que queria falar conosco sobre algo?" Ele não se comunica tanto por texto; na verdade, não se comunica muito no geral. Então, deve ter algo importante a dizer. Ele repousa a garrafa de cerveja ao lado de várias outras vazias sobre a mesa. Ele começou cedo outra vez, penso eu.

"Sua mãe e eu queremos ajudar vocês", ele começa. "Ontem, tivemos uma conversa ao telefone com o banco e recebemos sinal verde para hipotecar nossa casa se quisermos. Isso significa que podemos emprestar a vocês o que precisam para comprar uma casa nova."

Sua oferta me surpreende, e eu os recordo de que, como os assassinatos são antigos e não têm nada a ver conosco, o Ministério do Interior vai arcar com todos os reparos.

"Sim, mas isso pode levar meses", acrescenta mamãe. "Não quero que vão embora, mas vocês vão precisar de um lugar só para vocês em algum momento. Isso significa que vocês podem comprar agora e podem nos pagar de volta quando venderem a outra casa."

Mia ergue a vista, mas não consigo ler seu rosto.

"Vocês não deveriam reinvestir esse dinheiro no negócio?", pergunto a eles.

"Você e Sonny são nossas prioridades", explica mamãe, antes de perceber quem ela excluiu. "Vocês, quero dizer, Mia e você, é claro. Há uma casa no fim da rua que está à venda, e, sem dúvida, vale a pena dar uma olhada."

"A casa dos Michaels?"

Mamãe assente. "Está em perfeitas condições; eles acabaram de instalar uma daquelas cozinhas de estilo shaker. E há muito espaço externo para Sonny brincar."

Essa pode ser a resposta para todos os nossos problemas, mas duvido que Mia veja dessa forma. Ela vai me dizer que estão tentando nos controlar.

"Então?", hesitante, pergunto a ela. "O que você acha?"

"Parece ótimo", ela afirma com um sorriso discreto.

Mamãe e papai olham um para o outro, depois para mim. Estamos todos muitos surpresos.

"Na verdade, marquei um horário para vê-la amanhã depois do meio-dia", revela mamãe, "apenas no caso de vocês estarem interessados. Porque, guarde minhas palavras, a casa vai ser vendida rápido."

"Podemos ir amanhã, não podemos?", pergunto a Mia.

"Pode ir. Você não precisa de mim lá." Então, ela empurra os restos de sua comida para o lado, nos diz que está cansada e volta para o anexo, deixando Sonny aqui.

Nenhum de nós tem certeza do que dizer a seguir. Mamãe recentemente me confessou que achava que não estava tudo bem com Mia. Rejeitei a ideia porque, para ser honesto, a saúde mental é um campo minado e eu não teria ideia de por onde começar a ajudá-la. Mas estou começando a concordar com mamãe. É mais do que apenas dores de cabeça e falta de sono o que a está incomodando.

CAPÍTULO 20

DEBBIE

"Me diga se estou sendo insensata", pergunto a Dave depois que Finn se recolhe, levando meu neto bocejante com ele. "Mas estou preocupada com Sonny."

"Por quê?"

"É como se Mia estivesse no piloto automático. Não há nada ali."

"Você pode culpá-la, depois do que ela passou? Ela apenas precisa de um pouco mais de tempo para se ajustar."

"Pode ser, mas não consigo descartar uma sensação persistente de que há mais do que isso. Me lembro de como esses primeiros meses de maternidade são intensos e exaustivos. E ela está com a aparência de uma mulher que está lutando de verdade."

"Há mais alguma coisa que poderíamos fazer?"

"Bem, Sonny já fica comigo na maioria dos dias, pois estou preocupada com a quantidade de atenção que ele receberia se eu não estivesse aqui para preencher o lugar vago."

Dave se levanta para pegar outra cerveja da caixa térmica. Seu rosto parece pálido, tornando a marca de nascença carmesim na testa ainda mais marcante. As luzes exteriores iluminam sua silhueta, e, ao destacarem sua camiseta, fico alarmada com a quantidade de peso que ele perdeu. Preciso tocar no assunto com ele. E talvez também mencione a ingestão de álcool. Mas não nesta noite, porque agora estou mais preocupada com o comportamento da minha nora.

"Tenho lido sobre isso", acrescento. "E estou convencida de que ela tem depressão pós-parto ou uma lesão na cabeça por causa da queda."

"Ela fez exames no cérebro, e, além do inchaço que causa dores de cabeça, não encontraram nada de errado com ela."

"Sim, mas os médicos não sabem tudo, não é? Odeio dizer isso, mas e se Sonny não estiver seguro com ela?"

"Debbie, é ótimo que vocês estejam se dando tão bem e vejo o quanto você a está apoiando, mas você tem que dar a Mia tempo e espaço para recuperar o equilíbrio. No fim, ela vai deixar de se escorar em você e vai encontrar a confiança."

Eu me abstenho de admitir que temo por esse momento. "Você a viu essa noite. Ela precisa de mais do que apenas espaço. Oferecemos comprar para ela uma maldita casa, e sua resposta foi nada menos que apática. Ela teria ficado tão agradecida quanto se tivéssemos lhe oferecido uma xícara de chá."

"Talvez você precise se concentrar em sua própria saúde em vez de pensar só na de Mia", aconselha ele. "Você sabe que o estresse e o esforço a ponto de exaustão podem trazer complicações."

Reviro os olhos. Ele não está me ouvindo. Não preciso ser lembrada de que, fisicamente, já estou funcionando na metade da velocidade que deveria estar. Três anos atrás, fui diagnosticada com doença do neurônio motor. A fadiga e a rigidez das pernas foram tão graduais que nem liguei, pensando que fosse um início precoce da artrite. Mas tudo passou dos limites quando eu estava fazendo compras para o buffet da minha festa de 50 anos. Minhas pernas cederam sem motivo, e eu caí no chão da Aldi. Foi Dave quem insistiu que eu fosse à minha médica. Ela me mandou a um neurologista que, nos meses seguintes, testou e escaneou meu cérebro, tirou amostras de fluido espinhal e examinou meus nervos e músculos. Por fim, disseram-me que era doença do neurônio motor.

As palavras que ouvi foram sombrias — um futuro cheio de problemas de equilíbrio, músculos cada vez mais rígidos e enfraquecidos, cãibras musculares, uma bexiga incontrolável, fala arrastada e uma montanha-russa de emoções enquanto, gradualmente, meu corpo desliga. Então, um dia, isso vai me matar. O tipo particular que tenho, esclerose lateral primária, é mais raro e mais lento do que outras versões, e eu deveria agradecer se, com muita sorte, conseguir viver mais dez anos. Agora, tenho mais sete. Todos os dias, o tique-taque do relógio em contagem regressiva costumava abafar quase todos os outros sons. Então, meu neto chegou, e agora ele é tudo o que ouço.

Entramos na cozinha com a louça na mão, jogo as sobras de comida na lixeira e carrego a máquina de lavar louça.

"Eu vou falar com ela de manhã", digo. "Vou sugerir que Sonny more conosco por enquanto. Podemos colocar o bercinho dele próximo ao meu lado da cama."

"E como isso vai ajudá-la em longo prazo?"

"Sonny é minha prioridade, não Mia."

"Eles vêm como um pacote."

"Houve algumas mulheres com depressão pós-parto não diagnosticada que mataram seus bebês, você sabe. E se ela for um perigo para ele? Você a viu com Sonny, há uma desconexão, correto? Ela não é tão prática quanto as outras mães."

"Seja justa. Há pinos de metal em seu pulso, e ela passou por uma cesariana. Ela tem limitações em relação ao que pode fazer."

"Pare de defendê-la!", disparo. "Não se trata de não pegá-lo no colo ou trocar sua fralda. Ela dorme muito durante o dia, está distante e está sempre em lágrimas. Eu a pego chorando quando ela acha que ninguém está vendo. E ela olha para qualquer outro lugar do ambiente, menos para o filho. Lembra como eu era quando trouxe Finn para casa? Não conseguia parar de olhar para ele."

"Você ainda não consegue."

Permito que sua alfinetada passe. "Eu não posso simplesmente sentar e ficar vendo meu neto ser negligenciado."

"Nosso neto."

"Não seja pedante."

"E se for esse o caso", retruca ele, "então tenho certeza de que Finn está ciente e lidando com isso por conta própria. Dê tempo a eles. A família é dele."

"Ou ele poderia fazer como você e passar a vida se esquivando de todos os problemas." Fecho os olhos com força, desejando não ter dito isso.

"Então, vamos esperar que ele aprenda com meus erros", arremata Dave, que depois me deixa sozinha, ferida por sua partida.

CAPÍTULO 21

DEZOITO ANOS ANTES

Paro o carro na lateral da estrada e desligo o motor, mas deixo o rádio ligado. Dois políticos estão se digladiando em um debate acalorado sobre se a Grã-Bretanha deve unir forças com os Estados Unidos e começar a bombardear o Oriente Médio em retaliação ao 11 de Setembro.

Quando penso nos milhares de oficiais das forças armadas que podem um dia ser enviados para lutar se formos para a guerra, isso me faz pensar em George. Quando éramos crianças, quando não estávamos jogando futebol e críquete juntos, estávamos fingindo ser soldados. Ele criava campos de treinamento do exército para nós dois no jardim, com redes de morango para rastejarmos por baixo e tacos de golfe para carregar em vez de rifles. Sujávamos nosso rosto no solo úmido para simular a camuflagem e usávamos um cronômetro de cozinha para ver quem poderia completar o circuito mais rápido. Eu dava tudo de mim para tentar impressioná-lo, mas não me importava que ele sempre me vencesse. Só queria estar com meu irmão.

Algumas das minhas primeiras lembranças são daquele jardim, ajudando nosso pai a cavar buracos longos e profundos na parede quando nos mudamos pela primeira vez, escalando as macieiras ou brincando de esconde-esconde no quintal vazio ao lado.

"Faltam seis anos", George me lembrava. "Então, vou ter idade suficiente para entrar no exército sem a permissão de mamãe e papai e nunca mais vou precisar morar nesta casa."

Odiava quando ele falava assim. "O que vai acontecer comigo quando você for embora?", perguntava. Ele nunca conseguia me dar uma resposta.

O aniversário de George está próximo e tento imaginar qual a aparência ele deve ter agora. Ainda somos parecidos? Talvez ele ainda esteja nas forças armadas, os cachos loiros escuros agora grisalhos, o cabelo em corte militar, as sardas talvez desaparecendo com a idade. Eu o imagino de uniforme, medalhas brilhantes com fitas coloridas presas à jaqueta, condecorações por missões de serviço bem-sucedidas. Mas, embora não consiga mais reconhecê-lo se o encontrasse na minha frente, gosto de pensar que ele é um herói para os outros hoje, assim como era para mim naquela época.

Uma pequena voz dentro de mim me atormenta. *Isto é uma idealização*, ela sussurra. *Você sabe o que aconteceu com ele*. Balanço a cabeça para silenciá-la. Uma vez, contratei um detetive particular para tentar localizar George. Mas vários meses e alguns milhares de libras depois, não havia nenhuma prova de que ele tenha existido para além da minha memória. Nem mesmo uma certidão de nascimento, ainda que eu tenha uma. Às vezes, indagava se ele era uma invenção da minha imaginação; se eu o havia inventado para tornar a vida em casa suportável.

"Você está bem?", a pessoa no banco do passageiro me pergunta. Ela está sentada ao meu lado na frente do carro.

"Sim, por quê?"

"Você ficou em silêncio."

Retorno ao presente e contemplo o imenso conjunto habitacional diante de nós. "É melhor evitar lugares como esse", digo.

Estou apontando para um supermercado Safeway e continuo a lição que venho ensinando por toda a manhã. "É provável que tenha câmeras de segurança por dentro e por fora. Também começaram a instalá-las em postes de iluminação em estacionamentos. Por isso, é importante que façamos nossa lição de casa antes de decidir onde mirar."

A pessoa no banco passageiro acena com a cabeça como se estivesse fazendo anotações mentais.

"Também é vital que você se adapte ao ambiente, o que significa que você deve planejar o que vai vestir. Não se destaque da multidão. Guardo uma combinação completamente diferente de roupas para dias como este. Nunca use a mesma roupa duas vezes e sempre destrua o que você usou depois. Nosso próprio DNA é nossa maior ameaça."

Treinamento de campo, acho que podemos chamar assim. Embora você não encontre o aprendizado que ofereço anunciado em uma agência de empregos. Tenho anos de experiência para compartilhar com alguém perfeito para o cargo de discípulo. E acho que encontrei a pessoa certa.

"Se você estiver mirando uma propriedade, escolha com cuidado", continuo. "Evito novas construções de classe média e estradas com casas grandes e caras, ou aquelas que têm dois ou mais carros na entrada. É improvável que você encontre quem está procurando brincando nessas ruas. Em vez disso, escolha áreas com casas médias ou menores — ou, até melhor, moradias sociais. Quanto mais negligenciado, melhor. Procure grafites nas paredes, jardins descuidados e sacos de lixo descartados. Se um inquilino não se importa de cuidar de sua casa, ele provavelmente também não se importa com seus filhos. E esses são os que mais precisam de salvação."

Ligo o motor e faço o meu melhor para responder às suas perguntas enquanto dirijo para o nosso segundo destino. Visitei esta área apenas duas vezes no passado, mas guardei na memória certos lugares.

"Por que você os estrangula?" Isso apenas escapou, do nada. "Você nunca me contou."

A pergunta por si só faz formigar as pontas dos dedos... a suavidade e flexibilidade do pescoço deles, o calor do sangue fluindo próximo à superfície, o pulso palpitante e crescente, as mãos pequenas e indefesas agarrando as minhas... não há sentimento que jamais se iguale. "É limpo, quase indolor e você não precisa de uma arma", afirmo. "E, se você souber o que está fazendo, eles podem ficar inconscientes em segundos e parar de respirar em apenas alguns minutos."

Estaciono em um espaço livre sob um bloco de apartamentos. Latas de cerveja e garrafas de vidro quebradas estão espalhadas por todos os cantos. "Dias de semana são um bom momento para visitar lugares como este", explico. "Há muitas crianças matando aula. A maioria dos pais não sabe ou não se importa. Portanto, eles são candidatos a alvos bem-sucedidos porque suas ausências não são notadas de imediato. Contudo, não seja oportunista. Devemos sempre estar no controle. Sempre ter acima de tudo atenção máxima com a nossa segurança."

Uma jovem vestindo jeans apertados e um *cropped* chama nossa atenção. Ela não deve ter mais de 8 ou 9 anos de idade, mas anda e se veste com a confiança de uma adolescente. Eu a descarto, lembrando a pessoa no banco do passageiro de não escolher ninguém que possa revidar. Um garoto do outro lado da rua me chama a atenção. Ele é pequeno, magricela e perdido em seu pequeno mundo.

"Ali!", exclamo. "Ele é o exemplo perfeito de tudo o que falei a você." Saímos do carro e olho para o meu relógio. "São 10h25, e ele deveria estar na escola." Nós aceleramos o passo e abaixo minha voz. "Seus tênis não são de marca e estão caindo aos pedaços, e sua camisa de futebol está desbotada, então provavelmente é falsa." O menino se diverte arrastando uma vara contra um conjunto de grades de metal enquanto passa. "Ele está sem pressa porque não tem nenhum lugar em particular para ir."

Nós o seguimos até um parque um pouco mais adiante na estrada. A gangorra e os escorregadores foram todos vandalizados, então ele se estabelece no único balanço funcionando. Não há mais ninguém por perto. Ele é tão vulnerável quanto possível. Este menino não é amado e não é cuidado. Ele precisa de nossa ajuda. Uma imagem dos meus pais surge brevemente em minha mente. É por eles que faço isso. Para protegê-lo de pessoas como eles.

"Tudo pronto?", pergunto. Ao ver o aceno de sua cabeça, uma onda de endorfina energiza meu corpo.

"Posso assistir desta vez?", pergunta quando saímos do carro.

"Qual parte?"

"Quando você os mata."

Hesito enquanto considero e, por fim, decido negar, mas sem oferecer uma explicação sobre o porquê. O momento é pessoal demais para ser compartilhado. Não há protesto. Em vez disso, nos concentramos em nos mover em direções diferentes até que o passageiro chegue ao nosso alvo primeiro. Observo à distância enquanto minhas instruções são seguidas.

Isso é tudo o que sempre quis, alguém que compartilha minhas crenças e que está comprometido com a causa. Também me ajudou a reconhecer como essa parte oculta da minha vida foi solitária até agora. Em tese, tenho tudo o que poderia precisar, mas, no fundo, essa parte de mim tem ficado muito isolada. Eu costumava me sentir como a única pessoa na terra que se preocupa com tanta intensidade com o bem-estar dos outros. Mas, agora, encontrei um espírito semelhante que acredita na mesma coisa. Cruzo os dedos para que essa seja uma relação de trabalho longa e frutífera.

Agora, devo me concentrar. O menino magricela sai com meu cúmplice e sei que, em breve, vou ter emoldurado outro quadro mental. Só que desta vez vou ter alguém com quem compartilhar.

*TRECHO DO DOCUMENTÁRIO DO CANAL 4
INJUSTAMENTE ACUSADO. ENTREVISTA COM
O DETETIVE SARGENTO MARK GOODWIN*

Em que momento durante a investigação dos assassinatos em Stewkbury o acusado apareceu no seu radar?
Não era alguém de quem tivéssemos motivos para suspeitar, então não investigamos seus antecedentes.

Em retrospectiva, você gostaria de tê-lo considerado um suspeito antes?
Com o benefício da retrospectiva, há muito que poderíamos ter feito de forma diferente se tivéssemos provas. Mas não havia nada que sugerisse seu envolvimento nos terríveis assassinatos.

Em que você estava se concentrando naquele momento?
Identificação e entrevista de agressores sexuais infantis conhecidos naquela área no momento dos assassinatos, bem como vizinhos antigos e atuais, e parentes das crianças mortas. Mas os crimes eram tão antigos e pareciam ter terminado tão repentinamente que também era possível que o assassino ou assassinos tivessem morrido décadas atrás. Foi uma busca exaustiva e gigantesca, com enorme interesse público e muito poucas pistas.

E naquela época não tínhamos ideia de que o caso estava prestes a se expandir para algo mais amplo do que qualquer um de nós poderia ter imaginado.

Quando isso aconteceu?
Na tarde do incidente em questão, quando fomos chamados ao armazém após uma briga fatal.

Poderia explicar melhor o que quer dizer quando diz "o incidente"?
Quando mais corpos foram descobertos e a pessoa que acreditamos ser a responsável foi encontrada com a garganta cortada.

CAPÍTULO 22

MIA, 2019

O link do e-mail para a casa no final da rua que Finn e Debbie foram olhar hoje permanece fechado no meu iPad. Ele me diz que, embora seja a um mundo de distância da casa infernal que possuímos ou do nosso estilo preferido de propriedade, não vamos precisar fazer nada antes de nos mudarmos. Quando disse a ele que estava feliz em concordar com o que ele achava melhor, senti que não era a coisa certa a dizer.

"A decisão não é só minha, não é, Mia?", Finn suspirou. "Isso é para nós três. Você poderia pelo menos fingir que está interessada."

"Me desculpa." Meus olhos se encheram de lágrimas, e ele se retirou para a sala. Eu me sinto tão culpada por fazer Finn dormir no sofá-cama que tem lá. Para piorar as coisas, pedi que ele levasse Sonny junto esta noite. Mal vi meu filho o dia inteiro, já que ele está com Debbie de novo, e agora o estou entregando ao pai. Mas estou me sentindo particularmente frágil hoje.

Por outro lado, sou muito grata pela ajuda da Debbie. Ela não pensa em me questionar quando pergunto se ela pode ficar com Sonny, ela simplesmente tem um instinto para quando tudo fica demais para mim. E, nesses momentos, ela entra com xícaras de chá ou café ou comida para garantir meu bem-estar.

Sei que sou uma péssima esposa e mãe por afastar um bom marido e filho. Mas não posso evitar. Finn quer que a mulher com que ele se casou retorne, mas não sei como voltar a ser ela. Estou melhor sozinha, longe dele e longe do bebê. Aqui, sozinha no meu quarto, não posso machucar ninguém.

Não temo apenas pelo meu próprio comportamento: tenho da mesma forma medo de estranhos nos raros passeios que faço ao ar livre com

Sonny. Não confio em ninguém que demonstre interesse por ele. Não coloquei nenhuma foto dele nas redes sociais porque não quero que ele seja o foco da atenção de ninguém, nem por um segundo. Sete crianças foram roubadas de seus pais e mortas em nossa casa, e algo semelhante poderia acontecer com Sonny se eu não tiver cuidado.

O pensamento nesses pobres bebês ocupa grande parte do meu tempo noturno. Passo horas vasculhando a internet quando não consigo dormir, procurando todas as informações que posso encontrar sobre eles. A polícia divulgou apenas um nome até agora, um garotinho chamado Nicky Roberts, que desapareceu em 1979 de Northamptonshire. A mídia foi até a cidade para cobrir o caso, rastreando seus pais, família estendida e antigos amigos da escola de quarenta anos atrás. Eu me pergunto se foi o corpo dele que vi. Em uma pasta na nuvem nomeada "Imagens RP", tenho um arquivo secreto dedicado a ele. Contém retratos escolares, fotos de férias e festas de aniversário. Meu coração se parte por tudo o que ele deixou para trás e poderia ter feito com sua vida.

Finn não sabe nada sobre essa pasta ou os e-books que baixo sobre assassinos em série. Ao ler biografias sobre os assassinos de crianças Fred e Rosemary West, Ian Brady e Myra Hindley, espero entender mais sobre o que motivou o assassino das crianças encontradas em nossa casa. Até agora, tudo o que fizeram foi me petrificar em relação ao que as pessoas são capazes.

Às vezes, distraio-me de toda a desgraça e melancolia deslizando a tela do meu iPad, acompanhando minhas redes sociais, invejando meus velhos amigos em Londres que vivem suas vidas melhores, despreocupadas e cheias de filtro no Instagram. Ignorei quase todas as suas mensagens preocupadas e saí dos grupos de WhatsApp. Não posso lidar com a interação com nenhum deles no momento. Quero que todos se esqueçam de mim.

Volto às minhas páginas salvas, todas histórias relacionadas aos assassinatos, até que um sino de alerta do Google toca. Clico no link — uma segunda criança foi identificada. Frankie Holmes tinha 7 anos quando desapareceu em 1977 de sua casa em Berkhamsted, a cerca de cinquenta quilômetros daqui. Há uma citação de sua irmã Lorna e uma fotografia. Hesito e, em seguida, dou outra olhada mais cuidadosa na foto dela.

Eu a conheço!

Ou pelo menos eu a conhecia algum tempo atrás. Já se passaram anos desde que fizemos juntas algumas disciplinas na universidade, e, se bem me lembro, ela abandonou após apenas o terceiro período.

Acompanho as últimas semanas de sua vida no Facebook, já que seu perfil é público. Considerando o número de postagens que ela escreveu recentemente sobre seu irmão desaparecido, ela estava esperando pelo dia de hoje. Sua postagem mais recente é uma foto de um menino sorridente com cabelo vermelho e um emoji de coração partido como legenda. Não me lembro de ela ter mencionado nada sobre um irmão desaparecido quando éramos amigas. Mas, de qualquer forma, por que ela faria isso?

Uma ideia surge do nada, mas, antes de seguir com ela, peso os prós e contras. Afinal, não posso deixar de pensar que, ao ajudá-la, será que ela também poderia me ajudar?

JOHN MARRS
TUDO EM FAMÍLIA

CAPÍTULO 23

FINN

Ela está dormindo profundamente, mas eu estou longe disso. Faz muito tempo desde a última vez que encontramos tempo para fazer sexo, e sei que sou o culpado, porque nunca estou aqui. Mas, hoje à noite, escapei do trabalho mais cedo, e, antes que percebesse, fizemos duas vezes em algumas horas. Estou absolutamente exausto. Após o banho, estou sentado de shorts na sala de estar enquanto ela permanece apagada no quarto. Olho para o relógio — já passou da meia-noite.

Pergunto-me se ainda estaríamos juntos se ela não tivesse engravidado. Odeio dizer isso, mas não, provavelmente não. Foi um acidente, embora feliz.

Deslizo a tela do meu telefone, percorrendo o álbum de fotos de Sonny que Mia e eu compartilhamos. Há centenas de fotografias que tirei dele desde que nasceu há três meses. Desde o primeiro mês na incubadora até ele atrás de mim na cadeirinha do carro ontem de manhã, a novidade de ser pai daquele homenzinho ainda não passou. Pela primeira vez, percebo que, de todas as fotos que tirei, Mia aparece em apenas algumas. Isso não pode estar certo, correto? Verifico se ela criou uma pasta de fotos separada dos dois juntos, mas a menos que esteja armazenada só em seu telefone, então não, definitivamente há apenas quatro fotos de mãe e filho.

Não posso continuar ignorando que há algo de errado com ela. Mamãe acha que é a lesão na cabeça por causa da queda ou depressão pós-parto, e ela me enviou links para os sites do sistema de saúde que listam os sintomas. Mia se encaixa em mais critérios do que eu gostaria. Mamãe disse que preciso ir ao médico de Mia para ela começar a tomar remédio o mais rápido possível. "Faça-a ficar mais maleável", ela aconselha. É claro que quero que ela melhore, mas não me casei com ela porque queria alguém que pudesse ser maleável. Eu me casei com ela porque a amava e queria alguém independente para que pudéssemos seguir nossas próprias vidas, bem como compartilhar uma. Meu melhor amigo, Ranjit, diz que estou brincando com fogo ao querer o melhor dos dois mundos, casamento e liberdade, e acho que ele está certo. Mas não consigo me enxergar parando a menos que me queime.

Olho para o meu relógio outra vez. Vou abusar da minha sorte se ficar aqui por muito mais tempo, então volto para o quarto e, em silêncio, visto meu jeans, camiseta, macacão, meias e botas. Faço uma pausa por um momento, como sempre faço, para verificar se não esqueci nada e olho outra vez se há mensagens no meu telefone. Mia sabe que fui subcontratado por uma empresa de encanamento, atendendo chamadas de emergência em horas estúpidas. Ela não sabe que não estou em uma emergência agora. E ela não sabe o quanto minto para ela ou com quem estou agora. Pretendo manter as coisas assim.

Quinze minutos depois, voltei para a casa da família, andando na ponta dos pés até o anexo. Uma luz está brilhando por baixo da porta do quarto de Mia e me pergunto se devo entrar, mesmo que seja apenas para dizer oi. Mas ela provavelmente está navegando naqueles malditos sites de crianças assassinadas de novo. Ela acha que não sei de sua obsessão, mas, com a nossa conta de internet compartilhada, posso ver no meu telefone o que ela olha quando não estou por perto. Também sei que ela baixou pelo menos meia dúzia de livros sobre assassinos em série no seu Kindle. Para viver do jeito que eu quero viver, necessito saber tudo sobre sua vida, mesmo quando ela não tem a mínima ideia sobre a minha.

Decido que estou cansado demais para ela agora. Vou vê-la pela manhã. Estico-me no sofá e olho para o teto enquanto me recomponho, alinhando minhas histórias, preparando-me para o amanhã, planejando-me para todas as eventualidades. É preciso muito raciocínio antecipatório para ser eu.

CAPÍTULO 24

MIA

A sombra de alguém se move por trás do painel de vidro fosco da porta da frente, e, perdendo a coragem, hesito antes de tocar a campainha. Respiro fundo algumas vezes e vejo o taxista que me trouxe da estação de trem de Berkhamsted dirigir para longe. Tenho que seguir o plano.

Libero a tensão que se acumula dentro de mim flexionando e relaxando os dedos como o fisioterapeuta do hospital me mostrou na semana passada depois que meu gesso foi removido. O pulso e o antebraço ainda estão muito rígidos para virar o volante, daí o trem e o táxi em vez de vir dirigindo sozinha. As dores de cabeça após a queda estão se tornando menos frequentes, mas, nesta manhã, fui atacada por uma que está difícil de passar.

Quando disse a Debbie que estava saindo para encontrar um amigo para tomar um café, estava mentindo apenas parcialmente. Odeio não ser honesta com ela depois de tudo o que ela fez por mim, mas não poderia admitir para ela ou Finn a verdade e dizer para onde estava realmente indo, ou eles teriam tentado me convencer a desistir. Eles não entenderiam minha necessidade de estar aqui, e, para ser honesta, também não tenho certeza se entendo. Em vez de apertar a campainha, abro a pasta de fotos no telefone na minha mão e releio as manchetes de reportagens antigas que encontrei no site da *Hemel Hempstead Gazette*. A imagem da foto da turma está desfocada, e a qualidade da impressão é muito ruim, mas legível. "Pais de menino desaparecido fazem apelo de aniversário", diz uma delas.

Eu me ajeito. É agora ou nunca.

Eu me preparo enquanto Lorna Holmes abre a porta da frente. Não nos vemos há mais de doze anos, mas ela está bem ciente da nossa conexão mais recente. Ela me pega desprevenida com um abraço de urso que contradiz sua fisionomia magra, quase me enrolando. Sinto como os ombros dela são ossudos quando ela os empurra em minha direção.

"Obrigada por concordar em vir", diz ela, sua gratidão genuína.

"Como você está?", pergunto rapidamente, ciente de como é inútil a pergunta.

"Bem, considerando tudo."

Eu a observo detalhadamente. Quando compartilhamos as mesmas aulas de estudos de mídia na Universidade de Londres, ela era uma estudante madura, alguns anos mais velha que o resto de nós, uma exuberante garota festeira que queria a atenção de todos com suas roupas curtas e travessuras ultrajantes. Hoje, ela está vestida de forma conservadora, e sua maquiagem é mínima. Ela sempre foi muito mais magra do que eu, e me lembro dos rumores de que tinha distúrbio alimentar. Pergunto-me se isso contribuiu para ela desistir após o primeiro ano. De todo modo, eu me vejo segurando na minha barriga pós-bebê.

Lorna faz sinal para entrar e pega meu casaco. A luz ilumina seus braços, e noto cicatrizes nos pulsos. Escolho não perguntar sobre elas. "Costumava ler sobre você nas revistas *Heat* e *OK!*", ela recorda, e sinto minhas bochechas corarem.

"Parece que foi há tanto tempo", retruco. "Assim como a universidade. Quando saíamos, não tinha ideia de que você tinha um irmão desaparecido."

"Não contei a ninguém. Queria ser alguém diferente da pessoa que eu era por aqui, não apenas a irmã da criança que desapareceu. Então, me rebelei. Bebia muito, e, bem, você sabe o resto. Estava mais do que ciente da rapidez com que a vida pode ir e vir e queria aproveitar ao máximo a minha. Só que fui longe demais e fiquei doente." Ela não entra em detalhes e não precisa. "Quando você descobriu que Frankie era meu irmão?"

"No mesmo dia em que mandei a mensagem para você no Facebook. E obrigada por me convidar. Gostaria que tivéssemos nos reencontrado em circunstâncias diferentes."

"Não precisa se desculpar por nada", ela responde. "Não é surpresa que Frankie tenha morrido. Eu nem tinha nascido quando ele desapareceu. E, de tudo o que minha mãe e meu pai me contaram sobre ele, ele nunca teria fugido. Era uma criança muito caseira."

"Como seus pais estão lidando com as notícias?"

"Bem, eu acho. Eles estão ansiosos para conhecê-la."

"Eu também"

Não estou muito. Na verdade, estou morrendo de nervosismo. Sigo Lorna ao longo do corredor até a cozinha. Passamos por uma sala onde os cartões de condolências cobrem um aparador e uma mesa de jantar. Há vasos de flores por toda parte. Ela abre a porta da cozinha, e o ar está tomado de fumaça de cigarro. Lorna me apresenta a Pat e o senhor Frankie, que se levantam de trás de uma mesa de cozinha e me abraçam com tanta força quanto sua filha. Os olhos de Pat estão tomados por uma vermelhidão, como se ela tivesse chorado tanto que seus vasos sanguíneos houvessem rompido. Seu rosto é enrugado, e algumas manchas ruivas permanecem nos cabelos grisalhos. Há uma mancha amarela de nicotina no centro do bigode branco do senhor Frankie.

"Obrigada por encontrar nosso filho", começa Pat, com voz frágil. *De nada* não parece uma resposta apropriada. Ela me convida a sentar. "O que... como era lá em cima?"

"No sótão?"

Ela assente. "Perguntei à oficial de ligação, mas ela disse que era melhor que não visse as fotografias."

"Eu não fiquei lá por muito tempo", conto. "Mas parecia... por falta de uma expressão melhor... pacífico." Recordo como as malas estavam arrumadas e dispostas com cuidado, uma atrás da outra, formando um v.

"A polícia trouxe algumas fotografias do uniforme de escoteiro dele para que nós identificássemos", continua Pat. "Eu tinha esquecido como era pequeno. Ele era apenas um garotinho, menor que seus amigos. Muitas vezes me pergunto se é por isso que ele foi tirado de nós, porque ele não era forte o suficiente para revidar."

Nós nos sentamos em silêncio, e dou o tempo que eles precisam sem interrompê-los. Reflito mais uma vez sobre por que concordei com o convite de Lorna. Chego à conclusão de que estou aqui porque testemunhar aqueles restos mumificados, seguidos semanas depois por seus rostos granulados em fotografias de jornais, não é suficiente para tornar essas crianças reais para mim. Preciso encontrar uma maneira de humanizá-las; preciso conhecer as famílias que as amavam, ver como lamentaram por todos esses anos. Então, talvez eu entenda como sou afortunada por ter um filho vivo e respirando, me permita amar Sonny da forma certa e não tenha medo de como eu ou os outros podem machucá-lo.

O senhor Frankie tira um cigarro enrolado de um estojo de tabaco e o acende. Ele dá uma longa tragada e escolhe as palavras com cuidado. "Você espera que seu filho fique com você pelo resto da vida. Mas, quando ele é tirado de você, tudo muda. Tudo o que você já sentiu é substituído por medo e confusão e, acima de tudo, raiva. Porque a pessoa... a *coisa*... que o roubou não consegue enxergar o garoto que você conhecia por dentro e por fora. Tudo o que enxerga é um objeto que quer destruir. E ele não têm o direito de fazer isso, nenhum direito. Não sou um homem violento, mas, quando o pegarem, vou estraçalhá-lo com todo prazer com minhas próprias mãos."

Não duvido dele nem por um segundo.

"Mesmo quando participamos de um apelo televisivo logo depois que ele desapareceu, eu sabia no coração que o tínhamos perdido", acrescenta Pat. "Eu não podia mais senti-lo dentro de mim." Ela aponta para o coração. "Esperava que não demorasse muito para que seu corpo fosse encontrado, mas os dias se multiplicaram em semanas e meses, e nós nunca recebemos a ligação. Por fim, perdemos a esperança de poder dizer um adeus adequado." Ela coloca a mão no meu pulso recentemente curado. A pressão que ela exerce para demonstrar sua sinceridade dói, mas não a afasto. "Ele era a nossa vida. Sem ele, a alma foi arrancada da nossa família."

Lorna recua em sua cadeira, e me pergunto como é ouvir isso, sabendo que, mesmo agora, ela nunca vai ser o suficiente para completar seus pais. Sua infância foi roubada junto com a do irmão; só que era ela que precisava seguir em frente. Ela coloca uma chaleira no fogão enquanto Pat folheia as páginas de um álbum de fotos da família, mostrando-me fotos desbotadas de Frankie tiradas até algumas semanas antes de seu desaparecimento. As páginas na parte de trás do livro foram deixadas em branco, e eu percebo que, depois que Frankie desapareceu, eles pararam de tirar fotos. Não há nenhuma de Lorna.

Mais tarde, e quando parece o momento certo para sair, me despeço, e Lorna me acompanha até a porta da frente. Nós nos abraçamos e prometemos manter contato. Estou falando sério.

Preciso de um momento de silêncio para desanuviar a cabeça, então vou até a estação de trem a pé, seguindo um mapa no meu telefone. Envio uma mensagem para Debbie para ver como Sonny está. Ela me envia uma foto dele deitado no gramado, seus pés erguidos no ar, sorrindo. Sem aviso, meus olhos começam a transbordar. Um menino esperando em um ponto de ônibus me lança um olhar confuso, então abaixo a cabeça e acelero meu ritmo até passar por ele.

Essa visita me ajudou muito, eu acho. Pat e o senhor Frankie não têm uma segunda chance com seu filho como eu tenho com o meu. Estar com eles me fez entender quanto trabalho preciso fazer para sair dessa depressão. Fui criada pelos meus pais para ser independente e resolver meus próprios problemas, então não estou acostumada a pedir ajuda. Mas acho que não consigo sair dessa sozinha. Isso é grande demais para eu dar conta.

Há apenas mais um lugar que preciso visitar antes de colocar um ponto final neste terrível capítulo da minha vida e ser uma mãe e esposa melhor.

CAPÍTULO 25
VINTE ANOS ATRÁS

Em meio ao fedor acre de urina velha na sala, há o cheiro persistente de umidade. Com um lenço de papel, cubro o nariz e a boca, mas isso apenas mantém o que já inalei dentro das narinas.

Bolhas circulares de mofo escuro se acumularam na parte inferior das paredes e estão avançando como hera em direção ao teto. Vejo uma pintura emoldurada a ouro de um Jesus colorido e sereno pregada na parede. Há uma auréola luminosa pairando sobre a cabeça, e ele estende a mão como se oferecesse esperança ou perdão àqueles que precisam. Ele está perdendo seu tempo; eu não preciso de nenhum dos dois.

Há um par de colchões no chão com tantas manchas que é impossível saber qual era a estampa original. Dezenas de latas vazias de sidra de barata de supermercado estão espalhadas pelo chão, junto com agulhas de plástico descartadas, papel alumínio queimado, isqueiros e canos de plástico rachados. Abaixo do mofo, há linhas finas de um spray marrom, provavelmente sangue ejetado das seringas. Este poderia facilmente ser o cenário daquele filme, *Trainspotting*. No entanto, no meio de toda essa negligência, eu criei beleza.

Em algum lugar neste bloco de edifícios, um rádio está tocando "1999", do Prince, nas alturas. Podemos estar à beira de um novo milênio, mas, se nunca mais ouvi-la, será cedo demais. Eu me viro para olhar para fora pela janela rachada, parcialmente coberta por uma cortina solitária mal pendurada no varão. A cidade de Sheffield está lá fora, e sinto como se a conhecesse bem, ainda que só tenha vindo aqui algumas vezes antes de hoje. É incrível o que você pode aprender sobre uma área apenas com as fotos que as pessoas postaram na rede mundial de computadores, não é? Passei a amar o computador pessoal que comprei por capricho nas promoções de ano novo. Depois de ligá-lo, leva apenas alguns minutos para se conectar antes de ter o mundo na ponta dos dedos. Meu único medo é que ele seja danificado pelo *bug* do milênio do qual estão todos falando.

Minha atenção retorna para a mala à minha frente, de cor acastanhada com duas alças de cobre. O couro é resistente, firme, construído para durar, e sua estrutura é mais forte que o suficiente para suportar o corpo morto da garota no interior.

Ela não constituiu um grande desafio, Deus a abençoe. Uma das crianças esquecidas, presumo, aquelas cujos perfis estão amontoados dentro de uma pasta em algum lugar nos arquivos "em risco" de um departamento de serviços sociais. Os cortes no orçamento significavam que ela provavelmente não era monitorada com a regularidade que a equipe poderia ter desejado. Se George e eu estivéssemos em um registro em que as pessoas tivessem prestado atenção, então as coisas poderiam ter sido muito diferentes para nós.

Estimo que a garota tinha 8, talvez 9 anos, uma coisinha miúda. Pisque, e ela vai desaparecer. Braços e pernas finos subnutridos, uma camiseta suja da Britney Spears e cabelos sem lavar. Duvido que tenha ido à escola durante um bom tempo. Aqui, na espelunca que ela chamava de lar, ela era a rainha dos corredores de concreto enquanto andava para cima e para baixo em seu patinete rosa descascado. Era jovem demais para compreender que esse tipo de vida não era o ideal.

Ela está melhor onde está agora, comigo. Eu a salvei de uma vida de pobreza, miséria e repetição dos erros de seus pais.

Em um reconhecimento anterior, segui a garotinha e o homem encarregado de seus cuidados de volta à casa, um pouco depois da propriedade. Seu pai coçava constantemente a virilha, e suponho que tivesse uma infecção sexualmente transmissível ou tivesse ficado sem veias nos braços e pernas e agora estava usando qualquer lugar restante para injetar. Ele tinha comprado tabaco, seda, isqueiros e uma garrafa de vodca. Sua filha saltitava enquanto carregava o álcool para casa. A porta da frente de sua casa estava quebrada e parcialmente fechada com tábuas, como se tivesse sido alvo de uma batida policial.

Hoje cedo, de onde ela brincava sozinha no estacionamento, atraí a garota para este apartamento vazio, dizendo-lhe que seu pai estava mal e precisava de ajuda. Ela me seguiu sem questionar, sugerindo que esse era o habitual. Assim que ficamos a sós, coloquei minhas mãos em volta de seu pescoço e não perdi tempo fazendo o que vim fazer aqui. Depois, com um clique firme, tranquei a mala e a arrastei para o centro da sala, diretamente abaixo da janela. Então, coloquei suas roupas na frente dela.

Agora, afasto cuidadosamente da mala as latas de cerveja e comida, jornais descartados e agulhas, tomando cuidado para que suas pontas afiadas não penetrem no meu calçado. Por fim, ela tem uma área limpa ao seu redor. Então, fico diante da porta e relaxo a mente e o corpo, gravando a cena na memória.

No entanto, esse processo experimentado e testado não está vindo para mim com tanta naturalidade como o normal. Algo me distrai. Não sei ao certo se é a iluminação ou outra parte da minha encenação que está distorcida. Seja qual for o motivo, sou transportado para cerca de vinte anos atrás, e, em vez da mala, estou olhando para meus pais da porta da sala de jantar. Desconheço o contexto da conversa deles, mas lembro claramente de meu pai dizendo à minha mãe que lhe perdoava. Então, ele segurou a mão dela e a beijou. Foi um momento de carinho incomum entre eles, pelo menos na frente do meu irmão e de mim. O carinho que George e eu exigíamos deles era menos acessível.

Antes que passasse a frequentar uma escola pouco antes do meu décimo terceiro aniversário, papai nos educou em casa enquanto nos mudávamos de um lugar para outro, de uma casa para outra. Era evidente que era um homem educado, a julgar por sua firme compreensão da maioria dos assuntos. Ele usava palavras longas e nos ensinava como expressar e verbalizar nossos pensamentos e questionamentos mais poeticamente do que as outras crianças. Mas, na companhia de nossos colegas, ele insistia que espelhássemos o linguajar e o comportamento deles para nos misturarmos.

Ele amava a língua inglesa, mas a arte era seu assunto favorito, e ele passava horas nos incentivando a desenhar e pintar.

"Seja o que for que estiver desenhando, seja uma árvore ou uma pessoa ou algo abstrato, lembre-se sempre de enquadrar o que você quer que o espectador veja", ele sempre dizia. "Você deve controlar o foco deles... registrar em suas memórias para que eles possam fechar os olhos e retornar a ela sempre que quiserem." Ele se foi há muito tempo, mas seu conselho permanece.

George e eu podíamos ser jovens demais para entender as complexidades da família em que nascemos, mas ainda podíamos fingir ser crianças normais quando as oportunidades surgiam. Frequentávamos o parque infantil nas áreas comuns da vila, mas nos escondíamos nos arbustos se outras crianças chegassem porque só podíamos fazer amizade com crianças em clubes juvenis e sociais e eventos da igreja da escolha de nossos pais. O único propósito disso era trazê-las para casa para brincar. Então, nossa parte estava concluída, e nossos pais assumiam o comando. Um menino, Martin Hamilton, salta do meu passado para o presente tão de repente e com tanta clareza que é como se estivesse aqui na sala conosco. Ele permanece por tempo suficiente para me lembrar do dia em que ele separou nossa família. Balanço a cabeça, e ele desaparece como uma névoa fina.

Preciso começar a sair deste apartamento. Depois que enfim consigo enquadrar a garota na mala e tirar minha foto mental da imagem para a qual voltarei, preparo-me para sair. Mas, antes de levá-la comigo, uma súbita rajada de luz surge através dos céus cinzentos e se instala na pintura de Jesus. Deixo escapar um sorriso. Ele está me oferecendo perdão outra vez. *Desculpe, Jesus, você está perdendo seu tempo. Deveria ser eu quem lhe perdoa por ter nos ignorado todos esses anos.*

JOHN MARRS
TUDO EM FAMÍLIA

CAPÍTULO 26
DAVE, 2019

Eu não me preparei para isso. Normalmente, sou um homem cauteloso que prefere pensar antes em minhas ações e me planejar para todas as eventualidades. Mas, às vezes, vejo-me preso a uma situação e preciso tomar uma atitude. Como agora. Estou em movimento, seguindo seu táxi, perseguindo-a como uma presa.

Mia não tem motivos para acreditar que estou atrás dela. Ajuda não estar na van da empresa, estou usando o carro de Debbie, que é tão genérico quanto qualquer outro veículo. Também tenho muita experiência em vigilância e sou perito em manter um perfil discreto, então deixo um trecho de distância entre nós para permanecer invisível.

Já estamos na estrada há dez minutos, e, quanto mais tempo essa jornada continua, mais meu pulso bate. A única razão pela qual tenho uma ideia do que ela planejou é porque a ouvi falando com Finn na cozinha pouco antes de sair. Ainda assim, apenas captei algumas palavras. Mas foram o suficiente para me deixar preocupado.

Finn parecia estar sugerindo que não era uma boa ideia, mas ela estava sendo teimosa e se recusando a recuar. Não quero perdê-la de vista porque preciso ver com meus próprios olhos o que ela está fazendo. Como diz aquele velho ditado? "Assuma o controle do seu próprio destino, ou outra pessoa vai assumir."

Seu táxi estaciona em uma pequena filial da Waitrose, e ela sai, vestindo um terno preto e óculos escuros. Ela desaparece no interior por alguns minutos, reaparecendo com um buquê de lírios brancos cujo rótulo remove enquanto caminha de volta para o veículo. Então, sua jornada continua.

O carro permanece a uma velocidade constante até chegarmos à primeira de uma série de rotatórias pelas quais Milton Keynes é reconhecida. Em seguida, mais quinze minutos se passam antes de chegarmos ao norte da cidade, e agora estamos seguindo as placas para o crematório de Crownhill. Há um gosto amargo na minha boca. Por fim, o táxi entra no estacionamento enquanto permaneço do lado de fora no meio-fio. Ela pega as flores e, ao fechar a porta, tira os vincos do vestido.

Ela se dirige ao prédio de tijolos e vidro arqueado, e eu desligo o motor do meu carro. Pego uma lata de cerveja da minha caixa de ferramentas, acomodo-me no meu assento e observo Mia se aproximar de um grupo esperando do lado de fora da entrada principal. Ela para pouco antes de alcançá-los e fica sozinha, sugerindo que não os conhece.

Sem perceber, já terminei minha bebida e me xingo por isso. Nos últimos tempos, o conteúdo dessas latas mal toca o interior da minha boca antes que eu beba tudo. Estou ciente de uma súbita dor aguda e ardente no meu intestino e não trouxe meus comprimidos. Faço uma nota mental para enviar uma mensagem para Jakub me trazer mais no trabalho amanhã. Eu não sei ou não me importo em saber onde ele os consegue, mas são muito mais fortes do que os analgésicos de venda livre que usei no passado. Por ora, busco outra lata para ao menos suavizar os percalços que esses episódios trazem.

Então, pego meu telefone do suporte do painel e acesso a internet, visitando a seção Nascimentos, Mortes e Casamentos do Milton Keynes Citizens. Minha leitura é lenta tropeçando nas palavras e as pronunciando em voz alta.

DOUGLAS — ABIGAIL (ABI) Nascida em 1968. Retornou à sua amada família depois de uma longa ausência em 8 de agosto. Filha muito amada dos pais Geraldine e do falecido Sidney, com a saudade de seus irmãos Steven e Michael. Funeral a ser realizado no crematório de Crownhill, Milton Keynes, em 22 de agosto às 11h30. Todos estão convidados. Flores são bem-vindas, e doações podem ser feitas para a instituição de caridade Pessoas Desaparecidas. "Suas asas estavam prontas, mas nosso coração não. Voe alto com os anjos, querida Abi."

Reconheço o nome. Ela é a terceira criança encontrada no sótão de Finn formalmente identificada. Mas por que diabos Mia vai ao funeral?

Um carro fúnebre estaciona na entrada do crematório. Coloco meus óculos e vejo nítido o nome da garota escrito nos cravos brancos encostados em um caixão branco de tamanho infantil. Por um segundo, imagino meu próprio nome dentro de um carro fúnebre ao lado do meu caixão e me pergunto quais flores Debbie vai escolher para mim e se vão escrever Dave ou David.

Uma inquietação surge e cresce dentro mim, então sei que tenho que ir embora. Ligo o motor e, em segundos, retorno ao fluxo do tráfego, deixando para trás minha nora, que não percebe nada.

CAPÍTULO 27

MIA

A sala de eventos do clube de golfe é um espaço amplo e aberto, não muito adequado para a natureza íntima de um velório. Abaixo das fileiras de fotografias de ex-capitães com rosto severo, há grupos de enlutados conversando entre si. Estar perto de tantos rostos desconhecidos me deixa nervosa, mas pelo menos me sinto grata por ninguém ter me reconhecido dos jornais.

Cinco meses se passaram desde que os corpos foram encontrados no sótão, mas, como proprietários da casa, ainda estamos recebendo atenção da mídia. Tenho certeza de que já teriam nos deixado em paz se não tivessem percebido desde o início quem era meu ex-namorado. "Ex-namorada de Ellis Anders presa em Casa dos Horrores", "Ex-noiva de Ellis no terror das crianças no sótão", "Mãe das Casa dos Horrores foi noiva de Ellis Anders", dizem algumas das manchetes, todas ilustradas com fotos antigas de nós dois juntos. Parece que Ellis e eu terminamos há séculos, então havia deduzido que meus quinze minutos de fama por aproximação acabaram e eu tinha sido esquecida. Eu estava errada.

Todos nós fomos forçados a mudar nossos números de telefone para impedir que a imprensa nos contatasse, apesar de a polícia ter informado aos jornalistas de que não queríamos dar declarações. Eles ainda empurram bilhetes por baixo da nossa porta nos oferecendo dinheiro pela nossa história ou por fotos tiradas no interior da casa quase toda semana. Quando estou usando minha máscara de relações públicas, entendo que estão apenas fazendo seu trabalho e talvez dar uma entrevista possa calá-los. Mas Finn e seus pais estavam convencidos de que não. Também entendo que o dinheiro seria útil, pois quase cada centavo que temos está amarrado a uma casa em que não podemos viver. Mas não podemos, em sã consciência, lucrar com a morte dessas crianças.

Meus olhos passam pelas fotos de Abigail Douglas em uma montagem emoldurada. Ao meu lado, há uma pilha de liturgias do culto fúnebre com sua imagem em preto e branco na capa, ao lado de sua data de nascimento, mas a data de sua morte está ausente. Acho que é improvável que, algum dia, a família dela saiba exatamente quando ela morreu e o quanto sofreu. Essa deve ser uma das partes mais difíceis de aprender a lidar com o assassinato de seu próprio filho, penso eu, sem saber se foi rápido ou cruel e prolongado.

Deve haver cerca de oitenta pessoas aqui, um bom comparecimento para uma garotinha que causou mais impacto na morte do que na vida. Pergunto-me quantos dos presentes são membros da família e antigos amigos da escola e quantos, como eu, não são daqui.

Um calafrio gélido se arrasta pelas minhas costas quando me indago se o assassino também está aqui entre nós. Se alguns assassinos se divertem participando de reuniões de busca por suas vítimas, então faz sentido que também ganhem algo comparecendo a um funeral. E agora minha imaginação está dando cambalhotas, questionando se também esteve em nossa casa — talvez até mesmo quando estávamos trabalhando dentro dela — para reviver seus crimes. Faço uma estimativa e há pelo menos dez homens nesta sala que teriam a idade certa nas décadas de 1970 e 1980. *Não*, digo a mim mesma, *estou sendo idiota*.

Tento redirecionar meus pensamentos pegando a liturgia outra vez. A cerimônia no crematório levou cerca de meia hora. Foi difícil não me comover com as lembranças vívidas de Abigail que seus dois irmãos mais velhos compartilharam. O pai morreu logo depois de seu desaparecimento, e o uso de frases como "nunca perdoou a si mesmo" e "não conseguiu viver sem sua filha" sugeriu que ele morreu de coração partido ou tirou a própria vida. Assim como a família da minha velha amiga Lorna Holmes, eles também foram irremediavelmente comprometidos.

Quando o caixão de Abigail desapareceu atrás da cortina ao som de sua música favorita, "Don't Stop 'Til You Get Enough", de Michael Jackson, um enorme sucesso na época, não havia um olho no recinto que não estivesse em lágrimas. Sei que nunca mais vou ouvir essa música sem pensar em uma garotinha que nunca conheci.

De uma perspectiva egoísta, espero que testemunhá-la sendo enterrada ajude a pôr fim à minha preocupação com este caso. Quero seguir em frente, então pesquisei por terapeutas no Google e tenho uma lista restrita de meia dúzia que vou dar uma olhada.

Gravito ao redor de duas mulheres que, como eu, parecem não conhecer ninguém. Seus rostos são semelhantes, por isso suponho que sejam parentes. Invejo a pele bonita e imaculada da mais velha. Desde que tive Sonny, tenho visto surgir acne em minhas bochechas e testa. É hormonal, mas, junto com o peso extra que ainda estou carregando, não ajuda em nada a minha autoconfiança. A outra mulher é muito mais jovem e está em uma cadeira de rodas. Ela olha para longe, os membros torcidos e um fio transparente e tênue de saliva pingando do canto da boca.

"Olá!", inicio a conversa. "Posso me juntar a vocês? Não conheço ninguém aqui."

"Por favor", responde a mulher mais velha calorosamente com um sotaque caribenho cantado. Ela se apresenta como Jasmine Johnson e sua filha como Precious.

"Vocês estavam no crematório?", pergunto.

"Não", diz Jasmine. "Há certas situações com as quais Precious luta e pensei que poderia ser uma delas. Não seria sua culpa, mas não queria que ela fizesse uma cena e atrapalhasse o luto da família."

"Eu entendo", afirmo. "Como conheceram Abigail?"

"Ela e Precious estudaram na mesma escola. Embora Precious fosse uma garota diferente desta que você vê agora."

"Como assim?", disparo antes mesmo de perceber como posso ter parecido intrometida. "Se não se importar com a pergunta", acrescento rapidamente.

"Ela desapareceu na mesma ocasião que Abigail", explica Jasmine com tanta naturalidade que acho que ouvi errado.

"Desapareceu?"

"Três dias depois que as meninas não retornaram do ensaio do coral, minha filha foi encontrada à beira da estrada com ferimentos na cabeça e fraturas em uma perna e na pélvis. Atropelamento e fuga, segundo a polícia. Ela também sofreu uma extensa hemorragia cerebral e, quando saiu do coma, estava como você a vê agora. E ela nunca foi capaz de nos dizer o que aconteceu com ela e Abi ou como acabou parando lá onde foi encontrada. Tudo o que sabe está trancado dentro de sua cabeça."

Quando digo a ela que não me lembro de ter lido sobre isso, Jasmine diz que mal foi noticiado. "No início dos anos 80, se precisassem escolher entre colocar uma menina loira de olhos azuis na capa de um jornal ou uma menina negra, você pode adivinhar qual venderia mais exemplares. Mesmo que ela não seja a mesma garota que era, pela graça de Deus ela ainda está conosco. Apesar do que aconteceu, agradeço todos os dias por minha filha ter sobrevivido."

Quando ela pergunta por que estou aqui, sinto-me envergonhada, quase uma aberração. "Foi na minha casa que os corpos de Abigail e das outras crianças foram encontrados", digo baixinho, esperando não ter sido ouvida.

Jasmine inclina a cabeça, me olha mais de perto e depois faz um gesto lento, como se agora me reconhecesse. Ela pega uma foto escolar da mesa, uma foto da turma de Abigail e Precious alinhadas em duas fileiras, uma atrás da outra. Ela aponta sua filha, uma criança de 12 anos de olhos arregalados e vibrantes. Seu cabelo está penteado com marias-chiquinhas e ela está vestindo o uniforme escolar com orgulho. "Ela não é linda?", ela diz, e eu aceno com a cabeça.

Examino o resto da fotografia quando um rosto na fileira atrás de Precious e Abigail chama minha atenção.

"Aquele garotinho se parece com meu sogro", digo.

"Qual deles?", Jasmine pergunta e aponto para uma criança com uma mancha cor de vinho na testa e na pálpebra. "Ah, você conhece Davey Hunter?"

Suspiro um pouco de ar, mas, antes que possa responder, um ruído repentino e agudo ressoa pela a sala, tomando a atenção de todos. Apenas quando é seguido por um som de pancadas é que percebo que é Precious, batendo os punhos contra os braços de sua cadeira de rodas. Seu guincho é tão estridente quanto um alarme de fumaça.

"Qual é o problema?", a mãe pergunta, e seus joelhos estalam ao se ajoelhar para acalmar a filha. De pouco adianta. Em vez disso, Precious tenta lançar a cabeça para trás bruscamente repetidas vezes. "Ela fica assim, às vezes."

Jasmine me entrega a fotografia emoldurada e vira a cadeira da filha, pede desculpas e tenta se despedir, mas é difícil ouvi-la por cima dos gritos. Precious, por acidente, derruba a imagem da minha mão ao passar, e o vidro quebra quando atinge o chão.

Conforme mãe e filha saem, pego os cacos e os coloco em um guardanapo. Quando percebo que todos enfim pararam de olhar para nós, escondo a foto na minha bolsa. Estou pensando em meu sogro, espremendo meu cérebro para lembrar se Dave alguma vez mencionou, quando o nome dela foi divulgado para a mídia, que ele foi à escola com uma das crianças desaparecidas. Sei que estive em uma névoa ultimamente, mas tenho certeza que não teria esquecido algo tão importante. E, se Finn soubesse, com certeza teria trazido isso à tona, já que ele me conta tudo. Estou convencida de que Dave não disse nada.

Então, por que ele escolheria manter isso em segredo?

JOHN MARRS
TUDO EM FAMÍLIA

CAPÍTULO 28

DEBBIE

"Bom dia", digo e em seguida abro a janela da sala no anexo. Este cômodo não é ventilado faz um tempo e cheira a mofo e fraldas sujas. Pego uma lata de desodorizador do armário debaixo da pia e borrifo as cortinas, o sofá e até o carpete com uma fina névoa perfumada de linho.

Não parece haver nenhum sinal de Mia querer se mudar da nossa casa. Finn recusou nossa oferta de dar a eles o dinheiro para comprar uma casa, explicando que não é o momento certo para eles. Ele quase chegou a culpá-la. Portanto, não parece que estejam com pressa de ir a qualquer lugar. Não vou mentir e dizer que isso não me agrada.

Mia sai do banheiro e olha para mim de uma maneira que só posso interpretar como estranha. Normalmente, todas as manhãs ela me dá um sorriso sincero e me agradece de antemão por levar Sonny de volta à casa principal comigo pelo resto do dia. Nós quase entramos em uma rotina, ele e eu, brincando no jardim, se estiver quente o suficiente, ou escondidos na brinquedoteca que criei para ele em um dos quartos de hóspedes. Eu o alimento, troco suas fraldas e só o trago de volta quando Finn manda uma mensagem para dizer que está vindo do trabalho. O lado positivo de tudo que está errado com Mia é que posso passar todos os meus dias com o meu neto.

Mia já trocou o pijama, seu cabelo está lavado e ela parece quase culpada por ter feito o esforço. Ela abaixa um pouco a cabeça e não faz contato visual quando me pergunta como estou. Ela está escondendo algo ou a estou interpretando mal?

"Sonny vai ficar aqui comigo hoje, tudo bem?", afirma ela.

"Sério?", pergunto. "Por quê?"

"Para te dar um descanso."

"Ah, eu não preciso, estou bem. Além disso, estava levando Sonny para mostrar aos meus amigos no almoço."

"Você ficou muito com ele ultimamente, você poderia descansar."

Desta vez, seu sorriso é artificial, como se houvesse algo mais acontecendo por trás dele.

"Está tudo bem?", pergunto.

"Sim, está tudo absolutamente bem, para ser sincera. Eu só acho que vai fazer bem a ele e a mim passar um pouco de tempo juntos."

"Bem, se tem certeza de que pode lidar com isso. Já faz um tempo desde que você ficou com ele um dia inteiro. Ele pode ser bastante exigente se você não sabe o que está fazendo."

"Sim, tenho certeza."

"Talvez apareça na hora do almoço para ver se ele está bem."

"É sério, Debbie, não há necessidade."

"Então, tá bom", bufo e beijo a testa do meu neto antes de deixá-los sozinhos. Eu me viro uma última vez para olhar para os dois. Ele permanece em seu tapetinho, mas ela ainda não se aproximou dele.

Não fico nem um pouco confortável com esse episódio. Não vou ser empurrada para fora de sua vida só porque Mia de repente decidiu que ela quer brincar de ser mãe.

JOHN MARRS
TUDO EM FAMÍLIA

CAPÍTULO 29
VINTE E QUATRO ANOS ANTES

O interior deste veículo de repente parece muito, muito apertado. É como se estivesse dentro das mandíbulas de um compressor de ferro-velho, prestes a ser esmagado e transformado em um cubo de lata.

Eu me distraio olhando o jornal *Daily Mirror* no banco do passageiro. Ele contém uma entrevista com uma mulher que acredita que uma vez escapou das garras de Fred West, que se matou alguns meses antes. Embora tenhamos uma coisa óbvia em comum, ele e eu não poderíamos ser mais dessemelhantes. Ele era um homem doente e pervertido, e me incomoda que, se um dia me capturarem, as pessoas possam nos colocar na mesma categoria. Faço o que faço por um bem maior. Ele fez o que fez por suas próprias perversões. Fico feliz que ele esteja morto. Pessoas como ele não têm lugar neste mundo. Jogo o jornal no assoalho.

No desespero de sentir o ar fresco contra o rosto, abro a porta e verifico meu relógio, em meio à confusão sobre por que estou aqui tão cedo. Então, me lembro: apenas adiantei os relógios de casa depois da mudança para o horário de inverno no fim de semana, e não o relógio do Mondeo. São 14h30 e não preciso estar aqui por mais uma hora.

Esse sentimento claustrofóbico está me assombrando faz uma semana, e eu sei o que isso significa. Preciso me distrair da voz irritante que quer ser ouvida, então aproveito ao máximo o clima ameno e o tempo extra e dou um passeio ao longo do caminho pelo canal. Talvez revisitar esse ponto seja suficiente para afastar minha mente dos meus pensamentos intrusivos. Quem sabe? Estou em um território inexplorado aqui. Nunca fiz uma pausa tão longa entre as mortes.

Na última vez que estive aqui, tinha 13 anos. Lembro-me como se fosse ontem porque você nunca esquece de seu primeiro assassinato premeditado. Seu nome era Justin Powell, era um ano ou dois mais velho do que eu e muito maior. Ele não era alguém que precisava ser salvo — sua morte foi para salvar outra pessoa e redirecionou o curso do resto da minha vida.

Eu tinha seguido esse rapaz alto e troncudo com o cabelo penteado em um topete desde o playground da escola até o caminho do canal mal iluminado. Usei o crepúsculo como uma capa para me esconder, e, quando ele se virou para ver de onde vinham os passos que se aproximavam rapidamente, já estava caindo na água congelante.

Quando ele desapareceu sob a superfície, peguei uma das pedras que estava ao lado da trilha e a segurei acima de minha cabeça. E, no momento em que sua cabeça emergiu ofegante da água, eu a arremessei sobre ele com todas as minhas forças. Ainda me lembro do barulho de esmagamento que fez ao colidir com seu crânio e como ele desapareceu novamente na água. Passaram-se uns bons vinte minutos antes que ele retornasse à superfície, com o rosto voltado para baixo e imóvel. Estava escuro demais para ver o sangue na água, então tive que usar minha imaginação.

O banco em que me sento agora não estava aqui no passado. Naquela época, eu assisti na manhã seguinte, de pé e a certa distância, enquanto os policiais se aglomeravam sobre o canal e o parque ao redor, investigando o corpo de um adolescente descoberto entre dois barcos ancorados no canal. Haviam me instruído a nunca demonstrar emoção com o destino de estranhos, então não havia pânico, não havia arrependimento e, sem dúvida, nenhuma culpa ligada ao que fiz. Ao matá-lo, assumi o controle de uma situação e ajudei alguém que me ajudou.

Passei a maior parte daquele dia lá, absorvendo cada segundo das consequências, emoldurando imagens para trazer de volta à vida como faço hoje. Por um momento, pergunto-me como meu mundo poderia ter sido se não tivesse matado Justin naquele dia. Mas tenho plena certeza de que, se não fosse ele, teria sido outra pessoa. Você pode lutar contra a natureza apenas por algum tempo. Nos últimos tempos, é algo que retorna à minha mente a cada hora de todos os dias.

A última vez que agi de acordo com meus impulsos foi há exatamente cinco anos. Pensei que as muitas distrações da minha nova vida poderiam ser suficientes para ocupar meu tempo e me dar toda a satisfação que eu exigia. Mas cheguei à compreensão de que, quando não tenho sangue em minhas mãos, elas ficam desconfortavelmente secas.

Verifico meu relógio outra vez e começo a fazer o meu caminho de volta para onde preciso estar. À frente, uma pequena multidão se reuniu, alguns conversando entre si, todos com um propósito comum. Espero do outro lado da rua, observando-os e perguntando-me quantas horas passei pairando ao redor de portões de escola parecidos com esses. Um sino soa, e, momentos depois, dezenas de pares de pequenos pés saem correndo pela porta para cumprimentar seus pais. Quando a maioria deles se dispersa, vejo o que estava esperando. Seus olhos procuram pelo familiar, apenas o encontrando quando nossos olhos se cruzam.

Faço o meu caminho em sua direção, e seu abraço é apertado. Isso me enche de luz. Então, pego sua mão, pergunto sobre seu dia e começamos a caminhar até o carro antes de voltarmos para casa.

Esse é o sabor da normalidade. Queria apenas que fosse o suficiente.

IPSWICH HERALD, *1990*

*POLÍCIA LANÇA CAÇADA POR
IRMÃOS DESAPARECIDOS
POR JIMMY SHAKESPEARE*

Um menino de um mês de idade e sua irmã mais velha foram raptados ontem no jardim da frente de sua casa em plena luz do dia, provocando uma grande caçada policial.

O bebê William Brown e sua irmã de 4 anos, Tanya, foram sequestrados depois que a mãe os deixou sozinhos para preparar a mamadeira do filho. Os detetives admitem que os temores por sua segurança estão crescendo à medida que as equipes especiais buscam os irmãos desaparecidos.

Um porta-voz da polícia disse que estão ficando "cada vez mais preocupados" com a segurança das crianças e mobilizaram um grande número de oficiais em torno de Stoke Park, Ipswich.

Centenas de moradores locais do bairro se juntaram às buscas, e muitos continuaram seus esforços durante a noite.

CAPÍTULO 30

MIA, 2019

Por fim, estou a sós com meu sogro e estou tão nervosa que minhas axilas estão úmidas.

Considerando que dividimos a mesma casa, é quase impossível pegar Dave sozinho ultimamente. É como se ele soubesse que descobri que ele estava na mesma turma que duas crianças sequestradas e não quisesse ficar a sós comigo. Ele está trabalhando mais horas do que o habitual e, quando retorna, vai direto para a cama ou vai ficar com Debbie. E esta não é uma conversa que quero ter na frente dela. É por isso que fiquei com Sonny nesse dia e esperei até que ela saísse com os amigos para abordá-lo.

Quando o vejo sozinho no jardim, agarro minha oportunidade. Ele está sentado em uma das cadeiras do pátio, aproveitando ao máximo o sol da tarde. Pego Sonny adormecido no berço, esperando não acordá-lo, e corro silenciosamente pelo gramado para não avisar a Dave que estou me aproximando e fornecer uma desculpa para que ele saia.

"Olá, Dave!", começo e ele recua, mas tenta disfarçar. Seu rosto parece magro, quase como se fosse assombrado. Ou talvez eu esteja vendo coisas demais. "Dia de folga?"

"Mia!", ele responde e me dá um breve sorriso. Ele olha por cima do meu ombro como se esperasse que Finn me seguisse. Quando percebe que estou sozinha, seus olhos piscam, o que me diz que ele já está desconfortável. Agora tenho certeza de que ele sabe o que eu sei. "Sim, não precisam de mim hoje."

"Está uma tarde linda."

"Verdade. Tivemos sorte. Está sendo um bom verão."

"Não para todos", retruco, pensando nas famílias das crianças assassinadas. Sonny, ainda adormecido, faz um som de chiado desconhecido e não sei como responder. Esfrego suavemente suas costas, e ele para. "Preciso conversar com você sobre uma coisa."

"Ah, sim." Ele não diz isso como uma pergunta, mas como uma declaração. Como se já estivesse esperando por isso.

"Na semana passada, fui a um dos funerais dessas crianças. Abigail Douglas." Permito que o nome dela permaneça entre nós. Ele toma um gole de sua lata de cerveja e olha para o bosque no final do jardim. Mas não responde. "Quando fui para o velório depois, conheci uma mulher chamada Jasmine e sua filha Precious", continuo. Ainda não há reação. "Jasmine se lembra de você. Precious, Abigail e você estavam todos na mesma turma, não estavam?"

Não dou tempo para ele negar. Do meu bolso, retiro a foto que roubei do velório e mostro para ele. Ele a pega na mão e olha. Por fim, ele acena com a cabeça.

"Estou confusa, Dave. Por que você não pensou em mencionar isso?"

"Eu discuti isso com Debbie", argumenta ele e toma outro gole.

"E quanto ao Finn? Você contou a ele? E por que não a mim?"

Ele dá de ombros. "Não vi motivo. E você está... distraída ultimamente."

Meus nervos abrem caminho para a irritação. "Sim, mas foi na minha casa que o corpo de Abigail foi encontrado, e você estava na turma dela. Você não acha que eu merecia saber?"

"Saber o quê? Que eu mal a conhecia? Eu mal ficava na escola à época. Passava a maior parte do meu tempo com rapazes mais velhos e me metendo em problemas."

"Então, você não se lembra de Abigail?"

"Como disse, eu mal a conhecia."

"E quanto a Precious?" Por uma fração de segundo, percebo seu olho estremecer outra vez. Ele o esfrega.

"O que tem ela?"

"Você também se lembra dela? Ela desapareceu ao mesmo tempo."

"Vagamente."

"Você sabe o que aconteceu com ela?"

"Ouvi dizer que sofreu um acidente. Foi há muito tempo, então não me lembro dos detalhes."

Quando ele não pergunta como ela está agora, não consigo decidir se está distante de seus ex-colegas de classe porque está dizendo a verdade ou porque está escondendo algo.

Um grito repentino de Sonny interrompe abruptamente a conversa. Quero que ele fique quieto, mas os gritos que se seguem são de fome. Apenas uma mamadeira vai acalmá-lo.

Relutantemente, o levo de volta ao anexo para alimentá-lo. Daqui, vejo Dave pela janela abrindo outra cerveja e bebendo a maior parte em uma série de longos goles. A maneira como pisa na lata vazia com força me diz que está com raiva e que ele é um mentiroso.

Ele sabe muito mais do que está deixando transparecer.

CAPÍTULO 31

DAVE

Espero até ouvir a porta do anexo se fechar antes de engolir minha última lata de cerveja. Mas minha frustração me derrota e a deixo cair no chão e piso sobre ela. Talvez esteja sendo paranoico, mas algo me diz que Mia está me observando agora. Não, não é paranoia. Tenho certeza de que está. Porque, se os papéis fossem invertidos, estaria fazendo exatamente a mesma coisa que ela está fazendo comigo. Observando e esperando para ver como vou reagir, porque só somos nós mesmos quando pensamos que estamos sozinhos.

Talvez devesse ter dito a Mia toda a verdade em vez da versão resumida. É difícil saber o que fazer ou dizer da melhor forma. Portanto, fui pela via segura e dei a ela trechos — não mentiras, mas também não a história completa. No entanto, ela não é o tipo de pessoa que fica satisfeita com uma meia-verdade.

Abigail Douglas. Precious Johnson. Não conhecia bem nenhuma das garotas, isso era verdade, mas lembro que elas eram gentis comigo. E acho que, naquela época, minha definição de bondade eram crianças que não me chamavam de "merda idiota" por causa de minhas péssimas habilidades de leitura e escrita, ou de Duas-Caras, dos quadrinhos do Batman, por causa da marca de nascença vascular na minha testa e na pálpebra.

Não é de admirar que, a partir dos 12 anos, quando tudo em casa estava gradualmente piorando, eu passasse grande parte do meu tempo fugindo e andando com uma gangue de garotos mais velhos no antigo parque. Eu podia ser o mais novo, mas a puberdade havia chegado cedo, dando-me altura e amplitude. Minha necessidade de pertencer a algum lugar era tão forte que não importava se era um grupo que não tinha meus melhores interesses em conta. No meio desses companheiros párias, eu era aceito. Passamos muitas de nossas noites bebendo álcool barato ou cheirando cola ou o conteúdo de latas de aerossol pulverizado em pacotes vazios. Não importava de onde vinha o barato, desde que me levasse para longe da minha realidade miserável.

Eu fazia qualquer coisa para me encaixar ou impressionar. Voluntariava-me para furtar bebidas ou lanches do supermercado e, quando isso não foi suficiente para satisfazer meu desejo de aprovação, fui adiante e comecei a praticar roubos. Mas sempre fui cuidadoso para nunca ser pego. E então, numa tarde de verão, minha sorte acabou.

Finn sabe muito pouco da minha infância. Ele não tem ideia de até onde eu fui — e continuo indo — para protegê-lo da verdade. No primeiro dia em que o segurei nos braços, estava inseguro de sua chegada ao nosso mundo. Mas jurei que ele seria melhor do que eu. Inclusive depositei nele minhas esperanças de ser o band-aid com o qual Debbie e eu cobriríamos as feridas do passado e impediríamos que a infecção voltasse. Mas isso não funcionou. *Ele* não funcionou. Eu falhei com ele. E só Deus sabe que dano foi infligido a ele que os olhos não podem ver.

Durante a maior parte de sua vida, Debbie me fez sentir como se estivesse me intrometendo com os dois. Não acho que ela quisesse fazer isso conscientemente. Mas não havia o suficiente de Finn para compartilhar, então recuei. Em primeiro lugar, ele é seu filho e, em segundo, ele é meu. Um dos maiores arrependimentos da minha vida — e tenho mais do que a maioria das pessoas — é que não lutei mais por ele.

Foi apenas quando estávamos reformando sua maldita casa juntos que realmente começamos a nos conhecer. Até encontrarmos o que encontramos no sótão. Agora, estamos de volta ao trabalho em nossas próprias áreas e estamos muito distantes outra vez, como o sol e a lua. Ele não sabe que nosso tempo juntos está acabando. Gostaria de ser honesto com ele sobre tudo. Mas não posso colocar esse fardo em seus ombros. Não é justo.

Ouço um carro na entrada, então pego minha lata e a escondo no fundo do lixo com as outras, onde é improvável que Debbie as encontre. Ela se aproxima de mim, apoiando-se pesadamente na bengala. A cada mês que passa, ela perde um pouco mais de mobilidade. Nós dois sabemos disso, mas raramente abordamos o assunto. Há tanta coisa que escondemos um do outro.

"Oi!", ela exclama e me dá um beijinho na bochecha.

"Como estavam as meninas?"

"O mesmo de sempre", responde ela. "Muita reclamação sobre maridos e trabalho." Ela enxerga algo por trás do meu sorriso. "Qual é o problema?"

Limpo a garganta. "Mia sabe sobre mim, Abigail e Precious."

Ela arqueia as sobrancelhas, abaixa a voz e olha para o anexo. "O que ela sabe exatamente?"

"Que estudávamos na mesma escola."

"Como?"

Explico como a segui até o crematório. Ela está surpresa que fui tão longe, mas não me questiona. "Ela tem uma fotografia", acrescento.

"De quê?"

"Das meninas e eu na mesma turma."

Debbie não faz nenhuma tentativa de esconder seu aborrecimento. "Por que você não me contou sobre nada disso antes?"

"Não queria deixá-la preocupada."

Ela balança a cabeça com vigor. "Dave, da próxima vez, preciso saber mais cedo. Se Mia está metendo o nariz em negócios que não lhe dizem respeito, você tem que me dizer imediatamente para que eu possa protegê-lo." Ela hesita, e dou a ela o tempo de que precisa para considerar nossas opções. "O que você disse a ela?"

"Que eu mal as conhecia."

"E ela acreditou em você?"

"Sim, acho que sim", minto.

"Bem, isso é um começo, suponho. Mas você tem que prometer que não vai esconder mais nada de mim. Esta família só funciona quando estamos unidos. Não podemos deixá-la interferir nisso."

"Está bem."

Ela encosta a bengala contra uma cadeira do pátio e se senta. Ela está discretamente elaborando seu plano de ataque, então lhe dou espaço. Solto um longo suspiro de cerveja do canto mais distante da minha boca, consciente de quanto bebi hoje. Olho para a mulher com quem passei a maior parte da minha vida na esperança de ver vislumbres da garota por quem me apaixonei. Não costumo ser um homem emotivo, mas o desejo de chorar e segurá-la com todas as minhas forças ameaça me consumir. Porque não vai demorar muito até que ela seja forçada a lidar sozinha com todos os obstáculos que a vida coloca em sua frente.

Cerro os dentes e prometo protegê-la o máximo que puder. Também preciso ficar de olho na minha nora. Se ela continuar cutucando o ninho das vespas, vai acabar sendo picada.

JOHN MARRS
TUDO EM FAMÍLIA

CAPÍTULO 32

FINN

Sinto-me apreensivo quando volto para casa do trabalho, pois nunca sei ao certo qual Mia vou encontrar quando passar pela porta. Às vezes, é a Mia lacrimosa, que posso fazer chorar apenas ao olhar para ela. Outras vezes, é a Mia frustrada, que não consegue se satisfazer com nada que eu diga ou faça, e se enfurece contra mim sem motivo. Mas, na maioria das vezes, é a Mia que está pouco se lixando para tudo. Essa é a que mais me assusta, porque ela parece a casca vazia de quem era. Sinto falta do sarcasmo, ela me mantendo concentrado, eu dizendo quando ela está soando londrina. Eu a criticava, e ela revidava com algo descarado, e nós ríamos de bom humor às custas um do outro. Essa é a Mia de quem mais sinto falta. Aquela que ri.

Às vezes, e odeio admitir isso, ela se comporta como se não amasse Sonny. Eu a pego olhando para ele como se ele pertencesse a outra pessoa. E isso me assusta.

Estou desaprendendo a lidar com minha esposa e quase posso medir a distância entre nós. Não conversamos mais e, nos momentos em que estamos juntos, tenho a sensação de que, em vez de ficar comigo, ela prefere ficar em seu próprio mundinho on-line, cercando-se de histórias sobre crianças mortas. Tentei perguntar o que havia de errado, mas ela me disse que eu não entenderia e encerrou a conversa. E, em vez de insistir e perturbá-la mais, deixei por isso mesmo.

Mamãe me chamou de lado algumas vezes, perguntando o que estou fazendo para conseguir ajuda. Continuo repetindo que ela está bem e tem muito a processar, mas sei que mamãe está certa. A verdade é que tenho medo de ser a raiz dos problemas de Mia. Que, se uma terapeuta revirar o interior de sua cabeça, Mia vai perceber que ela merece mais do que eu e minha família e ir embora. Às vezes, acho que posso acordar e descobrir que ela se mudou de volta para Londres porque a vida que ela tinha lá é melhor do que a tempestade de merda em que estamos vivendo agora. Talvez seja por isso que ela não é a única mulher na minha vida: subconscientemente, mantenho uma reserva, pois não quero ser deixado sozinho. Talvez seja eu quem precisa de terapia, não a Mia.

Então, nesta noite, enquanto entro pela porta e grito meus olás, estou pronto como sempre para quem vou encontrar. Mas acontece que não é nenhuma das anteriores. Mia está me esperando na sala, Sonny está balbuciando em seu tapetinho e esmagando um bonequinho ao seu lado com as próprias mãos. Ela está vestida com jeans escuros, uma camiseta de mangas compridas e está usando maquiagem. É a primeira vez que a vejo sem calças de moletom e de rosto limpo. Cinco meses após o acidente, será que chegamos a um ponto de virada?

Falo cedo demais, pois, ao beijá-la, ela vira a cabeça para que meus lábios caiam em sua bochecha, não na boca.

Ela é cordial, pergunta-me sobre o meu dia, e respondo sem entrar em detalhes. Ela não precisa saber onde de fato estive durante a tarde. Quero dizer a ela como está ótima, mas decido não chamar a atenção para o fato, caso ela pense que estou criticando sua aparência habitual nos últimos tempos. Ela está fazendo aquela coisa de esfregar o polegar e o indicador juntos de novo, então algo a está incomodando mentalmente.

Quando pergunto se está tudo bem, ela diz que sim, mas não acredito nela. "Você quer conversar sobre alguma coisa?", pergunto.

Ela hesita antes de responder, depois segue para o nosso quarto. Eu a sigo e percebo que faz dias desde a última vez que estive aqui, mais um lembrete de que nós não estamos vivendo um casamento normal. Quando ela apenas fica lá de costas para mim, digo "Mia", com mais firmeza. "O que está acontecendo?"

"É o seu pai", ela responde.

"O que ele fez?"

"Você sabia que ele foi da turma de uma das crianças em nosso sótão?"

"Ele foi o quê?"

"Abigail Douglas... Dave estava na mesma classe que ela. E ele conhecia outra garota que desapareceu na mesma época, mas foi encontrada viva, embora por pouco."

"Quem te contou isso?"

"Jasmine, a mãe da garota que sobreviveu."

"E como você a conhece?"

Ela faz uma pausa antes de responder. "Eu a conheci no funeral de Abigail."

"O quê? Você foi mesmo que eu tivesse pedido que não?"

"Fui."

"Por quê?"

"Porque não sou uma criança e você não pode me dizer o que não fazer."

"Não acredito que você agiu pelas minhas costas."

"Finn", ela exclama, "você está fugindo do assunto. Seu pai conhecia uma das vítimas e nunca nos contou."

"Essa tal de Jasmine o confundiu com outra pessoa."

"Eu vi uma fotografia deles juntos quando estava no velório..."

"Você também foi ao velório? Meu Deus." Estou genuinamente sem palavras. Durante semanas, ela perambulou por esta casa como uma figurante do *The Walking Dead*, incapaz de dar ao nosso filho um pouco de carinho ou atenção enquanto meus pais e eu cobrimos sua ausência e pisávamos em ovos com ela. Agora, acontece que ela está saindo escondida para o funeral de crianças mortas que ela nunca conheceu. Quem mais ela está colocando acima da família?

"Veja." Ela vasculha sua bolsa e a remexe, mas aparece de mãos vazias. Então, pega um casaco preto e remexe nos bolsos. Outra vez, não encontra o que está procurando. "Eu tinha uma foto escolar delas e seu pai juntos", afirma ela, intrigada. "Juro que estava aqui."

"Deve ter sido alguém que se parecia com ele. Quero dizer, como sabe como ele era quando criança? Ele não tem nenhuma foto de sua infância."

"Eu não sou idiota, com certeza era ele. Jasmine mencionou o nome dele antes que eu pudesse falar. E o menino tinha a mesma marca de nascença na testa. Então, por que ele não nos disse que conhecia uma das vítimas quando ela foi identificada?"

"Talvez ele não se lembrasse dela ou não soubesse que havia sido identificada."

"Estava em todos os jornais. Ele escolheu manter isso em segredo de nós."

"Tem uma explicação para isso."

"Bem, ele não pareceu muito convincente."

Fecho minha cara. "Você falou com ele sobre isso?"

"Falei", ela admite timidamente. "Ontem."

"Mia, que merda você está fazendo?" Meu humor está começando a azedar. "Pensei que as coisas estavam melhorando entre você e meus pais. Mamãe e você estão se dando tão bem."

"Finn!", ela exclama, consternada. "Você está fugindo do assunto de novo. Isso não tem nada a ver com sua mãe. Dave me disse que mal conhecia as meninas porque não ia à escola com muita frequência."

"Você já sabia disso. Ele mal sabia ler e escrever até conhecer a mamãe."

"Acho que ele escondeu isso de nós por uma razão. Ele sabe mais do que está deixando transparecer. Veja como eles reagiram quando dissemos que queríamos a casa. Eles continuaram tentando nos convencer a desistir dela."

"Você está dizendo que ele sabia que havia corpos lá dentro? Não seja ridícula. Você estava lá. Eles ficaram tão chocados quanto nós. Eu acho que há outro problema oculto aqui."

"Até que enfim!", ela diz com entusiasmo. "Agora podemos concordar em alguma coisa. Então, você vai perguntar a ele sobre isso?"

"Não quis dizer com o papai, quis dizer com você."

"Comigo?"

"Você escondeu isso de mim, está obcecada pela investigação policial, não está se conectando com Sonny como deveria... Estou apenas dizendo que talvez seja hora de procurarmos ajuda, porque não consigo te curar sozinho."

"*Me cu-rar*?", ela diz vagarosamente. "Você não consegue *me curar*?"

Escolha ruim de palavras, penso eu. "Quero dizer, deveríamos marcar uma consulta com um médico porque você tem todos os sintomas de depressão pós-parto. Não é sua culpa, eu sei disso. Muitas mulheres sofrem com isso. Mas mamãe acha que..."

Paro. Estou me enfiando em um buraco ainda mais profundo.

"Sua mãe acha, não é?", Mia troveja. "Bem, se a Dra. Debbie diagnosticou um problema, então *deve* haver algo errado comigo. Refresque minha memória, em qual faculdade de medicina ela se formou? Holby City ou Grey Sloan Memorial? Como se atreve, Finn, como se atreve a falar de mim para sua mãe dessa forma?"

"Estava preocupado com você..."

"Então, tente me *ouvir*! Tente *falar* comigo sobre tudo o que passamos naquela casa, como quase perdi Sonny, como saber o que aconteceu com aquelas crianças está me deixando petrificada de medo de que a mesma coisa possa acontecer com ele. Fale *comigo*, não fale *sobre* mim."

"Sinto muito", respondo. "Só quero minha antiga Mia de volta." Tiro meu telefone do bolso e mostro a ela algumas capturas de tela que tirei de várias medicações que encontrei na internet, que podem ajudar com a DPP. "Se você não quiser falar com alguém, podemos conseguir alguns comprimidos. Veja."

"Ah, isso só melhora." Ela dá uma risada seca, sem humor. "Agora todos querem me drogar para me tornar uma esposa e nora obediente."

"Não foi isso o que quis dizer."

Sonny nos lembra que está aqui reagindo às nossas vozes elevadas com um gemido. "Talvez você devesse cuidar do seu filho", ela retruca, "porque está claro que sou uma mãe muito merda para chegar perto dele."

Eu a sigo novamente enquanto ela sai do quarto e entra na sala. Ela pega seu casaco e as chaves do carro, mas, antes de sair, o apresentador do noticiário noturno chama nossa atenção.

"E temos notícias de última hora sobre os assassinatos das crianças no sótão em Leighton Buzzard, onde os corpos de sete crianças assassinadas foram encontrados." Paramos como se alguém tivesse pressionado o botão de pausa em nós. "Nesta manhã, a polícia confirmou que mais dois corpos foram encontrados na propriedade."

CAPÍTULO 33

MIA

Acostumei-me aos silêncios e conflitos desconfortáveis desta casa, mas nunca me senti tão incomodada como nesta manhã.

Levo o detetive Mark Goodwin da porta da frente para a cozinha da casa principal, onde Finn e seus pais esperam. Ele é o único rosto simpático que vejo há dias e estou feliz que ele esteja aqui. Finn e eu mal nos falamos desde a nossa briga há dois dias, e Dave e eu não estamos fazendo contato visual. Não estou captando uma vibração de Debbie, então suponho que nenhum deles tenha contado a ela sobre nossas conversas. Talvez Dave tenha mentido quando me disse que Debbie sabia que ele esteve na mesma turma daquelas garotas.

"Em primeiro lugar", Mark começa após se sentar, "quero reiterar o quanto lamento por vocês terem ficado sabendo dos últimos desdobramentos pela imprensa e não por mim. Passei alguns dias de folga, e houve uma ruptura na comunicação entre os departamentos, ocasionando que fosse primeiro divulgado ao público antes que alguém os informasse."

"Você sabe de quem são esses corpos?", pergunto.

"Tudo o que posso dizer — e como sempre, isso não pode sair destas quatro paredes — é que dois corpos esqueléticos adultos estão com o patologista do Ministério do Interior."

"Adultos?", repito. "Não são crianças?"

"Não."

Um nó se desenrola no meu estômago. Não sei por que faz tanta diferença que sejam adultos, pois ainda são mais duas vítimas. Mas é o que acontece.

"Eles foram descobertos enterrados no jardim, perto da parede dos fundos", continua Mark. "Acreditamos que sejam um homem e uma mulher, mas faltam partes do corpo."

"Quais partes?", pergunta Finn.

"As cabeças."

Estremeço.

"Poderiam ser os antigos donos da casa?", Mia pergunta.

"É uma linha de investigação que estamos seguindo", revela Mark. "Os antigos residentes desapareceram de repente, de acordo com os relatos, na década de 1970. Não conseguimos rastrear nenhum parente vivo, então a confirmação por compatibilidade de DNA pode levar algum tempo."

Debbie se vira para Dave, mas seu olhar agora está fixo no chão. Ela retira um lenço de papel de um pacote e enxuga os olhos, mas não é rápida o suficiente para conter as lágrimas. "Me desculpem", diz ela. "Tudo nesta história é tão horrível... aquelas crianças desaparecidas por tanto tempo, seus pobres pais, e agora mais dois corpos... Às vezes, me pergunto se isso vai acabar algum dia. Todos os dias, aquela casa e o que ela esconde é tudo em que consigo pensar. Só quero que isso acabe."

Dave coloca o braço em volta dos ombros dela. Estou um pouco surpresa com sua emoção porque não reconheço essa Debbie. Nunca pensei em como essa descoberta poderia tê-la afetado.

Quando Mark sai logo depois, sinto falta de sua presença tranquilizante nesse ambiente turbulento. É como se, quando ele aparece, todo mundo se comportasse da melhor forma e eu pudesse fingir que somos todos normais, quando na realidade estamos longe disso. Ou talvez não esteja pronta para admitir para mim mesma que gosto de estar perto dele mais do que deveria. Há um calor nele que me faz acreditar que um dia esse pesadelo vai chegar ao fim. Só Deus sabe qual a contagem de corpos que teremos.

Nós nos retiramos para nossos próprios cantos de nossos mundos particulares e bagunçados. Dave vai para o trabalho; eu disse a Debbie que vou ficar de novo com Sonny hoje, então ela está resolvendo assuntos na cidade; e Finn carrega a van com suas ferramentas e sai sem se despedir.

Retorno ao anexo e releio as mensagens que Finn me enviou desde a nossa discussão. Cheguei ao ponto em que não sei o que mais me irrita: que ele não me ouça sobre Dave, que ele pense que me administrar antidepressivos vai resolver tudo, ou que ele vocalizou o que todos nós estamos pensando, mas ninguém disse — que sou uma mãe inútil. É o último que mais me dói. Eu sei que já deveria ter arranjado uma terapeuta, mas estou adiando porque sei que vão querer que eu reviva esses últimos meses. Foi e ainda é tão difícil lidar com a primeira vez, quem dirá repetir. Eu esperava que o funeral de Abigail Douglas me permitisse um encerramento e me deixasse focar em me conectar com Sonny. Em vez disso, ele foi substituído por uma necessidade de descobrir o que mais Dave está escondendo de nós.

Preciso encontrar uma maneira de abraçar meu bebê e descobrir a verdade sem negligenciar nenhum dos dois. Mas por onde começo? Então, me dou conta: estou sozinha em casa. Os outros demorarão horas para voltar.

Se quiser a verdade, terei que encontrá-la eu mesma.

ANÚNCIO RETIRADO DE
THE TELEGRAPH, 15 DE AGOSTO DE 1946

"Bagagem que é mais viajada do que você!"

Uma família inteligente e moderna sabe que as melhores férias são aquelas que você tira com suas malas de couro Portmanteau. O segredo mais bem guardado da França finalmente está disponível no Reino Unido, e, se você estiver alçando voo ou pronto para uma aventura oceânica, nossas malas quadradas de couro e nossos estojos de beleza elegantes e duráveis são perfeitos para toda a família. Suas estruturas reforçadas, recobertas por nosso patenteado couro de alta resistência, são herméticas, rígidas e resistentes a manchas e vêm em uma variedade de cores. Para os homens, há verde-oliva, azul-piscina e azul-marinho. E para o sexo mais atraente, há porcelana, linho e marfim. Nossas malas podem suportar até 30 quilos de peso, o que significa que você pode levar todos os seus itens pessoais de férias junto com você — incluindo a pia da cozinha! Com uma mala Portmanteau ao seu lado, todos saberão que você é o mais inteligente da praça.

JOHN MARRS
TUDO EM FAMÍLIA

CAPÍTULO 34

TRINTA E SEIS ANOS ANTES

"Você tem certeza de que quer fazer isso?", minha avó pergunta enquanto o táxi se afasta. Um meneio de cabeça é a resposta. Ela olha para o meu avô, a preocupação espelhada no rosto de ambos. Ele dá de ombros, abre a janela e acende um dos cigarros de palha já prontos que guarda dentro de uma lata no bolso. O cheiro me lembra minha mãe, e eu o odeio tanto quanto a odeio.

Desconsidero suas dúvidas óbvias e concentro minha atenção na chuva repentina que chicoteia o carro e a estrada. Se tivesse olhado a previsão do tempo no jornal nesta manhã, teria trazido um guarda-chuva comigo. Não quero cheirar como um cachorro molhado no dia do meu casamento.

Sei o que meus avós estão pensando, pois nenhum deles disfarçou suas dúvidas sobre se estou tomando a decisão correta. Foram semanas de persuasão antes que concordassem em assinar os formulários de permissão para eu me casar aos 16 anos. Mas isso é o que quero, isso é do que preciso, alguém que não tenho que compartilhar, que sempre vai me apoiar, não importa quem ou o que eu sou. Ou até mesmo o que pode estar no fundo.

Estou começando a desenvolver esses impulsos, sabe. Desejos de fazer coisas que nunca poderia contar a outra alma viva porque ela não entenderia. Nem eu os entendo. A pessoa com quem estou prestes a passar o resto da minha vida sabe um pouco do que se passa na minha cabeça, mas apenas o quanto eu permito. A diferença entre mim e meus pais é que consigo manter meus impulsos sob controle, algo que eles nunca conseguiram. Estou contando com meu cônjuge para ajudar a me tornar uma pessoa melhor. Assim que me casar, ela vai me manter na linha reta e estreita, e os desejos vão desaparecer.

Queria que George estivesse conosco. Já se passaram cinco anos desde que o vi pela última vez e esperava que ele pudesse ter voltado e me encontrado agora. Aos 18 anos, talvez ele esteja agora alistado no exército e não possa tirar licença porque está servindo em outro lugar do mundo. Se não fosse me casar, poderia até sentir a tentação de me alistar também.

Você sabe o que aconteceu com ele, uma voz dentro de mim sussurra. Escolho ignorá-la.

Sei que, se estivesse aqui, George estaria fazendo uma piada para aliviar a tensão e tranquilizar nossos avós de que estou fazendo a coisa certa. Queria que ele nunca tivesse ido embora. Mas, acima de tudo, queria não tê-lo decepcionado tanto.

Passamos tanto tempo juntos, em parte porque éramos tudo o que o outro tinha e também porque meus pais insistiam nisso. Eles nos inscreviam em grupos de atividades juntos, clubes da igreja, equipes esportivas e afins. Como o irmão mais velho, cabia a George escolher uma criança que atendesse aos critérios dos meus pais e convidá-la para brincar em nossa casa. Juntava-me a eles em jogos de críquete ou futebol no jardim, e, se meus pais não aprovassem a escolha de George, meu pai ofereceria à criança um suco de laranja com gás de sua máquina gaseificadora. Mas, se ele ou a mamãe tivessem uma queda pela criança, papai sinalizava suas intenções oferecendo uma Coca-Cola ao nosso convidado.

Logo depois, aquela criança adormecia. Então, ele ou mamãe a levava para o quarto de hóspedes e ficava com ela atrás de portas fechadas enquanto cochilava. Mais tarde, ela era levada para casa, e papai explicava aos pais dela o que havia acontecido. E George e eu nunca éramos autorizados a voltar ao mesmo clube. Por muito tempo, não entendemos por que tantos de nossos novos amigos ficavam doentes em nossa casa. Por fim, aceitamos que era apenas uma coisa que acontecia e pronto.

Como havia um número limitado de clubes locais de que poderíamos participar, meus pais usavam o trailer que os proprietários anteriores da casa haviam deixado para trás e passamos muitas férias curtas percorrendo o país e ficando em parques de férias e acampamentos. Assim como em casa, George era incentivado a fazer amigos em clubes infantis ou nos fliperamas. E, depois que ele trazia um de volta ao trailer, nossos pais nos mandavam brincar lá fora, e as portas eram trancadas atrás de nós. Antes que nossos novos amigos acordassem, eles eram deixados inconscientes em algum lugar, como uma beira de estrada ou estacionamento, e nós estávamos a caminho de nosso próximo local.

Nossas vidas estavam envoltas em tanto segredo que não havia ninguém para nos dizer o que nossos pais estavam fazendo de errado. No entanto, de alguma forma, sabíamos. Mas foi o amor, a lealdade e o medo do desconhecido que nos impediram de contar a alguém. "O que acontece em nossa casa fica em nossa casa", papai dizia. "Esta família não vai sobreviver se as pessoas começarem a interferir. Vamos ser divididos em pedaços, e vocês dois vão ser separados e vão viver em lares adotivos." Não tínhamos motivos para desacreditar nele.

Eles nos assustavam igualmente, mas, cada vez mais, era mamãe que evitávamos sempre que possível. Suas mudanças de humor estavam se tornando mais frequentes e mais erráticas. Em um minuto, ela poderia estar fazendo o jantar e no seguinte ela o estava jogando na lixeira por causa de um olhar que você deu e que ela tenha achado desrespeitoso. Ela também era muito mais livre com suas agressões do que papai. Os anéis de ouro que ela usava em três dedos davam peso extra a seus tapas, e os cigarros que fumava em sequência deixavam bolhas vermelhas nos meus braços e meu pescoço. Quando ela não estava enfurecida, estava perdida em seu próprio mundo, flutuando pela casa vestindo sua melancolia como um robe.

Lembro-me de como os dois anos de idade que me separavam de George de repente se expandiram quando ele completou 13 anos. Ele começou a passar o maior tempo possível longe de casa e longe de mim, saindo à noite enquanto meus pais dormiam e retornando ao amanhecer fedendo a cerveja e cigarro. Em retrospectiva, apenas posso supor que ele estava desenvolvendo um gosto pela normalidade e se rebelando contra as regras rígidas de nossos pais. Mas esse desejo de liberdade o estava afastando de mim. Quando implorei para que me levasse para sair com ele, ele riu. Diante da rejeição, voltei-me aos meus pais para preencher o vazio do tamanho de George. Queria que me dessem um propósito e me envolvessem como eles o envolveram.

O começo do fim para a nossa família veio quando Martin Hamilton apareceu em nossas vidas — um novo rapaz com quem George tinha feito amizade e que se tornou o catalisador para tudo o que se seguiu.

A voz do meu avô me traz de volta ao presente. "Estamos quase lá", diz ele, apagando o cigarro no cinzeiro. "Vamos perguntar mais uma vez, tem certeza de que quer fazer isso?"

"Tenho", digo sem hesitar. E, por um momento, acho que sua mão está no meu ombro. Mas, ao me virar, vejo que não está. Um calor reconfortante se espalha pelo meu corpo quando percebo que, no dia mais importante da minha vida, meu irmão e melhor amigo está comigo, afinal.

CAPÍTULO 35

MIA, 2019

O escritório de Dave e Debbie fica no interior de uma garagem parcialmente adaptada. Não tem janelas, é abafado e no ar resta um cheiro adocicado de canela vindo de um purificador de ar sob a mesa. O interior do bloco de concreto foi caiado, conferindo uma sensação ainda mais estéril do que se o tivessem deixado cinza. É grande o suficiente para caber três carros, dois lado a lado e um na frente. Em uma seção, armazenam ferramentas de jardinagem, como um cortador de grama e um aparador de sebes, e na parede há prateleiras para coisas como vasos de plantas, tesouras de poda e, estranhamente, o que parece ser uma faca de caça.

Sonny está dormindo, então o deixei no cercadinho na cozinha. Digo a mim mesma que ele está seguro e estou bem ao lado e vou ouvi-lo se ele acordar.

Há uma fileira de armários cinza-escuro empilhados ao longo de uma parede, um computador de mesa robusto, bandejas de plástico e uma fileira de prateleiras contendo fichários escuros. A outra metade da sala está abarrotada até o teto com recipientes de plástico e caixas de papelão, cada uma rotulada pelo nome ou pelo conteúdo. Algumas, reconheço como pertencentes a mim e Finn, mas a maioria das caixas de papelão são de Debbie e Dave.

Não tenho ideia do que estou procurando, além de qualquer coisa que possa me dar mais informações ou uma melhor compreensão do meu sogro. Seus armários e arquivos são a parte mais organizada deste espaço, então parecem ser um bom lugar para começar como qualquer outro. Abro cada gaveta, e a maioria está cheia de faturas antigas. Debbie é claramente antiquada quando se trata de organizar as contas de Dave e prefere mantê-las em um formato físico, em vez de convertê-las em planilhas e armazená-las em uma pasta no desktop.

Ligo o computador, mas está protegido por senha. Tento as combinações previsíveis de nomes e datas de nascimento, mas o desligo quando não consigo entrar. Minha atenção se desloca para as caixas de Finn e as minhas coisas por um momento. Elas são um lembrete sombrio de que ainda não temos nenhum lugar próprio para armazenar seu conteúdo. Fico tentada a folhear um livro que encontrei de nossas fotografias de casamento nas Maldivas, mas me detenho. Imagens de dias mais felizes só vão me deprimir.

Pego uma caixa sem rótulo que contém mapas antigos de estradas de cidades de todo o país, cartas e faturas digitadas em papel amarelado. As datas começam no final da década de 1940 e terminam em meados da década de 1950. Os cabeçalhos mencionam algo sobre importações de itens de viagem e couro. Como isso se relaciona com a família de Finn? Preso a uma fatura com um clipe de papel, há um pedaço de papel com um endereço digitado. Tiro uma foto dele no meu telefone e recoloco a caixa onde a encontrei, mergulhando em outra.

Esta contém uma coleção de brinquedos e livros antigos de Finn. Há um Tamagotchi sem bateria, um cão robótico, um boneco elástico e dinossauros de plástico. Às vezes, você esquece que sua outra metade teve uma vida antes de você e acha que ela chegou ao seu mundo totalmente formada. Eu me vejo brevemente amolecendo em favor a ele. Sei que ele só quer o melhor para mim, mas sua abordagem tem sido desajeitada. Talvez eu tenha sido dura demais com ele. Talvez minha mentalidade atual me faça querer tornar todos ao meu redor tão infelizes quanto eu.

Entro na casa para verificar Sonny, mas ele ainda está dormindo profundamente, enrolado como uma bola, com a cabeça apoiada em uma pelúcia do Cookie Monster. *Isso dificilmente se caracteriza como passar mais tempo com ele*, minha consciência me recorda, mas é a hora da soneca dele, independentemente de onde estamos.

Atrás do contêiner de Finn, na garagem, há uma caixa de papelão danificada pela água. Retiro papéis e livros escolares que também foram muito manchados, tornando alguns ilegíveis. Mas posso ler o nome de

Dave em um. Ali, a maioria de suas notas é muito baixa, com alguns zeros. As descrições de seus professores sobre sua capacidade e frequência são todas variações da mesma coisa: Dave mal aparece; ele mal consegue ler e escrever, então foi colocado no que chamam de "aula de reforço". Eu me pergunto por quanto tempo de sua vida posterior ele carregou esse tipo de estigma.

Encontro um livro usado para a prática de caligrafia. O dano da água lavou o nome na capa e as primeiras páginas, mas são compostas de exercícios básicos que começam com o alfabeto e, com o tempo, progridem para palavras curtas. O verso de cada página é acentuado em alto-relevo, como se tivesse colocado muita pressão na ponta do lápis. Há algo familiar na sua escrita, a maneira como ele formava seu M, o S invertido e os dois traços através do centro do E. Continuo folheando o livro e depois outro, tentando lembrar por que a caligrafia é reconhecível.

Retorno para cada letra e as traço com a ponta do meu dedo. E, então, sou atingida com tanta força que quase sou derrubada ao chão.

CAPÍTULO 36

FINN

"É a letra de seu pai no rodapé", Mia começa. Ela fala com tanta rapidez que leva um momento para eu compreender o que quer dizer. Ela está acelerada, sua pele está corada e os olhos estão arregalados, como se estivesse tomando *espressos*.

"O quê?"

"Foi seu pai quem escreveu a mensagem na casa nos avisando do que estava escondido no sótão."

"Quando?"

"Quando ele era criança."

Ela não parece estar falando coisa com coisa, e, mais uma vez, peno para acompanhar seu raciocínio. Então, ela parece reconhecer que não deveria estar tão feliz com o que acha que sabe e dá um passo atrás. Ela me entrega um velho livro escolar e seu telefone. On-line, ela encontrou e salvou uma imagem das palavras gravadas no rodapé do quartinho do bebê. EU VOU SALVAR ELAS DO SÓTÃO. Não posso negar que o E e o A são semelhantes aos deste livro e, quando olho mais de perto, o S também é.

"Toda criança escreve assim", replico. "Todos nós embaralhávamos nossas letras e escrevíamos de trás para a frente quando estávamos aprendendo."

Ela encolhe a cabeça para trás e olha para mim como se eu tivesse acabado de dar um tapa em seu rosto. "Finn", ela exclama. "Olhe aqui! São idênticas! Cada uma das letras. Você precisa considerar o que isso significa."

Tudo isso prova que minha esposa encontrou outra obsessão que não é o nosso filho. Depois de dias me dando o tratamento de silêncio, ela ligou quando estava em um trabalho, implorando para que eu voltasse para casa. Quando perguntei se Sonny estava bem, ela já tinha desligado, então corri pela cidade, disparando inúmeros radares de velocidade, apenas para ouvir isso.

Finjo que estou pensando mas estou apenas tentando encontrar um ponto de referência para seu comportamento. Sinceramente, não sei como lidar com ela. "O que você acha que isso significa?", pergunto, esperando que, quando ela disser em voz alta e não for mais uma conversa em sua cabeça, possa entender como está parecendo enlouquecida.

"Significa que Dave escreveu essa mensagem", ela repete. "Em algum momento de sua infância, seu pai esteve naquela casa. Não sei se foi ao mesmo tempo que Abigail estava lá ou até mesmo Precious, mas ele definitivamente esteve lá. Ele sabia que crianças estavam sendo trancadas no sótão."

"Quando você dormiu pela última vez?", pergunto. "Você já almoçou? Vamos para a cozinha, e eu preparo algo para você." Ela não está ouvindo.

"Por que ele não nos disse que conhecia aquelas garotas?", ela diz no mesmo tom acusatório de quando discutimos sobre o papai da última vez.

"Ele já explicou para você, lembra? Ele mal frequentou a escola durante anos."

"Então, para onde ele ia?"

"Como vou saber?"

"Então, ele poderia ter passado um tempo naquela casa. Aposto que Mark vai tirar isso dele..."

"Mark Goodwin?", interrompo-a. "Você quer chamar a polícia para o meu pai?"

"A menos que queira perguntar por que ele está escondendo a verdade de nós."

Não consigo ouvir mais nada disso. "Pelo amor de Deus, Mia!", grito, e ela dá um passo para trás. "Escute o que está dizendo. Não vou chamar a polícia por causa do meu próprio pai, e nem você. Ele não estava na porra daquela casa, ele não talhou uma mensagem nos rodapés e ele não conhecia aquelas garotas. A caligrafia é uma coincidência. Você está procurando algo que não aconteceu e tem que parar com isso."

Mia parece genuinamente magoada pela minha explosão, mas nem mesmo seus lábios trêmulos e a ameaça de lágrimas podem me parar agora. "Você está doente, Mia, não consegue enxergar? Algo não está certo com a sua cabeça, e você precisa de ajuda. Pare com essa caça às bruxas contra minha família." Estou andando pela sala e tudo que me incomoda desde a última briga está saindo pela minha boca. "Não podemos continuar assim. Passamos por tanta coisa juntos e sobrevivemos, mas isso, bem, tenho medo de que nos destrua. Você parece determinada a sabotar o que temos. E eu poderia ser capaz de lidar com tudo isso se estivesse convencido de que Sonny é sua principal prioridade, mas ele não é." Olho ao redor quando algo me ocorre. Vou para o quarto. O berço do Sonny está vazio. "Onde ele está?"

O pânico se espalha pelo rosto dela.

"Mia, onde ele está?" Repito enquanto ela corre para a porta.

"Ele está na cozinha da sua mãe", ela murmura. Eu a alcanço e a agarro pelo ombro, girando-a.

"Sozinho?", grito, e ela acena com a cabeça. "Por quanto tempo?"

"Eu não sei... meia hora?"

Enquanto ela tenta se libertar do meu aperto, eu a empurro e a solto. Ela perde o equilíbrio e cai contra a parede. Estou com raiva demais para ver se ela se machucou.

"Eu vou pegá-lo", brado e viro as costas para ela. "Ele precisa que um de nós seja seu pai ou sua mãe de verdade."

CAPÍTULO 37

DEBBIE

Bato na porta do anexo, mas espero até ser convidada a entrar. Mia abre. A cabeça de Sonny repousa em seu ombro. Em tese, isso parece perfeitamente normal. Mas ela não me engana. Sua postura está rígida como uma estátua, como se fosse a primeira vez que ela segurasse um bebê e estivesse com medo de deixá-lo cair.

Finn me disse ontem à noite que Mia acha que Dave está guardando segredos sobre aquela casa e ela está vasculhando nossa garagem. É hora de me encarregar da situação antes que ela se agrave.

"Como você está?", pergunto. "Quase não vi vocês nos últimos dias."

"Estamos bem", ela responde.

"Está dormindo melhor?"

"Um pouco."

As olheiras contam uma história bem diferente. "Podemos conversar?"

Ela me convida a sentar no sofá em frente a ela. Vejo travesseiros e um edredom dobrado no chão e sinto pelo meu pobre filho, expulso de seu próprio quarto.

"Finn pediu que você viesse?" Ela não consegue esconder a ansiedade em sua voz.

"Não, mas ele me disse que vocês dois estão passando por um momento difícil e mencionou suas dúvidas sobre Dave." O rosto dela fica vermelho. "Finn está preocupado com você, Mia, assim como todos nós."

"Estou melhorando."

"Mas isso não é verdade, não é mesmo, querida? Com todo o respeito, você não me engana. Você pode estar com seu bebê nos braços, mas ele não está em seu coração, não é?"

"Eu amo meu filho", ela protesta e o agarra como uma bolsa cara.

"Mas isso é suficiente? Finn me contou que ontem você deixou Sonny na cozinha sem vigilância enquanto você estava em nossa garagem tentando desmentir o que Dave te disse. Por que você faria isso com seu filho?"

"Eu estava logo ao lado."

"Mia, ele está tão embaixo na sua lista de prioridades que você o esqueceu. Você não percebe que não é um comportamento normal para uma mãe que acabou de ter um filho? Ele deveria ser a sua *vida*. Talvez tenhamos esperado demais de você..." Viro-me e balanço a cabeça como se fosse minha culpa.

Ela sabe que estou certa, posso sentir isso, mas não está pronta para admitir. Eu me viro para encará-la. "Pensei que estivesse te ajudando ao cuidar de Sonny enquanto você enfrentava seus problemas, e esperava que você e eu tivéssemos colocado um ponto final na forma como as coisas estavam entre nós. Mas parece que Dave e eu fizemos algo para aborrecê-la. Ninguém está escondendo segredos de você, Mia. Me pergunte qualquer coisa e talvez possamos deixar isso para trás."

Ela está hesitante. Com a mão livre, esfrega os dedos uns contra os outros.

"Dave... ele te contou a verdade sobre ir à escola com uma das crianças que foram achadas em nossa casa e sua amiga?"

"É claro que contou. Ele é meu marido. Contamos tudo um para o outro."

"Então, por que nenhum de vocês mencionou o fato para nós ou para a polícia?"

"Me diga uma coisa boa que aconteceu por você ter sabido disso."

"Era a nossa casa. Nós tínhamos o direito de saber."

"Dave não contou porque não tem relevância para nada do que aconteceu no passado ou no presente. E estávamos preocupados que, em sua mentalidade atual, você pudesse imaginar algo muito além da realidade. E estávamos certos. Me deixe dizer uma coisa, Mia, que talvez você não saiba. Meu marido não teve o mundo entregue a ele em uma bandeja. Nenhum de nós nasceu com os privilégios que você teve. Tivemos que ralar muito para conseguir tudo o que temos. Ele teve uma infância terrível, então é claro que não quer ser lembrado disso. No final, Dave superou as baixas expectativas sobre ele para se tornar quem ele é agora. Meu marido é um homem orgulhoso, um pai dedicado e um avô incrível, mas ele tem vergonha do que era. É doloroso quando você revira o passado e o acusa de Deus sabe o quê."

"O rodapé...", ela declara, mais silenciosamente dessa vez. "Era a caligrafia dele. Tenho certeza disso."

"Ele é disléxico. Sua caligrafia se parecia com a de uma criança muito mais nova naquela época, então poderia facilmente ter pertencido a uma dessas sete crianças no sótão. Vou dizer uma vez e apenas uma vez: juro pela vida de Finn que Dave nunca pôs os pés naquela casa antes de vocês a comprarem. Imploro que pare com essa vingança contra ele. Já há um fardo enorme sobre esta família, mesmo sem você estar aí tornando a vida de todos mais miserável. Posso te dar um conselho, de mulher para mulher? Talvez você deva prestar mais atenção ao seu casamento em vez de inventar essas acusações levianas. Dave e Finn estão ralando muito para nos sustentar enquanto você está ocupada procurando problemas onde não tem."

Agora, o rosto de Mia está cheio de dúvidas. Ela desvia o olhar, mas não rápido o suficiente para que eu deixe de testemunhar sua vergonha. Preciso tomar vantagem do momento. "O que você quer de nós, Mia?", pergunto com delicadeza. "Nós te amamos, mas é claro que isso não é recíproco de sua parte. Você arrancou a casa que queríamos de nossas mãos, e eu não reclamei. Você não gosta de morar conosco, mas não se importou em aceitar nossa oferta para ajudá-los a comprar outra casa. Estou sem saber o que mais podemos fazer. Sei que não podemos continuar vivendo assim. Então, o que é necessário para fazer você feliz?"

Ela hesita antes de sussurrar, "Eu não sei".

Eu a encurralei. Esperei meses, anos, na verdade, para ter essa conversa. "Nossa oferta ainda está de pé", afirmo. "Podemos hipotecar nossa casa para ajudá-los a ter a casa própria."

"Não podemos tirar esse dinheiro de vocês."

"Acho que você vai admitir que as coisas mudaram para todos nós. Então, não estamos mais oferecendo isso a vocês dois. Estamos oferecendo somente a você." Suas sobrancelhas se unem. "Vamos dar a você cada centavo daquele dinheiro para comprar uma nova casa. Mas é com a condição de que você deixe meu filho e seu casamento."

"O quê?", ela retruca, pensando que me ouviu mal ou me entendeu mal.

"Eu quero que você se separe de Finn." Coloco minha mão suavemente em seu antebraço. "Lamento dizer isso, mas você não traz nada além de infelicidade para cá. Você é como um câncer em nossa família, Mia, nos devorando. Finn seria muito mais feliz se tivesse a chance de um recomeço. Não quero nada além do melhor para ele, e o melhor não envolve você. Então, estou implorando que você pegue o dinheiro, vá embora e comece de novo."

Um silêncio atordoado se segue antes que ela volte a falar. "Você está tão desesperada para que nos separemos que você me pagaria por isso?"

"Estou fazendo isso pela minha própria família, da qual você poderia ter feito parte, mas rejeitou a cada passo do caminho. Se você soubesse qualquer coisa sobre maternidade, entenderia por que estou tentando proteger meus meninos."

"O que Dave tem a dizer sobre isso?"

"Ele concorda comigo, cem por cento", minto. A ideia foi minha.

"E Finn? O que ele vai dizer quando eu contar pra ele?"

"Conheço meu filho melhor do que você conhece seu marido. No fim das contas, ele vai entender que assim vai ser melhor para todo mundo."

"Você é inacreditável." Mia se ergue ainda segurando Sonny e vira as costas para mim. Vejo os tufos dos cabelos escuros de Sonny e estou desesperada para senti-los contra meus dedos. "Você finge ser minha amiga quando tudo o que você quer é controlar todos nós."

"Posso ser inacreditável, mas você não me recusou, não é? Você não disse não."

Ela abre a boca, mas é incapaz de encontrar as palavras. E, nesse momento, percebo que ela está realmente considerando a possibilidade. Foi um tiro no escuro, mas agora fico me perguntando se o meu plano poderia funcionar. Tento conter minha euforia.

"Apenas aceite, Mia", insisto. "Admita, você odeia este lugar. Você acha que merece mais do que Finn e nós dois. Você nunca vai gostar de mim, e Finn nunca vai escolher você em vez de nós. Então, esse círculo vicioso de você e eu trocando golpes vai continuar para sempre, se você deixar. Estou te dando o poder de mudar tudo. Pense em sua antiga vida em Londres — seus amigos, a empolgação que você tem de viver e trabalhar lá. Você poderia usar nosso dinheiro como um depósito em um apartamento. Volte a frequentar suas festas glamorosas e a ter contato com clientes famosos. Seja honesta consigo mesma: você sente falta de tudo aquilo, não é? Então, por que não facilitar para você mesma — para todos nós — e ir embora?"

Agora, ela está de frente para mim. "Simples assim?"

"Simples assim. Somos perfeitamente capazes de seguir em frente sem você. Seguimos antes de você chegar e podemos fazer outra vez. E, quando Sonny ficar mais velho, ele vai entender."

"Entender o quê?"

"Entender por que a mãe o deixou com o pai."

"O que você disse?"

"Você não espera que vamos deixar levá-lo com você, não é? Parte da condição de você se mudar é que deixe meu neto aqui conosco."

JOHN MARRS
TUDO EM FAMÍLIA

CAPÍTULO 38
TRINTA E OITO ANOS ANTES

Olho ao redor da sala de aula para o resto dos alunos aqui e silenciosamente os analiso um por um.

Enquanto nossa professora, sra. Dennison, continua falando sobre as placas tectônicas da Terra — algo que papai ensinou a George e a mim anos atrás na educação domiciliar —, eu me perdi em meu próprio mundo, que é em parte uma nova criação e parte da criação de meus pais. Estou dividindo os colegas em categorias de quem mamãe e papai gostariam que eu levasse para casa, aqueles que não gostariam e outros que nunca mais sairiam *daquele quarto*.

De repente, lembro onde estou e quem sou agora. Não tenho que pensar assim porque não habito mais esse mundo. Eu sou comum. Todos nesta classe estão seguros porque eu sou comum. Até falo como alguém comum, reprimindo meu vocabulário para que seja mais como eles e menos como meu pai. E agora, se levar alguém para casa comigo, vai ser para a casa dos meus avós. Esses amigos vão embora do mesmo jeito que chegaram, conscientes e respirando.

Meu relacionamento com meus avós melhorou no tempo em que tenho vivido com eles. Lembro como eles ficaram chocados quando apareci na porta de sua casa, dizendo que eram meus avós e implorando por ajuda. Antes daquele dia, eles não me viam — não por escolha, ao que parece — desde que eu era criança. As tentativas de visita foram rejeitadas pela minha mãe. A história de como e por que escapei, junto com o desaparecimento de George e tudo o mais que aconteceu sob aquele teto, os horrorizou. Mas nunca duvidaram de mim, nem por um segundo.

Meu avô está longe de ser um velhinho em um par de chinelos, fumando cachimbo. Suas tatuagens desbotadas da marinha mercante e da prisão contam histórias que ele não precisa narrar. Minha avó é seu equivalente feminino. Ela não tolera os tolos de bom grado, mas é perceptiva à emoção — rápida para oferecer abraços e rápida para retraí-los se eu recuar diante de seus movimentos repentinos.

Viver com eles significa que estou tendo que mudar bastante a minha mentalidade e que não preciso analisar com quem devo fazer amizade. Não tenho que temer o humor em que podem estar quando eu voltar da escola. Em vez disso, vivo uma vida normal agora. No entanto, ela permanece manchada por pensamentos anormais. Ainda fantasio sobre ver novos amigos da escola caírem inconscientes sobre a mesa da sala de jantar, com olhos rolando para trás, fios de baba escorrendo dos cantos da boca. Só que agora é meu avô quem os carrega sobre seus ombros largos subindo as escadas.

Se não tivesse sido forçado a frequentar tantos clubes e grupos, poderia ter achado difícil me adaptar à vida escolar e ser cercado por meus colegas. Mas o hábito de fazer amizade com qualquer um fez a transição ser mais suave. Na primeira e única vez que um grupo de meninos tentou mexer comigo por que eu era a criança nova na sala de aula, dei um soco com tanta força na cara do líder que seu olho ficou roxo por duas semanas. Ele estava humilhado demais para me denunciar.

Até fiz um melhor amigo, algo que só tive em George até traí-lo. Passamos grande parte das últimas férias de verão na companhia um do outro, e, às vezes, quando brincávamos juntos, eu o chamava de George, sem querer. Acho que ele não percebeu.

Ele me fez pensar se fazer uma conexão com alguém fora da família foi o que atraiu George até Martin Hamilton. Porque é isso que sinto com meu amigo. Já somos tão próximos que eu mataria por ele se me pedisse.

Foi logo depois que Martin apareceu em sua vida que meu irmão quis ter menos a ver comigo. Nossas conversas eram feitas de "Martin isso" e "Martin aquilo", e a atenção que esse estranho estava recebendo superava em muito qualquer coisa que George me desse. Até então, mamãe estava se divertindo ao colocar a mim e George um contra o outro, elogiando um e criticando o outro, incentivando-nos a delatar até mesmo o mais trivial dos delitos. Então, em retaliação contra a negligência de George e por estar desesperado por aceitação materna, contei a ela sobre o amigo que George tinha confiado a mim.

E soube que tinha errado no segundo em que as palavras saltaram da minha boca. No entanto, a gravidade do meu erro não soube de pronto.

Mamãe e George discutiram quando ele se recusou a trazer Martin para casa, o que piorou mais tarde quando papai voltou do trabalho. Minha satisfação em denunciar George foi tão breve que nem poderia ser descrita como de curta duração. Eu me virei contra a única pessoa no mundo que se importava comigo. Por fim, duas surras depois, George cedeu, mas nosso relacionamento foi irremediavelmente danificado.

Logo depois, Martin passou a vir regularmente tomar chá. Ele era um garoto de aparência engraçada com um grande sorriso bobo e orelhas salientes. Ele contava piadas bobas, imitava estrelas de cinema e TV, e eu relutantemente me descobri gostando dele.

Mamãe também mostrou uma quantidade surpreendente de interesse nele. Muito mais do que em qualquer uma das outras crianças com quem George havia feito amizade. Ela estava sempre cuidando para que sua barriga estivesse cheia, amontoando sua tigela com Angel Delight sabor morango enquanto não ganhávamos nada e dando a ele um lanche para levar para casa. Meu carinho por ele logo se transformou em ressentimento. A mãe de Martin podia ter morrido quando ele ainda era um bebê, mas isso não significava que ele podia roubar a minha ou o meu irmão.

Papai não estava tão atraído por ele quanto mamãe. Na verdade, muito pelo contrário. Ele parecia se cansar das aparições regulares do menino, e, durante uma visita em particular — e para o choque de todos, exceto papai —, Martin adormeceu na mesa. Todos nós sabíamos o que viria a seguir.

Juro que havia lágrimas nos olhos da mamãe enquanto ela seguia o papai, que carregava Martin nos braços até *aquele quarto*. Quando meus pais reapareceram pouco antes de dormir, Martin não estava com eles. Nunca mais o vimos. Este foi o dia em que tudo mudou. A partir de então, nenhuma criança voltou depois de ter sido levada por eles.

George e eu nunca mais falamos de Martin. Quando a polícia apareceu em casa, visto que seu pai sabia que ele e George eram amigos, não precisamos alinhar antes a história entre nós. Sabíamos o que fazer para proteger nossa família. Dissemos que, embora brincássemos com ele às vezes depois da escola, ele nunca tinha ido à nossa casa, e não havia motivos para pensar que estávamos mentindo.

Pergunto-me agora como minha vida poderia ter sido diferente se Martin tivesse retornado. Será que ainda teria desenvolvido os impulsos? Será que teria havido alguma necessidade de salvar as pessoas? Salvar meu irmão? Porque ele foi quem mais decepcionei.

Minha última lembrança de George é do fim de semana seguinte, seus olhos vazios se fixando nos meus quando mamãe nos pegou assistindo a uma fita de vídeo com o título *Caçadores da Arca Perdida*, que encontramos caída no chão perto da máquina que apareceu de repente numa tarde. Mas, depois de inseri-la, a tela esbranquiçada nos deixou perplexos quando de repente mostrou *aquele quarto* no andar de cima e não o filme.

A única pessoa na tela, de início, era Martin. Era um close de seu rosto choroso, os olhos tomados de medo e os braços acima da cabeça, estendendo-se como se tentasse tocar as estrelas. A câmera se moveu para mostrar uma corda ao redor do pescoço, presa a um gancho no teto. Então, alguém mais alto que ele e vestindo um casaco como o de papai apareceu, segurando um saco plástico com as duas mãos.

Nós dois viramos a cabeça tão rápido quanto relâmpagos quando mamãe começou a gritar atrás de nós. Tentamos correr, mas ela bloqueou a porta, e, quando papai apareceu, George agarrou um taco de críquete apoiado no sofá e atingiu com força o peito de mamãe, fazendo com que se esparramasse no chão. Meu irmão histérico estava gritando com toda a sua voz, implorando para que eu corresse para a vila em busca de ajuda enquanto papai tomava o bastão de suas mãos e o arrastava escada acima pelo pescoço em direção à escotilha e à escada do sótão aberto. Aterrorizado e confuso, escondi-me no meu quarto. *Vai acabar logo*, eu ficava me lembrando. *Pela manhã, vamos estar de volta ao normal. Nossa versão do normal.*

Mais tarde, quando a casa se acalmou, saí pela porta e andei pelo corredor. Eles haviam deixado a escada arriada e a chave na fechadura da escotilha do sótão. Apenas uma volta no sentido anti-horário, e eu poderia soltá-lo. Eu poderia salvar nós dois.

Mas não me atrevi a fazer isso. Se tivesse feito e fôssemos pegos, estaríamos muito mais encrencados do que George estava agora. Em vez disso, convenci-me de que, uma vez que os ânimos se acalmassem, eles o deixariam sair e poderíamos continuar como sempre fizemos. Então, voltei para o meu quarto.

Devo ter cochilado porque acordei horas depois com o som de um objeto pesado sendo arrastado ao longo do corredor. Entreabri a porta bem a tempo de ver o papai puxando o filho mais velho semiconsciente para dentro *daquele quarto*. Entrei em pânico e corri em direção a eles, parando na porta. O pôr do sol laranja do lado de fora banhava a sala com uma luz suave. Papai me ensinou a sempre enquadrar a beleza quando a via, então foi o que fiz. Preso naquela imagem estava George, deitado de lado, próximo a uma mala aberta e uma pilha de roupas suas.

Papai não me repreendeu. Ele apenas bateu a porta, e uma escuridão sufocou o corredor.

A imagem final do meu irmão era fugaz, mas uma que passei muito tempo tentando replicar e esquecer na mesma medida.

"Onde está George?", perguntei nervosamente durante o café na manhã seguinte. A mesa estava posta apenas para três.

"Avisei aos dois o que aconteceria caso fossem desleais com esta família", disse mamãe com naturalidade, acendendo um cigarro. Ela levou um braço no peito e o manteve lá. "Seu irmão ameaçou contar a outras pessoas tudo que acontece aqui. Isso jamais poderá acontecer, correto?"

Balancei a cabeça e olhei para o papai, alimentando uma fogueira no jardim. Ao lado dele, no chão, havia uma pilha de cabides vazios. Seu rosto estava fechado; e seus ombros, curvados enquanto ele jogava uma peça de roupa nas chamas. Reconheci o casaco vermelho e branco de George. Engoli minhas lágrimas. Meu irmão havia partido e foi tudo por minha causa.

Quatro anos se passaram, e sinto tanto sua falta hoje quanto senti naquela manhã durante meu primeiro café da manhã sem ele.

THE SUNDAY NEWS

"CRIANÇAS NO SÓTÃO": MARIDO TEM CASO AMOROSO EM SEGREDO
POR CAROLE WATSON, REPÓRTER-CHEFE PARA ASSUNTOS DE CRIMES

O marido que descobriu os corpos de sete crianças em sua "casa infernal" está guardando seus próprios segredos obscuros, podemos revelar de forma exclusiva.

Finn Hunter, de 30 anos, tem passado noites aconchegantes com a ex-namorada pelas costas de sua esposa, Mia — e eles têm uma filha juntos.

Finn e Mia, que já foi noiva do vencedor do *Strictly Come Dancing*, Ellis Anders, chegaram às manchetes depois de descobrir os corpos de sete crianças assassinadas no sótão de sua nova casa em março. Dois cadáveres adultos também foram encontrados no jardim na semana passada.

Mas Hunter foi visto várias vezes desde então entrando escondido na casa de sua ex, Emma Jones, com quem ele tem uma filha de 4 anos. Ele também tem um filho bebê com Mia.

Um amigo próximo revelou como os Hunter vivem sob enorme tensão desde a terrível descoberta em seu sótão.

"Mia vai ficar devastada ao saber que seu marido e Emma não apenas mantiveram contato regular desde que se separaram, mas também tiveram uma filha juntos", disse a fonte. "Ele mente para ela há anos."

Continua nas páginas 4 e 5.

JOHN MARRS
TUDO EM FAMÍLIA

CAPÍTULO 39
FINN

Merda.

CAPÍTULO 40

MIA

Estou relativamente calma, considerando todas as coisas. Quando falo de "coisas", refiro-me ao meu marido ser um desgraçado infiel e mentiroso que teve um bebê com a ex-namorada e continuou seu relacionamento durante todo o nosso casamento. Que meu sogro está escondendo o que sabe sobre a casa onde os corpos de sete crianças e dois adultos decapitados foram encontrados. E não vamos esquecer a cobra da minha sogra, que tentou me subornar para desistir do meu casamento e do meu filho.

São apenas 6h, mas, pela enésima vez, pego o iPad para me torturar, relendo a matéria do jornal que descreve a vida secreta de Finn, palavra por palavra. Eles inseriram uma fotografia de Emma, a mulher que denominaram como minha "rival amorosa", ao lado de uma criança com um rosto pixelado andando em uma bicicleta rosa. Outras três imagens incluem Emma e meu marido andando de mãos dadas e se beijando diante de uma porta.

Estou funcionando no piloto automático agora. Não dormi — nem mesmo por um segundo —, e meu estômago vazio continua borbulhando como um ralo. Estou sem apetite. Até mesmo uma fatia de torrada me faria vomitar agora. No entanto, sinto uma sede insaciável. Será que é por causa da quantidade de líquido que perdi ao chorar? Será que isso é possível? Faço uma nota mental para pesquisar no Google. Então, pergunto por que me importo. Meu cérebro está disparando em tantas direções diferentes agora, que se esforça para se fixar em qualquer linha de pensamento que surja.

Na verdade, estou um pouco grata por estar se comportando dessa forma porque, quando paro para respirar por um momento, me lembro do rosto pálido de Finn ontem à noite no quarto. Ele estava tão fantasmagórico que pensei que ia me dizer que algo terrível havia acontecido com Debbie. E, sendo honesta, eu precisaria de uma performance vencedora do Oscar para exibir o mínimo de tristeza agora que ela me revelou suas verdadeiras intenções.

Em vez disso, ele pediu que eu sentasse na cama enquanto explicava que o detetive Goodwin o havia procurado para avisar de que um jornal havia entrado em contato com a assessoria de imprensa. Estavam planejando publicar uma matéria com fotografias sobre Finn e estavam oferecendo a ele o direito de resposta. Envolvia sua ex-namorada.

"Que fotografias?", perguntei.

"São de mim saindo da casa dela."

"Quando?"

"Nas últimas duas semanas."

"Com que frequência?"

"Algumas vezes."

"Quantas são algumas?"

"Meia dúzia ou por aí. Talvez mais."

Meu coração parou. Eu não sou idiota. Sabia para onde as coisas estavam caminhando. Há apenas uma razão pela qual ele estaria na casa de Emma com tanta frequência. "Há quanto tempo isso está acontecendo?"

Ele fez um esforço para me olhar nos olhos. "Nunca terminou de verdade."

Precisei processar suas palavras antes de responder. "Você está tendo um caso com ela nesses últimos seis anos?" Um gesto positivo com a cabeça foi a resposta. "Por quê?" Agora seus ombros se levantaram e abaixaram. "Isso não é uma resposta, Finn."

"Não sei por quê."

"De novo, isso não é uma resposta. Se a amava mais do que a mim, por que simplesmente não terminou comigo? Por que se casou comigo? Por que não se casou com ela?"

Ele deu de ombros outra vez, e eu enxuguei meus olhos úmidos com a manga da roupa.

"Tem mais", ele continuou e, desta vez, não conseguiu me encarar. Foi até a janela e falou em direção à escuridão do jardim. E foi então que explicou como Emma engravidou no ano seguinte ao nosso casamento e como eles tiveram uma filha, Chloe, juntos.

Eu fiz as contas. "Então, enquanto coletavam meus óvulos em uma clínica de fertilidade, enquanto injetavam doses diárias de hormônios no fundo do meu corpo, me deixando constantemente enjoada, enquanto meu humor subia e descia como um ioiô, tudo para que tivéssemos uma família, você já tinha começado uma com outra pessoa?"

"Não foi planejado."

"Então por que diabos você não a fez abortar?" Arrependi-me de como as palavras soaram cruéis quando as disse, mas não me desculpei. Enquanto Finn se movia para a poltrona com a cabeça entre as mãos, eu estava de pé, andando de um lado a outro do quarto como um urso de circo acorrentado, fazendo uma lista mental de objetos ao alcance que poderia arremessar sobre ele. Mas me contive. Não queria que Sonny fosse acordado pelo som do casamento de seus pais desmoronando. "Você pretendia me contar sobre Chloe em algum momento?"

"Não sei", ele retrucou.

"E o seu caso? Você planejava continuar com ele indefinidamente?"

"Não sei."

"Não sabe de muitas coisas, não é? Por quanto tempo você achou que poderia brincar de famílias felizes com nós duas? Presumo que ela saiba sobre Sonny e eu." Ele assentiu. "E ela não se importa em ter um caso com um homem casado?"

"Não é a situação ideal para ela, não."

"Ah, pobre Emma", respondi, minhas palavras destilando sarcasmo. "Bem, se houver algo que eu possa fazer para facilitar a vida da coitadinha, é só me falar." Pensei nas inúmeras vezes que fechei a cara para a fotografia da noite de formatura de Emma e Finn na sala de jantar de Debbie e como me repreendia por ser tão mesquinha. Seu passado não seria uma ameaça maior ao nosso relacionamento do que os rapazes com quem namorei na minha adolescência. Como fui ingênua.

Continuamos durante toda a noite até que meu iPad tocou com uma mensagem de alerta do Google há uma hora, configurada para me informar cada vez que nossos nomes apareciam na imprensa por conta da casa. Nunca considerei que pudesse ser usado para outra coisa. Finn adivinhou o que eu estava prestes a fazer. "Por favor, não leia", ele implorou.

"Por que, há mais surpresas aqui?"

"Não, já contei tudo."

"E espera que acredite em você?"

"Sim... não... Eu não sei."

Foi a fotografia de Finn e Emma se beijando que tornou esse pesadelo real. Repeti as mesmas perguntas várias vezes para tentar pegá-lo em flagrante. Suas respostas sempre permaneceram as mesmas, nunca vacilando. Por fim, acreditei que não havia mais nada que o estranho no quarto não tivesse me contado. Porque é isso que ele é para mim agora. Um estranho. Finn não é o homem com quem me casei.

Eu me vejo odiando os jornais por fazerem de mim uma vítima outra vez, mesmo que acredite que é isso que sou. Já estava cansada quando expuseram o caso do Ellis com sua parceira de dança. Agora, a história está se repetindo. O que há de errado comigo? Pensei ter escolhido o oposto de Ellis ao me casar com Finn. Acontece que eles são exatamente iguais. Não, meu marido é pior.

"Essa merda de família", desabafei. "Vocês todos são tão horríveis. Vocês são todos mentirosos. Sua mãe contou que me ofereceu dinheiro para que abandonasse você e Sonny e começasse de novo em outro lugar?"

Ele olhou para mim sem expressão no rosto. "Eu não acho que ela faria..."

"Eu sei exatamente o que ouvi, então não se atreva a me dizer que a interpretei mal", berro. "Não se atreva, porra!"

Meia hora de silêncio se seguiu até que eu não aguentasse mais. Agora, pego Sonny de seu berço, quase acordando, e saio do anexo.

"Para onde você vai?", ele grita para mim. Quando não respondo, ele me segue até a parte de seus pais da casa, onde Debbie e Dave já estão sentados à mesa da cozinha. Ela parece ter dormido tanto quanto eu.

"Há quanto tempo você sabe?", pergunto.

"Eu não sabia até ontem à noite", ela responde.

"A quem você contou primeiro, a mim ou a ela?", pergunto a Finn. Sua hesitação é a própria resposta. "E essa é de fato a primeira vez que você ouviu falar disso?", pergunto a Debbie. Ela assente. Fixo meus olhos sobre ela em busca de sinais que revelem que também é uma mentirosa, mas não há nada. Ela está tão abismada quanto eu. O único aspecto bom de toda esta confusão é que Debbie provavelmente está tão magoada quanto eu, descobrindo que seu precioso filho escondeu algo tão importante dela. Sem mencionar que ela foi roubada por quatro anos de ser avó. E espero que isso realmente, *realmente* a magoe.

"Finn e Emma juntos é tudo o que você queria, não é?" Não dou a ela a chance de responder. Volto para o anexo, Finn me seguindo, de cabeça baixa, como um cão castigado desesperado pelo perdão de seu dono. Ele não vai conseguir isso.

Meu telefone apita — é uma mensagem de texto de Lorna, querendo saber se estou bem. Ela deve estar a par da novidade. Aposto que meu nome está rodando a internet de novo. A única coisa boa que veio de toda essa bagunça que começou no dia em que compramos aquela casa é que ela e eu estamos em contato outra vez. Digo a ela que estou bem e que vou ligar mais tarde.

"É melhor você se arrumar para o trabalho", digo a Finn.

Ele balança a cabeça. "Eu não vou hoje."

"Você não pode se dar ao luxo de escolher. E eu não quero você perto de mim hoje."

"Mia, precisamos conversar."

"Não precisamos, não. Você precisa me deixar em paz."

"Mas..."

"Se você tiver algum respeito por mim, é isso que vai fazer."

Ele abre a boca, mas pensa duas vezes antes de responder. Em vez disso, ele se veste e, sem tomar banho ou escovar os dentes, sai do anexo, virando-se para olhar para mim uma última vez, com medo de que eu possa não estar aqui quando ele voltar. E do jeito que me sinto neste momento, ele pode estar certo.

CAPÍTULO 41

DAVE

Fecho a janela do banheiro e seguro uma toalha na boca para abafar os ruídos que faço enquanto vomito. Ela cai no chão quando o vômito sobe e o descarrego no vaso. Viro meu ouvido, mas acho que Debbie não me escutou do quarto. Acontece duas vezes mais antes que eu possa examinar o que saiu. O sangue é vermelho brilhante, e há muito mais hoje do que havia ontem.

Os ossos e os músculos doem, mas não preciso de um médico para me dizer que o câncer está se espalhando do estômago para o resto do meu corpo. Preciso de mais analgésicos, mas, na última vez que vi Jakub pessoalmente, ele explicou que seu contato foi revistado pela alfândega ao retornar da Polônia e todos os seus medicamentos foram confiscados. Ainda não encontrei um novo fornecedor. Tenho uma garrafa de *bourbon* pela metade escondida sob o banco do passageiro da van. Servirá como uma solução temporária.

Debbie não faz ideia da minha doença. Guardei a notícia para mim. Estava lá quando fizeram minha esposa passar por todo aquele sofrimento durante meses até que os médicos nos dissessem que ela tinha doença do neurônio motor. Não vou passar pelo que ela passou quando já sei o que tenho. Todos os sites em que entrei listam meus sintomas como câncer de estômago. Não tenho tempo de sobra para passar me recuperando de uma cirurgia ou deitado em uma cama por meses enjoado da quimioterapia, radioterapia ou qualquer outro tipo de terapia que queiram me aplicar. Tive meses para aceitar o fato, mas não tenho intenção de contar a Debbie que estou morrendo lentamente antes dela. Ela tem problemas suficientes com que lidar sem me acrescentar à sua lista de preocupações. Não posso ver seu coração se partindo.

Entro no chuveiro e me livro do gosto ácido e metálico com enxaguante bucal. O som de um jato de água morna oferece uma breve pausa para a discussão de Finn e Mia que estou ouvindo. Ontem à noite, estava insuportavelmente úmido e pudemos ouvi-los por cima do barulho do ventilador em sua intensidade mais alta. Tentamos não ouvir, mas era impossível.

Seco-me, mas não consigo enxergar meu reflexo no espelho do banheiro para me barbear, então o limpo e depois abro a janela outra vez, deixando sair o vapor. Quando a névoa se dissipa, vejo minha aparência do pescoço para baixo pela primeira vez em semanas. Estou pior do que me lembrava. Perdi muito peso, mas minha barriga desenvolveu uma saliência, e não sei se é culpa do câncer ou do álcool. Debbie mencionou minha perda de peso, e coloquei a culpa em pular as pausas de almoço e mais trabalho manual intensivo. Não sei se ela acredita em mim.

Depois de trocar de roupa, encontro Debbie na sala brincando com Sonny. A mão dele se encaixa perfeitamente dentro da dela, e eles não podiam parecer mais serenos, apesar da guerra entre os pais.

Fico feliz que Sonny esteja conosco e não com eles. Algumas das minhas memórias de infância mais antigas são de ouvir meus pais gritando um contra o outro, arremessando ofensas ou objetos um no outro, como uma disputa de tiro ao alvo. Quando Mia relutantemente concordou em nos deixar cuidar dele, notei algo passar entre ela e Debbie; uma nova e muito mais profunda camada de animosidade do que já havia visto. Meses após a trégua, algo mudou, e é mais do que Finn anda fazendo pelas costas de todos. Debbie nega que elas tenham conversado, mas sei quando ela está escondendo algo de mim. No entanto, vou escolher quais batalhas lutar e, nesta manhã, estou cansado demais para começar uma.

"Veja como ele consegue manter a cabeça bem erguida." Ela sorri para ele. "Você está indo tão bem, não está, meu homenzinho?" Ela se vira para mim. "A terceira guerra mundial ainda está acontecendo por aí?"

"Está um pouco quieto. Deve ser um cessar-fogo."

"O que você acha que eles vão fazer?"

"Não sei", respondo. "Realmente não sei."

Debbie não precisa abrir a boca para que eu saiba o que ela deseja que aconteça. As mentiras de Finn a deixaram totalmente sem reação. Ela passou a vida o mantendo no topo de um pedestal que ela construiu para ele, acreditando que ele não poderia fazer nada de errado. Ela achou que tivessem um relacionamento honesto e aberto. É um choque saber que ele esteve guardando segredos dela. Especialmente algo tão monumental como isso. Então, naturalmente, ela está tão magoada quanto Mia por sua falsidade. As duas mulheres em sua vida finalmente têm algo em comum e parecem mais distantes do que nunca.

Estou em conflito sobre como deveria estar me sentindo. Tenho pena da Mia pelo que Finn fez. O que eu mais queria era dizer a ela o quanto sinto muito por ter um filho tão estúpido e egoísta. Mas não posso, porque foi ela quem causou isso em sua vida. Ao bisbilhotar meus negócios e minha infância, ela me deixou sem escolha a não ser interferir.

Finn nunca me contou a respeito de Emma e Chloe. Descobri por acaso. Mais ou menos dois anos depois que ela e Finn se separaram, ele pegou minha van emprestada enquanto a dele estava no conserto. Meu veículo está ligado a um aplicativo no meu telefone que me informa de cada viagem que faz. E quatro vezes ele visitou o mesmo endereço em uma propriedade onde eu sabia que ele não estava trabalhando. A única maneira de proteger minha família é se eu souber o que cada um está fazendo. Então, quando ele devolveu as chaves, dirigi até a casa geminada com uma placa de "aluga-se" no jardim. Cheguei e vi Emma abrindo a porta da frente, levando uma poltrona para o lado de fora. Mesmo antes de ver o cabelo escuro da garotinha, sabia quem era o pai. As certidões de nascimento são registros públicos, por isso foi fácil verificar o cartório on-line, que listava o nome de Finn como o pai de Chloe Jones. Um antigo cliente que possui uma agência imobiliária confirmou que a casa foi alugada em nome de Emma.

Não contei a Debbie o que havia descoberto. O silêncio de Finn foi sua própria decisão. Se ele quisesse ficar com Emma e Chloe, ele ficaria, mas escolheu ficar com Mia. Não cabia a mim interferir. Então, fiquei quieto. Pelo menos até alguns dias atrás, quando entrei em contato com a redação do *The Sun on Sunday* para fazer uma denúncia anônima sobre a vida dupla de Finn.

Não estou orgulhoso do que fiz, mas isso vai dar a Mia outra coisa para se concentrar em vez de mim. Se sacrifiquei o casamento dela para me proteger, que assim seja. É o menor de dois males. E será outra coisa para acrescentar à longa lista de coisas com as quais devo aprender a conviver.

JOHN MARRS
TUDO EM FAMÍLIA

CAPÍTULO 42
FINN

Fico na van, estacionado na rua da casa onde nunca vamos morar. Os policiais e as equipes forenses vêm e vão, mas ninguém presta atenção em mim. Não me importo com quanto tempo a investigação vai levar e o que faremos com o lugar assim que nos devolverem. Eles podem demolir tudo, não ligo.

Se os últimos meses foram um inferno, então as últimas semanas foram espetacularmente ruins, mesmo para nossos padrões. Transformei as coisas em uma verdadeira merda, e é tudo culpa minha. Quase todos na minha vida têm boas razões para me odiar agora. Um mês depois que meus segredos foram espalhados pelos jornais, mamãe ainda não consegue me olhar nos olhos porque perdeu quatro anos da vida de uma neta que ela não tinha ideia de que existia. Mia está furiosa porque tive uma filha com outra pessoa e a traí durante quase todo o nosso relacionamento. E Emma está irritada comigo por jogar seu nome na lama em um jornal de circulação nacional. Um grupo de adolescentes a chamou de "piranha" na entrada da escola ontem.

Sei que lidei mal com isso, e, se pudesse voltar para o momento em que encontramos os corpos, a primeira coisa que mudaria é como lidamos com a imprensa. Eu, mamãe e papai estávamos convencidos de que não queríamos ter nada a ver com a mídia e não conseguíamos entender o fascínio dela por nós. Foi preciso que Mia, em seu papel de relações públicas, apontasse que os jornalistas estavam interessados porque ela teve seus quinze minutos de fama e éramos um casal jovem, atraente, esperando um bebê, que, sem culpa, comprou uma casa onde tantos corpos foram encontrados. Era como o enredo de um filme de terror. Mas eles continuaram nos assediando para dar entrevistas.

Longe de mamãe e papai, Mia tentou me convencer a dar apenas uma para que nos deixassem em paz. Mas mesmo o punhado de dinheiro que estavam nos oferecendo não era suficiente para me fazer querer esse tipo de exposição. Ela estava acostumada com isso por conta daquele idiota do ex dela, mas eu não. A casa era a história, não nós. Mas, na verdade, eu estava com medo do que eles desenterrariam sobre mim. Emma e Chloe não são a história toda.

Eu deveria ter freado minha segunda família imediatamente e me mantido bem longe para protegê-la tanto quanto meu casamento. Mas então as coisas começaram a ficar muito ruins com a depressão pós-parto de Mia, ou o que quer que isso seja que ela ainda não tratou, e quando ela me jogou para fora do quarto e me fez dormir na sala, foi a gota d'água. Comecei a ver Emma cada vez mais. Era bem familiar e confortável, como vestir um velho par de tênis que você tem há anos, mas não quer usar todos os dias. Deus sabe que eu precisava de um pouco de normalidade.

Achei que o interesse em nós dois havia passado fazia muito tempo, especialmente quando perdi a cabeça naquela falsa chamada da caldeira quebrada com a jornalista e o fotógrafo — então, parei de ser tão cauteloso quando se tratava de ir à casa de Emma. Como isso foi estúpido! Eu praticamente embrulhei e entreguei a eles uma história muito melhor em uma bandeja, porque todos adoram ler sobre casos extraconjugais.

Nada disso é culpa de Mia. Eu sou o mentiroso neste casamento, não ela. E agora joguei fora os últimos seis anos. Os jornais têm o que querem: meus relacionamentos com as três mulheres com quem mais me importo estão em pedaços e não tenho ideia de como consertar nenhum deles.

*RELATÓRIO DA AUTÓPSIA DOS DOIS CORPOS
ENCONTRADOS NO JARDIM DO N° 45,
HIGH STREET, STEWKBURY*

Corpo 1 —

Estes são os restos de um humano adulto em grande parte esqueletizado. O esqueleto parece completo, exceto o crânio e as cinco vértebras cervicais superiores. Há roupas parciais presentes sobre o lado anterior do corpo, mas grande parte se deteriorou. Algumas manchas de sangue são aparentes no restante da camisa azul sobre a região do tórax, e, no centro, observa-se um defeito irregular. Existem três grandes anormalidades nos ossos. A primeira é um defeito, medindo pouco menos de um centímetro no aspecto volar do antebraço direito. Isso pode representar uma ferida de defesa. A segunda é um endurecimento medindo 0,5 cm na quinta costela. É provável que seja de uma lesão por instrumento agudo, como uma facada. Por fim, há uma fratura curada na tíbia esquerda, que provavelmente ocorreu muitos anos antes da morte. As dimensões dos ossos do quadril apontam para que seja do sexo masculino, e o estado dos ossos estabelece a idade entre 75 e 85 anos. Não é possível fornecer uma causa definitiva da morte, pois o crânio e as vértebras cervicais não puderam ser examinados. Contudo, as lesões identificadas apontam para que a morte seja de natureza traumática, provavelmente devido a lesão por faca ou outro objeto pontiagudo.

Corpo 2 —

Estes são os restos de um humano adulto em grande parte esqueletizado. O esqueleto está completo, exceto o crânio e as seis vértebras cervicais superiores. Restos de roupas estão presentes sobre o aspecto anterior do corpo, incluindo parte de um vestido e um cardigã, com grande parte aparentando carregar manchas de sangue. As principais anormalidades observadas no esqueleto são múltiplas marcas de corte < 0,5 cm nos ossos do rádio direito, úmero direito, clavícula direita e também nos ramos púbicos anteriores, sendo consistentes com uma lesão por instrumento agudo. Além disso, há também uma fratura de Colles (pulso) no lado esquerdo, que provavelmente foi causada próximo ao momento da morte. As dimensões dos ossos do quadril apontam para que seja do sexo feminino, e o estado dos ossos estabelece a idade entre 80 e 90 anos. Embora a falta de crânio e vértebras cervicais impeça a determinação da causa definitiva de morte, é altamente provável que a morte tenha sido de natureza traumática, provavelmente devido a um ataque com faca. A fratura no pulso pode ter ocorrido em decorrência de uma queda ou luta no momento da morte.

CAPÍTULO 43

TRINTA E NOVE ANOS ANTES

Depois de longos períodos brincando só, do lado de fora, aprendi a passar os primeiros minutos do meu retorno para casa de pé, em silêncio, ouvindo o que a casa está me dizendo. Quando as tábuas do assoalho rangem e os aquecedores gorgolejam, é como se estivesse tentando falar. E, hoje, ela quer que eu saiba que algo aconteceu enquanto perseguia coelhos selvagens pelos campos. Há algo aqui que não pertence a este lugar. *Ou alguém.* Não vi quem é, mas sinto sua presença. No abafamento dos corredores e passagens, posso sentir seu sabor.

Não é o papai — o carro que ele pega emprestado das pessoas que moraram aqui antes de nós não está na entrada — e não recebemos visitas, nunca.

E então, de repente, o calor se espalha pelo meu pequeno corpo. Eu sei quem é. *É o George! Ele voltou para me buscar no meu aniversário! Faço 14 anos amanhã, e ele se lembrou!*

Sem pensar, subo correndo a escada gritando seu nome. "Você voltou!", grito e tento abrir a porta fechada de seu quarto. Mas está trancada. Sacudo a maçaneta, mas ela não abre. "Você está aí?", pergunto na esperança de que sim, mas não há resposta. Pergunto de novo enquanto a onda de calor esfria e me preocupo por ter dado asas à imaginação. Um desejo de estar com meu irmão se reabre dentro de mim, tão amplo e tão desesperado para ser preenchido. Então, quando estou prestes a sair, vejo sua sombra sob a porta. Prendo a respiração, esperando que George vire a maçaneta, abra a porta, saia e grite, "Surpresa!". Em vez disso, ouço uma voz completamente diferente. Vem de uma garota. "Me ajude", ela sussurra.

Assustado, recuo, viro e corro escada abaixo o mais rápido que as pernas podem me carregar, mas elas cedem e caio pelos últimos três degraus, ralando os joelhos. Aterrisso desajeitado no patamar. Levanto-me e corro para a cozinha.

Mamãe está sentada à mesa de costas para mim, a postura rígida, a cabeça ereta e focada em um espaço vazio na parede. Eu me pergunto se a casa está falando com ela também. Um cigarro queimou até o filtro, deixando uma linha inteira de cinzas. *Se afaste agora*, digo a mim mesmo. Suas mudanças de humor estão se tornando completamente imprevisíveis. Mas tem alguém lá em cima e faz meses desde a última vez que me disseram para trazer alguém aqui. Eu tenho que saber quem é.

"Quem está no quarto do George?", pergunto em voz baixa, mas ela se mantém em silêncio. Sentindo o nervosismo, aproximo-me dela e puxo a manga de sua roupa. O tapa que ela me dá com as costas da mão é tão inesperado que me lança ao chão. Então, ela chuta a cadeira para trás ao se levantar e começa a jogar em mim qualquer coisa em que possa colocar as mãos. Seu rosto está ensandecido enquanto tento me proteger. Pratos, uma tábua de pão, uma frigideira e uma tigela de lavagem voam perto ou por cima de mim. Gostaria de ser grande e forte o suficiente para revidar como George fez com ela, mas tudo o que posso fazer é me levantar e correr, mas ela me agarra pela gola da camiseta e me puxa para trás com tanta força que sinto o pescoço torcer. Tenho medo do que vai acontecer a seguir, quando a porta da cozinha de repente se abre e papai aparece. Ele chegou mais cedo, graças a Deus. Ele olha para nós: primeiro para ela, depois para mim.

"Vá embora!", ela grita comigo.

Corro para o lugar seguro mais próximo, o banheiro do andar de baixo, pois tem uma fechadura na porta, e caio no chão, ofegante. Suas vozes se erguem, e pressiono meu ouvido contra a parede, mas estão abafadas demais para entender. Com a porta entreaberta, suas palavras se tornam mais claras. Eles não estão discutindo sobre o modo como ela me tratou. Em vez disso, papai está furioso porque, pelas costas dele, ela trancou duas crianças no andar de cima.

Duas, repito para mim mesmo.

Onde ela as encontrou? Como ela as trouxe aqui? E por que ela não pediu minha ajuda? Mamãe nunca saiu sozinha assim. Desde que George partiu, eu sempre fiz tudo o que eles me pediram e trouxe alguém aqui sempre que exigiram. Refleti um pouco e adivinhei por que nunca mais as vejo e com que finalidade papai usa as malas que continuam aparecendo. Mas não perguntei para onde essas crianças vão a seguir ou por que meus pais fazem isso.

De repente, percebo que, se eu não tenho mais serventia para meus pais, então onde está meu lugar nesta família? Se não sou um meio para um fim, então não sou nada.

A porta da cozinha se abre, e fecho a minha, e os passos pesados de meu pai ressoam pela escada e entram no quarto de George. Ele está segurando uma mala, como a que estava ao lado de George da última vez que o vi. Não consigo ver de onde estou, mas acho que papai a coloca *naquele quarto*. Logo depois, um grito soa através do patamar antes que algo seja arrastado ao longo das tábuas do assoalho, e, assim que a porta bate, a casa volta a ficar em silêncio.

Mais tarde, enquanto meus pais discutem na cozinha, a fome e a curiosidade me dominam. Há um estoque de barras de chocolate KitKat debaixo da minha cama que guardo para quando mamãe se esquece de me alimentar. Subo as escadas, meus pés distantes em cada degrau para minimizar o som das tábuas rangendo. Aproximo-me do quarto de George, mas a porta está aberta e o quarto está vazio. A porta *daquele quarto*, no entanto, está fechada.

Encosto a cabeça nas tábuas do assoalho e tento me concentrar no espaço escuro sob ela. Nada acontece por muito tempo, mas aprendi a ser paciente. Finalmente e sem aviso, algo do outro lado pisca, e eu recuo, batendo a cabeça no rodapé atrás de mim. Retorno, mais perto desta vez, e vejo o branco de um olho apontado na minha direção. Ele pisca duas vezes, mas, em vez de me afastar, me aproximo dele.

"Por favor, me ajude", sussurra a voz de uma garota. Quero responder, mas estou sem palavras. "Ela também pegou você?", ela continua com a voz permeada por suspiros curtos.

"Sim." Não sei por que estou mentindo.

"Onde nós estamos?"

"Em uma casa em uma vila, eu acho."

"Onde está minha amiga? Você viu Abigail?"

"Não. Desculpe, não vi." Ela não precisa saber a verdade e quero mudar de assunto. "Qual é o seu nome?"

"Precious." É um nome incomum, mas familiar. Lembro-me de conhecer uma Precious em um grupo da igreja para o qual meus pais me levaram pouco depois que George foi embora. Ela fez questão de se aproximar de mim e me apresentar ao seu grupo de amigos. Gostava dela, ela era gentil. Queria que ela vivesse. Então, não fiz amizade com ela.

"Como ela trouxe você aqui?"

"Abi e eu estávamos voltando do ensaio do coral pelo parque quando uma mulher saiu de trás de um carro com uma faca. Ela nos mandou entrar, e ficamos tão assustadas... ela nos fez respirar algo de um pano e então acordei aqui. Ela fez o mesmo com você?"

"Fez."

Sinto espanto com a abordagem descarada da minha mãe. Isso vai contra tudo o que ela e papai já nos ensinaram. Ela está ficando cada vez mais desequilibrada.

"O que ela quer?", pergunta Precious.

"Não sei." Eu sei, é claro, mas, outra vez, a verdade não vai trazer nada de bom.

Ela começa a chorar outra vez, e me encontro sentindo algo por ela que não senti por nenhum dos outros que George ou eu trouxemos para cá. Uma pena. Pela primeira vez, estou vendo uma dessas crianças como outro ser humano. Então, tento afirmar que tudo vai ficar bem e que, em breve, a mulher que nos levou vai "nos" libertar.

Quero ficar, mas me afasto rapidamente quando ouço meus pais saírem da cozinha. Ouço por trás da porta do meu quarto enquanto Precious é levada para o sótão. Deito na minha cama no quarto abaixo, ouvindo-a caminhar pelas tábuas do assoalho durante a maior parte da noite e desejando poder dizer algo para acalmá-la. Mas meus pais podem me ouvir. Não vale a pena o risco.

Eles me mandaram ficar fora de casa durante a maior parte do dia seguinte, mas, para meu alívio, ela ainda está viva na tarde seguinte e está de volta *àquele quarto*. "Você está a salvo!" Sussurro por baixo da porta.

"Onde você esteve?", ela pergunta.

"Eles me trancaram lá embaixo", alego.

"Você viu Abigail?"

"Não, sinto muito. Quem sabe ela não escapou?"

"Você acha? Se ela conseguiu, vai buscar ajuda para mim. Para nós."

"Para mim também?", pergunto.

"Sim", ela diz. "Não vamos deixar você para trás."

Fico temporiamente incapaz de falar. Repito para mim mesmo. *Não vamos deixar você para trás*. Ela disse isso com tanta convicção que acredito nela. Mesmo que não saiba nada sobre mim, ela quer me ajudar.

Na realidade, sou eu quem pode ajudá-la. E eu quero fazer isso. Falhei com George e não vou cometer o mesmo erro outra vez. Minha mãe é um perigo que meu pai não pode controlar. Mais cedo ou mais tarde, um deles vai se virar contra mim, se não os dois. Preciso tirar a mim e Precious daqui. Preciso salvá-la do que está por vir, porque ninguém mais pode.

Meus pais ainda estão lá embaixo, então tento manter a mente dela longe do presente perguntando sobre a família. Ela descreve a mãe e o pai, os dois gatos, os primos com quem brinca, os avós que adora e a igreja que frequenta. Eu me pergunto onde seu deus está agora. Ou será que ele me enviou para resgatá-la?

Quanto mais ela descreve sua vida, mais quero saber sobre ela e mais quero estar em seu mundo, não ela no meu. Depois, quando sua voz desaparece, presumo que tenha adormecido, então deslizo dois KitKats sob a porta.

Fico sem dormir durante a maior parte de sua segunda noite na casa, tendo ideias de como ajudá-la. Devo ter cochilado porque acordei de repente na manhã seguinte, ciente de uma presença no meu quarto escuro. Sinto o cheiro da fumaça em suas roupas, e meu coração instantaneamente começa a bater forte. Mas ela tem a vantagem e não consigo me mover rápido o suficiente para evitar que uma mão agarre minha garganta e a aperte com força.

"Você nos traiu!", mamãe rosna antes de me arrastar pelo braço até o patamar e depois para o outro quarto onde estava mantendo Precious. "Você deu comida a ela", Mamãe continua. "Você não pode alimentar os animais. Seu tempo aqui se esgotou." E com um empurrão poderoso que me deixa de joelhos, é minha vez de estar atrás da porta.

"Papai!", grito repetidas vezes, batendo na porta e esperando que ele possa me ouvir. Mas, se estiver na casa, ele não está respondendo. Mais tarde, quando as palmas das minhas mãos estão doloridas e arranhadas demais para continuar, meu coração afunda em uma nova profundeza. E compreendo nesse momento que, se o papai não está cuidando de mim, ninguém está.

As horas passam enquanto ando de um lado a outro pelas tábuas do assoalho, na esperança de me libertar. Quando vejo um prego enferrujado saindo de uma tábua usada para cobrir a lareira, o arranco e distraidamente brinco com ele entre os dedos até que caia e role pelo chão. Ele para ao lado do rodapé. Pego e tenho uma ideia. Com cuidado, o pressiono com força na madeira até escrever as palavras *Eu vou salvar elas do sótão*.

Se este for o último lugar onde vou viver e alguém chegar a ler, quero que saibam que tentei.

CAPÍTULO 44
MIA, 2019

Sonny me dá um sorriso largo e desdentado enquanto está sentado no meu colo, e balançamos suavemente para a frente e para trás nos balanços do parquinho. Não sei dizer se ele está sorrindo porque está gostando disso ou por causa do longo pum que acabou de soltar. Mas, desde que não esteja chorando, não vou reclamar.

Ao longo da minha gravidez, ansiava por atividades simples como esta. Levar meu filho a um parquinho, participar de clubes infantis e encontrar com outras mães para dias de brincadeira. Queria ser uma daquelas mães amontoadas sobre uma mesa no Starbucks com um *latte* e um *babycino*, ouvindo umas às outras reclamando de bexigas fracas e mamilos irritados. Em vez disso, nunca me senti tão sozinha.

Uso meus pés para empurrar o balanço para a frente, e Sonny solta um som balbuciante, seguido por um segundo pum muito mais alto. Eu não posso deixar de rir. É a primeira vez em dias, acho. Vou a qualquer lugar que posso hoje em dia para não ter que passar meu tempo sob o mesmo teto que Finn e sua família. Se não estivermos vagando sem rumo pelo shopping de Milton Keynes, então estamos assombrando um dos seis parquinhos da área com os quais nos tornamos intimamente familiares. Eu uso meus óculos escuros em todos os lugares, mesmo quando não está claro o suficiente para precisar deles, porque não suporto quando estranhos me reconhecem e começam a me *olhar daquele jeito*; aquele que diz "pobre vaca" ou "fico feliz por não ser ela" com tanta clareza que poderiam muito bem ter gritado em voz alta.

Estou feliz que Lorna e eu voltamos a entrar em contato. Quando nos encontramos para tomar café ontem, ela tentou dizer as coisas certas, dizendo que mereço mais do que Finn e sua família. E sei que ela está certa, mas algo me impede de me desenredar dessa situação tóxica.

Finn saiu do anexo e se acomodou em um dos quartos vagos da casa principal, sem dúvida para o grande prazer de Debbie. Não poderia saber como ela está eufórica porque ela e Dave têm me dado um amplo espaço desde que as revelações do caso de seu filho foram tornadas públicas. Imagino que Dave tenha tido muito a ver com manter Debbie longe de mim, porque, se eu vir uma pitada de satisfação em seu rosto, vou agarrar sua bengala e bater na sua cabeça com ela. Às vezes, até fantasio em fazer isso apenas pelo prazer do ato.

Como minha vida chegou a esse ponto? Estou presa em uma casa que odeio, cercada por pessoas de que não gosto e que não gostam de mim. Sou a mãe de um bebê com o qual ainda estou lutando para me apegar e sou a esposa de um mentiroso que não tem respeito por mim ou pelo nosso casamento. Temos tão pouco dinheiro que não posso me dar ao luxo de alugar um lugar sozinha, e morar com uma mala em um Holiday Inn com um bebê é praticamente impossível.

Considerei fazer minhas malas e as de Sonny e pegar um trem para Londres. Ainda tenho amigos lá que me conheceram antes de me tornar esse objeto de pena, amigos que me enviam mensagens de texto e e-mails e que se importam comigo, mesmo que eu raramente responda porque ainda estou em um lugar péssimo para discutir minha situação terrível com qualquer outra pessoa. Mas quem realmente vai gostar de mim e uma criança dormindo no sofá em seu apartamento de um quarto? E isso não é justo com Sonny. Então, estou presa.

Descrever a mim e Finn como não estando em um bom momento é um eufemismo. Estamos tão longe do "bom" que poderíamos muito bem estar orbitando planetas diferentes. Não sei se ainda quero seguir casada com ele. Se me perguntassem antes de Sonny nascer se ficaria com um traidor, a resposta teria sido um retumbante não. Eu não fiz isso com Ellis. Mas não posso mais pensar apenas em mim. Tenho que colocar nosso filho em primeiro lugar. E, como Finn é um pai muito melhor do que eu — acontece que ele teve quatro anos a mais de prática com Chloe —, Sonny precisa que pelo menos um de nós esteja com a cabeça no lugar. Eu amo meu marido, mas o odeio em igual medida. Como faço para superar isso?

Surpreendi-me com minha própria boa vontade para que ele continuasse a ver sua filha, pois poderia ter sido uma verdadeira megera nesse assunto. E talvez, se eu não tivesse Sonny, me ressentisse mais de Chloe e Emma do que já ressinto. Mas Finn tem um relacionamento com sua filha e vai ter pelo resto da vida, e seria cruel da minha parte ficar entre eles apenas porque estou com ciúmes. No entanto, isso não significa que eu queira conhecê-la. Também o avisei em termos inequívocos de que ele não deve ir à casa de Emma. E, quando ela deixa Chloe na casa, Sonny e eu permanecemos no anexo. Vou deixar que ela veja seu meio-irmão em breve, mas agora não. Pequenos passos, lembro a Finn.

É em dias como este que gostaria de ter uma mãe e um pai comuns, que viessem em meu socorro e assumissem a vida adulta com a qual estou lutando, não que continuassem navegando ao redor do mundo. Quando enfim conseguimos nos falar via Skype há alguns dias, a desculpa para o silêncio no rádio era que eles estavam vivendo e trabalhando para uma instituição de caridade de vida selvagem em Tristão da Cunha, uma ilha do Atlântico Sul e um dos lugares habitados menos conectados do mundo. E, com um sistema de GPS irregular, eles presumiram que todos os e-mails que me enviaram do iate estavam sendo recebidos. Mas não estavam.

Para ser justa, uma vez que contei o problema mais recente da minha longa lista, eles estavam convencidos de que atracariam na Cidade do Cabo, na África do Sul, e pegariam um voo para casa. Mas um vulcão islandês expelindo cinzas na atmosfera fez todos os voos serem suspensos por pelo menos duas semanas, então eles estão navegando até o sul da Espanha e vão dirigir pelo resto do caminho até aqui. Até lá, somos apenas eu e Sonny em nossa própria bolha.

Nas minhas horas mais sombrias, tenho vergonha de admitir que refleti sobre a oferta de Debbie, que me pagaria para deixar tudo isso para trás e começar de novo. Quem sentiria minha falta? Finn tem uma família pré-montada com a qual pode seguir em frente, Debbie conseguiria a nora que sempre quis, Dave poderia seguir com sua vida sem que eu questionasse suas lacunas e eu não teria que lidar com toda essa bagunça disfuncional, codependente e claustrofóbica. Mesmo sem conhecê-la, tenho certeza de que Emma provavelmente seria uma mãe melhor para Sonny do que eu.

Talvez Debbie estivesse certa quando me descreveu como um "câncer em sua família". Eles estavam funcionando perfeitamente bem até que apareci. Talvez eu venha a ser igualmente tóxica perto do meu filho, minha energia negativa o prejudicando de maneiras que não vou reconhecer até que ele seja mais velho e seja tarde demais para fazer algo a respeito. Se eu aceitasse o dinheiro dela e deixasse Sonny com eles, quem sabe ele teria uma chance de normalidade?

Mas só de imaginar em não estar perto do meu garotinho é o suficiente para me fazer suar frio. Meu bebê e eu podemos não ter nos conectado, mas juro por Deus que estou tentando. Estou enfrentando meus medos de ser um perigo para ele e querer protegê-lo do mundo na crença de que a peça final do quebra-cabeça da maternidade vai acabar por se encaixar. Tem que acontecer. Eu o puxo para mais perto de mim enquanto o balanço desliza suavemente para a frente e para trás.

O telefone zumbindo no meu bolso me distrai. O rosto de Finn está iluminando minha tela. Na maioria das vezes, deixo que suas chamadas caiam no correio de voz, mas decido atender desta vez.

"Alô!", digo, minha voz sem emoção.

"Você ficou sabendo?"

Meu coração afunda. "O que você fez agora?"

"É sobre a casa. Os corpos encontrados no jardim foram identificados."

CAPÍTULO 45
DAVE

Arrio o carrinho de mão de entulho no chão, levanto o capacete e limpo o suor da testa. Olho ao meu redor. Acho que não falei com uma única pessoa aqui o dia todo. Todos eles têm pelo menos metade da minha idade e sabem tanto inglês quanto eu sei romeno ou polonês.

Posso sentir o cheiro do meu próprio odor através da minha camiseta e é desagradável. Tenho certeza de que, quando fazia esse tipo de trabalho no programa de treinamento de jovens na década de 1980, não ficava tão exausto quanto estou agora. Acho que me sinto velho porque estou velho. Este é um jogo de homens jovens. Minha lombar dói, o dedo ardente da artrite perfura meu ombro, e nem sequer posso me automedicar porque ainda estou sem comprimidos. O encarregado diz que o almoço hoje vai ser às 13h enquanto esperamos o misturador de cimento chegar, é então que dirijo até a cidade e pego um fardo de seis cervejas e um pouco de ibuprofeno para guardar na caixa térmica na parte de trás da van. A única parte boa é que a dor no estômago diminuiu desde o café da manhã.

Eu deveria ser grato por qualquer trabalho que me fosse oferecido. É dinheiro na mão e não há muito mais vindo em minha direção. Passei minha vida profissional tentando sustentar a família e sou orgulhoso demais para solicitar e reivindicar benefícios. Portanto, não tenho escolha a não ser engolir a seco e ganhar o máximo que puder antes que o câncer me pegue. Tenho dado algum dinheiro a Finn aqui e ali, enquanto ele luta para sustentar as duas famílias que dependem dele. Ainda não sinto culpa por jogá-lo na fogueira alimentada pelos jornalistas de tabloides. É claro que não contei à Debbie o que fiz ou sobre as sete mil libras que o repórter me pagou pela denúncia. Isso é dinheiro de reserva, e algo me diz que não vai demorar muito para que os bons ventos soprem outra vez sobre nós.

Olho adiante e, como se estivesse pensando em meu filho, o invoco. Finn está a seis metros de mim, me chamando. O que ele está fazendo aqui? Ele não deve trazer boas notícias. Quando o alcanço, ele me atualiza sobre os dois corpos encontrados recentemente em seu jardim.

"Kenneth e Moira Kilgour", conta Finn. "Você sabe quem eles eram?"

"Tenho uma ideia", admito. "Passei pelos nomes deles em alguma papelada velha."

"Goodwin calcula que eles viveram na casa até meados da década de 70, antes de desaparecerem."

"Faz sentido. Não acho que foram os únicos a acabar assim."

Finn parece em pânico. "Naquela casa?"

"Não, em outro lugar. Outras casas pelo país. É o que faziam."

"Onde?"

"Eu não sei. Foi há muito tempo."

Ele esfrega o rosto com as mãos e anda em círculos antes de voltar a mim. "E nada disso vai se voltar contra nós?"

"Duvido."

"Mas é possível?"

"Em tese, sim."

"Quando isso vai acabar, pai?" Finn não parece zangado, apenas exausto. Quero estender o braço e colocar a mão em seu ombro, mas me contenho. Não é isso que eu e ele fazemos. Então, dou de ombros.

Não digo a ele que tenho um plano e que, se chegar a esse ponto, é a única maneira que vislumbro que pode manter sua mãe e ele em segurança. Porque isso é tudo o que sempre quis. Não importa o que aconteça comigo, devo proteger os dois das consequências da inevitável explosão.

JOHN MARRS
TUDO EM FAMÍLIA

CAPÍTULO 46

MIA

O carro para na entrada atrás de mim e o reconheço como sendo do detetive Mark Goodwin. Saímos dos nossos veículos ao mesmo tempo. De repente, estou nervosa, mas não de uma maneira ruim.

"Tínhamos algo marcado?", pergunto, me inclinando para soltar Sonny, que está se contorcendo com as alças da cadeirinha.

"Não, apenas estava de passagem e pensei em ver como você está." Ele rapidamente se corrige. "Como *todos vocês* estão. Quero dizer, depois das matérias de jornal sobre Finn... bem, não consigo imaginar que tenha sido fácil ler." Como eu, ele está um pouco nervoso. É encantador. "Posso dar uma ajudinha?"

Passo a mochila de comida e fraldas a ele enquanto seguro Sonny com uma das mãos e procuro as chaves da casa com a outra.

Presumo que Mark esteja dirigindo um veículo sem identificação porque um carro feioso como aquele não combina com ninguém com menos de 60 anos. A menos que ele tenha uma esposa, um lindo casal de filhos e um labrador em casa, que por acaso não mencionou. Ele não usa aliança — não sei por que, mas verifiquei —, mas acho que isso não significa muito nos dias de hoje, pois nem eu uso. Está guardada na minha gaveta de cabeceira até eu decidir se ainda tenho motivo para usá-la.

Acho que Mark e eu temos quase a mesma idade, a julgar pelos cabelos grisalhos dispersos em sua linha capilar recuada e pela leve quantidade de linhas de expressão em sua testa. Em todas as vezes que nos encontramos, ele não comentou nada sobre sua vida fora da força policial e acho que não perguntei. No entanto, às vezes, penso nele, provavelmente mais do que deveria, especialmente porque o resto do meu mundo está desmoronando ao meu redor. Mas ele oferece uma distração bem-vinda e é a única pessoa que se preocupa de fato com o bem-estar de nossa família. E Deus sabe como me faz bem alguém assim na minha vida agora.

Ele me segue até a cozinha, onde coloco Sonny no cadeirão e levo a chaleira ao fogo. Em silêncio, desejo não estar vestindo essas calças de moletom velhas e esfarrapadas e o casaco com os furos na manga.

"Como você está lidando com tudo isso?", ele pergunta.

"Não da forma ideal, para ser sincera", respondo. "Todo mundo saber que meu marido me traiu e tem outro filho é meio humilhante."

"Imagino." Olho para ele com as sobrancelhas arqueadas. "Bem, não", ele se corrige, "obviamente, não consigo nem imaginar. Mas sinto muito."

Quando ele fala agora, percebo um leve ceceio que nunca ouvi. E não havia notado as manchas marrons em seus olhos cor de avelã. É porque quando costumo vê-lo há outros ao nosso redor, mas hoje não tenho distrações. Apenas ele e eu. É legal.

"Sabe como os jornais descobriram?", ele continua.

"Fiquei me perguntando", digo. "Não consigo imaginar que estavam seguindo ele na chance de que pudesse estar tramando alguma coisa, então suponho que alguém os avisou."

"Geralmente, é esse o caso. O dinheiro fala em situações como essa."

Sirvo uma xícara de chá, e conversamos sobre como as coisas estão em casa, a chegada iminente dos meus pais e a investigação policial.

"Há muita coisa contra nós, visto que os assassinatos são tão antigos", ele explica, "mas agora que identificamos todos os falecidos, isso levou a mais pistas."

"Posso perguntar no que você está trabalhando no momento?"

"Bem, fui encarregado de tentar rastrear as origens das malas onde os corpos foram encontrados. Havia um grande número delas, mas não eram um item barato. São muito peculiares. Sabemos que a marca Portmanteau era popular na França antes da Segunda Guerra Mundial, e, naquela época, eram construídas para durar, feitas com fortes armações de madeira, cobertas de couro e com alças acolchoadas. Mas a guerra prejudicou a indústria de viagens, e as pessoas não tinham dinheiro sobrando para gastar em itens de luxo, então pararam a produção no início dos anos 1950. O fato de o nosso assassino estar em posse de tantas delas e confiar apenas nessa marca e modelo em específico... não sabemos o que significa e se significa alguma coisa. Mas tem importância, de qualquer forma. Estamos tentando descobrir quem pode ter realizado a exportação para cá, mas o conflito destruiu muitos negócios e registros. Então, é quase como procurar uma agulha em um palheiro."

Um pouco depois, Mark recebe uma ligação e tem que ir embora, e me percebo desejando que ele não tivesse que ir tão de repente. E talvez seja minha imaginação, mas acho que ele também estava um pouco relutante em ir.

Estou ninando Sonny depois de amamentá-lo quando a palavra "Portmanteau" vem à mente. Por que isso é familiar? Tenho certeza de que me deparei com ela recentemente. Forço a memória — será que foi na garagem de Debbie e Dave? Abro a pasta de fotos no meu telefone e fuço até encontrar a foto que tirei de uma fatura antiga encontrada no meio da sua papelada. Aí está. "Portmanteau Produtos de Couro" e "Luxury Travel Especialistas em Importação e Exportação". Meus batimentos aumentam um pouco. Esta é uma segunda ligação entre Dave e aquela casa?

Estou prestes a deixar Sonny no cadeirão e voltar para a garagem, mas penso melhor. Na última vez que coloquei minha busca pela verdade acima de tudo, Finn enlouqueceu com razão. Levo Sonny comigo, mas, quando chego onde encontrei a caixa de documentos na última vez, ela não está mais lá. Na verdade, alguém arrumou tudo aqui desde a minha última visita e se livrou de grande parte dos objetos. Até mesmo as caixas danificadas pela água contendo os velhos livros escolares de Dave desapareceram.

Reflito se devo ligar para Mark e pedir que ele volte. No entanto, sem prova física, é apenas uma foto no meu telefone. Não sou especialista, mas até eu sei que os metadados anexados à imagem descrevendo onde e quando foi tirada não são provas suficientes. E há muitas pessoas ao meu redor que pensam que estou enlouquecendo, imagine se Mark entrar na onda.

Vasculho todo o resto que permaneceu aqui, embora tenha certeza de que devem ter removido qualquer coisa incriminadora, o que é incriminador por si só. No entanto, procuro as caixas restantes até chegar à parte de trás da seção de comprimento duplo da garagem, onde há um tanque de aço em desuso que no passado armazenava óleo diesel para aquecer a casa. Dave e Finn instalaram uma caldeira condensadora há um ano, e eu me pergunto por que guardaram essa coisa aqui quando todo o resto se foi.

Tento movê-lo e percebo o porquê — está cimentado ao chão. Está mais escuro nesta parte da garagem, então acendo a lanterna do meu telefone. Calculo que tenha cerca de um metro e meio por um metro e vinte de tamanho e uma seção foi cortada, mas depois usada para cobri outra vez. Está solta e, quando olho com mais cuidado, há algo no interior. Com Sonny ainda pressionado contra o peito, ajoelho-me e puxo suavemente o painel. Ele cai no chão com um barulho e aponto a luz para dentro.

Contém apenas um objeto.

Uma mala.

Não apenas qualquer mala, mas exatamente a mesma forma e estilo que as sete usadas para esconder os corpos de crianças no sótão da minha casa.

METRO

POLÍCIA TEME POR ESCRITORA DESAPARECIDA

POR CLAIE WILSON

A família da jornalista desaparecida convoca testemunhas que podem tê-la visto no dia em que desapareceu há três semanas.

A escritora *freelancer* Aaliyah Anderson, de 34 anos, desapareceu na sexta-feira, 17 de maio, depois de dizer a amigos que estava entrevistando um indivíduo para o livro em que estava trabalhando. Familiares e amigos dizem que ela não foi vista desde então.

O detetive sargento Karl Stuart disse: "Estamos preocupados com a segurança da sra. Anderson e exortamos qualquer um que possa saber para onde ela estava indo, ou com quem ela planejava se encontrar, que entre em contato conosco com urgência".

JOHN MARRS
TUDO EM FAMÍLIA

CAPÍTULO 47

TRINTA E NOVE ANOS ANTES

Quando uma luz brilhante, mas estreita, atinge meu rosto, corro de volta para o canto da sala como um animal em busca de segurança. Não sei há quanto tempo estou na prisão deste sótão escuro como breu. Poderia até ter passado um dia inteiro sem que percebesse. Tudo que sei é que me trouxeram *daquele quarto* ontem à noite. As tábuas do assoalho são frias e desconfortáveis, mas meu corpo estava tão exausto que tive que dormir. Então, vasculhei e montei uma cama improvisada, juntando o que, ao tato, me pareciam ser malas pesadas. Não tenho certeza de quanto tempo fiquei inconsciente, mas sou acordado pelo som das dobradiças da escotilha do sótão se abrindo e vejo a luz de uma lanterna brilhando.

Recuo diante da voz da minha mãe. "Desça, agora", ela diz secamente. Estreito os olhos ao descer a escada. Desço mais devagar do que mamãe gostaria, o que a faz sacudir a escada. Me desequilibro, deslizando pelos últimos degraus. Sou levantada do chão pela camiseta, suas unhas afiadas cravam em meus ombros e sou enviada de volta *àquele quarto*.

Mamãe bate a porta atrás de mim e a tranca, deixando-me a sós. Então, ouço um grito abafado e alguém subindo a escada. A menos que tenham trazido outra pessoa aqui, Precious ainda está viva. Não tenho certeza do porquê. A escotilha do sótão se fecha de novo, e agora é sua vez de ficar sozinha e com medo no escuro. Só que ela não sabe que o pior ainda está por vir. A menos que eu a ajude.

Pressiono meu ouvido na abertura sob a porta e, alguns minutos depois, ouço mamãe e papai conversando enquanto saem de casa. Acho que estão saindo pela porta dos fundos. Corro para a janela e os espio.

Mamãe está carregando um punhado de sacolas plásticas. Deve ser sábado de manhã, e eles estão saindo para fazer compras no supermercado. Eles estão nos deixando a sós aqui — ela trancada no sótão, eu neste quarto — e vão fingir para o mundo que são normais.

Esta é a minha oportunidade. Olho em volta, procurando um meio de fuga. Empurro a porta com força, mas não tenho força suficiente para abri-la sem ajuda. No entanto, duas pessoas podem lidar com isso.

Minha atenção se volta para a lareira e me lembro dela sendo pregada para impedir que a fuligem caísse da chaminé. "A chaminé", sussurro. Tinha esquecido que papai desmontou uma parte dela no sótão quando um animal se alojou no interior e morreu, sua carcaça apodrecida fedia horrores. Ele limpou os restos de um corvo, mas nunca chegou a consertar a alvenaria.

Usando toda a minha força, puxo a tábua até ela se soltar. Nuvens de fuligem e sujeira entram no quarto, me fazendo tossir e engasgar. Espero até que possa respirar de novo antes de gritar "Você consegue me ouvir?" com minha cabeça na lareira, minha voz sobe pela coluna da chaminé. Não há resposta. "Você está aí em cima?"

"Estou!", ela responde para meu alívio. "Onde você está?"

"Estou no quarto, no andar de baixo. Acho que sei como podemos sair daqui. Você precisa seguir o som da minha voz até chegar à chaminé."

"Está escuro demais aqui", ela retruca. "Não consigo enxergar nada."

"Tenha cuidado", recomendo. "Se apoie nas mãos e nos joelhos e se mova devagar enquanto falo." Ela segue minha voz até que ouço um som estridente e um grito. "O que foi isso?"

"Bati meu joelho em alguma coisa. Parece um martelo."

Papai deve ter deixado lá em cima. "Traga com você."

Quando sua voz fica mais alta, sei que ela alcançou a abertura que papai fez. "Levante e procure um buraco, depois solte o martelo para que saibamos a que distância está", e, outra vez, ela faz o que digo. Movo minha cabeça bem a tempo de o martelo cair na grade com um estrondo. A queda é íngreme demais para que ela pule sem se machucar. Olho ao redor do quarto, para as alças de couro presas ao teto, um tripé de câmera, as sacolas plásticas no canto e o colchão de uma cama de solteiro.

Pego o último, uso o peso do meu corpo para dobrá-lo ao meio e enfio o máximo possível na lareira. "Você precisa entrar no buraco e se deixar cair. Tem um colchão aqui para aparar sua queda."

"Não consigo fazer isso", ela protesta. "Vou me machucar."

"Se você não fizer isso, vamos morrer", digo sem rodeios. "Acho que você não viu mais sua amiga porque ela já morreu. E, se não sairmos daqui, vai chegar a nossa vez."

"Por favor, não diga isso!"

"Não temos tempo para discutir isso. Apenas confie em mim. Entre, conte até três e depois se jogue."

Faço uma pausa até ouvir um breve grito antes que seus pés atinjam o colchão com um baque abafado. Suas roupas, rosto e cabelos trançados estão cobertos por uma fina camada de fuligem, que tento limpar um pouco. "Você está bem?"

"Eu... sim, acho que sim", ela responde e, depois, se vira para me dar um abraço apertado e inesperado. Agora que a vejo em carne e osso, tenho certeza de que já nos encontramos. Felizmente, ela parece não se lembrar de mim.

"E agora?", ela pergunta.

"Se afaste", peço e, então, bato o martelo tão forte quanto meus braços magros permitem contra a maçaneta da porta. São necessários mais dois golpes antes que ela se quebre em pedaços e caia. Ela passa a mão pelo buraco para empurrar a outra alça para o chão, então seus dedos agarram a borda e ela puxa a porta em nossa direção. A porta se abre, e agora estamos fora *daquele quarto*, no corredor.

Eu vou salvá-la. Eu vou nos salvar.

Ela olha ao seu redor, confusa, como se estivesse registrando algo. "Vi eles saírem", explico antes de pegar seu braço e encorajá-la a descer as escadas comigo. Corremos até a porta da frente, mas meus pais nos trancaram. Corremos pela cozinha e encontramos a porta dos fundos também trancada. Então, juntos, pegamos uma cadeira de sala de jantar, balançamos para a frente e para trás, depois a jogamos e cobrimos nosso rosto enquanto ela atravessa as janelas da frente da casa. Com cuidado, ela sobe pela moldura primeiro e pula para o gramado abaixo. Ela está livre.

"Depressa", ela grita, e eu saio pela moldura e seguimos ao longo da entrada.

"Onde a gente está?", ela pergunta, olhando para cima e para baixo na rua principal.

"Me siga, vou te levar para casa", digo, e nós dois corremos tão rápido quanto as pernas podem nos levar, para longe da vila e em direção ao horizonte. Mas, por causa da falta de comida, água e sono, ela logo enfraquece e tropeça pelo campo aberto quando saímos dos arredores da minha vila.

"Quero ligar para minha mãe", ela ofega, e eu diminuo o ritmo para não deixá-la para trás.

"Assim que a gente chegar na cidade, vamos encontrar uma cabine telefônica."

"Ainda está muito longe?"

"Está vendo ali?" Aponto para um arranha-céu de apartamentos. "Aposto que vamos encontrar um lá."

"Mas é muito longe."

Continuamos em um ritmo mais lento, sem ideia de para onde eu poderia ir depois de chegarmos a esses apartamentos, e ela se prepara para voltar para a vida da qual foi arrancada. Estou depositando minhas esperanças em que os pais dela tenham pena de mim e fiquem tão gratos por ter salvado a vida de sua filha que me permitam ficar sob o teto deles e que eu possa experimentar como é viver em uma família comum. Poderia ir para a escola, fazer mais amigos, parar de viver com medo e ficar em uma casa que não fala comigo. Não consigo evitar que um sorriso se espalhe pelo meu rosto.

Mas, quando chegamos aos arredores de um parque industrial, também estou começando a sentir uma fraqueza. Uma cãibra na perna está contraindo os músculos, mas não quero parar. No entanto, Precious não consegue continuar. Seu ritmo diminui para uma caminhada até ela se sentar no meio-fio, com a cabeça entre as mãos. Ela sente dores e reclama de se sentir enjoada. Não há área verde ao nosso redor além do acostamento recoberto de vegetação. Tudo o que nos rodeia são escritórios, armazéns, estacionamentos de caminhões, estradas largas para veículos de grande porte e portões fechados. É sábado, então não há trânsito nem trabalhadores. Apenas ela e eu. "Não acho que está muito mais longe, prometo a você", digo.

"Eu preciso descansar."

Por maior que seja o desespero para continuar, não posso e não vou deixá-la sozinha. Então espero com ela, segurando sua mão, examinando a estrada com nervosismo.

De repente, ouvimos um carro atrás de nós, o motor fica mais alto à medida que acelera. Estou de pé, puxando-a pelo braço, pronto para correr, aterrorizado que sejam meus pais nos caçando. Mas é de outra cor. Ele passa por nós, os pneus guincham enquanto vira em uma curva acentuada um pouco mais adiante na estrada.

"Onde você estava?", ela pergunta, ainda com dificuldade para respirar.

"Quando?", respondo, aliviando o músculo de minha panturrilha.

"No primeiro dia, quando você estava falando comigo naquele quarto, onde você estava?"

"No quarto ao lado", minto.

Ela pensa antes de responder. "Você estava falando comigo por baixo da porta. Você deveria estar no corredor." Não consigo pensar em outra mentira com rapidez suficiente. "O que você estava fazendo lá?"

"Eles me deixaram sair por alguns minutos."

"Como você sabia que havia um buraco na chaminé para descer?"

"Eu... eu..."

"E onde ficava a porta dos fundos? Você correu direto para lá."

Minha garganta seca. Ela me desvendou.

"Você mora naquela casa, não é?"

"Eu..."

"Quem era a mulher que nos levou?"

"Minha... minha mãe... mas você tem que me deixar explicar."

"Não, não, não..." Seus olhos estão arregalados de medo. E, sem me dar a chance de chegar a uma explicação, ela está de pé outra vez. A única pessoa que já me olhou com tanta traição no rosto foi George, depois que contei a mamãe e papai sobre seu amigo Martin. Minha aversão retorna com tudo.

Com uma erupção renovada de energia, Precious começa a correr ao longo da estrada, ao longo de uma curva acentuada e fora de vista. Disparo atrás dela, a cãibra na perna queima e distende o músculo a cada movimento. Quando viro a esquina, vejo-a outra vez e grito seu nome quando ela se aproxima dos semáforos.

"Me deixe em paz!", ela vira a cabeça e brada. E, mesmo a essa distância, posso sentir seu terror. Ela me pintou com as mesmas cores que usei para pintar meus pais.

"Espere, por favor", grito, minha dor aumentando. A cãibra está piorando e meu ritmo está diminuindo. Não consigo acompanhá-la. Agora, minha mente acelera pensando em como os próximos dias vão se desenrolar, como a polícia vai me procurar e como vou acabar na prisão se me encontrarem. "Por favor, espere!", repito, mas minhas palavras são em vão. Meu destino está selado. Apenas piorei minha situação.

"Não!", ela grita e se vira para olhar para mim mais uma vez. "Você é muito malv..."

Ela não termina a frase e vira a cabeça ao som do motor de um carro em rápido movimento. Ela é como um coelho preso nas luzes do farol quando o carro que passou por nós minutos atrás completa outra volta. Só que, desta vez, o motorista parece perder o controle porque atinge o meio-fio ao fazer a curva e, em seguida, a atinge com força suficiente para que seja erguida sobre o capô e acerte o para-brisa, antes de aterrissar no acostamento, como uma massa de membros retorcidos.

CAPÍTULO 48
MIA, 2019

Não sei o que fazer. Uma das minhas mãos está presa com firmeza a Sonny e a outra agarra a alça da mala dentro do tanque de armazenamento de diesel em desuso na garagem de Dave e Debbie. É definitivamente uma Portmanteau; tem o logotipo P vermelho em relevo no canto inferior direito e é idêntica às do sótão. E, assim como as outras, nesta também poderia caber o corpo de uma criança. De onde ela veio? Por que diabos Dave está com ela? Mas, ainda mais importante, há algo no interior?

Mais uma vez, sei que deveria ligar para Mark, mas algo me impede. Se estivesse assistindo a essa cena em um drama de TV, estaria gritando com a atriz que me interpreta para que chamasse a polícia e saísse de lá. Mas esta é a vida real, e, se eu estiver errada, mataria o que resta do meu casamento. Por mais que odeie viver com uma família em que não confio, não há como voltar atrás depois de envolver as autoridades. Finn seria de alguma utilidade se entrasse em contato com ele? Ou seus olhos permaneceriam vendados com relação a seu pai e o que isso poderia significar? Não tenho certeza. A única coisa que sei é que, se sair dessa garagem, essa mala não vai estar aqui quando voltar. As coisas têm o hábito de desaparecer com rapidez neste cômodo.

Tomo minha decisão. Tiro um cobertor de uma caixa e deito Sonny sobre ele. Ele bufa seu descontentamento, mas para antes de gritar. Então puxo a mala, estremecendo enquanto ela afeta meu pulso recém-curado, antes que enfim se solte. Está pesada, então sei que há alguma coisa dentro dela. Eu a coloco na minha frente, então solto lentamente as travas. Elas não estão rígidas como as do nosso sótão, que Finn precisou arrombar. Essa foi destravada mais recentemente. O coração dispara, e estreito os olhos enquanto levanto a tampa, preparada para o pior.

Mas no interior, e para meu alívio, não há um corpo. Não contém nada além de resmas de papel, algumas folhas presas com clipes, outras soltas. Eu afundo no chão, minhas costas contra a parede, tentando recuperar o controle do pulso. Dou uma olhada mais de perto nesses documentos, recibos e pedidos de importação e exportação de décadas atrás. Os nomes ligados à empresa são Kenneth e Moira Kilgour. Leva apenas um segundo para lembrar quem são — os antigos proprietários da minha casa e os cadáveres sem cabeça enterrados em seu próprio jardim por quarenta anos. Dave desenterrou tudo isso enquanto trabalhava na casa ou pegou anos atrás, quando estava talhando uma mensagem no rodapé? Nada disso faz sentido.

Há um endereço impresso nas faturas: uma unidade de armazenamento. É tão antigo que o código postal contém apenas duas letras e um número. O Google só reconhece a área, mas não exibe imagens da rua.

Arrumo a mala com cuidado e coloco tudo de volta dentro do tanque. Dave não pode saber que estive aqui de novo ou o que encontrei. Pelo menos não ainda. Não até que eu esteja pronta.

Pego Sonny, ainda resmungão, e começo a voltar para a porta quando uma bola de papel rosa fluorescente chama minha atenção, presa sob a roda da cadeira de escritório de Dave. Está ao lado de uma cesta de lixo de arame vazia, e presumo que sua falha em alcançar a lixeira passou despercebida. Como o cômodo está agora tão desprovido de qualquer outra coisa fora do lugar — exceto pela mala — a curiosidade me vence.

Eu a pego e a abro. É uma nota adesiva. Nela, há um número de telefone que foi rabiscado várias vezes. Mas, quando viro o papel, consigo entender. Também contém as iniciais CW.

Oculto meu número enquanto disco, e atendem em três toques. "Redação do *The Sun on Sunday*, Carole Watson falando", diz uma voz com sotaque do nordeste inglês.

Desligo rapidamente, reconhecendo seu nome no mesmo instante como a jornalista que escreveu a matéria sobre o caso do meu marido. Balanço a cabeça. Há apenas um motivo para Dave ter anotado o número dessa mulher. Ele ligou para ela. Ele era sua fonte.

Se Dave está disposto a fazer isso com seu filho, do que mais ele poderia ser capaz?

Presumo que esteja no endereço correto. Apenas quando saí do carro e olhei para baixo da colina que pude distinguir um conjunto de telhados de edifícios envoltos por árvores. Você deveria procurar de verdade esse lugar para encontrá-lo, como eu estou fazendo. Mesmo agora, não tenho certeza por que estou aqui ou o que espero encontrar.

Tiro uma foto do que vejo à minha frente e envio para Lorna, juntamente com o código postal e uma mensagem dizendo *Se acontecer alguma coisa. Explico tudo depois.* Não quero dizer a ela o que estou fazendo agora porque ela vai tentar me convencer a não fazer. De qualquer forma, ela nutre suas suspeitas e me liga imediatamente, mas não atendo a ligação.

Sonny está bem? Em vez disso, mando uma mensagem para Finn. Ele acha que estou fazendo compras. Ele responde um minuto depois com duas fotos — uma de nosso menino no carrinho, observando com atenção enquanto seu pai dá cenouras a cavalos em um campo. A segunda é dele dormindo no peito de Finn. Acho que Finn se incluiu de propósito na imagem para provocar um apelo emocional de ver pai e filho juntos. Por um momento indesejado, pergunto-me quantas vezes Finn tirou selfies com Emma e sua filha. Será que, em algum lugar em seu telefone, há uma pasta com nome falso que contém fotos dos três juntos? Uma pontada de ciúme me atinge antes que meu foco retorne.

Sigo até um portão de madeira. Não há fechadura, então ele se abre com um rangido, e começo minha descida por uma trilha de terra íngreme. Não é fácil lidar com a inclinação de salto alto, nem com os buracos. Tropeço duas vezes. Quanto mais me aproximo dos prédios, com mais insistência minha voz interior me implora para voltar. No entanto, outra voz — que me diz que preciso continuar até o fim pelo bem da minha sanidade — é muito mais alta.

Na parte inferior da colina, conto oito edifícios, todos separados uns dos outros, mas quase idênticos em tamanho e aparência. Eles são compostos de bases de tijolos com cerca de um metro e meio de altura e janelas emolduradas que alcançam telhados de ferro enferrujado e ondulado, parecendo barras de Toblerone. Presumo que seja um parque industrial incompleto de décadas atrás. A maioria dos edifícios está decadente, com janelas rachadas, calhas faltando e ervas daninhas gigantes crescendo de dentro para fora. Nenhum deles tem números ou placas.

Há uma exceção e estou contando que seja o lugar que vim encontrar. Ele também tem painéis de vidro danificados, mas foram remendados com fita adesiva. Dou uma olhada no interior, mas a sujeira está espessa dos dois lados. Limpá-los com a mão faz pouca diferença. Cercas-vivas sem poda e samambaias foram cortadas para permitir que um caminho acidentado chegue à porta. Está trancada.

Dou um passo para trás e avalio o lugar. Pergunto-me se Debbie sabe de sua existência. Ela é responsável pela contabilidade de Dave. Mas qualquer coisa relacionada à importação de malas foi propositalmente mantida fora dos arquivos principais e escondida. Então, vou dar a ela o benefício da dúvida. A maneira como ela negou tão enfaticamente que era a letra de Dave no rodapé me faz pensar que ela é tão cega — ou tão crédula — quanto Finn.

Dois outros lados do prédio estão recobertos por muita vegetação para eu poder dar a volta, mas, quando chego ao quarto, vejo o galho de uma árvore que cresceu através de uma janela e quebrou parcialmente o painel. Dave não deve ter notado, senão provavelmente teria consertado. Com cuidado, deslizo minha mão pelo buraco no vidro e busco a maçaneta. Depois de vários puxões, ela se abre. É um vão apertado, e, com o coração batendo forte, cuidadosamente entro pela janela aberta com a cabeça até chegar a uma mesa. Empurro meu corpo usando as mãos e a barriga até que esteja completamente dentro, então giro os pés até que atinjam o chão.

Está escuro aqui, mas iluminado o suficiente para notar camadas de pegadas fracas e frescas no chão sujo. Há uma mesa com roupas e garrafas vazias de álcool isopropílico, pacotes de lenços umedecidos e rolos de gaze. Há uma longa fila de prateleiras acompanhando o comprimento do edifício. Não consigo ver o que elas contêm, então me aproximo. Malas e mais malas estão alinhadas, empilhadas de lado, com um espaço entre cada uma.

A maioria está preservada sob embalagens de plástico, sobrecarregadas por décadas de poeira. Deve haver pelo menos uma centena delas. Avanço com cuidado e devagar, levantando alguns plásticos e espirrando quando inspiro muito rápido. Estendo minha mão nervosa e pego uma — para meu alívio, está leve. Cada uma é gravada com a logo da Portmanteau, um P vermelho. Continuo pegando caixas aleatórias apenas para me assegurar de que estão vazias até chegar ao final da fila e virar para um segundo corredor.

Está mais escuro aqui, então uso meu telefone para iluminar as prateleiras. Essas malas estão descobertas e ainda mais espaçadas. E há algo na frente de cada uma delas, formando pilhas pequenas e arrumadas. São roupas e sapatos infantis. Engulo em seco enquanto pego uma. Todas são embaladas a vácuo como as que vimos no meu sótão. Meu corpo quer se dobrar sobre si mesmo porque, mesmo sem olhar, sei o que há nas malas.

Eu as conto. São quarenta no total. As que estão no final têm menos poeira, sugerindo que são mais recentes. Deveria sair daqui, mas tenho que ir até o fim. Estendo a mão para pegar uma mala e a puxo para o chão. É pesada e, quando as travas se abrem, me preparo para o que estou prestes a testemunhar.

"Não acho que você deveria fazer isso", vem uma voz atrás de mim.

JOHN MARRS
TUDO EM FAMÍLIA

CAPÍTULO 49
DAVE

Mia solta um grito estridente e se vira com rapidez. Porém, ela perde o equilíbrio, e as pernas cedem sob o corpo como as de um cordeiro recém-nascido. Seu telefone cai da mão, mas a lanterna ainda está acesa, iluminando seu rosto. Antes de ter tempo para pensar em como ela vai interpretar isso, estendo minha mão para ajudá-la a se levantar. Mas é claro que ela está petrificada e, em vez de pegá-la, ela se desloca para trás. Mesmo neste edifício sombrio, seus olhos refletem claramente o medo que ela tem de mim. Então, eles correm pela sala como se estivessem procurando uma rota de fuga. Poderia dizer a ela que não há nenhuma; que este lugar foi construído antes que os regulamentos dos edifícios exigissem mais de uma entrada e uma saída. Poderia dizer que ela está encurralada, mas não quero assustá-la mais do que já estou assustando. A menos que precise.

Ela abre e fecha a boca com a mesma rapidez, repetindo a ação várias vezes antes de encontrar suas palavras. Elas são liberadas em rajadas curtas e agudas.

"O que... o que está... dentro das malas?", ela pergunta.

"Acho que você sabe a resposta para sua pergunta."

"Mas são muitas." Desta vez, não digo nada. Quando ela processa o que isso significa, fica previsivelmente chocada. "São todas crianças?", ela pergunta. Outra vez, permaneço quieto. "Quanto... quanto tempo faz que..."

"Mais do que me importo em lembrar."

"Por quê?"

"Não é algo que eu possa explicar, ou que você entenderia."

"E Debbie? Ela sabe?" Balanço a cabeça. "Mas e quanto aos corpos no sótão? Você é jovem demais para estar envolvido naqueles assassinatos."

O toque de um sino ressoa — é seu telefone, ela recebeu uma mensagem de texto.

"Deslize o telefone pelo chão até mim", digo.

Seus dedos envolvem o dispositivo, mas ela é rápida demais para que a impeça de jogá-lo na minha cabeça. Movo-me bem a tempo para que atinja uma prateleira, e, no mesmo segundo, ela se põe de pé e dispara pelo corredor. Ela não sabe para onde está indo, então disparo pelo terceiro corredor e a intercepto. Agarro seu braço, mas ela reage, mordendo e arranhando, cravando as unhas como um gato selvagem. Não quero machucá-la, realmente não quero, mas não consigo ver outra maneira, então uso a pouca força que me resta para golpeá-la com força no rosto. Ela perde o equilíbrio pela segunda vez, mas agora, ao cair, bate a nuca em uma prateleira e desaba no chão, seus olhos se reviram e depois se fecham.

Xingo em voz alta e me jogo a seu lado, colocando meu braço por baixo de sua cabeça e chamo seu nome repetidas vezes. Meu braço está úmido e, quando olho para ele, percebo que ela está sangrando por uma ferida na nuca. Tudo o que tenho para estancar é a camiseta que estou vestindo. Eu a retiro e a uso como compressa.

"Meu *Deus*!", grito contra a dor que surgiu no estômago. É tão aguda que tenho que olhar para baixo para me convencer de que Mia não me esfaqueou. Quero dobrar meu corpo e rolar pelo chão, pois isso está pior do que nunca. Em vez disso, mantenho-me firme pelo maior tempo que posso até que diminua, então me ergo de volta.

Debbie uma vez me disse em termos inequívocos que achava que Mia era como um câncer, corroendo esta família. No entanto, Mia não é o câncer. O resto de nós é que somos. E, um por um, todos nós arrancamos um pedaço dessa garota. Mas hoje é a vez de o câncer arrancar um enorme pedaço de mim.

O único aspecto positivo é que não vou ter que vê-la sofrer por muito mais tempo.

ꟷ
JOHN MARRS
TUDO EM FAMÍLIA

CAPÍTULO 50

MIA

Estou tonta. A parte de trás da minha cabeça está latejando. O que diabos aconteceu para me fazer sentir assim? Pisco e forço os olhos, observando meu entorno antes que ele me atinja com a força de um trem em alta velocidade. Lembro-me de tudo, de uma só vez.

Rápida como um flash, estou sentada no chão, mas não consigo me levantar porque há algo prendendo meus pulsos à perna de um banco. Estou ciente de uma espécie de compressa que está enrolada na minha cabeça. Quase posso alcançar para puxá-la. Seu tecido cheira a odor corporal e loção pós-barba barata.

Só então vejo Dave.

Começo a suar frio e agora sinto meu pulso latejando em ambas as têmporas, aumentando minha dor de cabeça. Eu o olho de cima a baixo enquanto ele se senta em uma cadeira perto de uma mesa. Seu rosto está levemente iluminado por seu telefone enquanto ele silenciosamente digita algo. Ele está sem camisa e me surpreendo como seu corpo está emagrecido. As línguas de suas botas de trabalho com bico de aço estão frouxas. Ele removeu os cadarços e os usou para me prender. Pergunto-me por que ele ainda não me matou.

"Como está sua cabeça?", ele pergunta, sem olhar para cima. Se não soubesse que era um assassino em série, poderia acreditar de verdade que ele está preocupado. Ele coloca o telefone com a tela para baixo sobre a mesa e se aproxima de mim com algo na mão. Encolho-me, relaxando um pouco os ombros quando reconheço que é uma lata. "Desculpe, não há água, é tudo o que tenho." Pelo cheiro, acho que é cerveja. Balanço a cabeça, e ele a leva embora.

Olho em volta, procurando uma possível rota de fuga. À frente está a janela pela qual entrei. É tentadoramente próxima, mas não sei como posso me libertar. De repente, sou tomada pela náusea. Viro o rosto para a direita e vomito no chão e na perna do meu jeans. Dave pega um jornal velho da mesa e cobre a bagunça que fiz. Em seguida, ele usa um pedaço para limpar o vômito da minha perna. Ele é gentil, que surpresa. Então, ele está me olhando nos olhos enquanto faz isso, acariciando-me como você faria com um gatinho, inclinando-se para mais perto. Afasto-me dele com respirações curtas e agudas, aterrorizada com o que ele pode fazer a seguir. Parece que ele me lê, enquanto recupera o controle sobre si mesmo e se afasta, voltando para a cadeira.

Estou assustada e frustrada pelo nível de controle que ele tem sobre mim. Os rostos de Sonny e Finn surgem na minha cabeça e quero chorar porque não sei se vou voltar a vê-los. Cometi tantos erros com meu bebê — não conseguir ajuda quando sabia que algo estava errado comigo, colocar minha necessidade de encontrar a verdade à frente de seu bem-estar —, e agora tudo indica que não vou ser capaz de fazer nada por ele. Minha imaginação vira em uma esquina sombria e avança para depois da minha morte, então sinto vontade de vomitar outra vez quando penso em Finn e Emma brincando de família feliz com meu filho e sua filha.

Então, meu medo abre caminho para a raiva. Estou irritada por me colocar nessa posição, mas estou mais furiosa com o homem que me mantém prisioneira. Minha vida vai acabar neste armazém; meu lugar de descanso final vai ser em uma mala em uma prateleira. Então, juro que se for morrer aqui, não vou facilitar para ele. Meu último suspiro será um grito.

"Por que você ainda não me matou?", pergunto. "Ou você só mata crianças?"

"Preciso que você saiba que sinto muito por tudo o que aconteceu", ele desabafa, que em seguida estremece e aperta o estômago. Ele toma um longo gole de sua lata. "Não era para ser assim", continua. Ele respira fundo e solta em um suspiro. "Fiz muitas coisas das quais não me orgulho."

Ele se empalidece outra vez. Não sei qual é o seu problema, mas está piorando. Ele vira as costas para mim para tentar esconder, mas sei que está apertando o estômago novamente.

"Como você as escolheu?", continuo, mas ele não diz nada. "Como você as matou? Elas sofreram? Elas sentiram dor? Foi isso que você fez? Você abusou delas antes de matar?"

"Cale a boca!", ele grita. "Claro que não! Eu nunca faria isso com uma criança."

"Mas você mataria uma."

"Eu não tive pais que se importavam comigo como você teve, Mia."

"Muitas pessoas não tiveram. Mas elas não fazem o que você faz."

Ele bebe a última gota da lata e, em seguida, puxa outra da gaveta da mesa e abre o lacre.

"Por quê, Dave? Apenas me diga, por quê? Me ajude a entender."

Ele balança a cabeça. Há tanta coisa que eu quero saber, mas há tão pouco que ele parece disposto a me dizer. Noto o grande número de latas vazias empilhadas ordenadamente sobre e sob a mesa e as muitas, muitas pegadas no chão perto da cadeira. "Você vem bastante aqui, não é? Por quê?"

"Para pensar."

"Sobre o quê?"

"Tudo."

"Por que você guarda os corpos aqui? Por que não os deixa em algum lugar para que seus pais os encontrem?"

"Os pais nem sempre merecem seus filhos."

Solto um bufo. "Essa decisão não cabe a você."

"Se alguém tivesse percebido que eu não deveria ter ficado com os meus, toda a minha vida poderia ter sido muito diferente. Não estaríamos onde estamos hoje."

"Por favor, Dave, chega dessa cena de 'ai de mim'. Já entendi. Finn me disse que eles eram drogados e que você praticamente se criou sozinho." Ele ergue uma sobrancelha como se estivesse surpreso que o filho pudesse admitir tal coisa sobre ele. "Você estava com ciúmes dessas crianças porque elas tinham algo que você não tinha?"

Ele balança a cabeça. "Todos nós fomos decepcionados", alega ele.

"Por quem?"

"Por aqueles que deveriam ter se importado."

"O que aconteceu com Precious Johnson?"

"Precious", ele repete, e a tristeza o domina como se estivesse imaginando o rosto de sua brilhante jovem colega de classe. Sua mão retorna ao estômago. É como se, cada vez que uma memória perturbadora surgisse, ela se desenvolvesse em uma dor física. Dave retira algo do bolso, segura na mão e olha para ele. E, por um longo momento, se perde. Por fim, vejo que é a fotografia que roubei do velório de Abigail Douglas e que ele deve ter tirado de onde a deixei, na minha jaqueta.

"As pessoas falam sobre como fariam as coisas de forma diferente se pudessem voltar a um momento de sua escolha", ele continua. "Mas não tenho certeza se poderia fazer melhor da segunda vez. Somos quem estamos destinados a ser. Não importa a decisão que tomei ou o caminho que escolhi, eu teria acabado aqui neste momento."

"O que você vai fazer comigo?" Apesar de tudo, minha voz falha. "Presumo que você não vai me deixar voltar para casa."

Ele termina o conteúdo de sua lata, a empilha conforme a ordem das outras e ergue os dedos na frente da boca como um campanário.

"Sinto muito, Mia, de verdade", ele diz antes de se levantar outra vez. Ele se aproxima de mim, mas desta vez a luz reflete em uma lâmina prateada. Reconheço que é a faca de caça da parede de sua garagem.

É o fim, penso.

Uso as pernas para chutar, tentando acertá-lo em qualquer lugar. Mas, apesar de sua aparência doentia, uma vida de trabalho manual o tornou forte. Ele monta em mim, prendendo minhas pernas sob as suas. Sinto o cheiro da bebida em seu hálito enquanto ele se inclina contra minha orelha e para por um segundo. Então, ele pega a faca e avança para o meu pulso.

Ele corta um dos cadarços que amarrava minha mão às prateleiras. Agora, ele volta para a mesa, mas permanece de pé.

Que armadilha ele está criando aqui para mim? Estendo a mão para desamarrar o outro cadarço, mas está apertado demais para que eu solte usando apenas uma das mãos. Olho para ele, mais confusa do que nunca.

"Você sabia que, na virada do século, os médicos acreditavam que uma consciência de culpa poderia se manifestar por meio de enfermidades físicas?", ele pergunta. "Ainda hoje, não foi provada que a hipótese é completamente falsa. Há dor e penitência do tamanho de um punho dentro do meu estômago, o que se desenvolveu em um câncer físico que está lentamente me matando."

Sou tomada pela surpresa. Minha reação imediata é dizer que sinto muito, mas paro quando percebo que é o que diria ao velho Dave. Eu não conheço este Dave. Este Dave não merece empatia.

"Quando você acaba de descobrir que está morrendo, você se pergunta 'Por que eu?'", continua. "Então, sua consciência lembra o quanto você permitiu que isso pesasse com décadas de remorso e você pensa, 'Por que *não* eu?'. Mia, eu quero que você saiba que tentei ser um bom homem, tentei de verdade. Tentei viver uma vida normal, sustentando uma família que amo. Deixei Debbie ter o bebê que ela sempre quis para que ela tivesse o final 'felizes para sempre' que merecia. Mas não foi suficiente. Falhei como marido e pai porque não sou como minha esposa ou meu filho. Então, este é o único jeito. Você me entende?"

Ele está falando por meio de enigmas. Percebo que Dave está chorando e agora eu também estou. "Acho que não", respondo.

Ele parece quase desapontado, como se estivesse contando que eu entendesse.

"A morte de uma pessoa pode significar o renascimento de outra", continua ele. "Esta é a única maneira para Finn e Debbie começarem de novo. Debbie tem sido tudo para mim. Ela me salvou, e agora devo fazer o mesmo por ela. Por favor, diga a eles que sinto muito pelo que fiz."

Dave pega meu telefone e o desliza pelo chão até mim. Ele para nas minhas pernas. "Ligue e peça ajuda", ordena Dave. "Os policiais da delegacia mais próxima vão levar cerca de quinze minutos para chegar até aqui."

Então, observo impotente enquanto ele pega a faca, a segura contra o pescoço e fecha os olhos.

"Não", suspiro, paralisada e atônita.

Depois de três respirações profundas, ele uiva enquanto usa as duas mãos para cravar a lâmina em sua pele e, em um movimento rápido, cortar a própria garganta.

JOHN MARRS
TUDO EM FAMÍLIA

CAPÍTULO 51

TRINTA E NOVE ANOS ANTES

Ele está atordoado, e é difícil entender suas palavras entre os soluços e arquejos.

"Não consigo te entender", afirmo. "Fale mais devagar."

Seu rosto está pálido como a neve. "Eu a matei... eu a matei... eu a matei...", ele repete sem parar. Estamos os dois ajoelhados ao lado do corpo de Precious, em busca de sinais de vida. Seus braços se projetam em ângulos irregulares, e ela está sangrando na nuca. Uso a palma da minha mão para tentar fazer o sangramento parar. É surpreendentemente quente sobre a minha pele e faz algo em mim formigar.

Por dois, talvez três segundos, os olhos se abrem, e ela o encara primeiro. Então, seus lábios se movem como se quisesse dizer alguma coisa. Mas tudo se fecha ao mesmo tempo, e é assim que permanece.

Olho ao redor para ver se consigo localizar um adulto que possa nos ajudar, mas é fim de semana, então o parque industrial está deserto. Há apenas nós três aqui agora: eu, ela e aquele que a deixou assim. A poucos metros de distância está o carro que, momentos antes, perdeu o controle e a atingiu, empurrando-a sobre o capô, sobre o para-brisas e para o acostamento em uma pilha emaranhada. O carro parou, e as quatro portas se abriram. Cinco pessoas saíram, e quatro correram em direções diferentes. A quinta, que estava ao volante, permanece aqui comigo.

"Sinto muito", diz o rapaz, ainda chorando. "Quando bati no meio-fio, não consegui manter o carro firme. Quando vi a menina, era tarde demais."

"Ela precisa de uma ambulância", respondo. "Você precisa conseguir ajuda."

Ele vira a cabeça de um lado para o outro. "Como?"

"Deve ter uma cabine telefônica por aqui em algum lugar. Encontre uma enquanto fico com ela."

"Tá legal, eu vou voltar, prometo", ele diz e acredito nele. "Sinto muito."

Enquanto ele corre e desaparece da vista, viro-me e olho para minha amiga. Não é apenas culpa dele que ela tenha ficado assim, é minha também. Se não fosse por mim, ela não estaria aqui tão machucada. Mas, por outro lado, também não estaria viva.

Esta é a primeira vez que vejo alguém morrer. Deveria me assustar, deveria estar tão em pânico quanto a pessoa que a atropelou, mas não. Sinto uma calma estranha e uma curiosidade mórbida. É assim que meus pais se sentem quando se cansam de brincar com as crianças *naquele quarto*?

Minha mão ainda está agarrada à parte de trás de sua cabeça quando, sem aviso, seus olhos se abrem outra vez e ela solta um grito agonizante. "Por favor, fique calma", imploro. "Alguém foi buscar ajuda. A ambulância vai chegar logo."

A expressão de Precious não contém nada além de ódio. Sinto-me corar, como se meu rosto estivesse queimando e eu quisesse arrancar a pele que cobre minha vergonha. "Você", ela consegue sussurrar entre suspiros. "Eu sei o que você é."

"Eu sou como você", respondo. "Sou apenas uma criança, como você."

Mas não sou convincente. Seu rosto estremece quando uma nova explosão de dor o percorre. "Você é igual a eles!", ela exclama.

"O que eles fazem não é minha culpa", alego. Mas sei que, às vezes, é.

"Vou dizer a todos que você é do mal."

Dou um passo atrás, triste demais por ela não conseguir me ver como realmente sou. Limpo os olhos com as costas das mãos.

"Por favor, não", imploro. Tudo com que sonhei de olhos abertos evapora assim — a gratidão de sua família por salvar a vida de Precious, convidando-me para morar com ela, frequentando a escola, fazendo mais amigos, não vivendo mais com medo —, tudo desapareceu em um piscar de olhos.

Levanto-me, e seu sangue escorre pela minha mão, pelas pontas dos meus dedos e pela minha calça jeans. Ergo-me diante dela. "Eu só estava tentando ajudar", lembro-a. "Eu queria salvá-la."

Tento fazê-la entender, mas ela não quer ouvir. E, agora, tenho medo do que vai acontecer quando o rapaz voltar e a ambulância chegar. Não posso voltar para aquela casa e não posso ir para a prisão, então não tenho escolha a não ser fugir. Disparo ao longo do caminho à frente, sem saber onde estou e para onde ir a seguir. Não há placas de trânsito, apenas grandes armazéns, postes de eletricidade marchando a distância e caminhões estacionados. Começo a acreditar que poderia me perder neste labirinto cinzento de concreto para sempre. É tão ruim quanto a prisão para a qual vão me enviar quando Precious contar a todos quem eu sou.

É nesse instante, quando estou no meu momento mais desesperador, que uma luz brilha sobre mim e me impede de seguir adiante. Olho para o céu, meus olhos cegos pelo sol, quando ele encontra uma abertura entre as nuvens. Este é um sinal, uma resposta aos meus problemas. Há uma maneira de salvar Precious e a mim também. Uma solução que serve para todos. E, depois de tudo pelo que passei, mereço uma chance de felicidade. Eu mereço isso. Não posso deixar Precious roubar de mim o resto da minha vida.

Eu me viro e volto até ela, pegando uma tábua de madeira de um palete quebrado descartado à beira do acostamento. Quando a alcanço, elevo a tábua acima de mim e espero por um momento, dando a ela uma última chance de mudar de ideia e me dizer que vai guardar meu segredo e que de fato temos uma amizade. Mas ela apenas grita.

Então, peço desculpas e, antes que ela possa se proteger, bato nela, uma, duas vezes e depois uma terceira até que algo se quebra. Eu a matei. E, ao fazer isso, salvei tudo. Eu, da exposição, para que possa continuar e ser quem quiser ser; ela, da culpa de sobreviver enquanto Abigail morreu. Ela nunca mais vai sentir dor física ou angústia mental, nunca mais vai temer o conhecido ou o desconhecido. Eu a libertei de si mesma. Eu *a salvei*.

Arremesso minha arma sobre uma cerca na direção de uma lixeira atrás de mim enquanto sangue fresco começa a escorrer de uma ferida à parte na lateral de sua cabeça. Escuto com atenção apenas para verificar se ela não está mais respirando.

Não era assim que queria que nossa jornada terminasse, mas foi a coisa certa a fazer. Ajoelho-me de volta ao lado dela, e o sangue formou uma auréola ao redor de sua cabeça. Ela parece tão serena e tão, tão bonita. Absorvo cada palmo desta cena, emoldurando-a e armazenando na memória. Desencurvo meus dedos para sentir o calor de seu sangue outra vez, mas os retraio com rapidez quando o motorista do carro reaparece, com o rosto vermelho e ofegante.

"Ela morreu?", pergunta.

"Acho que sim", respondo.

A frente de seu jeans escurece e percebo que ele está tão aterrorizado pelo que ele pensa que fez que se molhou. Sinto muito por ele. Também estou ciente de que preciso assumir o controle desta situação. "Você chamou uma ambulância?", pergunto, e ele acena com a cabeça. "Então, precisamos ir embora daqui." Ele me encara, intrigado. "Mas eu matei sua amiga."

"Ela não é mais minha amiga", retruco. "Se não formos agora, você vai ser preso. O carro... é roubado?" Ele confirma com um meneio de cabeça. "Então, vão acusá-lo disso, assim como de assassinato. Você quer passar o resto da vida na prisão?"

Ele balança a cabeça.

"Então, precisamos ir embora daqui. Qual é o seu nome?"

"Dave", ele responde.

"Me chamo Debbie." Então, eu o agarro pelo braço e o afasto de Precious. Agora, somos ele e eu correndo juntos. Para onde, ainda não sei. Mas, com Dave, já me sinto segura.

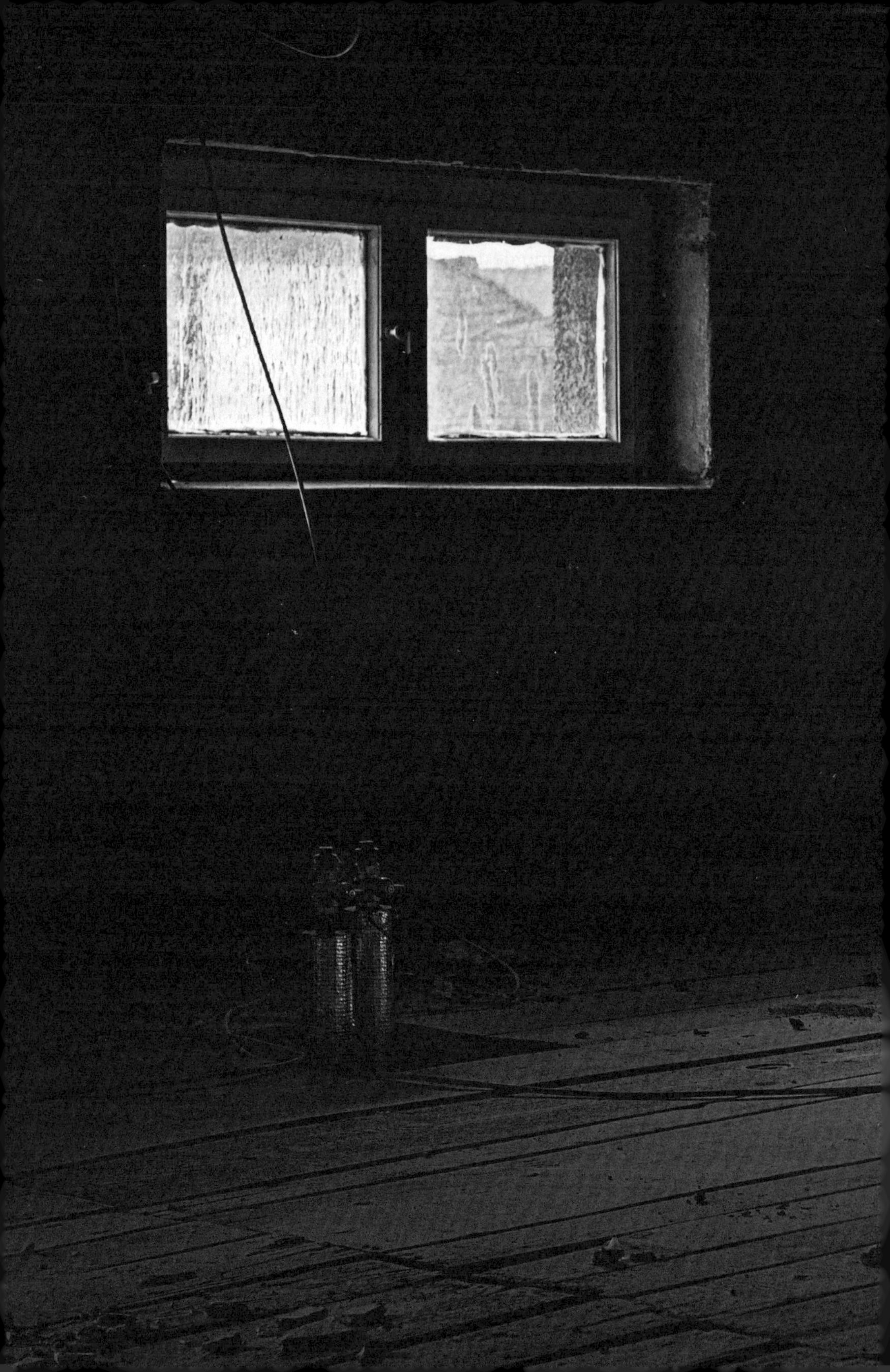

PARTE III

ALERTA DE NOTÍCIAS,
ANGLIA FREE PRESS

POR EMMA LOUISE BUNTING

O funeral do homem descrito como o assassino de crianças mais prolífico da Grã-Bretanha ocorreu em uma cerimônia privada.

David Hunter, de 55 anos, que admitiu ter causado a morte de pelo menos quarenta crianças ao longo de quatro décadas, foi cremado ontem, confirmou um porta-voz da polícia. Acredita-se que sua família não tenha comparecido.

Trinta e dois dos quarenta corpos de crianças escondidos em malas e descobertos no armazém de Hunter já foram identificados à medida que a investigação continua.

De acordo com um inquérito realizado na semana passada, ele tirou a própria vida durante um confronto com sua nora Mia Hunter, de 32 anos, que havia descoberto seus crimes. Ele usou uma faca de caça para cortar as principais artérias do pescoço.

Embora tenha sido amplamente relatado que Hunter acreditava estar sofrendo de câncer terminal, a autópsia revelou que sua doença era uma úlcera estomacal tratável.

CAPÍTULO 52
MIA, CINCO MESES DEPOIS, 2020

Respiro fundo enquanto me aproximo da casa de Debbie pela calçada. Depois de todos esses meses longe, a mera visão deste lugar me enche de apreensão. Não consigo me lembrar de um momento de prazer que tive aqui. E saber que vivi sob o mesmo teto que Dave, alguém capaz de tamanha maldade, torna minha antipatia por ela ainda mais intensa.

Não sei como Debbie voltou para cá quando a polícia devolveu as chaves. Eu nunca mais teria posto os pés nesta casa. E disse ao Finn que estava relutante em deixar que Sonny a visitasse. Mas ele continua me recordando de que, nos cinco meses em que a equipe forense da polícia passou examinando aquela casa e o jardim, não encontraram corpos nem a mínima prova que sugerisse que qualquer uma das quarenta vítimas já esteve lá. No entanto, ainda fico desconfortável.

Não é possível ver a entrada desde que os novos portões foram instalados. Mas, deste ângulo, ainda é possível ver o cascalho sob ele e as marcas tênues de fogo, onde justiceiros atearam fogo na van de Dave.

A última vez que Debbie e eu ficamos cara a cara foi na delegacia, dois dias depois que ele se matou na minha frente. Para uma mulher com suas deficiências, ela era surpreendentemente ágil enquanto me chutava e batia com sua bengala até que os policiais a arrastaram para uma cela.

"Você o matou!", ela gritava. "Você o matou! Cadela assassina!"

O detetive Mark Goodwin me perguntou depois se eu queria prestar queixa contra ela por lesão corporal, mas recusei. Por mais que deteste essa mulher, Debbie precisava de alguém para culpar pela morte de Dave, para que ele nunca fosse o culpado. Cinco meses se passaram, mas a opinião dela sobre mim não mudou. Sempre vai ser minha culpa. O fato de que ele se matou em vez de confessar publicamente todos aqueles assassinatos de crianças escapou dela.

Sonny fala consigo mesmo e mastiga uma girafa de borracha projetada para os dentinhos de bebês enquanto carrego sua cadeirinha. Ele completou um ano e viveu até agora a maior parte de sua vida com os pais separados, e, embora isso me entristeça, sei que é o melhor. Juntos, Finn e eu não damos mais certo. Brincamos de ser uma família feliz por algumas horas no dia de Natal, passando juntos pelo bem de Sonny, mas, assim que terminou, voltamos à nossa nova rotina.

Estou aqui, mando uma mensagem para Finn, e, momentos depois, os novos portões se abrem, e ele aparece, subindo pela entrada até se aproximar de nós. Saio do carro e pego a bolsa do Sonny. Contém sua comida entre coisas como fraldas e roupas sobressalentes.

Por um momento, pego-me olhando para Finn como na noite em que nos conhecemos no bar em Londres. *Meu Deus, ele é bonito*. Naquela época, ele estava em um relacionamento com Emma que, como se viu, nunca terminaram. Agora, estão oficialmente juntos outra vez. Ele mora com ela e a filha há algumas semanas, uma reconciliação que previ em silêncio, mas que ainda parecia um chute nos dentes quando chegou. Ele capta meu olhar persistente.

"Você está bem?", ele pergunta.

Desloco meu olhar e aceno com a cabeça. "Troquei a fralda há uma hora, o almoço e o jantar dele estão nos potes azuis e estou tentando cortar a soneca matinal antes de começar a ir para a creche. Então, não o deixe dormir por muito tempo."

"A que horas devo deixá-lo?"

"Começo meu novo horário nesta semana, então por volta das 17h45, se os trens estiverem funcionando bem." Ofereço uma bandeira branca. "Você pode ficar e dar banho nele, se quiser."

"Adoraria, mas não vai dar", ele diz, o que traduzo como "Tenho um compromisso com minha outra família". Às vezes, ainda o odeio pelo que fez conosco, mas tem hora que, depois de tudo o que aconteceu, me sinto a mulher mais sortuda do mundo por me livrar dessa família.

"Como está Chloe?", pergunto.

"Ela está bem", afirma ele.

"E Emma?"

"Ela está me apoiando."

Isso foi algo que lutei para fazer após o suicídio de Dave e uma grande parte do motivo pelo qual Finn e eu nos separamos. Não conseguia fingir lamentar a morte de um homem que assassinou tantas crianças, mesmo que fosse o pai do meu marido e Finn estivesse sofrendo. Era impossível, e nós dois sabíamos disso.

"E quanto a Debbie?"

"Ela está lutando", explica ele, "mas não está fazendo muito para ajudar a si mesma. Você sabe como os pais podem ser teimosos."

Sim, eu sei, porque voltei a viver com os meus e, com a exceção da tarde do dia de Natal, eles se recusam de toda forma a deixar Finn entrar pela porta. Eles finalmente voltaram para a Inglaterra um dia após a morte de Dave. E não foi cedo demais. Eles rapidamente colocaram a mão na massa e alugaram um imóvel para todos nós ficarmos a alguns quilômetros daqui, longe o suficiente para eu não esbarrar em Debbie, mas perto o suficiente para Sonny ver seu pai. Nunca pensei, nem por um momento, que seria uma mãe solteira na casa dos trinta, contando com mamãe e papai para colocar um teto sobre minha cabeça, mas foi assim que a sorte decidiu. Não estou me preocupando com isso porque não vai ser assim para sempre. E, para ser sincera, estou gostando de ser mãe.

"Suponho que Debbie ainda me culpe por tudo." Olho para a janela do quarto dela enquanto ele olha para seu tênis Converse. *Eu dei a ele de presente de aniversário*, penso. *Na verdade, comprei a maior parte do que você está vestindo. Será que Emma sabe disso?*

Por fim, ele acena com a cabeça.

"Você não acha que ela está sendo injusta?"

Mais uma vez, ele concorda. Silenciosamente, pergunto-me o quanto ele tentou me defender dela ou se ele permanece tão escondido como sempre por baixo de sua saia.

"Você não é culpada pelo que papai fez", ele acaba por dizer.

"E como você está lidando com as coisas?"

"Você sabe", ele responde, mas não sei. Nós não falamos muito sobre Dave desde os momentos que se seguiram. Mas ainda me importo com a forma como Finn está processando tudo. Ele se estica em direção ao filho e beija sua cabeça, efetivamente encerrando nossa conversa.

"Me prometa uma coisa", digo antes que ele vá. "Me prometa que você vai buscar a ajuda de alguém que entende do assunto."

"Não me lembro de você fazer isso quando Sonny nasceu."

"Mas busquei no final. Você precisa de alguém com quem conversar, alguém qualificado que possa te ajudar a lidar com o que está passando."

"Acho que não existem muitos terapeutas por aí cujos pais sejam assassinos em série de crianças", ele argumenta.

"Você sabe o que eu quis dizer."

Ele dá de ombros. "Eu tenho Emma, ela entende." Não sei se foi uma alfinetada deliberada ou acidental. De qualquer forma, machuca, mas não tanto quanto antes. "E você? Ainda está se consultando com uma terapeuta?"

Faço que sim com a cabeça. Entretanto, não digo a ele em quem mais eu confio.

Nós nos despedimos, e volto para o meu carro. Observo enquanto ele joga a mochila de Sonny por cima do ombro e o carrega em direção à casa. E, quando os portões se fecham, percebo algo. Sempre que seguimos caminhos separados, geralmente derramo uma lágrima ou duas pelo que perdemos. Mas não hoje. Hoje, estou estranhamente otimista.

JOHN MARRS
TUDO EM FAMÍLIA

CAPÍTULO 53
DEBBIE

Olhe para ela, flertando descaradamente com meu filho como se não estivesse tomada de segundas intenções. Posso dizer que ela o quer de volta pela maneira como brinca com o cabelo e inclina a cabeça enquanto Finn fala, dando a ele total atenção. Ela é devassa de uma forma tão indecente que sinto nojo. Poderia muito bem estar lá com a calcinha abaixada até os pés. Ela permanece com a perseverança de uma afta. Espero apenas que Finn seja forte o suficiente para enxergar por trás dessa fachada.

Permaneço imóvel no quarto que compartilhava com meu marido, escondida atrás das persianas de madeira, observando. Não aguento dormir aqui sozinha, então na maioria das noites fico em um dos quartos vagos. Há uma foto emoldurada aqui de mim e Dave juntos em uma prateleira, a única do dia do nosso casamento e a única foto que tenho dos meus avós. Quero pegá-la e jogá-la na parede. Em vez disso, bato os punhos com a força que meu corpo debilitado permite e, mesmo estando sozinha, suprimo meu desejo de gritar a plenos pulmões. Meus sentimentos em relação ao meu marido mudam de um dia para o outro. Sofro por ele na maior parte do tempo, mas neste momento o odeio por ter me abandonado.

Por que ele se matou quando poderia ter matado Mia com tanta facilidade? É uma pergunta que não consigo parar de fazer a mim mesma. Ela estava presa em um armazém que apenas ele e eu sabíamos que existia. Era improvável que seu corpo sequer fosse encontrado. Ele poderia ter se safado disso. Então, por que sacrificou a própria vida pela dela? O que ele estava pensando? Será que ele morreu para me proteger como sempre disse que faria ou essa era sua maneira de forçar minha mão a parar? Minha última morte foi aquele garoto no campo há dois anos, mas, como minhas atividades não eram mais discutidas, Dave não devia saber disso. Ao tentar salvar Mia e me proteger, ele destruiu tudo.

Por meses após sua morte, caminhava em círculos pelo quarto do hotel onde fui forçada a ficar, tentando imaginar seus momentos finais e o que Mia deve ter dito a ele para levá-lo a tais extremos. Li o depoimento dela à polícia várias vezes e não acredito em nenhuma palavra. Essa mentira de câncer... apenas prova até onde ela está disposta a mentir para mascarar o que de fato aconteceu no armazém. Mas o desconhecimento está me consumindo. Não posso perguntar a ela sobre o assunto porque, em primeiro lugar, ela mentiria e, em segundo lugar, não posso sequer aguentar estar na mesma sala que ela. Se estivesse, encontraria uma maneira de matá-la com minhas próprias mãos pelo que ela fez.

Por mais que tente, não consigo me lembrar de Dave no último dia em que estivemos juntos. Não me lembro das roupas que ele estava vestindo, se me deu um beijo de despedida, o que comeu no café da manhã ou o que conversamos. Não tive a oportunidade de enquadrá-lo e retornar a ele quando quisesse. Sim, passamos décadas juntos, mas, em nenhum instante, eu o ancorei a um momento ou lugar. E odeio Mia por me privar disso também.

Tiro o telefone do bolso e olho para a última mensagem que Dave me enviou, momentos antes de sua morte. Imperfeita com seus erros disléxicos, sei por que ele a enviou. Ele sabia que seria descoberto pela polícia e, portanto, ajudou a me isentar da investigação. Não sei por que preciso ler de novo, já a sei de cor.

Minha quirida Debbie. Sintu muinto. Nunca quiz machucar ninguém. Mas agora eu não tenhu escolha. Passei minha vida cuidano d você, então me deixa fazer 1 última coisa pra protejer você e meus Finn. Por favor me perdoue. D, bjs

Se ao menos Dave tivesse cogitado a ideia de imaginar como nosso mundo *poderia* ser sem Mia... Mas ele era mais frágil do que eu. Depois que as vítimas dos meus pais foram encontradas no sótão, ele continuou se preocupando que a polícia descobrisse uma ligação comigo. Ele bebia mais, comia menos, e seu peso despencou. No entanto, era mais fácil fechar os olhos para isso do que confrontá-lo. Então, não disse nada. Queria poder voltar no tempo.

Vez ou outra, lá fora, a cabeça de Mia se inclina para cima. De início, acho que ela localizou o drone de outro jornalista antes de perceber que está olhando na minha direção porque sente que a estou observando. Tenho certeza de que ela quer mesmo que eu a veja com Finn, essa putinha.

Mia enfim retorna ao carro e vai embora. O que eu não daria para que um caminhão em alta velocidade colidisse com ela agora. Podemos não ter ficado cara a cara em meses, mas ainda a tenho sob a minha mira. Com mais frequência do que ela imagina.

Finn continua tentando me convencer de que o suicídio de Dave não foi culpa dela, mas nunca vou ver dessa forma. É por causa de Mia que sou viúva, que sou difamada toda vez que saio de casa, que a van de Dave foi incendiada na entrada da nossa casa, que minha doença agora está tão ruim que não consigo nem pegar nenhum dos meus netos sem medo de perder o equilíbrio e derrubá-los. Tomar banho e me vestir está me tomando cada vez mais tempo, e a dor contínua nas pernas está se espalhando para os músculos das costas. Meu médico admite que o estresse provavelmente desencadeou o declínio da minha mobilidade.

Mia é culpada por tudo isso.

Lembro-me de ter visto Mia e Sonny no gramado no verão passado; ele devia ter apenas algumas semanas de idade e estava deitado na toalha xadrez de piquenique, sob a sombra de um guarda-sol. O braço de Mia ainda estava engessado. Mesmo assim, ela estava apenas brincando de ser mãe. Ela estava cumprindo com as tarefas de amamentá--lo e trocá-lo, mas não havia nenhuma das pequenas ações implícitas — acariciar suas bochechas, esfregar o nariz, brincar com os dedos dos pés — que revelam o amor de uma mãe por seu bebê. Ela era, e continua sendo, tão fria quanto um inverno antártico. Agradeço a Deus por enxergar apenas as feições de Finn quando olho para Sonny. Se ele se parecesse com ela, sinceramente acho que relutaria em estar perto dele tanto assim. Nem sequer pude passar o primeiro Natal de Sonny com ele porque ela insistiu que o celebrassem na casa dos pais dela. E eles mal conheciam o menino!

Aquele detetive de quem Finn não gosta perguntou se eu queria que a polícia devolvesse algumas das provas apreendidas, incluindo as caixas da garagem. Eles não sabem que Dave removeu e destruiu qualquer coisa incriminadora depois que as câmeras de segurança internas gravaram a primeira visita de Mia.

Mia cometeu muitas gafes, uma depois da outra. Ela vasculhou uma caixa de cadernos antigos danificados pela umidade, os dois primeiros pertenciam a Dave, mas o resto era meu, que meu avô havia trazido da casa de meus pais. Mia, sem saber que uma inundação havia apagado os nomes dos meus livros, deduziu que todos eram de Dave. Então, fazendo as contas desse erro, convenceu-se de que a caligrafia dele correspondia à mensagem gravada no rodapé, quando, na verdade, era a minha letra. Embora não fosse disléxica como Dave, a educação domiciliar do papai se concentrava mais nas artes do que no básico, como a caligrafia.

Se ao menos me lembrasse de ter escrito a mensagem, talvez nada disso tivesse ocorrido. Mas tanta coisa aconteceu naqueles dois dias — pensei que minha mãe e meu pai iriam me matar, resgatei Precious, pensei que a tinha matado, conheci Dave e recomecei minha vida com meus avós —, então não é surpreendente que eu tenha esquecido.

No entanto, a derrocada final de Dave foi esquecer a mala de faturas escondida no tanque de diesel. Se as tivesse destruído, Mia nunca teria descoberto o armazém. No final, todos nós respondemos pelos nossos erros de uma forma ou de outra.

Finn me diz que a saúde mental de Mia está melhorando. Ela está se consultando com uma terapeuta para tratar sua depressão pós-parto e também foi diagnosticada com transtorno de estresse pós-traumático, aquela doença da moda que as celebridades culpam por seu mau comportamento. Ela pode enganar meu filho e sua psiquiatra idiota, mas não vai me enganar. É óbvio o que ela está fazendo. Você não precisa ser picado por um escorpião para saber que ele pode matar. Ela está inventando doenças em busca de empatia.

Emma e meu filho sempre combinaram de uma forma muito mais natural. Mas eles vão precisar da minha ajuda se quiserem continuar assim. Conheço Finn melhor do que ele conhece a si mesmo e posso dizer quando não está se dedicando de corpo e alma a alguma coisa. Temo que ele esteja apenas cumprindo com as expectativas de Emma. Ele precisa ser paciente e dar tempo aos dois e, por fim, ele vai ver o que eu faço. Ela é complacente, dedicada e facilmente maleável. Relacionamentos são construídos sobre bases muito mais fracas.

A pequena Chloe nunca questionou minha aparição repentina em sua vida e se adaptou com facilidade. No entanto, estou ciente de que somos estranhas uma à outra. Perdemos quatro anos da vida uma da outra, e não sei como podemos compensar esse tempo.

Uma corrente de ar da abertura da porta da frente roça a parte de trás do meu pescoço, e, por um momento, imagino que seja a respiração de Dave. Então, sinto seus braços ao redor da minha cintura, seus lábios pressionados suavemente contra minha orelha, dizendo que me ama e que, apesar de tudo, sou uma boa pessoa. A raiva momentânea em relação a ele lentamente começa a evaporar. Mas sei que amanhã vai voltar. Sempre volta.

A risada de Sonny ecoa pela casa e traz um sorriso raro ao meu rosto. Saio do quarto e lembro a mim mesma como tenho sorte por tê-lo, considerando as circunstâncias em que chegou sem aviso.

Meu único arrependimento — além de causar os eventos que levaram ao desaparecimento de George — foi sacudir a escada de Mia para que se distraísse e não pedisse que Finn abrisse aquelas malas. A descoberta delas foi uma surpresa para mim tanto quanto para todos os outros, e eu entrei em pânico.

Quando descobri que aquela casa estava para ser leiloada, sabia que tínhamos que comprá-la. Finn não tinha ideia de que tinha sido minha casa por um tempo. O plano era que Dave a reformasse, e nós a venderíamos para ganhar uma boa margem de lucro. E poderíamos eliminar quaisquer segredos que permanecessem sob seu teto quando os encontrássemos. Mas, quando Mia fez aquele escarcéu por querer a casa para ela e Finn, não tivemos escolha a não ser deixar que a comprassem.

Pelo menos com Dave gerenciando o projeto, poderíamos ficar de olho nele. No entanto, eu não tinha ideia sobre o cômodo secreto no sótão. E, quando vi as malas lá dentro, era óbvio o que havia dentro delas.

Se Mia e Finn não estivessem lá, eu poderia ter avisado Dave e poderíamos tê-las levado para outro lugar. Mas lá estavam eles, e eu entrei em pânico. Sacudir a escada deveria apenas assustar Mia e fazê-la descer, mas, em vez disso, ela perdeu o equilíbrio e caiu.

Eu teria me perdoado se tivesse machucado Sonny para salvar o resto da minha família? Me fiz muitas vezes essa pergunta, e a resposta é sempre a mesma — sim. Na época, ele era apenas um aglomerado de células borradas e pixelizadas em uma tela de ultrassom, uma impressão em um pedaço de papel. Não o havia abraçado, enxugado suas lágrimas, observado sua personalidade se desenvolver ou começado a amá-lo. Agora que ele é um ser humano vivo e com fôlego, vou fazer tudo o que for necessário para protegê-lo. Assim como fiz com Finn.

Qualquer coisa. E isso significa salvá-lo de Mia. Não vou deixar que ela tire mais ninguém que amo de perto de mim.

*UMA ENTREVISTA COM A PSICÓLOGA EMILY DICKS,
RETIRADA DO DOCUMENTÁRIO DA AMAZON PRIME*
EU ME CASEI COM UM SERIAL KILLER

Há uma vítima que todos nós parecemos esquecer nesta história terrível — Debbie Hunter. Quando o homem que ela amou por mais de quarenta anos tirou a própria vida, ele a abandonou à condenação da imprensa e das redes sociais do mundo. É improvável que ela e seu filho Finn escapem de seu legado. Mas a verdadeira pena é que essa mulher — essa personagem trágica —, que vivia sob o mesmo teto que ele, não enxergou do que ele era capaz.

Acredito que ela possa estar sofrendo de um transtorno psicológico denominado *folie à deux*. É uma psicose compartilhada por pessoas com um vínculo emocional muito estreito. Ela permite que a crença delirante seja transmitida de uma pessoa para outra. Desde que se conheceram, em uma idade muito jovem e impressionável, Dave começou a tomar o controle e fez essa mulher crédula acreditar que eram um casal normal. E a submissão dela alimentou o desejo de controle dele. Tudo o que ela queria fazer — tudo o que ele a *treinou* para fazer — era apoiá-lo em seus esforços, como abrir seu próprio negócio. Mesmo que fosse responsável por suas contas, ela não questionava por que ele não conseguia nenhum dos contratos, pelos quais tinha reuniões fora da região, que era quando ele estava na verdade sequestrando e matando crianças. Ela apenas aceitava as viagens dele porque ele a havia ensinado a não suspeitar de nada.

Um exemplo bem conhecido desse comportamento pode ser encontrado no caso do dr. Harold Shipman e sua esposa Primrose. Ela se recusou firmemente a acreditar em qualquer coisa negativa sobre o marido ou nas duzentas mortes em que ele estava envolvido.

Debbie, desde então, alegou aceitar a culpa do falecido marido, mas, como a sra. Shipman, ela passou a vida incapaz de enxergar os crimes dele. É mais provável que Debbie esteja fingindo acreditar nesse conceito. No entanto, acredito que devemos lamentar, não ridicularizá-la.

CAPÍTULO 54

FINN

Mamãe desce as escadas quando me ouve brincando de esconde-esconde com Sonny. Ela fica surpresa por ele já estar aqui e finge que não estava me observando conversar com Mia lá fora. Não a repreendo por isso porque ela é como uma arma carregada, pronta para disparar sempre que menciono o nome de Mia. Mesmo que mamãe tenha conseguido o que queria e eu esteja com Emma de novo, ela ainda está preocupada que Mia e eu encontremos o caminho de volta um para o outro. Tenho certeza de que é por isso que ela continua insinuando que Emma e eu deveríamos pensar em ter outro bebê, além de perguntar quando Mia e eu planejamos nos separar legalmente.

Sonny ri outra vez e bate os braços rechonchudos descontroladamente quando vê a vovó. Ele é o único que pode animá-la quando ela está fora de controle, o que acontece com certa frequência nos últimos tempos. Não posso culpá-la. Sua vida inteira foi dilacerada, e ela perdeu o único homem que já amou. E, embora nada disso seja culpa de Mia, nossa família implodiu por causa do que ela fez.

Por mais que ainda a ame, gostaria que ela tivesse deixado as coisas em paz. Se Mia não tivesse interferido, eu ainda teria um pai, Sonny teria um avô e não seríamos a família mais odiada do país. Mas, ao contrário de mamãe, não penso muito no que ocorreu. Papai tomou suas próprias decisões, e culpar Mia não vai mudar nada. Então, para seguir em frente, deixei pra lá.

Quando pergunto à mamãe se ela gostaria de abraçar Sonny, ela balança a cabeça. Presumo que seja por causa da doença. Isso consome sua força, o que a envergonha. Ela não consegue mais caminhar ao longo da casa sem uma bengala, e às vezes sua fala fica arrastada. Ela está macérrima porque não está comendo direito e está pálida porque não se expõe tanto à luz solar. Tudo o que ela faz é ficar dentro de casa, com os olhos vidrados na televisão, mas raramente presta atenção a qualquer coisa que estiver passando. Ela está morrendo na minha frente, prisioneira desta casa.

Na última vez que ela saiu em público, tive que resgatá-la da Tesco depois que um grupo de pessoas começou a atirar frutas nela em um corredor, gritando "assassina de crianças". Ela também enfrentou assédio no banco e em seu carro, esperando no semáforo. Mesmo que implorasse para que não fosse, ela insistiu em participar do julgamento do papai, onde uma multidão furiosa composta de parentes das crianças mortas gritava com ela nos degraus. Até a maior parte da correspondência são mensagens de ódio.

"Está com fome, garotinho?", mamãe pergunta a Sonny.

Abro o bolso maior da bolsa de Mia e começo a tirar a comida que ela fez.

"Ele não vai comer esse lixo processado que ela colocou", mamãe dispara e, assim que o coloco em sua cadeirinha, ela se arrasta para a geladeira, pega uma pequena porção de caçarola de frango caseira, aquece no micro-ondas, depois se junta a ele na mesa da cozinha e ajuda a pôr comida em sua colher.

Mais cedo, Mia me perguntou como eu estava e sugeriu que eu deveria encontrar algum profissional para conversar assim como ela. Disse a ela que tinha Emma, mas isso é uma meia-verdade porque não posso falar com ela sobre o que minha vida se tornou. Há coisas que sei que não posso contar a ninguém. E não seria justo começar a descarregar tudo sobre Emma. Ela já se sente culpada por associação porque está vivendo com o filho de Dave Hunter. Os grupinhos de mães na porta da escola passaram a evitá-la, e Chloe não é mais convidada para as festas de aniversário. Recentemente, ela completou 5 anos e continua nos perguntando se temos certeza de que o vovô morreu porque uma garota de sua turma lhe disse que ele costumava comer crianças. Parte meu coração ouvir o quanto ela está assustada. Pelo menos Sonny é jovem demais para saber que somos os párias da sociedade.

Não vou mentir — sinto uma falta insana de Mia. Mas nosso relacionamento é o que é agora, e nós dois concordamos que coisa demais aconteceu para que ficássemos juntos. E é porque luto para funcionar por conta própria, porque preciso estar cercado pelo familiar, que voltei a me relacionar com Emma. Sou um idiota egoísta por usá-la, mas talvez ela esteja fazendo o mesmo comigo. Talvez ela precise ser a metade de um casal para se sentir completa. Ou talvez ela me ame tanto que fecharia os olhos para qualquer coisa que eu fizesse. Um dia, talvez eu tenha que testar essa teoria.

Tentei me manter discreto desde que as acusações contra papai se tornaram notícia internacional, mas é difícil quando os *paparazzi* estão acampados do lado de fora da sua porta, ou tirando fotos suas enquanto você está trabalhando. Perdi metade dos meus contratos e estou pensando em ir para a Arábia Saudita trabalhar por um tempo. Um amigo de um amigo disse que pode me arranjar um emprego em um novo complexo hoteleiro. Não quero deixar mamãe nem meus filhos, mas minhas opções estão se esgotando.

Olho para Sonny e me pergunto, se eu aceitasse o trabalho, conseguiria ficar sem ele por seis meses? Ele está tão feliz e despreocupado, sentado lá com os restos da caçarola de mamãe espalhados entre os dedos e derramados em seu rosto. Não sei o que vou contar a ele sobre seu avô quando tiver idade suficiente para entender. Mas, se eu não disser nada, outra pessoa vai dizer.

Tudo o que quero é que ele seja capaz de desfrutar de sua inocência pelo maior tempo possível e não ter sua infância corrompida. Não quero que ele cresça como eu cresci.

JOHN MARRS
TUDO EM FAMÍLIA

CAPÍTULO 55
MIA

O detetive Mark Goodwin já está me esperando em uma mesa na cafeteria do centro de jardinagem quando chego. É seu dia de folga, então está vestido de forma casual com uma camiseta branca, moletom cinza, jeans escuro *skinny* e um par de tênis Adidas. Eu gostei. Cada vez que nos encontramos, sempre me surpreendo quando ele está vestido como civil. É como ser uma criança e encontrar por acaso um professor no fim de semana. Você esquece que eles têm vida para além de seus empregos e uniformes.

"Oi!", ele cumprimenta com um sorriso e se levanta. Damos um beijo na bochecha um do outro, e sinto seu cheiro. Finn se banha com desodorante corporal Lynx, como um adolescente atrás de uma garota. Mas Mark é um homem que usa perfume, e eu imediatamente percebo notas de cedro e sálvia em sua loção pós-barba. E, por um momento, fico relutante em me afastar.

"Desculpe o atraso", respondo, e ele estende a mão para me convidar a sentar. Há um bule de chá na mesa e duas xícaras ao lado de uma jarra de leite. Ele também comprou dois cookies porque se lembrou de que tenho uma queda por doces. Estou lisonjeada.

"Sem Sonny hoje?", pergunta enquanto serve uma xícara para nós dois. Observo suas mãos. O trabalho de Finn faz com que as dele sejam ásperas e calejadas e suas unhas sempre estejam sujas. As mãos de Mark estão limpas, e, por um momento, quero sentir sua maciez sobre as minhas.

"Ele está com os avós", respondo.

"Ah, estava ansioso para vê-lo outra vez." Ele abre uma bolsa transversal a seus pés e a desliza sobre a mesa. "Não é nada de especial", afirma ele, com o rosto avermelhado. "É um trator de brinquedo porque você me disse da última vez o quanto ele gosta deles."

"Isso é muito gentil da sua parte."

Algo silencioso e não totalmente desagradável borbulha dentro de mim enquanto me pergunto como Mark ainda está solteiro. Lorna pensou o mesmo quando confessei a ela nossos encontros. Ela disse que eu deveria tomar a iniciativa, pois Mark claramente está interessado. Estou tentada, mas não posso me envolver em algo novo enquanto não souber que algo antigo — ou seja, Finn — saiu completamente da minha vida. Mas certamente estou indo na direção certa.

"É estranho quando Sonny não está com você?", ele continua. "Sei como é quando levo meu filho de volta para a casa da mãe depois de ficar com ele por longos fins de semana. Sinto muita falta dele."

"Estou me acostumando com isso. Ele tem 1 ano agora, então não posso ficar com ele o tempo todo, principalmente por estar voltando a trabalhar em Londres duas vezes por semana."

Ele assente. "Pensei em pedir uma transferência para a polícia de Londres há alguns anos, apenas pela experiência. Mas não gostei de me deslocar todos os dias, e meu salário não cobre um lugar decente para viver por lá."

"Não percebi o quanto senti falta disso", admito. "Mas é muito diferente de como era antes. Muitos dos meus amigos ainda estão solteiros, e mesmo que ache que também estou agora, Sonny me faz voltar para casa. E não tenho esse desejo de sair à noite, beber e ser encarada por estranhos."

"Isso ainda está acontecendo?"

"Sim, até aqui. Há uma mulher idosa, umas quatro mesas atrás de você, que não para de olhar em nossa direção. Ela está fazendo isso agora." Olho de volta para ela, então aceno com a mão. Suas bochechas coram, e ela desvia o olhar para sua caneca. "Mas não vai ser assim para sempre, tenho certeza. Agora que o funeral e a investigação de Dave chegaram ao fim, é só uma questão de tempo até que as pessoas comecem a esquecer quem sou. Ou, se não esquecerem, que pelo menos se acostumem a me ver por aí."

"É uma atitude salutar."

"Acredite em mim, foi preciso muita terapia para chegar a este ponto. Quando pensei que ele ia me matar, tudo o que consegui pensar foi em nunca mais ver meu filho. E prometi a mim mesma que, se por algum milagre sobrevivesse, me tornaria uma mãe melhor. Há apenas uma coisa pela qual tenho que agradecer a Dave, que é me fazer assumir a depressão pós-parto. Mas admito que o diagnóstico de TEPT me pegou de surpresa. No entanto, acho que faz sentido depois dos últimos doze meses."

"Você é uma ótima mãe."

É ótimo ouvir isso. Em seguida, desembrulhamos nossos cookies e tiramos pedaços deles. Além de Lorna e minha terapeuta, que é paga para me ouvir me lamentando, Mark é uma das únicas pessoas com quem posso falar quando preciso reclamar, chorar ou dizer a alguém como é injusto que minha vida tenha se tornado isto. E, à medida que gradualmente me recomponho, meus momentos de necessidade estão se tornando cada vez menores e mais distantes.

Também estou pensando que, o que quer que esteja acontecendo entre nós, é mais do que admitimos um ao outro. Trocamos mensagens por WhatsApp em seu número particular e, às vezes, quando meus pais e Sonny estão dormindo, conversamos por FaceTime por um tempo antes de dormir. Não há nada de sexual nisso, mas estaria mentindo se dissesse que não passou pela minha cabeça. E, nos últimos dias, passou bastante pela minha cabeça. Nós não ultrapassamos a linha da amizade, mas essa linha está ficando mais tênue a cada vez que nos encontramos.

Mark parece ser o homem perfeito, mas percebo que estou me segurando. Pensei o mesmo sobre Finn, então talvez não possa confiar em meu próprio julgamento. Hoje, cada vez que colocamos nossas xícaras de chá de volta na mesa, as pontas de nossos dedos se aproximam um pouco mais umas das outras até que enfim se encontram. E lá elas ficam.

Passo a conversa para a vida de Mark. Ele estava praticando *mountain bike* no fim de semana passado nos montes Peninos, e, durante o resto da semana, seu filho pequeno ficou com ele. Ele me contou certa vez que, no início deste ano, perdeu o pai, sua mãe já havia falecido, para o câncer. E tenho vergonha de admitir que minha primeira reação foi de uma gratidão silenciosa, porque, se ele e eu fôssemos mais longe, não teria que lidar com mais sogros insanos. Esse pensamento egoísta também serve como um lembrete de quanto esforço preciso fazer até poder me livrar completamente do meu passado.

"Preciso falar uma coisa para você", diz Mark, com os olhos parecendo inertes nos meus. Meu coração palpita como o de uma adolescente. Ele está prestes a me convidar para um encontro?

"Tá bom...", respondo.

"É sobre a investigação do seu sogro."

Ah, penso eu. *Isso vai me ensinar a conter as expectativas.*

"Há algo em sua confissão que não faz sentido e está me incomodando."

"Qual parte?"

"Bem, tudo, na verdade. Se o que você diz que ele te contou for exato — e não estou duvidando de você, de forma alguma —, não há um momento em que ele de fato admite o que fez."

Ele tira da bolsa uma cópia do meu depoimento à polícia. Eu me encolho no assento. É por isso que estamos aqui hoje, a trabalho?

"Eu não entendo", respondo. "Você encontrou o DNA dele por todo o armazém."

"Mas não nas malas, nas roupas ou nos sacos em que estavam. Todos foram limpos. Mesmo as vítimas mais recentes não tinham impressões digitais, fibras ou DNA consigo. De acordo com seu depoimento, Hunter disse, 'Preciso que você saiba que sinto muito por tudo o que aconteceu. Não era para ser assim. Fiz muitas coisas das quais não me orgulho'. Está correto?"

"Arrã."

"Mas ele nunca disse especificamente do que estava arrependido?"

"Mark, é óbvio. Ele estava se referindo aos quarenta corpos naquele armazém. E quanto à mensagem de texto suicida que enviou para Debbie?"

"Ele não assumiu a autoria de nenhum ato criminoso. Você disse que Hunter ficou agitado quando o perguntou por que escolhia crianças e se abusava delas, ele lhe respondeu que 'nunca machucaria uma criança'."

Meus pelos se arrepiam. "Parece que você está duvidando de mim."

"Não, nada disso. Ele se safou por décadas. Não havia testemunhas oculares, nenhuma descrição dele, nenhuma placa de carro relatada, ele não foi capturado nem sequer uma vez por câmeras de segurança, embora cada uma dessas crianças tenha sido sequestrada à plena vista. Ele cobriu seus rastros muito bem. Então, por que ele limpou os corpos, as malas e as roupas, mas não o armazém? Me incomoda que talvez sua confissão não tenha sido na verdade uma confissão."

"Então, o que foi?"

"Uma distração. Será que ele poderia estar tentando nos desviar do que de fato aconteceu?"

"Quem mais compartilha dessa opinião?"

"Ainda não expressei minhas preocupações para mais ninguém. Mas você tem certeza de que não há mais nada que ele tenha dito que possa ser relevante?"

Cruzo os braços. "Tenho certeza. Estava lá, sozinha naquele lugar com ele. A culpa estava explícita por todo o seu rosto. Ele pode não ter entrado em detalhes ou respondido a todas as minhas perguntas, mas, à sua maneira, havia coisas que ele queria desabafar antes de se matar. Se você estivesse lá, saberia exatamente o que quero dizer."

"Pense outra vez, tente se lembrar. Uma palavra, uma fala, algo casual, algo descartável que veio até você posteriormente e que você não achou que valesse a pena mencionar na época."

"Não tem nada."

"Feche os olhos, tente se colocar de volta naquele armazém."

"Não, Mark, eu não quero fazer isso", retruco, minha impaciência crescendo. "Fiz isso para o meu depoimento à polícia e fiz de novo para a terapia, e você não tem ideia de quantas vezes fiz isso sozinha, quando tudo o que consigo imaginar é Dave cortando a própria garganta na minha frente. Então, me perdoe se eu não quiser pensar em ser amarrada e cercada por dezenas de crianças mortas enquanto estou em um maldito salão de chá de um centro de jardinagem."

Ele sabe que foi longe demais. "Sinto muito", ele diz. "Não era minha intenção incomodar."

"Bem, você conseguiu. Não sei por quê, sendo que seus chefes encerraram o caso e Dave foi condenado como assassino em série. Não foi o suficiente para convencê-lo? Você está se sentindo culpado ou algo assim por não ter investigado seus antecedentes antes? É disso que se trata?"

"Não, nada disso."

"Então, o que é?"

"Não consigo explicar. É um instinto. Apenas não consigo engolir."

Empurro minha xícara para o lado e me levanto. "Essa é uma má ideia, Mark", afirmo, sentindo-me uma completa idiota. "Eu e você... que merda estamos fazendo aqui... Preciso ir embora."

"Não, por favor, Mia, não vá", ele protesta. "Não desse jeito."

Deixo o trator de brinquedo sobre a mesa e não olho para ele outra vez enquanto saio do café e atravesso a loja principal. Ignoro um homem em uma cadeira de rodas apontando para mim e murmurando para sua esposa. Lá fora, entro no carro e bato a porta ao fechar.

Como ele se atreve? Penso. *Ele sabe até onde fui e o quanto me sacrifiquei para chegar aqui. E agora ele está me questionando como se tivesse feito algo de errado?*

Aumentando o volume da música, entro de ré na rua e piso com força para acelerar para longe de Mark e do turbilhão dos meus pensamentos.

Não adianta. O fato é que, ao ouvir Mark lendo em voz alta meu depoimento meses depois de prestá-lo, descubro que uma pequena parte de mim é capaz de entender por que ele tem suas suspeitas. *Teria* sido a confissão de um psicopata, ou eu teria ouvido apenas as divagações de um homem suicida? Mark estava certo: em nenhum momento Dave admitiu sua culpa. Mas, sem dúvida, havia provas suficientes contra ele sem que fosse necessário que dissesse as palavras "Eu matei quarenta crianças".

"Merda!", grito em voz alta e bato os punhos com tanta força no volante que acidentalmente toco a buzina.

Logo quando estava começando a acreditar que havia uma luz no fim do túnel, ela se apagou e voltei a tatear na escuridão.

*TRECHO RETIRADO DA SÉRIE DO YOUTUBE
TRUE CRIME DETECTIVE DE CAROLINE MITCHELL*

*EPISÓDIO CRIANÇAS NO SÓTÃO —
PARTE 2 DE 3*

Oi, gente, aqui é Caroline Mitchell. Sou ex-detetive de polícia e autora de suspense policial e hoje estou trazendo para vocês a segunda parte das minhas teorias por trás do caso não resolvido das Crianças no Sótão.

No último episódio, contei a vocês a incrível história do que aconteceu depois que as sete vítimas jovens foram descobertas e como os assassinatos dos proprietários idosos originais que precederam esses assassinatos permanecem sem solução. Hoje, vou apresentar minha teoria sobre o que aconteceu com aquele casal — Kenneth e Moira Kilgour —, cujos restos mortais foram descobertos em um túmulo no jardim, quarenta anos depois de terem sido mortos e desmembrados.

Eles viveram na vila por pelo menos duas décadas. Os vizinhos os descrevem como agradáveis, mas reclusos. Ninguém se lembra de crianças ou de visitas de membros da família. Em meados da década de 1970, eles estavam com problemas de saúde quando uma segunda família se mudou, um jovem casal com dois filhos. Logo depois, os Kilgours não voltaram a ser vistos. Dada a sua idade e sua saúde, o fato não despertou nenhuma suspeita. Simplesmente deduziram que eles haviam se mudado para uma casa menor ou um lar de idosos.

Mas minha pesquisa revela que esta não é a primeira vez que um casal de idosos desaparece nesse tipo de circunstância. Passei muitas horas pesquisando casos arquivados e encontrei muitos outros espalhados pelo Reino Unido, similares e anteriores aos Kilgours. Em cada ocasião, os moradores que desaparecem são idosos, com saúde precária, que vivem em grandes propriedades e têm muito poucos parentes, se é que têm algum. Eles nunca são vistos outra vez, e não há registros oficiais de suas mortes. Mais do que isso, uma família de quatro pessoas sempre os substitui em sua casa, e, apesar da ausência do casal, suas contas bancárias são gradualmente esvaziadas até que nada reste.

Acredito que os estranhos no ninho dos Kilgours não apenas assassinaram as sete crianças encontradas em seu sótão, mas também são provavelmente responsáveis pelas mortes de ao menos outros doze adultos. Alguns desses corpos ainda não foram descobertos.

No início dos anos 80, essa misteriosa família itinerante também desapareceu. Talvez nunca saibamos quem são, por que pararam de matar ou o que aconteceu com eles. Mas, pela minha experiência, pessoas assim não param de matar por escolha. No próximo episódio, vamos discutir os vários cenários do que poderia ter acontecido com eles para que acabasse seu reinado de horror.

CAPÍTULO 56

DEBBIE

Meu relógio dispara com um alarme me lembrando de tomar a medicação. Engulo alguns comprimidos que coloquei no bolso mais cedo. Tento esticar os dedos das mãos e dos pés, mas eles parecem rígidos, como garras se enrolando sobre si mesmas. Vejo que horas são e percebo que logo minha companhia vai chegar: a única luz na minha escuridão. Não posso deixar que me vejam assim, de olhos inchados, lábios finos e tão desgastada. Talvez um pouco de ar fresco ajude a soprar as nuvens escuras do meu céu.

Andando com a bengala na mão, caminho lentamente para dentro do jardim. É seguro aqui agora, muito mais isolado desde que Finn ergueu uma cerca de madeira de dois metros de altura ao redor do perímetro. Ela me mantém enjaulada, mas me protege do mundo. Fora dela, sou uma *persona non grata*, abandonada sem exceção por todos os meus vizinhos e amigos. E estou marcada demais para fazer novos.

Durante toda a minha vida adulta, minha morada foi nas sombras, mas o suicídio de Dave me forçou a ir ao centro do palco. Agora, vou ser julgada para sempre, sempre um saco de pancadas para os estranhos de quem me afasto. Não tenho permissão para ser uma viúva enlutada porque não posso ser vista de luto pela morte de um assassino de crianças. Também não posso parecer feliz por ele estar morto, senão vou ser vista como insensível. E, se me comportar como se nada tivesse acontecido, vou ser julgada pela minha indiferença.

Finn e eu tentamos fazer uma declaração pública, expressando nossa descrença — mas aceitação — do comportamento abominável de Dave. Falamos da dor que sentimos pelas famílias daqueles que ele matou. Mas surtiu pouco efeito sobre a opinião pública. Sei que foi certo registrar aquele documento cuidadosamente redigido, mas me dói pensar que ninguém jamais vai conhecer Dave do jeito que Finn e eu o conhecemos.

Às vezes, permito-me imaginar como minha vida poderia ter sido diferente se Dave e eu não tivéssemos nos conhecido. O destino poderia ter nos unido de outra maneira? Não posso deixar de pensar que éramos duas almas perdidas, destinadas a ficar sempre juntas. Mas, em uma vida diferente, talvez nossa aliança não fosse baseada em uma mentira. Explorei sua culpa pelos ferimentos fatais que ele pensou ter infligido a Precious Johnson, usando-a para nos atar e prometendo manter isso em segredo. O mesmo instinto que me avisou que eu ia morrer nas mãos dos meus pais naquela casa me disse que Dave era tão desarranjado quanto eu e que ele poderia me salvar.

Ficamos acordados durante a maior parte da nossa primeira noite juntos, à beira de um novo mundo e comparando notas sobre o último. Nós nos escondemos atrás da porta fechada do quarto da casa onde traficavam drogas, onde ele havia sido deixado para se criar. Durante toda a noite, através dos buracos na porta de seu quarto, observamos figuras espectrais deslizarem como se vagassem pelos corredores de um hotel para os mortos.

Não houve julgamento quando confessei a ele o que meus pais me obrigaram a fazer ou sobre o papel que desempenhei no desaparecimento de George. E foi Dave quem me incentivou a localizar meus avós. Na manhã seguinte, cheguei à porta deles, esperando que me mandassem embora ou me acusassem de ter uma imaginação fértil quando descrevi minha vida com o filho deles, meu pai. Mas eles não duvidaram de nada, e sou eternamente grata por isso. Ainda posso sentir a *eau de toilette* com aroma de rosas de minha avó, enquanto ela me abraçava com força e me dizia que eu estava segura ao me acomodar em meu novo quarto. Ainda posso sentir o peso da colcha grossa sob a qual ela me enfiou naquela noite, e como notei que aquela era uma casa sem fechaduras do lado de fora de cada porta.

Eu também vi Dave naquela primeira noite, sentado sob a luz de um poste, no outro lado da rua. Meu coração palpita mesmo agora quando penso nele querendo ter certeza de que eu estava segura, protegendo-me à sua maneira.

Foi algo que ele nunca parou de fazer, mesmo tantos anos depois, quando descobriu que eu compartilhava com meus pais mais do que apenas DNA. Ele odiava que eu matasse; ele apelou para o bom senso, implorando para que parasse, temendo que fosse capturada e que ele ficasse sozinho outra vez. E, por um tempo, realmente tentei me adaptar à sua vontade. Mas, por fim, minha necessidade de proteger os vulneráveis se tornou maior do que nós dois. E ele entendeu que me perderia se não me aceitasse como eu era e apenas não queria saber sobre isso.

Depois da minha fuga de casa, meus avós discutiram em segredo sobre a melhor forma de me ajudar. Eles não sabiam que eu não sentia empatia pelas crianças que mamãe e papai feriram. Talvez o vovô tivesse suas suspeitas, pois queria encontrar ajuda profissional para mim. Mas a vovó foi obstinadamente contra. "Se ela disser uma palavra errada sobre sua antiga vida, podem tirá-la de nós", avisou. "Tudo o que Deborah precisa é de estabilidade e amor. Os pais dela já a fizeram passar por muita coisa."

Muitas vezes, preocupava-me que mamãe e papai aparecessem na nossa porta ou nos portões da escola, prontos para me arrastar para casa. Mas, conforme as semanas se transformaram em meses e eles não apareceram, concluí que os estranhos haviam encontrado outro ninho. Foi um milagre conflitante, uma combinação de alívio e abandono. Esperei até que meu avô morresse anos depois e houvesse uma breve clareira na névoa da demência de minha avó para perguntar por que ela achava que eles nunca tivessem vindo me buscar. "Eles não tiveram a oportunidade", afirmou ela, antes de revelar que meu avô e um grupo de amigos próximos haviam se certificado de que meus pais nunca mais pudessem machucar outra criança. Então, ele pagou para que um funcionário de um crematório abrisse depois do expediente e se desfizesse de seus corpos.

"Mas papai era seu filho", argumentei.

"É por isso que sentimos a obrigação. Nós o trouxemos a este mundo, então era nossa responsabilidade tirá-lo dele." Uma lágrima solitária caiu de sua bochecha e ficou presa em uma ruga profunda. Perguntava-me de quantos daqueles vincos papai era culpado. Também percebi que, entre meu avô e meus pais, eu era uma assassina de terceira geração.

Apenas posso supor que foi meu avô que também se livrou do trailer, das fitas de vídeo e da câmera e selou as sete malas contendo os corpos atrás de uma parede de tijolos no sótão. Talvez nem mesmo seus contatos no crematório pudessem ser subornados para incinerar esse número de crianças. Mas, apesar disso, aprendi mais com o tempo que passei com meus avós sobre a necessidade de uma bússola moral do que com mamãe e papai. Eles demonstraram que mesmo pessoas boas como eles — *como eu* — podem matar por necessidade.

Quando minha avó também faleceu um mês antes que eu completasse 21 anos, descobri a papelada e o endereço do armazém e da empresa de importação dos Kilgours. E, ao longo dos anos, eu o visitava para saquear as malas como e quando necessário, devolvendo cada mala quando estivesse cheia. Dave podia me ler como um livro e sabia sem perguntar se eu havia fechado outra mala. Então, ele ia ao armazém, limpava cada corpo e peça de roupa com o rigor de um agente funerário, antes de armazená-los em uma prateleira. É uma tarefa quase impossível encontrar quarenta locais diferentes para enterrar corpos sem o perigo de serem descobertos. É por isso que mantê-los todos juntos em um lugar isolado removeu o fator de risco.

Meu telefone toca, e a tela exibe imagens da câmera de uma figura do lado de fora do portão. O coração aperta ao ver quem é. Libero sua entrada, aplico um pouco de batom, ajeito o cabelo e respiro fundo.

Essas visitas clandestinas são tudo pelo que anseio, a única coisa positiva que veio da bagunça que Mia provocou. E anseio por elas mais do que qualquer um poderia imaginar.

CAPÍTULO 57
MIA

Para minha frustração, o trem em que estou viajando de Londres para Leighton Buzzard está atrasado outra vez. Estou presa aqui como uma sardinha enlatada há quarenta minutos, espremida contra a janela, embora eu tenha um assento. E a experiência me faz pensar que o aviso do condutor sobre o atraso estar relacionado a problemas de cabos de alimentação significa que não vamos nos mover tão cedo. Não tenho certeza de quanto tempo mais vou fazer esse trajeto de qualquer maneira, porque, se o que estão dizendo for verdade e essa coisa de covid continuar se espalhando, posso ficar trabalhando em casa por um tempo durante um *lockdown*.

Envio uma mensagem para mamãe para perguntar se ela pode dar banho no Sonny, dar um lanche a ele e colocá-lo na cama, já que é improvável que eu chegue em casa a tempo. Ela diz que sim e envia um emoji de bebê. Gostei de ver meus pais passando tempo com ele nos últimos meses. Espero que ele tenha um relacionamento mais próximo com eles do que eu tive. Podem não ter frequentado o curso de "como ser um pai atencioso", mas estão se destacando no papel de avós. Talvez estejam tentando compensar seus erros comigo, sendo mais atenciosos com Sonny. Muitas vezes, me perguntei se eu deveria conversar com eles sobre as memórias da minha própria infância distante, mas não tenho certeza do que isso faria de bom. Eles estão aqui e agora, e é isso o que conta.

A mulher sentada ao meu lado continua lendo minhas mensagens de texto. Ela acha que está sendo sutil, mas vejo seu reflexo na janela. Não sei se está demonstrando interesse porque me reconhece, ou se está entediada e quer apenas distrair a mente dessa espera interminável. Apenas quando coloco meu telefone de volta na bolsa, ela fecha os olhos e adormece.

Troco o telefone pelo meu iPad e abro o aplicativo de notas. No topo de uma longa lista de lembretes e rascunhos de trabalho, há um arquivo contendo os nomes de algumas das quarenta jovens vítimas encontradas dentro do armazém de Dave. Quase todas já foram identificadas. Foi mais fácil investigar algumas do que outras, graças às etiquetas de nome costuradas nos uniformes escolares, seguidas de testes de DNA da família. Outras identificações foram determinadas por meio de apelos públicos, nos quais centenas de parentes de crianças desaparecidas ofereceram seu DNA para testes.

Houve muito pouco contato entre mim e Mark desde que nos encontramos no café. Ele enviou mensagens várias vezes ao longo das semanas para se desculpar por questionar a precisão do meu depoimento à polícia. Minhas respostas foram breves. Ele acha que me ofendeu, e sim, no começo, ele me irritou de verdade. Mas nossa relação ambígua me impediu de lembrar que, em primeiro lugar, ele tem um trabalho a fazer. E, para ser sincera, também estou envergonhada por considerar que pode haver algo entre nós, além de nossos papéis óbvios de vítima e oficial de ligação com a polícia.

Mas meu constrangimento não me impediu de insistir no ponto que ele estava defendendo. Desde então, repassei, mentalmente, minha conversa com Dave centenas de vezes, perguntando a mim mesma se deixei alguma coisa passar; se há alguma informação-chave que subconscientemente bloqueei ou não fui capaz de lembrar. Afinal, havia muito para processar e digerir naquele armazém em um espaço de tempo muito curto.

Também reli meu depoimento de testemunha muitas vezes, e Mark tem razão — apesar das provas esmagadoras, em nenhum ponto Dave chega a admitir que era um assassino. "Um cachorro não precisa latir para que você saiba o que ele é", meu pai rebateu quando mencionei isso a ele. Mas não consigo fugir do pensamento implicante de que, para uma confissão, Dave não admitiu muita coisa.

Outra coisa também está me intrigando. Dois nomes no meu arquivo de notas não se encaixam no padrão de todas as outras mortes. Um irmão e uma irmã desapareceram juntos em fevereiro de 1990: uma menina de 4 anos, Tanya, junto com William, de um mês de idade. Troco as telas para me lembrar, releio um recorte de jornal salvo, é uma história de partir o coração. As duas crianças estavam no jardim da família quando foram sequestradas. A mãe os deixou sozinhos para entrar e preparar uma mamadeira para William, e, quando voltou cinco minutos depois, o portão estava aberto, o carrinho vazio e os dois filhos desaparecidos. A polícia e os grupos de busca do bairro vasculharam a área por semanas, mas nenhuma pista foi encontrada. Lembro-me de assistir a um documentário sobre isso no YouTube antes de Sonny nascer, o que me deixou mais assustada que o normal.

De qualquer forma, há uma semana, o corpo de Tanya foi identificado como uma das vítimas nas malas do armazém, mas William não estava entre eles. Esta parece ser a única vez que Dave se desviou de seu padrão de mortes. Embora um comunicado da polícia tenha dito que sempre havia a possibilidade de que outros corpos estivessem escondidos em um local alternativo, nenhum local foi descoberto.

Lembro que Dave era uma criatura de hábitos. Dia após dia, ele comia os mesmos alimentos, bebia as mesmas marcas de cerveja e uísque, suas ferramentas eram penduradas no galpão e delineadas com uma caneta marcadora para que soubesse exatamente onde recolocá-las, o medidor de gasolina em sua van nunca caía abaixo da metade, e ele aparava a grama no mesmo dia da semana, fizesse chuva ou fizesse sol. Cada mala — até mesmo as vazias — estava perfeitamente espaçada das seguintes, arranjada com a precisão de uma vitrine. Dave não era um homem que gostava de mudanças. Então, por que esconderia um irmão no armazém e outro em um lugar diferente?

Isso me faz lembrar de outra coisa que Dave disse... alguma coisa em meu próprio depoimento que retorna para mim com tanta clareza que sinto como se ele estivesse sentado ao meu lado, sussurrando no meu ouvido.

Balanço a cabeça. Não, estou sendo ridícula. É uma ideia ridícula, não é? Não é? Mas, ainda assim, é possível. Na verdade, é possível.

A monstruosidade do que estou considerando me sacode de volta ao meu assento tão de repente que toda a fileira de cadeiras treme e eu acordo a mulher cochilando ao meu lado. Perco o controle do iPad, e ele cai debaixo do meu assento. Atrapalho-me toda enquanto o pego e, de alguma forma, clico na minha galeria de imagens. Está aberta na altura do início dos trabalhos de reforma da casa.

A última imagem é um vídeo que gravei. Pelo quadro estático, sei exatamente o que é antes de abri-lo. Nunca assisti. Mas hoje um lado masoquista de mim me faz apertar o *play*, e revivo o momento em que encontramos as malas no sótão. Alguns minutos no meio da gravação, comecei a me sentir fraca, e minhas pernas começaram a balançar. Foi quando deixei cair o telefone na borda da escotilha do sótão.

Mas não percebi que o telefone continuava a gravar e agora, pela primeira vez, vejo o que a lente continuou a capturar de sua nova posição. Abaixo de nós, uma fração de segundo antes de minha queda da escada, está Debbie. E ela parece estar sacudindo a escada. Não, me corrijo, ela não *parece* estar apenas sacudindo, ela realmente *está*.

Revejo várias vezes para ter certeza de que meus olhos não estão me enganando, mas não estão. Ela é a razão pela qual caí.

JOHN MARRS
TUDO EM FAMÍLIA

CAPÍTULO 58
MIA

"Oi!", cumprimenta Finn, tirando a máscara descartável, que coloca no banco junto de seu casaco. Ele inclina a cabeça e se move para me beijar nos lábios como nos velhos tempos. Então, detém-se, lembrando que estamos acabando de sair de um *lockdown* nacional. Tão importante quanto isso, não somos mais um casal e ainda não somos amigos, portanto, habitamos em uma terra de ninguém. Logo, é inapropriado por todos os tipos de razões.

Ele se senta no banco ao meu lado em um parque em frente ao Grand Union Canal e pergunta como estou. Respondo que estou bem, embora esteja longe disso, na verdade. Estou tão nervosa que quero me afastar dele agora. Mas me mantenho firme e conto algumas curiosidades sobre as coisas que Sonny fez naquela manhã, o que divertiu meu pai. Ele pergunta pelos meus pais, mas não retribuo a pergunta sobre Debbie. Não nesta noite.

Tento descobrir como começar a conversa que preciso ter com ele. Tentei ensaiar desde que mandei uma mensagem pedindo para que a gente se encontrasse, mas ainda estou lutando para calcular o ponto de partida. Só tenho que dar o primeiro passo.

"Preciso falar com você sobre algumas coisas", digo, por fim.

"O quê?"

Começo a bater o pé contra a perna do banco. Ambas as coisas que estou prestes a dizer são de igual importância e não tenho certeza por qual delas começar.

"Encontrei algo no meu telefone", murmuro. "Algo que sua mãe fez."

"O quê?"

Deslizo o telefone em direção a ele e pressiono play no vídeo. Quando chega ao fim, um segundo depois de Debbie sacudir a escada, ele se espanta. Ele assiste de novo.

"Você viu, não viu?", pergunto esperançosamente.

"Se você vai dizer o que acho que vai dizer, então não, você está errada."

"Eu caí porque ela sacudiu a escada."

Finn faz uma careta e fecha os olhos. "A escada já estava se movendo, e ela estava tentando estabilizá-la."

"Bem, ela não fez um trabalho muito bom porque, um segundo depois, Sonny e eu quase morremos."

"Você acha mesmo que ela iria querer machucar você e Sonny?"

"Não sei mais do que sua família é capaz", retruco sem pensar. Por um momento, ele parece magoado, como se eu o estivesse incluindo.

"Tem outra coisa", disparo e respiro fundo. "É sobre seu pai e algo que ele me disse no armazém naquela tarde."

Ele se inclina para a frente. "Mas você já me contou tudo, não é verdade?" Faço que sim. "Então..."

"Me encontrei com Mark Goodwin há pouco."

"Ele está ainda rodeando você?", brada Finn bruscamente.

Ignoro seu desdém. Uma vez, quase disse a Finn que Mark e eu nos encontramos para tomar café duas vezes para provar que minha vida, como a dele, havia seguido em frente. Decidi não fazer isso por medo de parecer que estava tentando deixá-lo com ciúmes.

"Estávamos discutindo meu depoimento", explico a ele, "e Mark apontou que, em nenhum momento, Dave admite ter matado aquelas crianças."

"Ele não precisava."

"Não, mas..."

"Então por que você está tocando nesse assunto de novo?"

"Você acha que é possível que ele não seja culpado? Ou que ele poderia não ter feito isso sozinho? Que ele poderia estar tentando proteger alguém?"

"Quem?"

"Eu não sei."

"Mia, aonde você quer chegar?" Meus pés começam a bater mais rápido. "Então?"

"Tem outra coisa que seu pai disse que não faz sentido. Ele me disse: 'Deixei Debbie ficar com o bebê que ela sempre quis'." Deixo isso no ar, esperando que ele acompanhe meu raciocínio.

"E?", ele pergunta.

"Você não acha que é um comentário estranho? O que você acha que isso significa?"

"Eu não sei, talvez ele quisesse dizer que não queria ter filhos porque estava preocupado que poderia machucá-los também. Mas então, quando mamãe engravidou, ele percebeu que não havia nada com que se preocupar. Ele nunca encostou um dedo em mim."

É plausível, mas sou mais esperta.

"O patologista analisou seu sangue", acrescenta ele, "e estava três vezes acima do limite legal de álcool para dirigir. Ele simplesmente não estava falando coisa com coisa."

"Finn, nós dois sabemos que ele sabia lidar com o álcool, e eu posso garantir que ele definitivamente não estava bêbado. Ele sabia exatamente o que estava dizendo."

Seu tom esfria. "Então, o que *você* está dizendo? Porque é óbvio que você tem outra coisa para desabafar."

Estendo minha mão para colocá-la na dele. "E se ele quisesse dizer que você não era filho biológico dele ou de Debbie, e você entrou na vida deles de outra maneira?"

Finn solta uma gargalhada. "Você está doida?"

Hesito. "Perguntei a Mark se ele poderia fazer um teste de DNA com você e Dave para ver se realmente são pai e filho."

Ele puxa a mão de volta. "Você fez o quê?"

"Ele disse que, do ponto de vista legal, não teria permissão, pois não era pertinente ao caso."

"Ótimo! Que merda você estava pensando? Você não acha que eu saberia se não fôssemos..."

"Então, eu fiz dois testes por conta própria."

Seu queixo cai como o de um personagem de desenho animado atordoado. Conto os segundos até que ele consiga captar o que eu disse. Sete segundos se passam. Um para cada mala. "Você fez o quê, exatamente?"

"Eu fiz um teste de DNA em seu nome. Entrei na casa da Debbie quando ela estava na rua com Sonny e peguei fios de barba da navalha do seu pai e alguns fios de cabelos de dentro de um dos seus bonés de beisebol. E também usei um rolo de fiapos para remover cabelos das roupas no guarda-roupa de Debbie."

Apenas quando revelo até onde cheguei que percebo como devo estar parecendo louca.

Agora, a expressão no rosto de Finn está paralisada. "Não posso acreditar nisso", declara finalmente. Acho que nunca o vi tão chocado com algo que fiz desde que disse a ele que estava grávida.

"E você está com os resultados?", ele pergunta.

Respondo com um gesto afirmativo e pego um envelope branco da minha bolsa e o deslizo pelo banco até ele, que o encara com a intensidade de um homem cujo passado e futuro estão prestes a colidir.

JOHN MARRS
TUDO EM FAMÍLIA

CAPÍTULO 59

FINN

Que merda ela fez? Minha cabeça está girando, e minhas mãos estão tremendo antes mesmo de pegar o maldito envelope. Ela fez um teste com meu DNA pelas minhas costas! Olho para Mia em total descrença: por que ela iria querer me fazer passar por isso? Ela me odeia tanto assim? Estou finalmente aceitando o suicídio do meu pai, e agora ela está me dizendo que podemos nem sequer ter o mesmo sangue? E mamãe também? Pensei que a terapia e os antidepressivos de Mia a estivessem ajudando a retornar ao seu antigo eu. Mas, pelo que ouvi nesta noite, ela está pior do que nunca. Ela está delirando. Empurro o envelope de volta para ela.

"Não", sentencio. "Não sei por que Goodwin está enchendo sua cabeça com esse tipo de merda."

"Não é merda, eu prometo", ela rebate, com tanta calma que acredito que é o que ela pensa. Deveria mostrar compaixão, mas não consigo. Em vez disso, quero ser cruel e machucá-la tanto quanto ela está tentando me machucar.

"Não é suficiente que você já tenha separado minha família uma vez?", esbravejo. "O que vem depois? Você vai me dizer que Sonny não é meu? Vai tentar jogar Emma contra mim? Chloe também? Olha, realmente sinto muito pelo que fiz com você e pelo que papai te fez passar. Mas me atacar assim não vai melhorar sua vida."

Ela tira outra coisa da bolsa, e me afasto ainda mais até ver que é um pacote de lenços de papel. Ela passa para mim. Apenas ao sentir a umidade nos cantos dos lábios é que percebo que estava chorando. Seco as lágrimas com a manga da roupa. Nós dois permanecemos onde estamos, mantendo nosso contato visual, sem dizer nada. Ela está perfeitamente composta, calma como nunca vi. Estou desesperado para que ela admita que isso é uma piada de mau gosto, que ela está enganada. Mas ela não admite, e um abismo se abre dentro de mim. Ela está calma porque sabe o que o conteúdo deste envelope diz. Eu me inclino e o pego. Dentro, há duas folhas de papel A4 com as palavras "Helix Labs" e um gráfico na parte superior. Começo a ler.

"A comparação dos perfis de DNA de Finn Hunter e David Hunter não suporta a hipótese de que David Hunter é o pai biológico de Finn Hunter. Com base nos resultados dos testes obtidos a partir da análise dos loci de DNA listados nos dados técnicos, a probabilidade de paternidade é de zero por cento. Este teste é baseado em informações fornecidas pelo cliente."

A folha seguinte diz exatamente a mesma coisa, mas em relação à mamãe. Ambos contêm a ressalva de uma advertência: "A identidade do doador da amostra e a cadeia de custódia das amostras não podem ser garantidas; portanto, esses resultados não são admissíveis em juízo".

"Está vendo?", retruco. "Está dizendo que isso não é admissível em juízo, então até o laboratório sabe que não pode provar que é verdade." Até mesmo ao dizer essas palavras, sei que estou tentando segurar o vento com as mãos, pois é tudo o que posso fazer.

"Mark diz que pode ser prova suficiente para que realizem um teste controlado para comparar seu DNA com o da família de um menino que desapareceu em 1990", Mia revela, ainda calma, ainda se recusando a combater fogo com fogo.

"Você contou a Goodwin sobre os resultados?"

"Ontem, quando chegaram. Eu não sabia mais a quem procurar."

"E quanto ao menino?"

"Ele desapareceu junto com a irmã."

"O que aconteceu com ela?"

Os olhos de Mia se movem em direção a um barco estreito lentamente percorrendo seu caminho ao longo do canal. Eu sei qual é a resposta antes que ela me diga. "Ela estava no armazém do seu pai. Mas o corpo do irmão nunca foi encontrado."

Agora, ela me mostra uma matéria de jornal sobre o desaparecimento dos irmãos. William Brown tinha cabelos escuros e olhos escuros como eu, características que não compartilho com nenhum dos meus pais. Constato a data da matéria e faço as contas — esse menino e eu tínhamos um mês de idade quando ele desapareceu.

"E você acha que..." Minha voz some. Não quero dizer em voz alta.

"Eu não sei o que pensar." Mas ela sabe e está poupando meus sentimentos. Ela acredita que fui tirado de outra família por Dave e criado como seu próprio filho. Não sei em que ordem começar a juntar meus pensamentos. Se algo disso for verdade... Eu... eu... Não consigo me obrigar a pensar nisso.

"Quando estávamos passando pela fertilização *in vitro*, me lembro de sua mãe me dizendo como foi difícil para ela engravidar", acrescenta Mia. "E se eles nunca conseguiram? E se eles não puderam ter um bebê, então Dave o pegou de outra família?"

"Então você acha que papai chegou em casa do trabalho um dia com uma criança e disse, 'Olha o que eu encontrei, ele é nosso agora'? E mamãe nem sequer contestou? Isso é ridículo."

"Não sei o que aconteceu. Mas se você for William Brown, então Debbie foi cúmplice de um crime. E, se for esse o caso, também é possível que ela saiba mais sobre os assassinatos de Dave do que está deixando transparecer."

Preciso de um espaço para processar o que ela está me dizendo, mas ela não se cala.

"Além de seu DNA no armazém, você já se perguntou por que a polícia não consegue encontrar nenhuma ligação entre Dave e como essas crianças foram sequestradas e mortas?"

"Mia", murmuro.

"O que não entendo é a ligação entre Dave e as crianças encontradas em nossa casa e o casal no jardim. E por que ele escreveu 'Eu vou salvar elas do sótão'? Ou, se ele foi trancado lá em algum momento, então como escapou?"

"Mia", exclamo um pouco mais alto, mas ela não está ouvindo.

"Fico pensando que sua mãe deve saber mais do que está dizendo..."

Não consigo ouvir mais nada disso. "Pelo amor de Deus, cale a boca!", grito e bato os punhos no banco enquanto me levanto. Seu rosto cora, e duas mulheres a alguns bancos de distância de nós olham para mim. "Você já falou o que tinha para falar. Ou você está prestes a me contar outra maneira pela qual está planejando destruir minha vida?"

Ela não responde, e qualquer outra coisa que eu tenha a dizer sobre mamãe ou papai fica entalada na minha garganta. "Apenas me deixe ter um pouco de paz", acrescento, por fim. "Porque não sei o quanto mais disso, deles, de você, eu posso aguentar."

Pego meu casaco e minha máscara e a deixo lá.

JOHN MARRS
TUDO EM FAMÍLIA

CAPÍTULO 60

DEBBIE

Não consigo parar de chorar. Minhas lágrimas são uma combinação tóxica de raiva e decepção diante do que acabei de testemunhar. Só que, nesta noite, minha frustração e raiva não são direcionadas a Dave. São direcionadas a Finn.

Liguei para ele mais cedo para ver se poderia vir me ajudar a mover uma cômoda do meu antigo quarto para o quarto de hóspedes. E soube imediatamente pelo tom de sua voz que ele estava escondendo algo quando disse que estava ocupado e que iria se encontrar com os amigos.

Então, segui meu instinto e meu filho e, agora, estou sentada em meu carro estacionado perto do canal e do parque onde ele e Mia desfrutaram de um encontro clandestino. Observei à distância enquanto eles se aconchegavam, em um ponto até mesmo de mãos dadas. Pelo que pareceu ser uma eternidade, eles ficaram assim, ela provavelmente o lembrando dos velhos tempos e o convencendo de como são melhores juntos do que separados. Ele enxugou os olhos, então acho que ela deve ter dito algo para perturbá-lo ou colocá-lo em outra de suas digressões de culpa. E ele foi sugado por ela.

Eles saíram separados — ele primeiro e depois ela. Meu coração sangra por Emma, sendo tratada assim de novo. Eu continuo onde estou, mas minhas mãos estão presas no volante com firmeza demais para dirigir. Estou nada menos que devastada. Como ele pode ser tão estúpido a ponto de cair nas mentiras de Mia? Ela matou o pai dele, pelo amor de Deus! Ele pode não ter morrido pelas mãos dela, mas certamente pela língua. O pensamento de Finn e seu reencontro me deixam enojada. Os dois juntos. Jogar meu filho contra mim com palavras e ações perversas, me tirando de sua vida, da vida de meu neto... é mais que posso suportar.

Pobre garotinho. Fico constantemente preocupada com Sonny. Finn pediu que eu cuidasse dele ontem à tarde, e, quando troquei a fralda, fiquei horrorizada com a assadura avermelhada entre as nádegas. Estava em carne viva, quase sangrando. Se esse fosse o único sinal de negligência, talvez aceitasse como um descuido. Mas, quando o pesei na balança da cozinha e verifiquei os resultados na internet, ele estava abaixo da curva de peso. Mia está literalmente matando Sonny de fome. E, quanto aos hematomas nas pernas, nada vai me convencer de que são de quedas normais enquanto ele aprende a engatinhar. Mia não consegue nem realizar seus deveres maternos mais básicos, mantendo-o seguro, nutrido e limpo.

Tentei falar com Finn sobre isso, mas ele está cego. Nesta noite, quero tanto dar a ele o benefício da dúvida e esperar que o bom senso tenha prevalecido e que ele tenha rejeitado os avanços dela, mas como poderia depois do que acabei de ver? Ele escondeu a existência da Chloe de mim e, agora, está mentindo sobre Mia. Não posso confiar que ele saiba o que é melhor para si mesmo. Mia não pode ter permissão para continuar arruinando a vida das pessoas sem ser castigada. Ela precisa pagar por tudo o que fez — e continuará a fazer, se não for interrompida.

Tento ter pensamentos calmos, voltando às minhas imagens mentais preferidas das quarenta que criei em locais ao redor do país ao longo das décadas. Coloquei malas em bosques, armazéns, sob pontes e pores do sol, em nevascas, em praias desertas e margens de lagos. Mas essas memórias especiais são o suficiente para subjugar minha raiva.

Então, sem alarde, algo inesperado acontece. Uma ideia se desenvolve, lenta e silenciosamente no início, como um animal acordando da hibernação. Presumi que era algo que havia adormecido depois da minha última morte. Mas voltou porque sente um impulso, não, *uma necessidade*, de que eu resolva o assunto com minhas próprias mãos. Para recuperar o controle sobre mim e aqueles ao meu redor. E cumprir meu destino de ajudar aqueles que não podem se ajudar. Pela primeira vez, devo intervir na minha própria família, porque não podemos continuar neste círculo vicioso. Vou precisar de toda a minha força, mas Finn precisa aprender da maneira mais difícil que vou fazer qualquer coisa — qualquer coisa mesmo — para protegê-lo. Ele sempre veio e sempre vai vir em primeiro lugar, não importa o que aconteça.

Tirando meu telefone do porta-objetos da porta, faço uma ligação que nunca considerei necessária. É atendida após três toques. E não preciso de lágrimas falsas para mostrar o quanto estou chateada.

TRECHO DE UMA ENTREVISTA NO JORNAL NORUEGUÊS
AFTENPOSTEN, COM HÅVARD HALVORSEN,
PROPRIETÁRIO DO REVESAND CAFÉ

Eu sabia de quem eles estavam falando assim que a notícia começou a se espalhar. Esta cidade não é muito grande, então a maioria de nós se conhece de vista, pelo menos. Eles vinham aqui pelo menos uma vez por semana para pegar suprimentos nas lojas e levar o barco de volta para casa. Ao olhar para eles, não havia nada de incomum, e pareciam perfeitamente à vontade na companhia um do outro. Sempre foram simpáticos com o resto dos meus clientes, e nenhum de nós tinha motivos para acreditar que havia algo de errado com a relação deles. Não consigo acreditar que alguém possa fazer o que ele fez com outro ser humano. É uma crueldade quase inconcebível.

JOHN MARRS
TUDO EM FAMÍLIA

CAPÍTULO 61

MIA

As pontas dos meus polegares estão doloridas, já que as estou esfregando contra os indicadores com tanta frequência. É um hábito que tenho desde criança, mas ultimamente está piorando. Como o que mais sinto neste último ano é ansiedade, é de se admirar que ainda me restem impressões digitais.

Uma dor de cabeça longa e intensa, indicando que apenas cochilei durante a maior parte da noite, não está ajudando meu estado de espírito nesta tarde. O corpo naquela mala do sótão costumava ser a primeira coisa que eu via de manhã e a última coisa à noite. Porém, foi substituído pela imagem igualmente macabra de Dave cortando a própria garganta. Lembro-me do jato de sangue jorrando sobre uma mala, como ele permaneceu de pé pelo que pareceu um século antes de cair de joelhos. Lembro-me de sua mão apertada na garganta e o medo nos olhos quando ele soube que o fim era iminente. Ainda posso ouvir sua voz rouca e meus próprios gritos enquanto o via morrer diante dos meus olhos.

Liz, minha terapeuta, diz que tudo faz parte do meu TEPT e me ofereceu algumas estratégias de enfrentamento para usar quando me sinto sobrecarregada. Estar ciente do presente e do que está ao meu redor pode evitar que me lembre do que me perturba.

No entanto, o fantasma de Dave é persistente e escolheu esta tarde e o momento em que acordei de uma soneca para sua segunda aparição do dia. Sonny também está dormindo no seu quartinho, então aproveito ao máximo o silêncio e fecho os olhos outra vez, absorvendo o cheiro da carne e dos pãezinhos caseiros que sai do forno e sobe pelas escadas. Finalmente, Dave volta para seu caixão, e eu seguro a tampa. Por enquanto, pelo menos. Porque ele sempre encontra uma forma de escapar.

"O que você acha desta receita de caçarola de feijão roxo e quinoa?", mamãe pergunta quando enfim desço as escadas e entro na cozinha. Ela me mostra uma página do livro de receitas para bebês de Joe Wicks com uma dúzia de post-its escapando pelas beiradas. Ela está muito animada com isso.

"Tenho certeza de que Sonny vai adorar", respondo. Ele começou a desmamar da forma mais natural possível, e, até hoje, não há nada que tenhamos introduzido que ele não tenha engolido. A campainha toca, e mamãe atende, voltando com uma expressão azeda no rosto.

"É *ele*", ela esbraveja, e sei que está se referindo a Finn. Ela quase o perdoou por me trair, mas se recusa a dizer o nome dele desde que ele se mudou para a casa de Emma. "Eu o deixei na porta, onde é seu lugar, ao lado da lixeira. Ele gosta de reciclagem, não é?" Levo um tempo para identificar suas palavras como uma crítica velada à sua reconciliação com Emma.

Sonny vai fazer sua primeira festa do pijama na casa do pai nesta noite. Quero que ele passe tempo com Finn, mas não na casa de Debbie, e com a condição estrita de que ela não chegue nem perto dele. Então, engoli meu orgulho e permiti que ele ficasse na casa de Emma. Agora que sei que Debbie mentiu para Finn sobre sua filiação, não confio no que mais ela pode estar escondendo ou do que é capaz — como seu conhecimento dos crimes de Dave. Até que eu saiba que posso confiar nela, Sonny não deve ser deixado sozinho com ela.

Finn não precisou de muitos argumentos para se convencer, o que me diz algo. Ele disse a ela que Sonny está com catapora, e, com sua saúde precária, ela poderia desenvolver herpes zoster se ficassem juntos. Mas isso não pode continuar para sempre. Ele terá que dizer a verdade a ela em breve. E a reação dela não é mais problema meu.

Nas únicas vezes que Finn e eu nos falamos nas últimas duas semanas, desde que nos encontramos no canal, foi por mensagem de texto, e todas eram relacionadas a Sonny. Apesar dos meus esforços, ele se recusou a conversar sobre qualquer coisa além do nosso filho. Talvez tenha ido longe demais ao arranjar os testes de DNA, mas eu ia querer saber se alguém mentiu para mim durante toda a minha vida sobre minha ascendência. No entanto, pelo menos tenho certeza de que ele não é aquele bebê sequestrado, William Brown. Voltei a falar com Mark para contar a ele sobre os resultados do teste de DNA de Finn, e ele encontrou a certidão de nascimento de Finn. William nasceu dois dias antes de Finn em um hospital diferente a 160 quilômetros de distância. Assim, o mistério dos pais biológicos de Finn permanece — junto com o motivo pelo qual os nomes de Dave e Debbie estão impressos em sua certidão de nascimento uma vez que não há parentesco.

Eu me preparo quando me aproximo da porta. Minha dor de cabeça não vai permitir que tenhamos outra discussão.

No momento em que nossos olhos se encontram, sei que algo está errado. Finn não fez a barba, o cabelo está preso em um rabo de cavalo bagunçado, e há olheiras no rosto. Ele parece tão exausto quanto eu nas profundezas da minha depressão pós-parto. "Entre", ofereço e o levo para o solário, fechando as portas duplas atrás de nós. Há uma bolsa protuberante pesando seu ombro para baixo. Ele abre o fecho e retira diários encadernados em couro com diferentes anos gravados em cada capa, juntamente com as letras DH — as iniciais de Dave — em letras douradas. Ele os espalha pela mesa de café.

"São agendas do papai do final dos anos 80 em diante", ele começa. "Ele anotou todas as reuniões a que foi quando estava concorrendo a contratos."

"Os policiais não as levaram quando revistaram a casa?"

"Devem ter deixado passar", alega Finn, sem detalhar onde os encontrou. "Olhe o que há dentro."

Folheio as páginas. A maioria está em branco, mas algumas contêm o local e a hora das visitas de Dave, o nome da pessoa com quem se encontrou em cada empresa e uma data em que ele deveria retornar. Anexada a cada uma dessas páginas, ele grampeou uma folha de papel A4 com uma cotação preliminar e sua assinatura.

"Essa não é a assinatura dele", afirma Finn. "É parecida, mas não idêntica. E uma em cada dez empresas que ele deveria ter visitado não existe. Verifiquei todas que estão listadas aqui. Para cada encontro em que ele deveria estar em um desses negócios inventados, uma criança desaparecia. Incluindo aquele menino William e sua irmã em Ipswich."

Minha mente dispara enquanto assimilo essa nova informação.

"Mark disse que você e William nasceram com dois dias de diferença", deixo escapar de repente.

Espero que ele se descontrole comigo depois de ter conversado sobre o assunto com Mark outra vez. Mas ele nem sequer esboça uma reação e folheia um dos anos 90 e passa então por alguns outros. É notável que estão vazios até que de repente começam de novo.

"Não houve compromissos ou crianças desaparecidas encontradas no armazém por quase cinco anos depois que nasci", ele revela. "Nenhuma das quarenta crianças desapareceu nesse tempo. E olhe para a assinatura nessa aqui. Está escrito 'D. R. Hunter'."

"E o que tem isso?"

"Papai não tem um nome do meio. Mas mamãe tem. É Ruth. Deborah Ruth Hunter. Ela cometeu um deslize. Ela usou suas próprias iniciais em vez das dele. Esses diários estão no nome do papai, mas foram preenchidos por ela. Não era papai que viajava de uma região para outra, era ela. Ela fazia a contabilidade dele, correto? Ela gerenciava seus diários. *Estes* diários."

Levo a mão à boca. "Você acha que foi Debbie e não Dave quem... quem..." Não consigo sequer terminar o que estou tentando dizer, mas ele sabe o que estou perguntando. Ele balança a cabeça, mas quer dizer o contrário.

"Eu não sei, Mia. Eu simplesmente não sei. No que devo acreditar? Essa situação é uma merda."

"Você já contou a ela sobre os resultados do DNA?"

"Não, eu não disse nada. Precisava de tempo para lidar com isso primeiro."

Nós nos viramos quando mamãe entra na sala sem bater. Ela está incomodada com presença dele dentro da casa. "Por que ele ainda está aqui?", ela me pergunta. "É melhor ele não estar chateando você."

"Ele não está, só temos algumas coisas para conversar. Pode acordar Sonny para mim, por favor?"

"Sonny?", ela pergunta, intrigada. "Ele não está aqui."

"Ele estava cochilando lá em cima. Papai saiu com ele?"

"Não, Debbie veio há uma hora enquanto você dormia. Disse que estava buscando Sonny para levar para o Finn."

Minha postura enrijece, e os músculos ficam tensos enquanto meu rosto se fecha na direção de Finn. "Eu disse a você que não a quero perto dele. Por que a mandou aqui?"

Seu rosto empalidece. "Eu não a mandei."

CAPÍTULO 62

DEBBIE

Estou empurrando Sonny em seu carrinho, lutando contra as pedras irregulares e as ervas daninhas espessas que crescem pelo caminho. Várias vezes perco o equilíbrio, penso que estou prestes a cair e me recupero no último segundo. Por fim, chegamos ao nosso destino e eu me sento. A água da chuva acumulada no banco escorre pelas minhas calças e umedece as pernas. Não me importo.

Meu neto está mordendo com toda sua força uma girafa de borracha, feita para aliviar as gengivas inflamadas das crianças. Sais ou um gel é do que ele precisa, não outra moda comprada por uma mãe que não tem a mínima ideia do que é a maternidade. Ele tira o brinquedo da boca, o balança na mão e sorri para mim, um sorriso adequado e sincero que irradia tanto do rosto quanto do coração.

"Nana", ele balbucia. "Nananananana." E quase parte meu coração como ele é bonito, de olhos arregalados e inocente. É como voltar no tempo e ver Finn desde o começo. E, assim como Finn, quero manter Sonny desse jeito para sempre, imaculado e cheio de alegria, de olhos arregalados com tudo e todos ao seu redor. Contudo, sei que não é possível porque, se eu não intervier agora, Mia vai corrompê-lo como ela corrompe todos os homens. Sou a única pessoa que pode salvar Sonny daquela viúva negra.

O cemitério da igreja em que estamos contém lápides centenárias, tão corroídas pelo clima e pelo tempo que os nomes gravados nelas são indecifráveis. Ao nosso redor, erguem-se imponentes paredes de pedra cinza e os restos de uma pequena capela que foi incendiada na década de 1980. Explorei este lugar anos atrás como um local em potencial para um dos meus filhos, mas, a apenas vinte minutos de carro de casa, era perto demais para que fosse confortável.

Depois de uma breve trégua da chuva, começa a chuviscar outra vez, então fecho a capa de chuva de Sonny e puxo o capuz sobre sua cabeça. Continuamos até a extremidade do cemitério e paramos sob os longos e arrebatadores galhos de um salgueiro. Coloco um saco plástico no chão, retiro Sonny de seu carrinho de bebê e lentamente nos abaixamos sobre este pedaço de terra. Aqui, localizo um pequeno monte ligeiramente projetado acima da superfície. Uma urna contendo as cinzas de Dave está sob ele. Finn e eu o enterramos aqui depois que ele foi cremado. Seguindo o conselho da polícia, não comparecemos ao seu funeral por medo de aparecer nos jornais mais uma vez. Se meu filho já voltou aqui, ainda não me contou.

Enquanto não tiver certeza de que Finn está me dizendo a verdade, tenho que presumir que tudo o que está me dizendo agora é mentira, como a alegação de Sonny ter catapora para que eu não possa vê-lo. Segui sua outra avó enquanto ela o empurrava pela Sainsbury's, até que tive uma visão boa o suficiente dele para ver sua pele imaculada.

"Ela não vai mantê-lo longe de mim", digo a Sonny agora. "Ninguém vai."

Sem o conhecimento de ninguém, trouxe Sonny aqui uma série de vezes com buquês de flores que deixamos para seu avô. Então, conto-lhe tudo sobre Dave e como ele era um homem maravilhoso. Sei que Sonny não consegue me entender, mas é importante que ele saiba quem Dave era de verdade, não o monstro que o mundo supõe conhecer.

Eu o amo como nenhuma outra pessoa jamais amou ou vai amar. Mas também posso ver agora quanto conflito interno meu amor trouxe a ele. Ele fez o sacrifício final por mim e merece descansar em algum lugar que lhe traga paz.

Dando um passo para trás, observo Sonny esfregar as pontas dos dedos no solo úmido, depois pegar alguns punhados e rir enquanto os joga de volta ao chão. Choro e sorrio ao mesmo tempo, tirando uma das minhas fotos mentais da única pessoa no mundo que ainda não me decepcionou. Enquanto enquadro Sonny aqui embaixo da árvore, sua cabeça se vira para se certificar de que ainda estou por perto, oferecendo-me sua plena confiança. Por um momento, acredito de verdade que ele sabe que estou aqui para resgatá-lo de um pai fraco e de uma mãe que tem apenas seus próprios interesses em mente.

Fecho os olhos, e a imagem de Sonny é tão clara como se eles ainda estivessem abertos. Um calor belo se espalha por todas as veias do meu corpo, como se tivesse acabado de pisar no sol depois de anos presa sob o gelo. Estou viva de novo.

Sei que vou retornar a esse quadro muitas vezes no número limitado de anos que me restam, especialmente quando essa doença cruel me roubar tudo, exceto minha memória.

Fisicamente, é uma luta, mas consigo pegar Sonny no colo outra vez e segurá-lo perto de mim, sua cabeça pressiona firmemente contra meu peito. "Sinto muito", sussurro em seu ouvido e o aperto com mais força e mais tempo do que nunca. E mais do que posso voltar a fazer.

CAPÍTULO 63
MIA

Aperto um botão para abaixar a janela e permitir que o ar fresco chegue ao rosto.

Minha garganta está seca, então pego um frasco de metal do porta-copos da van de Finn, sem me importar com o que contém. Não sei se é enjoo da viagem, minha dor de cabeça ou o medo que está me deixando com vontade de vomitar. Não importa o motivo, momentos depois, tenho que empurrar a cabeça para fora da janela aberta e vomitar na estrada que passa abaixo de nós.

"Preciso encostar?", pergunta Finn.

"Não, não", digo e tomo outro gole de algo gasoso de seu cantil para lavar o gosto acre da boca. "A que distância fica esse lugar?"

"Mais cinco minutos."

"E você acha que eles vão estar lá?"

"A casa estava vazia, então é o único lugar em que consigo pensar."

Mais cedo, ele me contou sobre a cerimônia informal que ele e Debbie realizaram depois que os agentes funerários enviaram as cinzas de Dave. Certa manhã, longe da vista do público, eles usaram uma espátula para cavar um buraco e enterraram a urna de Dave sob uma árvore no terreno de um cemitério esquecido. Há alguma lógica por trás da escolha de visitar este cemitério agora, mas parece terrivelmente distante de uma certeza de que vamos encontrar Debbie e Sonny lá.

Estou petrificada, mas com raiva. Eu me odeio por não ter compartilhado minhas suspeitas com meus pais e Mark e não ter mostrado a ninguém além de Finn que Debbie provocou minha queda da escada.

Se tivesse dito alguma coisa, Sonny ainda poderia estar em casa conosco, não sabe Deus onde, com sua avó psicopata.

"E se ela o machucou?", digo.

"Ela não faria isso", retruca Finn, mas o tom de sua voz não me tranquiliza.

"Não tem como você saber. Se você estiver certo, ela já matou quarenta crianças e deixou o marido levar a culpa. Ela é capaz de qualquer coisa."

"Sonny é diferente: ele é neto dela."

"Aquele que ela tentou matar enquanto ainda estava no útero!", berro. "Acredita em mim agora? E ele não é neto dela, né? Não biologicamente. Se os motivos dela são inocentes, então por que disse que você a mandou buscá-lo?"

Ele acelera como forma de resposta. Está tão aterrorizado quanto eu. Passamos o resto da viagem em um silêncio nervoso, cada um rezando pelo melhor, mas silenciosamente temendo o pior. Finn está muito ocupado se concentrando nas curvas da estrada rural para me ver com meu telefone na mão esquerda, enviando mensagens de texto.

"Chegamos", diz Finn, apontando para as ruínas de uma igreja logo à frente. Ele freia bruscamente, e, mesmo antes de o carro parar, já abri a porta e estou correndo em direção a um conjunto de portões abertos.

Os terrenos são grandes e cobertos de vegetação e me lembram de quando havíamos acabado de comprar nossa casa amaldiçoada. É difícil enxergar em meio às sebes, gramíneas, ervas daninhas e árvores. Não consigo ver Sonny nem Debbie. "Onde eles estão?", eu grito em pânico.

"Por aqui", exclama Finn, e começo a correr atrás dele. E lá, à beira do cemitério sob um enorme salgueiro, vejo Debbie sentada em um banco, com um carrinho de bebê ao seu lado, uma capa de plástico protegendo Sonny da chuva. Solto um suspiro que estava segurando desde que saímos de casa.

"Mãe!", grita Finn, mas a palavra soa estranha vindo de sua boca. Nós dois sabemos que não cabe mais. Acho que ela não nos ouviu, então grito o nome dela. Desta vez, ela se vira.

É a primeira vez que a vejo desde a nossa briga na delegacia e estou surpresa com sua aparência. A raiz grisalha compõe metade do cabelo outrora loiro, ela não está usando maquiagem e há mais rugas no rosto do que já havia notado. Os ombros estão curvados, e o corpo, encolhido. O luto está acabando com ela.

Quando me aproximo, ela levanta a bengala acima da cabeça, pronta para me atacar se eu chegar mais perto. Seu braço está tremendo, e a ameaça é patética. Não me importo se ela me atingir, só quero segurar meu bebê de novo. No entanto, Finn me agarra pelo braço e me mantém onde estou.

"Eu quero meu filho", digo com firmeza.

"Por quê? O que você acha que vou fazer com ele?"

"Nós sabemos, Debbie", disparo. "Sabemos o que você fez com crianças iguais a ele."

"Do que ela está falando?", ela pergunta a Finn.

Observo enquanto ele abre a boca, mas de repente é demais para ele. As mentiras de Debbie minaram cada pedaço de força deste homem. Ele não sabe por onde começar, então eu preencho os espaços em branco.

"Sabemos que foi você quem sequestrou aquelas crianças, não Dave. Encontramos seus diários."

"Que merda é essa que você está falando?"

"Chega de mentiras, Debbie. É você quem está matando há todos esses anos. Você cometeu um deslize e colocou suas próprias iniciais em uma das entradas do diário."

"Você vai deixar que ela fale assim com sua mãe?", ela pergunta a Finn. "Onde estão seus colhões?"

"E sabemos que você não é a mãe dele", disparo. As palavras pairam ali por um momento. "Finn não é seu filho."

Essa frase a abala mais do que a primeira, o que me surpreende. "O que... o que você está... É claro que ele é meu filho", ela se enrola.

"Fizemos um teste de DNA, e ele não é parente nem seu nem de Dave."

A cor é drenada de seu rosto. Ela olha para ele outra vez, e a expressão inflexível de Finn diz a ela que ele sabe de tudo.

Finalmente, Finn fala. "Quem sou eu?"

Agora, Debbie está sem palavras. "Isso... isso... isso apenas aconteceu. Tudo isso... *tudo*. Apenas aconteceu."

"Nunca 'apenas acontece'", retruca ele. "Tudo nesses diários é planejado e listado, o endereço e a data de cada cidade onde uma criança desapareceu. Foi tudo premeditado. Você era cuidadosa demais para permitir que algo 'apenas acontecesse'. Você fez sua pesquisa. Então, quem sou eu?"

JOHN MARRS
TUDO EM FAMÍLIA

CAPÍTULO 64

DEBBIE

Ele sabe, ele sabe, ele sabe. Meus piores medos se concretizaram. Todos esses anos de fingimento chegaram a um fim rápido e repentino.

Presumi — e esperava — que Finn pudesse adivinhar que eu estava aqui, mas essa não é a conversa que esperava ou tivesse ensaiado. Não tenho uma mentira preparada para contar. Quando ele era um garotinho e caía da bicicleta, eu o confortava com um abraço, acariciando sua cabeça. Diante de mim agora está o mesmo menino, machucando-se todo outra vez, mas agora eu sou a causa de sua dor e não posso remediá-la. E ele ainda não sabe a pior parte do que fiz com ele.

Foi ela quem disse a Finn que não sou sua mãe. Pude sentir seu olhar presunçoso e convencido ao me dizer que ele já sabia. Finn nunca questionaria minha maternidade, nem faria um teste de DNA por conta própria. Quero avançar e golpeá-la, mas mal consigo segurar essa bengala acima da cabeça. Maldita seja essa vadia, e maldito seja meu corpo frágil.

"Quem sou eu?", Finn repete.

"Você... você é... seu nome é... era... William Brown."

Suas sobrancelhas franzem, e ele e Mia olham um para o outro. Se não estou enganada, eles reconhecem o nome. "Isso não é possível", exclama ele, voltando-se para mim. "Eu nasci antes dele."

"Sua certidão de nascimento não é sua", explico.

"Então, de quem é?"

Não quero falar sobre isso, não quero de forma alguma. Mas não tenho escolha. Finn está forçando a abertura de uma válvula, e não posso impedir que o ar escape.

"Finn Hunter era meu filho biológico. Ele morreu um mês antes que eu encontrasse você." Se fechar os olhos com força, ainda posso sentir o corpo do meu filho lentamente esfriando em meus braços antes que Dave o tirasse de mim. "Sofri muitos abortos antes de ele nascer, cada um deles quase me destruiu. Com cada um, vinha um impacto emocional enorme e tão poderoso quanto o luto. E, então, um milagre aconteceu. Conseguimos encerrar a história com um menino maravilhoso e bonito", continuo. "Imediatamente nos apaixonamos por cada osso minúsculo em seu corpo até que ele foi arrancado de nós três dias depois. Morte súbita, presumimos, já que não poderia haver outra explicação para isso. Mas nunca relatamos ou contamos o fato a outra alma viva. Nenhum de nós confiava nas autoridades. Estava convencida de que iriam me culpar por ter feito algo de errado e, então, de alguma forma, descobrir sobre as malas no armazém. Seu pai tinha acabado de registrar o nascimento de Finn, mas nenhum de nós foi capaz de registrar sua morte."

Durante semanas, minha mente permaneceu às escuras. Não ligava de volta para amigos que deixavam mensagens na caixa postal para ver se meu bebê já havia nascido. Deitava na cama abraçada a Dave, desesperada para que ele trouxesse meu Finn de volta. E, quando aceitei que nenhum milagre aconteceria, a única maneira de recuperar qualquer parte do meu eu antigo era se pudesse fazer o que sabia melhor. Não poderia salvar meu próprio bebê, mas poderia salvar o de outra pessoa deste mundo cruel e rancoroso.

Ainda me lembro daquele dia com muita clareza. Fugi da vista de Dave e dirigi até Ipswich, um lugar que visitei uma vez, mas ainda não havia escolhido uma criança para resgatar. Fui em direção a uma jovem mãe atormentada, que empurrava um bebê em um carrinho velho e desgastado. Alguns passos atrás, como um pensamento que se demora, era seguida por uma garotinha, o calcanhar de um de seus tênis batendo enquanto ela caminhava, sua camiseta manchada e suja. Em intervalos, sua mãe se virava para gritar com ela por ser muito lenta.

Mais tarde, a menina foi deixada para vigiar seu irmãozinho do lado de fora de um supermercado enquanto ela entrava. Nunca vou esquecer como seus longos cachos escuros eram macios contra a ponta dos meus dedos enquanto os passava por ela. Mas havia muitas outras pessoas ao redor para que pudesse ajudá-la.

Limpo a garganta. "Você chamou minha atenção no seu carrinho", direciono a Finn. "Você tinha esses olhos escuros e suntuosos, e uma mecha de cabelo castanho-escuro grosso. Então, seu olhar se fixou no meu, e algo dentro da minha cabeça se encaixou. Você e eu pertencíamos um ao outro."

"Mas eu não era seu para que me levasse", Finn responde baixinho.

"A mensagem de texto de Dave para Debbie que foi lida na audiência", Mia diz a ele. "Ele escreveu algo como 'me deixa fazer 1 última coisa pra proteger você e meus Finn'. 'Meus Finn', plural, não 'meu Finn'. Deduzi que era um erro, mas acho que ele quis dizer que queria proteger você e a criança que eles perderam."

"Segui você até em casa", digo a ele, "fiquei fora de vista no beco atrás da casa. Vocês estavam todos no jardim, mas aquela mulher estava ignorando vocês dois enquanto fumava e lia uma revista. Depois, ela se levantou e entrou, deixando você sozinho. Era um sinal. Então entrei e o peguei em meus braços. A garotinha tinha idade suficiente para saber que o que estava acontecendo não deveria estar acontecendo. Disse a ela que era amiga da mãe dela e perguntei se queria brincar de esconde-esconde comigo. Ela estava tão faminta por atenção que concordou. Então, nós três corremos para onde estacionei meu carro perto de uma série de garagens. E, com você e ela lá dentro, fui embora."

Mesmo sob o casaco, percebo o peito de Finn subindo e descendo com rapidez. Ele está se agarrando a cada palavra que digo. Mia também o está observando de perto. Me arrepio quando ela pega a mão dele e entrelaça os dedos ao redor. Ele não tenta afastá-la, fato que apenas aumenta minha determinação. Tomei a decisão certa. Muito em breve, ela vai pagar por isso.

"O que aconteceu com a irmã de Finn?", pergunta Mia.

"Fiz o que fui fazer e, depois, dirigi para casa com o meu novo bebê embrulhado em um tapete de viagem no piso diante do assento do passageiro. Nunca houve qualquer dúvida em minha mente de que eu era a mãe de que Finn precisava."

"Mas ele já tinha uma", argumenta Mia.

"Dei a ele uma vida melhor do que a que ela poderia ter dado", respondo. "Ou melhor do que a que você poderia dar a ele, esse projeto patético de esposa que você é."

Mia ignora minhas palavras. "E Dave não fez nenhuma pergunta quando você voltou para casa com um bebê?"

"É claro que fez."

"Mas ele concordou em deixar você ficar com ele?"

"Ele me amava. Ele teria feito qualquer coisa por mim."

Nunca vou esquecer o rosto do meu marido quando voltou do trabalho mais tarde naquela noite e me encontrou em nosso quarto, embalando um bebê que ele nunca tinha visto. No começo, ele não conseguiu entender a cena. "O que você fez?", ele enfim perguntou.

Expliquei a ele os eventos daquele dia, incluindo o destino da irmã de Finn. Ele murmurou a palavra "não" repetidas vezes e saiu em silêncio. Eu o encontrei mais tarde no corredor do apartamento onde morávamos. Ele estava encostado na parede, a testa pressionada contra ela.

"Não sei se aguento mais isso", declarou e beliscou a ponta do nariz.

Seu desânimo me assustou. Eu o havia levado até o limite. Não poderia viver sem Dave, mas não poderia desistir dessa criança que precisava tanto de mim. Um bebê já havia sido roubado de mim, não poderia permitir que um segundo fosse arrancado de meus braços. "Não estou pedindo que você faça nada além de amá-lo e ser seu pai", disse a ele.

"Mas você o roubou!", Dave gritou. "Policiais e grupos de busca vão procurá-lo. Vai aparecer em todos os jornais. Vamos ser presos por isso! E se eles descobrirem..." Como sempre, ele não conseguia colocar minhas outras atividades em palavras.

"Eles não têm motivos para acreditar que este menino está aqui", assegurei a ele, "a duzentos quilômetros de distância de onde desapareceu. E podemos facilmente fingir que ele é nosso. Vou dizer aos nossos amigos que não entrei em contato desde que ele nasceu porque tive depressão pós-parto. Não vai ser tão difícil. E nós já temos uma certidão de nascimento."

A cabeça de Dave virou bruscamente. "O quê?"

Seu ímpeto de raiva me surpreendeu, mas persisti. "Podemos usar a do Finn. Ninguém vai saber."

"Você não pode simplesmente apagar nosso bebê e substituí-lo por outro!"

"Não vou fazer isso."

"Vai, sim. E você não sabe nada sobre esse garoto. O que ele gosta ou não gosta, se tem alguma doença, com que frequência dorme e o que come. Qual é o nome dele? Quantos anos ele tem? A que ele é alérgico?"

"Não sei."

"Porque ele não é nosso filho e nunca vai ser. Se você sabe como é perder um filho, então sabe o inferno pelo qual está fazendo a mãe dele passar. Poderíamos ter tentado ter outro bebê..."

"Não. Perder Finn quase me destruiu. *Chegou* a me destruir. Não posso passar por isso de novo."

"Poderíamos ter pensado em adoção."

"O quê? E ter estranhos bisbilhotando nosso passado, enfiando o nariz onde não devem? Este garotinho é nossa última chance de formar uma família. E tenho certeza de que salvá-lo significa que não vou precisar salvar outra criança, nunca mais."

Essas palavras deixaram Dave petrificado. A sugestão de que essa criança substituta pudesse acabar com o lado de sua esposa que aceitava com relutância, mas que nunca realmente compreendeu.

"Ele é tudo de que preciso para preencher o vazio", continuei. "Você vai ver. Por favor, não o tire de mim. Eu imploro."

A voz de Mia me traz de volta ao presente. "Dave ajudou você a sequestrar e matar, ou apenas escondia os corpos?"

"Eu trabalho sozinha", conto a ela. Nem sempre foi o caso, mas ela não precisa saber disso.

"Mas ele sabia o que você estava fazendo?", Mia pressiona.

"Não conversávamos sobre isso."

"Isso não significa que ele não sabia. Então, ele poderia tê-la impedido a qualquer momento."

Ah, essa mulher. Essa mulher. "Já vi como você trata meu filho, então não esperaria que entendesse como os casamentos funcionam", argumento. "O único crime de Dave foi me amar demais e querer me proteger."

"Não, não foram seus únicos crimes. Não chega nem perto disso."

Olho para meu filho, esperando que não me desaponte outra vez, permitindo que a animosidade de Mia obscureça seu julgamento. Mas ele não consegue olhar em meus olhos. "Reconheço que a maneira como você entrou em nossas vidas não foi típica", digo a ele, "mas você me *conhece*, Finn. Sou sua mãe. Eu o amo tanto quanto se tivesse nascido de mim. Não deixe que Mia te coloque contra mim."

Há uma pausa que dura uma vida inteira antes que ele fale. Suas palavras são escolhidas com cuidado.

"Mas eu não nasci de você, não é? Nasci de outra pessoa. E você me tirou dela e matou minha irmã."

"Você o manipulou por toda a sua vida", acrescenta Mia. "Mas tudo acaba aqui."

"Não", cuspo. "Termina quando eu disser que termina." Antes que o segundo ato de nossa história se desenrole, sei que este é o fim para nós. Posso sentir o gosto do veneno na minha língua enquanto aponto para Mia. "Você acha que eu sou a manipuladora aqui? Ora, dê uma olhada no espelho. Observei vocês dois agindo pelas costas da Emma, colocando suas próprias necessidades acima das de Sonny. Ele não merece uma mãe como você, Mia, e embora me doa dizer isso, você também não o merece, Finn."

Ele balança a cabeça. "Ele não merece nenhum de nós", ele responde.

Olho para o meu filho uma última vez, esperando que o tenha interpretado mal, dando a ele uma última oportunidade de perceber o que está jogando fora por causa dela. Porque, nos próximos minutos, ele está prestes a perder tudo. Preparo minha cartada final. "Sabe, tem uma pergunta que você não me fez, Mia."

"Qual seria?", pergunta ela.

"Quanto tempo faz desde minha última morte."

"E?"

"E o quê?", respondo. "Pergunte."

Ela suspira. "Quanto tempo faz desde sua última morte?"

De repente, tudo dentro de mim se acalma. A raiva, a frustração, o choque, a perturbação, a saudade e o rancor — tudo desaparece no tempo que leva para virar lentamente o carrinho de Sonny na direção deles.

CAPÍTULO 65

FINN

Olho para o carrinho de Sonny por um longo, longo momento antes que caia a ficha.

Está vazio.

Não há nada sob a capa de plástico que deveria protegê-lo da chuva. Meu rapazinho não está aqui.

"Onde ele está?", Mia encontra sua voz primeiro. "Onde está Sonny?"

Há um sorriso estranho se formando no rosto de mamãe, um que não via desde que era criança. É como se outra pessoa estivesse controlando suas expressões, e um calafrio glacial me atingisse.

"Ele se foi", afirma mamãe com naturalidade.

"Foi para onde?", pergunto.

"Eu o salvei."

"Do quê?", continuo.

"Dela", mamãe retruca. "De você."

"Isso não está fazendo sentido nenhum. Onde está meu filho?"

"Sinto muito, Finn, é tarde demais."

"O que ela está dizendo?", grita Mia, seus dedos não mais enrolados nos meus e segurando meu braço.

"Você sabe o que estou dizendo", mamãe diz a Mia. "Ao virar Finn contra mim, você me tirou algo muito precioso. Então, fiz o mesmo com você."

"Do que ela está falando, Finn? Que merda ela quer dizer?"

Dou um passo para mais perto de mamãe, com um medo novo e inclemente surgindo dentro de mim. Estou confuso e com medo, e seus enigmas estão me frustrando. "Onde está Sonny?"

Então, ela me dá aquele sorriso de novo, aquele que me assustava quando era criança e que me assusta agora. "Você causou isso a si mesmo", ela brada. "Vocês dois causaram. Vocês são uma combinação terrível, e eu não poderia ficar sentada sem fazer nada enquanto vocês reatavam e destruíam a vida daquele garotinho. Eu o amo demais."

"Mas não estamos juntos", alega Mia.

"Mentirosa!", esbraveja mamãe. "Não pense que sou idiota. Eu vejo as coisas, sei das coisas. Você só está dizendo isso para que eu diga onde Sonny está."

"Não estamos!", troveja Mia, exasperada. Lágrimas estão vertendo de seus olhos, muco escorrendo do nariz. A chuva está desmanchando seu delineador. "Debbie, eu juro."

"Suas promessas valem tão pouco para mim quanto suas mentiras."

"Não me importo com o que você pensa sobre mim, só quero saber onde Sonny está."

"Por que contaria a você? Por que iria querer atenuar um segundo do que você está sentindo agora? Ou, aliás, a dor que você vai sentir pelo resto da vida? E acredite em mim, Mia, vai doer. Vai doer como nada mais te fez sofrer antes."

Não consigo me segurar mais. Inclino-me em direção à mamãe, agarrando-a pelos ombros magros e a sacudindo como uma boneca de pano. "Se você me ama, então me diga onde ele está."

"Sinto muito, Finn", afirma ela, sua voz oscila enquanto a sufoco. "Mas é tarde demais."

Ela vira a cabeça e olha a alguns metros de distância, onde enterrou as cinzas de papai. É só então que vejo. Um conjunto de roupas de bebê bem dobradas dentro de uma sacola embalada a vácuo colocada no chão.

CAPÍTULO 66

MIA

Finn se vira para mim, seus olhos tão arregalados e cheios de descrença como jamais os havia visto. Cubro a boca como se tentasse conter um grito que está preso na garganta. *Ela não pode ter feito isso*, penso. *Ela não machucaria alguém que ama tanto.*

Finn e eu corremos em direção à pilha de roupas, caímos de joelhos diante dela e a abrimos. É composta por um par de calças de algodão marrom e um casaco com estampa de dinossauro, camisa branca e meias azul-claras com desenhos de caranguejos. É a roupa que coloquei em Sonny nesta tarde antes de Debbie levá-lo.

Passamos entre nossas mãos, um esperando que o outro diga que cometemos um erro e isso não pertence a ele. Seguro as roupas contra o nariz para tentar sentir o cheiro do meu filho.

"Meu bebê", grito. "O que ela fez com meu bebê?" Viro-me para Finn e agarro o cadarço pendurado de seu moletom, trazendo seu rosto para mais perto do meu. "Onde está ele?" Agora, estou cravando os dedos profundamente na carne de seus antebraços, desesperada para que ele me garanta que nem mesmo sua mãe monstruosa faria isso com um bebê.

No entanto, o rosto de Finn me diz que, muito antes desse momento, ele aceitou que Debbie poderia ser capaz de qualquer coisa.

Tiro minhas mãos dele e olho ao redor do cemitério. Se ela o enterrou aqui, ele pode estar em qualquer lugar. Mas ele também pode ainda estar vivo, já que ela não deve ter chegado aqui há muito tempo. Um pedaço de terra nas proximidades chama minha atenção. Não está coberto de ervas daninhas e parece que foi limpo recentemente. Uso as unhas para cavar o chão. Sinto que ela se moveu em nossa direção. Sinto seus olhos sobre mim, sinto sua boca cruel enquanto reviro o solo molhado, criando pequenas montanhas, indo tão fundo quanto as pontas dos meus dedos permitem até que, de repente, alcanço alguma coisa. "Me ajude!", grito com Finn e agora estou cavando freneticamente até perceber o que encontrei. É uma urna, provavelmente a que contém as cinzas de Dave.

Procuro outro lugar para escavar, qualquer lugar, arrancando tufos de grama, meus dedos furando com os espinhos, repito a ação sem parar em lugares diferentes. Só paro para enxugar minhas lágrimas e sinto a lama se acumulando no rosto. Não sei se devo ficar aliviada ou assustada por não haver nada aqui. De repente, percebo que estou fazendo isso sozinha e que Finn não está ajudando. Viro-me para gritar com ele outra vez, mas ele está se levantando lentamente, o cabelo molhado e solto do nó superior, caindo sobre o rosto.

Então, em um piscar de olhos, ele se lança sobre a mãe. Eles caem no chão juntos, ele com as mãos grandes em volta do pescoço estreito dela, estrangulando-a enquanto os membros fracos de Debbie se debatem contra o caminho de cascalho e as ervas daninhas. É uma faceta de Finn que nunca vi, agindo por impulso puro e desvelado. Há um lado meu que quer que ele a estrangule, que quer que ele a apague como a chama de uma vela. Mas ela é a única pessoa que pode nos dizer onde Sonny está. "Finn, não!", grito, mas ele não consegue me ouvir. Em vez disso, ele continua a sacudir, batendo a cabeça de Debbie no chão.

A boca dele está perto do ouvido dela, e ele está dizendo alguma coisa, mas sua voz está baixa demais para que eu entenda as palavras.

"Finn!", continuo gritando e puxo seu ombro para tentar virá-lo, mas ele se mantém firme. Ele vai matá-la.

CAPÍTULO 67

DEBBIE

Estou esparramada pelo chão, lutando para respirar enquanto as mãos de Finn mantêm seu aperto quase mecânico ao redor do meu pescoço. Minha visão está embaçada e estou tonta por ter batido a nuca repetidas vezes. Mesmo que não estivesse me sufocando, duvido que pudesse respirar sob seu peso enquanto ele se senta montado em mim.

Meu instinto é ofegar e tentar agarrar seus braços para afastá-lo de mim. Mas luto contra esse impulso, meu filho não. Não quero que ele pare. Estou pronta para morrer. Quero estar com meu Dave e o mais longe possível deste mundo. Quero paz, quero sossego, quero ser enterrada sob aquela camada de terra sob o salgueiro com meu marido.

Olho Finn nos olhos enquanto ele me estrangula. E posso dizer que ele tem a capacidade para me matar. A sua criação venceu. Ele não quer nada mais do que acabar com a minha vida pelo que fiz com ele, Mia e Sonny. E quem pode culpá-lo por isso? É o que mereço. Mas é também o que eles merecem. Ao ser gentil com Sonny, tive que ser cruel com eles.

"Finn, não!" Ouço Mia gritando e quero que ela cale a boca. Pela primeira vez, preciso que ela pare de se intrometer e deixe isso se desenrolar até sua conclusão natural, como eu pretendia.

Sei quanto tempo isso vai levar porque sou experiente. Talvez demore um pouco mais com um adulto do que com uma criança, mas, sem sombra de dúvida, se Finn continuar aplicando esse nível de compressão, vou desmaiar muito em breve, e tudo vai acabar em menos de um minuto depois disso.

"É isso o que você sempre quis, não é?", ele sibila no meu ouvido. "Outra geração de assassinos na família."

Estou fisicamente incapaz de responder. Ele tem razão, mas, independentemente de como ele partiu meu coração e de como chegamos a este ponto, Finn ainda é a minha maior conquista. Por muito tempo, foi minha primeira morte, perto do canal. Rachei a cabeça de Justin Powell em nome de Dave.

Ele havia apontado Powell para mim em um centro comercial em um sábado, semanas antes. Com meu incentivo, Dave voltou para a escola, mas ele estava atrás de seus antigos colegas de classe. Lá, um novo e jovem professor viu sua letra e dificuldade de leitura e, após os testes, o diagnosticou com um distúrbio de aprendizagem raramente discutido à época: dislexia. Um avanço maravilhoso e emocionante.

Claro, o diagnóstico de Dave não impediu que ele sofresse bullying de Powell e sua turma. Por que eles permitiriam que algo assim interrompesse sua diversão? Eles continuaram até o ponto em que, quando Dave o apontou para mim, ele estava prestes a sair da escola outra vez.

Eu não poderia permitir isso. *Não iria* permitir. Ao encontrar Powell sozinho pouco mais de uma semana depois, sem testemunhas, aproveitei a oportunidade para proteger o rapaz que amava.

Semanas depois, Dave encontrou na minha mochila escolar um broche de metal que havia caído do blazer do menino na calçada do canal. Foi uma resposta de colecionador pegar a lembrança brilhante com o nome de Powell e o título de monitor-chefe nele. Eu tinha a língua presa demais para mentir de forma convincente. Observei o rosto de Dave mudar gradualmente da curiosidade para a confusão e, por fim, choque quando chegou à constatação do que eu era capaz.

Esperava que fosse o nosso fim. No entanto, ele me pegou em seus braços, me abraçou com força e não me soltou até o dia em que Mia o matou.

Anos depois, eu já havia entregado seis jovenzinhos a uma vida melhor quando Dave se deparou com a papelada dos meus falecidos avós a respeito do armazém dos Kilgours e seu conteúdo. Presumi que haviam tirado da casa junto com meus livros escolares e qualquer coisa que me ligasse a ela. Neguei qualquer conhecimento disso, mas ele podia me ler como um livro. Pelas minhas costas, ele foi ver por conta própria, abrindo algumas malas que eu havia levado vazias e devolvido cheias. Para seu horror, ele descobriu que Justin não era um caso isolado.

Ele nos trancou em nosso apartamento por dias enquanto eu tentava explicar o que me obrigava a matar aquelas crianças. E, claro, ele tentou me convencer de como era errado. Mas continuei convencida de que estava fazendo a coisa certa. Estava salvando crianças como Dave, como eu, crianças destinadas a cair nos abismos. Se ele e eu não tivéssemos nos encontrado, tremo ao pensar no que poderia ter sido de nós.

Por fim, embora jamais concordasse, ele foi forçado a aceitar como eu era determinada e apaixonada. Ele precisava de mim e me amava demais para me entregar à polícia. Mostrei minha lealdade ao matar por ele, protegendo-o do que ele havia feito (bem, o que ele achava que havia feito) a Precious. Ele sabia que eu sempre iria pertencer a ele. Foi então que soube que não havia nada que eu pudesse fazer para que ele não me amasse mais. Ele morreria por mim. E ele era um homem de palavra.

Então, por décadas, e em troca de sua vista grossa, prometi a ele que não correria riscos desnecessários ou discutiria com ele o que fiz. Também não cederia aos meus impulsos no momento em que viessem à tona. Pelo contrário, eu me equilibraria e aguentaria o máximo que pudesse, então criaria minha imagem mental e colocaria seus corpos onde ninguém pudesse machucá-los novamente, seguros no armazém que ninguém além de nós sabia que existia.

Agora, ao respirar a mínima lufada de ar pela última vez, imagino Dave e como ele vai sorrir para mim quando nos reunirmos assim que Finn terminar de me matar. Meu corpo está ficando apático, e a escuridão está descendo. Minha vida foi bem vivida e agora estou próxima do ponto de chegada.

Meu querido, sussurro para mim mesma. *Logo vou estar com você.*

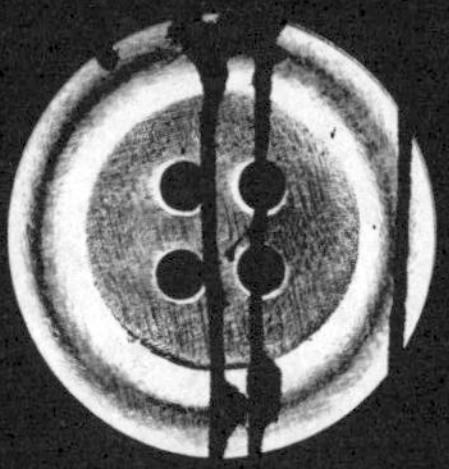

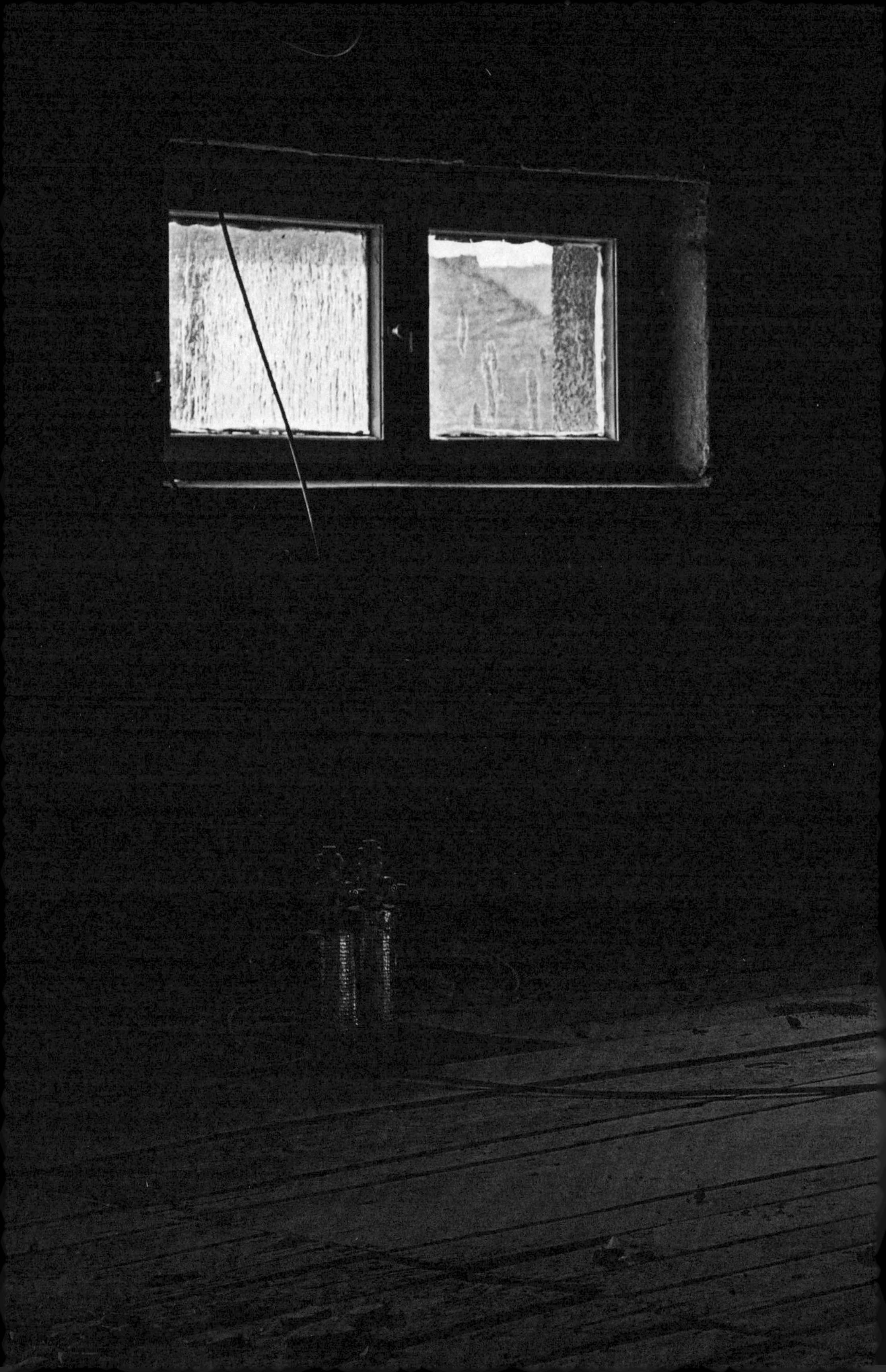

PARTE IV

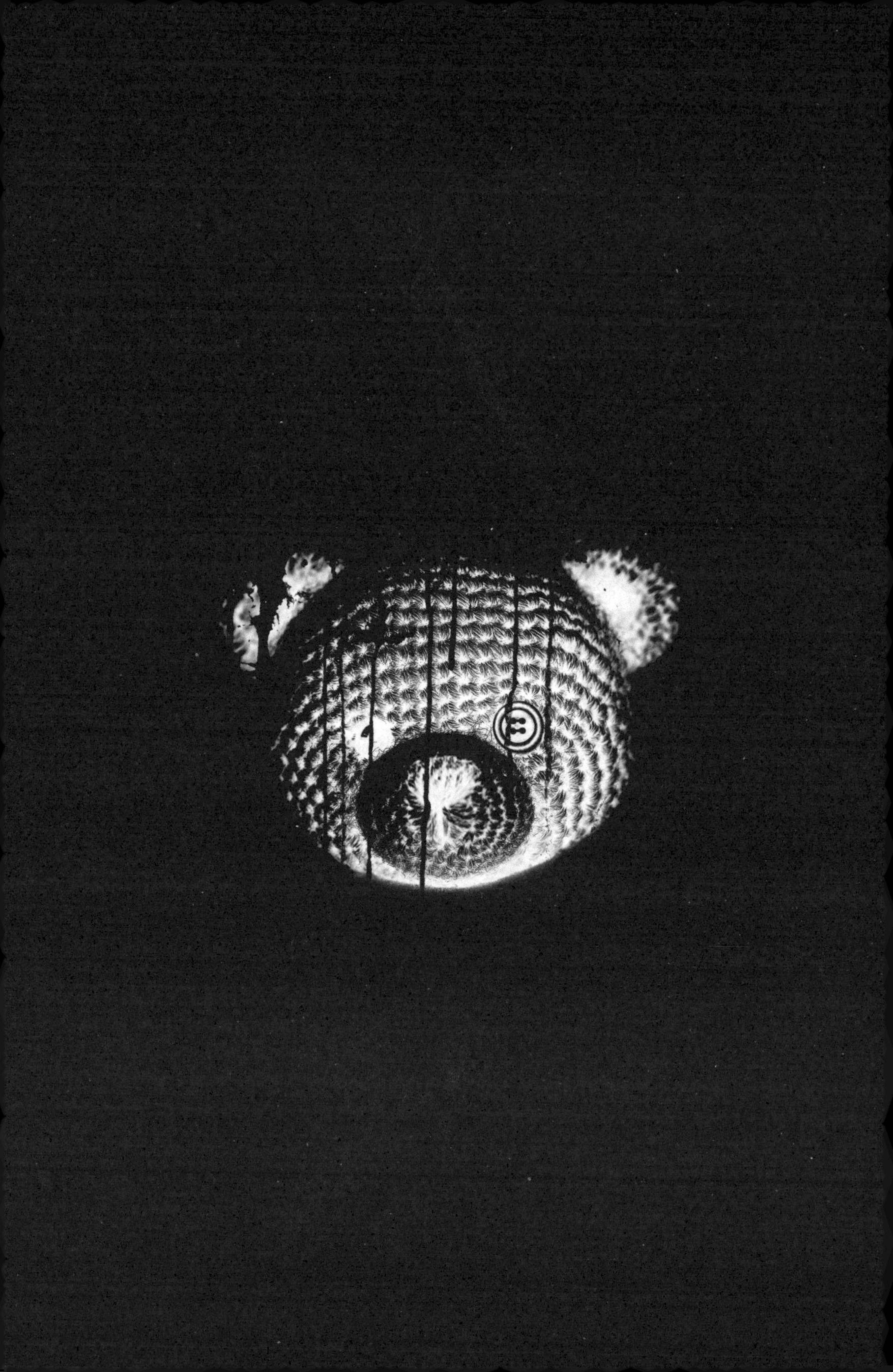

CAPÍTULO 68

MIA, 2022

Uma montagem de videoclipes familiares está sendo reproduzida em vários televisores montados na parede quando um jovem assistente de palco aparece.

"Boa sorte, meu bem", exclama Lorna e me dá um abraço virtual no final da nossa videochamada. Gostaria que sua presença tivesse sido autorizada para me dar apoio moral hoje, mas as restrições impostas por causa da covid ainda estão em vigor neste estúdio de televisão, mesmo que tenhamos saído do que esperamos ser nosso último *lockdown*. O assistente de máscara me guia do camarim até o estúdio principal, cruzando dois corredores e portas duplas ao fim. Continuo tendo vislumbres de outras telas no caminho. Elas estão cheias de imagens de mim, Sonny e Finn, depois Dave e finalmente *ela*. Conheço a essência sem ter que ouvir exatamente o que a narração abafada está dizendo.

Dois apresentadores matinais de televisão estão sentados atrás de sua mesa e viram a cabeça quando entro. Já nos encontramos várias vezes e, como sempre, eles me oferecem sorrisos calorosos e simpáticos. Um deles, Kylie Pentelow, estende a mão para tocar a minha, mas depois a retrai, lembrando-se da regra dos dois metros. "É tão bom vê-la outra vez", ela me cumprimenta com tanta sinceridade que acredito.

"E voltamos em cinco... quatro...", vem a voz de uma pessoa que não consigo ver atrás da fileira de câmeras. Em seguida, sua mão sobe para contar os três números finais nos dedos. Bob Gadsby, coâncora de Kylie, lê o teleponto fixado sob uma câmera, repassando aos telespectadores o significado da minha aparição hoje.

"Seja bem-vinda, Mia, neste dia que sabemos que deve ser emocionante", começa.

"Obrigada", respondo.

"Hoje completam dois anos que você descobriu que sua sogra, a agora infame assassina de várias crianças Debbie Hunter, também foi responsável pelo desaparecimento de seu filhinho, Sonny. E você trabalhou com retratistas da polícia para criar uma imagem de como você acha que Sonny pode estar agora, certo?"

"Correto." Em uma tela, vejo a imagem de um menino que tanto reconheço quanto não reconheço. Ele tem os olhos e os lábios do meu filho, mas tem cabelos mais longos, uma boca cheia de dentes e um rosto mais magro. "É assim que os especialistas acham que Sonny pode estar agora, como uma criança de três anos. E estou apelando para qualquer um que ache que possa reconhecê-lo que entre em contato com o número na tela."

"Pode nos lembrar o que aconteceu na tarde em que ele desapareceu?", pergunta Kylie.

Como faço com frequência quando estou fazendo apelos públicos como este, entro em piloto automático e conto novamente os eventos do dia que estraçalharam meu mundo. A única parte que não discuto é Finn estrangulando sua mãe. Isso, deixamos só entre nós.

"E até hoje", continua Kylie, "você ainda não tem ideia do que aconteceu com Sonny?"

"Não. As investigações seguem com os agentes trabalhando firme."

"Conte como foram as consequências do desaparecimento de Sonny para você. Porque não consigo nem começar a imaginar a dor pela qual você deve ter passado."

"É difícil explicar", desabafo. "É como se eu tivesse sido dividida em duas metades. Parte de mim ainda está sofrendo uma perda imensurável, mas, ao mesmo tempo, tenho que ter a esperança de que ele esteja vivo. E apelos como este podem trazê-lo para casa."

"Segundo uma matéria de ontem do *Daily Mail*", diz Bob, "a polícia investiga organizações de tráfico de crianças para as quais Sonny poderia ter sido vendido." Um arrepio se espalha pelo meu peito e ombros diante das implicações horríveis disso. "O que você acha que aconteceu com ele?"

"A melhor hipótese é que Debbie o tenha entregado para nos punir e que ele esteja sendo criado por alguém que o ama", respondo. "E embora isso parta meu coração, pelo menos significa que ele está vivo. Mas, com base no que sabemos sobre a extensão dos crimes anteriores de Debbie, existe a possibilidade de que ele não esteja. Não houve nenhum avistamento confirmado de Sonny desde seu desaparecimento, e a polícia não tem nenhuma prova que sugira que ele esteja vivo ou não."

Estou repleta de lágrimas e as enxugo com os dedos até que alguém fora da câmera me passa uma caixa de lenços de papel.

"Da última vez que você esteve aqui", diz Kylie, "você nos disse que não havia falado com seu ex-marido, Finn, desde o divórcio. Vocês ainda estão afastados?"

Em silêncio, recordo-me da última vez que Finn e eu estivemos juntos no mesmo local, quatro meses após os eventos daquela tarde. Eu havia criado uma bolha de apoio com meus pais, então estávamos no jardim, e a alguns metros de distância estavam Finn e o novo oficial de ligação da família ao qual fomos designados depois que Finn se recusou a continuar a lidar com Mark. Mesmo à distância, senti cheiro de álcool no hálito e nas roupas de Finn, e discutimos quando ele me acusou de ter um caso com Mark. Fiquei furiosa com ele. A última coisa na minha cabeça era um relacionamento enquanto meu filho estava desaparecido.

Em retrospectiva, entendo que Finn estava descontando, sua dor e raiva fundiam-se. Ele havia perdido tudo — o filho, a mãe, o pai e até sua identidade. O relacionamento com Emma foi a última coisa a sair de seu controle quando ela não conseguiu lidar com mais nenhuma revelação sobre sua família perversa. Ela terminou, permitindo apenas que ele visse a filha em horários indicados pelo juiz. Seus confinamentos foram passados na solidão. Por mais culpada que isso me fizesse sentir, não poderia assumir os problemas e a culpa de Finn além dos meus. E, todas as vezes que estava perto dele, tudo o que via era o filho da mulher que roubou meu bebê. Eu me ressentia dele, mesmo que não fosse sua culpa. Sempre vou me sentir culpada por abandoná-lo, mas tive que me colocar em primeiro lugar.

"Estamos em uma situação melhor agora", alego a Kylie. "Entramos em contato por mensagem de texto quando se trata do caso. Espero que um dia possamos voltar a ser amigos."

"É possível voltar a um senso de normalidade depois de viver o que você está passando?", questiona Bob.

"Não reconheço mais o normal, mas tive que encontrar uma maneira de sobreviver. Não pude continuar meu trabalho em relações públicas porque a mídia estava mais interessada em mim do que em meus clientes. Então, coloquei minhas habilidades de marketing e conhecimento sobre pessoas desaparecidas para trabalhar para uma instituição de caridade. Apresentamos casos arquivados de crianças desaparecidas que acreditamos que merecem uma investigação mais aprofundada a várias forças policiais por todo o país. Existem milhares de pais cujos filhos estão desaparecidos há muito mais tempo do que Sonny. Então, se puder usar um pouco do que aprendi para ajudá-los de alguma forma, eu vou."

"Qual é a sua opinião sobre Debbie Hunter agora, Mia?", Bob pergunta. "Ela mudou ao longo do tempo?"

Penso em seus olhos estreitos, parecidos com os de uma serpente, enquanto observava a concretização do que havia tirado de nós. Não havia mais nada dela além de rancor. "Não, não mudou", afirmo. "Ainda acredito que ela é um monstro."

"Você pode perdoá-la algum dia?"

"Gostaria de ser uma pessoa melhor e dizer sim, mas, enquanto não descobrir onde Sonny está ou o que aconteceu com ele, então, não, não posso."

Odeio que ela ainda esteja viva.

"Você já teve algum contato com Debbie?"

"Somente através de seus advogados. E ela ainda se recusa a dizer uma palavra sobre o que fez."

"O que você diria a ela agora se ela estiver assistindo?"

"Pediria a ela que nos devolvesse nosso filho. Ela já nos puniu por tempo demais. Só queremos levá-lo de volta para casa."

BOLETIM DE OCORRÊNCIA:
RELATO DA TESTEMUNHA OCULAR TRACY FENTON,
EX-PACIENTE DO HOSPITAL PSIQUIÁTRICO BROADMOOR

Hunter é mantida distante dos outros em uma seção para pacientes vulneráveis por causa do que fez e de sua deficiência. Ela estava sendo escoltada de sua cela para um tempo de recreação do lado de fora quando foi esfaqueada. Eu estava voltando com o carrinho de comida da sala dos funcionários quando sua agressora passou correndo por mim, pegou uma faca de uma das minhas bandejas e começou a esfaquear Hunter. Mesmo que o funcionário tenha agido rápido com ela, Hunter já havia sido cortada no rosto e esfaqueada no ombro e no braço. Havia muito sangue, mas ela não estava gritando nem nada. Ela nem tentou revidar. Apenas ficou deitada lá, deixando acontecer. Perguntei por aí, e, ao que parece, a agressora tinha parentesco com uma das crianças que ela assassinou. Então a gente nem pode realmente culpar essa pessoa, não é? Ela deveria ter recebido uma medalha, não uma acusação de tentativa de assassinato.

/ JOHN MARRS
TUDO EM FAMÍLIA

CAPÍTULO 69

DEBBIE

Normalmente, sou uma pilha de nervos enquanto espero sua chegada. Mas hoje tenho uma calma extraordinária. Aumentaram minha medicação e me prescreveram analgésicos, e os dois juntos estão me dando um leve torpor. Também estou ansiosa para que meu visitante veja o curativo que cobre a ferida no meu rosto. Não vou me esquecer de mencionar os ferimentos que não podem ser vistos, sob minha camisa e a tipoia.

Não faço ideia de quem era minha agressora. Ela havia sido internada há apenas duas noites antes de atacar. Desde então, ouvi pelos corredores que sua sobrinha foi uma das crianças que salvei no início dos anos 2000, o que explica por que estava atrás de mim. Se ao menos ela tivesse se esforçado tanto para proteger aquela garota quanto para vingá-la... Ela deveria estar me agradecendo.

Toco nas minhas feridas enfaixadas. Há cinco no total — quatro cortes superficiais e um mais profundo no meu braço. Minha agressora também cortou meu rosto, quase atingindo meu olho. O corte foi suturado, mas me avisaram que vou ficar com cicatrizes. Com o tempo, poderia fazer uma cirurgia plástica, mas qual seria o objetivo? As enfermeiras que me remendaram disseram que tenho sorte de estar viva porque a lâmina poderia facilmente ter cortado a carótida e eu poderia ter sangrado até a morte como meu Dave. Não muito tempo atrás, estaria na lua com esse resultado.

Quando fui transferida pela primeira vez para a unidade de segurança deste hospital psiquiátrico, lutava contra as drogas que me forçavam a tomar. Meu estresse se manifestou em torrentes de abusos físicos e verbais dirigidos aos funcionários, enfermeiros e às vezes aos outros pacientes. Eu era frequentemente sedada porque não tinha mais controle sobre meu próprio comportamento. Mas, como meus sintomas da doença do neurônio motor pioraram e tomo remédios para me ajudar a lidar mesmo com um bom dia, não sou uma ameaça física para ninguém. Não sinto mais raiva de estar viva.

E agora tenho algo pelo que viver.

Corro os olhos pela sala para garantir que nenhum dos funcionários esteja observando e, em seguida, me encolho e aperto a ferida sob o curativo. Espero com isso fazer com que algumas manchas de sangue fiquem visíveis nas ataduras. Isso vai enfatizar meu trauma. Ao fazer isso, meus dedos tremem devido à doença que está deixando meu corpo mais fraco do que nunca nos últimos tempos. Preciso lutar para ir de um lugar a outro sem a ajuda de um funcionário. Minha fala fica arrastada com mais frequência, como se eu estivesse bêbada, e estremeço ao pensar na minha situação daqui a um ano.

Um punhado de pessoas chega quando as portas da sala de visitas se abrem. Por causa da covid, as visitas são escalonadas para que apenas cinco de nós pacientes de "alto risco de segurança" sejam permitidos aqui ao mesmo tempo, e bem espaçados. Eu me inclino para a frente sobre a minha cadeira de plástico, apertando os olhos para a porta, até ver Finn. O friozinho que sinto na barriga parece mais uma ventania quando ele se aproxima de mim. Seu cabelo está mais curto desde a última vez que o vi e combina com ele. Suas têmporas estão salpicadas de grisalho, e, pela primeira vez, noto as linhas nas laterais dos olhos engrossando. Espero que ele esteja dormindo o suficiente.

Estou desequilibrada enquanto me levanto, inclinando-me para ele e esperando um abraço. Ele se senta, a dois braços de distância de mim e não oferece contato físico. Suas mãos permanecem firmemente ao seu lado. Tinha esperanças de que esta visita pudesse ser diferente das outras. Então, lembro que é claro que não pode. Maldita covid.

"Você deveria ter vindo aqui na semana passada", começo. Minha voz permanece rouca pelo dano permanente que ele causou às cordas vocais ao me estrangular. "Você tem que manter o acordo. Caso contrário, você sabe o que vai acontecer."

"Estive ocupado."

"Fazendo o quê?"

Ele examina meu braço na tipoia e toca a bandagem no meu rosto, me perguntando se já vazou sangue. "Está doendo?"

"Agora não, embora tenha doído na ocasião. A mulher que me atacou era louca."

"Vocês todos não são?", ele responde, e finjo rir.

"Você depositou o dinheiro na minha conta?", pergunto.

"Não."

"Ah! Ia pedir alguns daqueles biscoitos gostosos que costumava comprar para seu pai na M&S. Você se lembra, aqueles com *cranberry* e pedaços de chocolate branco." Esqueço que Finn não responde mais a conversa fiada. "Quando você acha que vai fazer isso?"

Ele dá de ombros.

"Finn, era parte do nosso acordo."

"As coisas mudam."

"Mia sabe que você está aqui?", pergunto trocando de assunto, o nome dela soa áspero na minha garganta. Ele balança a cabeça, e eu mal consigo esconder minha alegria. "Ótimo", digo. "Provavelmente, é melhor manter dessa forma." Agrada-me imensamente que ele ainda esteja guardando segredos dela. "Como está o trabalho?"

"O negócio fechou."

"Quando?"

"Alguns meses atrás."

Acho que ouvi mal, mas a expressão dele diz que não. "E você não pensou em mencionar isso?"

Ele me dá um olhar como se dissesse "há muita coisa que não conto a você", o que me enerva. "O que aconteceu?", continuo.

"O que você acha que aconteceu? Ter uma mãe que é assassina de crianças é uma maneira rápida de atrapalhar um negócio. Então, estou fazendo trabalhos avulsos até encontrar outra coisa."

"Você era bom em marcenaria na escola, não era? Você me fez aquele lindo batente de porta e aquele chaveiro. Você poderia se especializar em carpintaria."

Finn olha para outro lugar, examinando a sala em busca de qualquer coisa para se concentrar, exceto eu. Ele não me dá atenção quando relembro histórias de sua infância. Essa é a parte mais difícil de estar aqui, sozinha, sem Dave e Finn. Não há ninguém com quem relembrar. Ninguém para compartilhar uma memória reemergente há muito esquecida. Ninguém para abraçar. E ninguém para me amar.

"Como está Chloe?"

"Bem."

"Posso ver uma foto dela?"

"Você sabe que não posso trazer meu telefone aqui."

Não me lembrava disso. "Imprime umas fotos e traz da próxima vez", sugiro. Ele me encara com um olhar que não consigo interpretar. "Melhor ainda, traga ela aqui para me ver um dia."

"Você está brincando, não é?"

"Não. Se é com Emma que você está preocupado, não precisa contar a ela."

Ele me encara como se eu fosse idiota. E então a ficha cai.

"Ah, é por causa de *Sonny*", digo, quase triunfante, como se tivesse respondido à pergunta que vale um milhão.

Ele fecha os olhos e balança a cabeça. "Não, é porque você é uma maldita psicopata que matou quarenta crianças, fez seu neto desaparecer e está passando o resto da vida atrás das grades em um manicômio."

A dureza de seu tom é um pouco injustificada, mas não posso discutir com os fatos. "Bem, pelo menos posso ver *você*", acrescento. "Você não abandonaria sua mãe, correto?"

"Mas eu quero abandoná-la, e você não é minha mãe, não é, Debbie?" Quando ele me chama pelo meu nome, é um corte mais profundo do que a faca usada para me esfaquear e retalhar. "Você e eu não somos uma família. Chloe e Sonny são — e Lorraine também."

Esse nome desconhecido me pega de guarda abaixada. "Lorraine?", repito. "Quem é Lorraine?"

"Minha mãe."

"Eu sou sua mãe."

"Não. Você é a pessoa que me roubou e mentiu para mim por toda a minha vida. Lorraine é minha mãe biológica."

Respiro profundamente. "Você a conheceu?"

Ele inclina a cabeça. "Você parece surpresa. Por que eu não iria querer conhecê-la? Não é como se ela tivesse desistido de mim."

"Quando isso aconteceu?"

"Mais ou menos um ano e meio atrás."

"E só fiquei sabendo disso agora?"

"Você nunca me perguntou."

Minha raiva aumenta tão rapidamente que até eu fico surpresa com isso. Quero falar, mas minhas palavras se arrastam, então engulo seco e tento outra vez. "Eu o resgatei da vida horrível que ela estava dando a você e ofereci uma melhor", protesto. "Você não seria quem você é agora se não fosse por mim. Eu dei tudo a você. Eu ensinei tudo a você."

Ele se inclina para mim, sua voz baixa, mas incisiva. "Que tipo de mãe ensina o filho a matar?"

Não tenho certeza do que ele espera que eu diga. Ele era um adolescente quando paramos de trabalhar juntos por um objetivo comum. Sei que ele fez a escolha de não continuar, mas é injusto jogar isso de volta na minha cara e sugerir que o que fizemos juntos foi tão errado.

"Você me tirava da escola para que a acompanhasse em suas viagens", continua. "Você me ensinou quais crianças escolher, como abordá-las, o que dizer, como atraí-las de volta para o carro... Eu tinha 8 anos quando a ajudei a sequestrar aquela garota em Leicester. *Oito anos*. Que tipo de mãe incentiva o filho a fazer isso, Debbie?"

"Pare de me chamar de Debbie!", grito, e minha voz elevada chama a atenção dos outros pacientes. Um guarda acena com a mão, avisando-me para abaixar o volume, então falsamente alivio meu tom de voz. "Eu não o *obriguei* a fazer nada. Você tinha 14 anos quando foi em sua última viagem comigo. Você era quase um adulto, não uma criança impressionável."

"Fiz isso porque pensei que tinha que fazer, porque pensei que você era minha mãe. Você me manipulou para acreditar que estávamos salvando aquelas crianças."

Não entendo por que Finn quer me machucar dessa forma tão deliberada. Sei que não sou como as outras mães, sei que fui por vezes autoritária. Mas amava esse garoto com todo o meu coração.

"O que o encorajei a fazer nos aproximou. Você era a única pessoa no mundo com quem eu compartilhava meus segredos com tantos detalhes porque confiava a minha vida a você. Talvez eu sempre tenha temido que, por não ter te dado à luz, você crescesse e percebesse que éramos pessoas diferentes. Essa foi a minha maneira de garantir que nos uníssemos."

"Você fez isso para nos unirmos?", ele ri. "Por que não me ensinou a nadar? Andar de bicicleta? Desenhar, pintar, jogar tênis, jardinagem, assistir a filmes da Disney juntos, cultivar vegetais, cozinhar, jogar jogos de tabuleiro? É assim que você cria laços, não me mostrando como dobrar o corpo de uma criança no interior de uma mala. Passar tempo juntos, como Lorraine e eu fazemos, é assim que você cria uma conexão."

"Com que frequência você a vê?"

"Com bastante regularidade. E também tenho uma irmã, além daquela que você matou. Gemma. Ela é cinco anos mais nova que eu. Somos próximos."

"Próximos o suficiente para dizer a ela o que você é de verdade?"

Ele ignora isso. "Elas são a minha família agora. E Mia, é claro."

A menção de seu nome é como ouvir unhas sendo arrastadas ao longo de um quadro-negro. "Vi a entrevista que ela deu ao programa matinal no mês passado, tentando estender seus quinze minutos de fama pelo maior tempo possível. Ela ainda está se divertindo com a atenção."

"Nosso casamento não poderia sobreviver ao que você nos fez passar. No entanto, você vai ficar feliz em saber que recentemente encontrei uma maneira de estarmos na vida um do outro novamente."

Um gosto amargo sobe rapidamente pela garganta e se estabelece na boca. Engulo seco. "Disse que não quero que você a veja de novo."

"Você não pode me dizer o que fazer."

"Ah, verdade?" Deixo as palavras pairarem por um momento para enfatizar como não só posso, como também vou e já estou lhe dizendo o que fazer, antes de continuar. "Você é fraco perto daquela mulher, Finn, sempre foi. E aposto que ela gosta de atiçá-lo, tentando virá-lo contra mim."

"O quê?" Ele ri de novo. "Você tira nosso filho de nós e ainda está culpando Mia por me colocar contra você? Ouça o que você está falando. Você é responsável por toda a merda que está acontecendo com você aqui. E, embora Dave não tenha matado ninguém fisicamente, ele era tão culpado quanto por ser permissivo. Você me chama de fraco perto de Mia, mas ele era *patético* perto de você."

"Finn!", exclamo. "Como pode dizer isso?"

"Porque é verdade. Ele deixou a esposa manipulá-lo, deixou que trouxesse para casa um bebê roubado e criasse como seu. Quando ele viu aquelas malas se acumulando nas prateleiras do armazém, por que não fez algo a respeito? Por que ele nunca questionou aonde você estava me levando em viagens, e por que não podia falar com ele sobre onde estivemos ou o que fizemos? Quantas vidas ele poderia ter salvado, quantas famílias ele poderia ter impedido de serem despedaçadas só porque ele queria protegê-la?"

A fita que prende a bandagem ao meu rosto puxa enquanto meu queixo aperta. "E quanto a você?", pergunto. "Porque, pela maior parte da sua vida, você soube o que eu fazia. Se estava tão incomodado, por que não fez algo a respeito?"

"Fiz. Entreguei suas agendas à polícia."

"Mas não porque você desaprovou o que eu fiz, mas quando descobriu que foi escolhido..."

"Roubado, não escolhido."

"... você fez isso por vingança."

"Que merda você esperava?"

"Esperava que você fosse leal à sua família. Você sabia onde escondia os diários com o nome do seu pai — diários *que ele concordou que eu guardasse* — para me proteger se fosse pega. Você deveria ter honrado a memória dele e deixado onde estavam. Não ter me entregado."

"Honra? Não há honra nesta família."

"Todos nós mentimos para proteger aqueles que amamos, e você fez exatamente isso com Mia. Preciso lembrá-lo sobre Emma e Chloe? Ou quando papai explicou a você sobre meu relacionamento com aquela casa depois que você encontrou as malas — mas você optou por não contar a ela?"

"Menti porque a amava. Você mente porque não conhece outra forma. Mas não tenho mais que aturar isso."

"Você não tem escolha. Você precisa de mim."

"Não, não preciso. E, depois de hoje, não a verei mais." Ele se senta e cruza os braços, quase como se acreditasse no que está dizendo.

"Ah, você vai me ver, Finn."

"Você está errada."

"Se não continuar vindo me visitar, vou providenciar para que você nunca mais receba outra foto nova de Sonny."

JOHN MARRS
TUDO EM FAMÍLIA

CAPÍTULO 70

*GEORGE LEWIS, NORUEGA,
DOIS ANOS E MEIO ANTES*

Não reconheci minha irmã, Debbie, quando a vi pela primeira vez na televisão.

Dizem que nenhum homem é uma ilha, mas eu sou a minha própria. E nesta ilha não tenho TV, linha telefônica ou conexão com a internet. Então, quando a história sobre o suicídio de um homem na Inglaterra que se pensava ter assassinado quarenta crianças se tornou notícia internacional, não tive conhecimento do fato por semanas.

Estava em um bar norueguês no continente, desfrutando do meu segundo *akvavit* — uma recompensa por terminar minha compra semanal de itens essenciais — quando a tela na parede chamou minha atenção. Ela exibia imagens de uma mulher com uma bengala, saindo de uma delegacia de polícia e sendo conduzida para um carro à sua espera. Foi sua fisionomia esguia e sua inclinação que prenderam minha atenção mais do que a história. Os ombros arredondados e a sobrancelha franzida me deram calafrios, lembrando-me no mesmo instante da minha mãe. Mas, quando o nome Debbie Hunter e a localização de Leighton Buzzard apareceram na tela, meu coração disparou. Seu nome de batismo e o último lugar em que havia morado na Inglaterra eram coincidências demais para descartar.

Rapidamente peguei meu telefone, um dispositivo básico, mas com alguns recursos de internet, e passei o resto da manhã me atualizando sobre o resto do mundo, sobre os corpos encontrados em uma das minhas casas da infância e os crimes horríveis do marido de Debbie.

Durante grande parte da minha vida, havia ocultado Debbie e meus pais no fundo da minha mente. A única maneira de avançar era nunca olhar para trás. Agora, de repente, aqui estava ela, a irmã que tanto amei, mas da qual estive afastado por quarenta anos, presa no olho de uma tempestade. E o vínculo que uma vez compartilhamos rapidamente veio à tona, mais forte do que nunca, apesar de nossa distância. De súbito, queria protegê-la.

Usei minha lancha para voltar à minha ilha, dez minutos a sudeste da costa. Depois de fazer as malas, retornei ao continente, atracando em uma doca e pegando carona na traineira de pesca de um amigo, até a costa escocesa. De lá, aluguei um carro e fiz a viagem de nove horas até a cidade natal da qual escapei.

Encontrar o endereço de Debbie foi fácil, mas, na minha chegada, no início da noite, um punhado de jornalistas e fotógrafos ainda estavam acampados do lado de fora de sua casa. Como deve ter sido para ela, vivendo aqui no auge da história, pensei. Contive-me até escurecer, quando a maioria se dispersou. Eu não queria que os remanescentes me pegassem batendo à sua porta e me fizessem perguntas, então escalei as cercas e rastejei pelos jardins dos vizinhos até chegar aos dela. De um bosque, no fundo da propriedade, eu a vi na sala de estar com alguém que presumi ser o filho sobre o qual li. Foi apenas quando ele saiu e ela veio para fora que me aproximei com nervosismo, meu coração à boca. Assim que viu um estranho aleatório em sua propriedade, ela agarrou sua bengala e correu para longe.

"Debbie!", gritei.

"Não vou falar com a imprensa, então não se aproxime", ela gritou sem olhar para trás. "Me deixe em paz, senão vou chamar a polícia."

"É o George", respondi. Ela virou a cabeça, mas continuou a andar. "Seu irmão." Ela parou seus passos e me olhou de cima a baixo, ainda a distância.

"Como você sabe sobre George? Os jornais não sabem dele. Quem te contou sobre ele?"

"Ninguém contou. Sou eu."

"George morreu", afirmou ela com firmeza.

"Foi isso que mamãe e papai te disseram? Eu não morri, estou aqui."

"Para de dizer isso! Contratei detetives particulares parar tentar encontrá-lo."

"Então, eles procuram nos lugares errados, Debbie. Durante anos, trabalhei em fazendas na Escócia, depois nos arrastões de pesca na Escandinávia. Por fim, comprei minha própria casa perto de Store Brattholmen, na Noruega, onde moro há quase vinte anos."

Não tenho certeza por quanto tempo nós dois permanecemos em um impasse antes que ela falasse novamente. "Você não fala como George", declarou ela, hesitante.

Apenas pude dar de ombros. "Sou um mestiço", expliquei. "Passei a maior parte da minha vida no norte da Europa, então absorvi todos os tipos de sotaque. Mas eu juro, eu sou seu irmão. Me pergunte qualquer coisa sobre nossa infância."

Ela fez uma pausa e depois disparou uma pergunta que apenas ela e eu poderíamos responder: "Quem foi o último garoto que você trouxe para casa antes de desaparecer?".

"Martin Hamilton", respondi sem pensar. Sua morte é a razão pela qual nunca fiz um amigo verdadeiro, sempre acreditando que sou um perigo para qualquer um que se aproxime de mim. Seu rosto permanece tão claro agora como sempre foi. "Nunca vou me perdoar pelo que fizeram com ele."

"Nem eu", ela sussurrou, sabendo que eu estava dizendo a verdade. Suas pernas começaram a tremer, e antes que pudesse alcançá-la, ela caiu de joelhos, a mão cobrindo a boca, soluçando. Juntei-me a ela no chão e a segurei em meus braços, e lá permanecemos por um longo tempo.

"Por que não voltou para mim?", exclamou ela.

"Juro que queria, mas não tive escolha a não ser me afastar", aleguei. "Papai me disse que mataria você se eu voltasse. Se não pudesse protegê-la pessoalmente, teria que protegê-la a distância."

Por fim, entramos em sua casa e repassei os eventos da noite em que desapareci de sua vida. Lembrei como, ao acordar no quarto de hóspedes da casa, papai e eu estávamos sozinhos. Ele me avisou que, se não ficasse em silêncio e entrasse na mala aberta ao lado dele, ele não seria capaz de controlar o que mamãe poderia fazer comigo. "Ela tem episódios que não consigo controlar", ele admitiu. "Então você precisa ir embora nesta noite."

Não tive outra escolha a não ser obedecer. E, vestindo apenas as roupas do corpo e sem outros pertences, fui arrastado dentro da mala até o andar de baixo e colocado no banco de trás do carro. Então, ele me levou até a estação de trem e me comprou uma passagem para Glasgow, onde eu seria recebido por um velho conhecido dele. Fiz o que me disseram e, a partir daí, expliquei a Debbie, fui levado para as Hébridas para morar e trabalhar em uma fazenda com a família do amigo do papai. "Ele falou para eu aprender o sotaque rapidamente e, se eu contasse a alguém quem era, incluindo a polícia, papai me encontraria e me mataria. Eu tinha 14 anos e não tinha motivos para não acreditar nele."

"Procurei você por tanto tempo", Debbie explicou. "Por favor, você tem que acreditar em mim, eu nunca quis desistir de você."

"Eu acredito, eu acredito em você."

Contei a ela mais sobre a minha vida, como com meus 20 e poucos anos troquei a fazenda pela vida de pescador, acabando por encontrar um lar na Suécia, depois na Noruega. Lembrei como, durante anos, me mudei de cidade em cidade, nunca me instalei em lugar nenhum e sempre preferi minha própria companhia. E como acabei economizando dinheiro suficiente para comprar minha própria ilha. Eu nunca me casei nem tive filhos.

Por sua vez, ela explicou como também acreditava que morreria nas mãos de meus pais, o que levou à sua fuga e à nova vida com os avós que nenhum de nós conhecia. Não senti nada além de alívio ao saber da morte de mamãe e papai. Esperava que fossem persistentes e impiedosos.

Debbie admitiu logo que, depois de se casar com Dave, descobriu que ele também possuía um lado sombrio e cruel, uma relíquia de sua própria educação atroz. Ele, muitas vezes, ficava violento com ela sem motivo, mas ela acreditava que poderia mudá-lo. Eles tentaram constituir uma família, mas ela não conseguia engravidar, e, por fim, os especialistas informaram que ele era infértil. Ele começou a beber e fez a vida dela virar um inferno. Mas tudo mudou quando, um dia, ele apareceu na porta deles com um menino. "Ele não me disse onde o encontrou, apenas que agora ele era nosso", ela lembrou. "Implorei a Dave que o devolvesse, explicando em quantos problemas poderíamos nos meter, mas ele se recusou. Ele me disse que a criança faria a gente ser uma família de verdade. Disse que sabia que havia sido um marido horrível, mas poderia ser um pai melhor. Mas, se eu não deixasse o menino ficar, então ele não teria escolha a não ser 'descartá-lo' em vez de devolvê-lo. E eu acreditava mesmo que ele iria fazer isso. Eu não poderia viver com esse peso, então, apesar de saber como era errado, concordei."

Foi apenas anos depois, quando o conteúdo do armazém foi descoberto, que ela percebeu que Dave também havia assassinado a irmã de Finn. "Eu não queria acreditar que ele era responsável pela morte de nenhuma dessas crianças", ela chorou, "mas, no fundo, sabia que o que a polícia estava me dizendo era verdade. E foi tudo minha culpa."

"Como poderia ter sido sua culpa?", perguntei.

"Eu era sua esposa. Estava ciente de como ele era cruel e manipulador. Deveria saber do que mais ele era capaz. Em vez disso, fechei os olhos para tentar fazer meu casamento dar certo e prover um lar seguro para Finn. Se ao menos eu tivesse você a quem recorrer. Se ao menos você tivesse voltado mais cedo, poderia ter me protegido como antes, e as coisas poderiam ter sido tão diferentes para mim. Para nós dois."

Nunca senti uma culpa como essa. Debbie não queria me fazer sentir assim, mas foi instantâneo e imensurável. Eu a abracei com mais força do que quando éramos crianças assustadas, nos escondendo de mamãe e esperando até que seu fervor se reduzisse a um leve calor. Debbie era tão delicada agora quanto era naquela época. E jurei nunca mais decepcionar essa linda alma, como tantos outros — inclusive eu — haviam feito antes.

JOHN MARRS
TUDO EM FAMÍLIA

CAPÍTULO 71
DEBBIE, 2022

Finn está olhando para mim, mas não me demoro em seu rosto por muito tempo. Em vez disso, sou atraída por suas mãos. Seus punhos geralmente permanecem cerrados durante nossas reuniões mensais, os antebraços tensos e o olhar pétreo. Sua linguagem corporal exala raiva e sua aversão pelas coisas que fiz.

Hoje, ele não está nada assim. Pelo contrário, suas mãos estão pressionadas com as palmas para baixo, retas sobre a mesa que nos separa, indicando que está escondendo algo. Contorno a situação por enquanto.

Por um momento, lembro que não deveria estar aqui, que deveria estar morta há muito tempo. Mas não contava que Mia interferisse na minha vida uma última vez. A caminho do cemitério, ela mandou uma mensagem para o detetive Goodwin pedindo ajuda, e, logo depois que meu mundo escureceu, ele apareceu com sua equipe e arrastou Finn para longe de mim. Foi Goodwin quem me ressuscitou com sua própria respiração, e eu o amaldiçoo todos os dias desde então.

Mais tarde, quando enfim aceitei a continuação da minha vida, encontrei uma maneira de manter meu filho por perto. Em troca de suas visitas mensais, iria recompensá-lo com uma nova fotografia de Sonny. Seria tirada todos os meses após a aparição de Finn e enviada por mensagem de texto para seu telefone. Isso era mediante a condição estrita de que não informasse a polícia ou a Mia sobre nosso acordo. Ela tinha que acreditar que seu filho provavelmente estava morto. Se eu tivesse um motivo para pensar que alguém além de Finn soubesse que ele estava vivo, uma ligação garantiria que Sonny nunca mais fosse visto por ele.

Finn não teve escolha a não ser aceitar. Mesmo com as probabilidades contra mim, encontrei uma maneira de manter o controle sobre meu garoto. Dessa forma, ele permaneceria por toda a minha vida.

"Minha saúde não está boa, Finn", continuo. "Está tudo paralisando. Estou tomando tanta medicação que tremo toda ao andar. Deus sabe onde posso estar nesta época no ano que vem."

"Você está buscando empatia?", ele pergunta. "Público errado."

"Não. Mas, quando morrer, Sonny vai ser devolvido a você. Nem um dia antes. E, até lá, você tem que continuar me visitando."

Finn acena com a cabeça e cruza os braços. Um sorriso surge em seu rosto que não é espelhado pelos olhos. Isso me deixa nervosa e sei que minha boca está seca. "Eu não preciso esperar até que você morra para ver meu filho outra vez", dispara ele.

"O que te faz pensar isso?"

Ele olha ao redor da sala para garantir que não estamos sendo vistos nem ouvidos. Então, ele lentamente puxa a manga da jaqueta para revelar um grande mostrador de relógio que ocupa a maior parte de seu pulso. Mas ele não está usando apenas um. Ele desliza a manga pelo braço levemente para revelar que está escondendo um segundo relógio sob ela. Este é um *smartwatch*, e ele o inclina para que eu consiga ver sua tela digital. Então, os dedos da outra mão deslizam pela mesa, e ele toca a tela.

Uma imagem borrada e pixelada aparece. Lentamente, ela entra em foco. Reconheço a figura de imediato, e o meu mundo desaba.

CAPÍTULO 72

*GEORGE LEWIS, NORUEGA,
TRÊS SEMANAS ANTES*

As ondas estão agitadas nesta manhã, respingando em nosso rosto e no pelo do cachorro enquanto o barco navega pelo mar. O frio que senti de um vento opressivo evapora sob as gargalhadas que aquecem meus ossos. É difícil não rir junto com sua risada contagiosa. Há dois anos, ele é tudo em minha vida. E tenho que agradecer à minha irmã por este presente precioso.

Lembro como Debbie e eu ficamos acordados conversando durante a maior parte da primeira noite em que nos reencontramos. Quando amanheceu, fui embora pelo caminho por onde vim, correndo pelos jardins dos vizinhos, longe da imprensa, que logo retornaria. Transformamos nossas reuniões em eventos regulares. Todas as noites, depois que seu filho saía para passar a noite com a namorada, eu aparecia. Finn não sabia que a mãe tinha um irmão, e Debbie insistiu em mantê-lo assim. Por mais que quisesse conhecer meu único sobrinho, respeitei seu desejo de evitar que seus dois mundos colidissem, pelo menos no momento. Por fim, voltei para a minha ilha norueguesa, mas, desde que ergui uma torre de telefone, permanecemos em contato próximo, conversando a cada poucos dias e regularmente enviando mensagens de texto um para o outro. Ela preencheu uma parte de mim que eu não queria aceitar que estava vazia. Ela era minha história, meu presente e, agora, meu futuro.

Eu queria tanto que Debbie viesse e conhecesse onde fiz minha casa e experimentasse a paz no coração que merecia. Mas, até então, as complicações resultantes de sua doença do neurônio motor estavam aumentando e transformando viajar em algo desconfortável. Ela também estava muito nervosa para ficar por muito tempo longe de casa. Apesar de um casamento infeliz e um marido psicopata, aqueles tijolos e argamassa continuavam sendo uma fortaleza que a fazia se sentir segura.

Então, eu viajava regularmente para visitá-la. Não tinha passaporte, mas muitos amigos e contatos no ramo da pescaria me ajudaram a entrar e sair da Escócia sem responder a muitas perguntas.

Ao longo dos meses, Debbie e eu nos aproximamos, talvez ainda mais do que quando éramos crianças. Não havia nada que não fizéssemos um pelo outro. E então veio o telefonema que fez minha vida seguir em outra direção.

"Preciso ver você", anunciou ela em lágrimas.

"O que aconteceu?", perguntei, imediatamente preocupado.

"É o Finn."

"Ele está bem?"

"Não, ele não está, e estou preocupada com meu neto."

Peguei o primeiro barco que pude para Fraserburgh e então dirigi até Milton Keynes, para uma reunião clandestina em um estacionamento de hotel. Lá, ela desabou e me contou o que havia descoberto sobre Finn — ela havia desenterrado diários escondidos por Dave por décadas que revelavam como Finn sabia o tempo todo sobre os assassinatos que seu pai havia cometido e ele até o acompanhara em sequestros e assassinatos.

"Você tem certeza absoluta?", questionei, horrorizado.

"Absoluta. Nunca quis admitir, mas sempre soube que há uma escuridão nele como havia em seu pai. Ele tem um lado violento. Eu o testemunhei dando um tapa em Sonny, e, quando intervim, ele também bateu em mim. No entanto, nem por um minuto, eu havia considerado que ele poderia ter participado dos terríveis crimes de Dave. Isso é tudo culpa minha."

"É claro que não é!"

"É, sim, George. Eu não fui a mãe que ele precisava que eu fosse. Dei o meu melhor para me relacionar com ele, mas, a cada passo do caminho, Dave criava uma distância entre nós. É como se ele o quisesse apenas para si mesmo. E agora eu sei por quê. O que eu vou fazer?"

"O que deveríamos ter feito com nossos pais quando éramos crianças — contar à polícia. Contar tudo."

"Não posso. Quem cuidaria do Sonny se o pai fosse preso? A saúde mental de Mia está piorando. Lembra como mamãe era? Mia é igual — ela está deprimida, paranoica ou com raiva, então não podemos confiar nela para criá-lo. E ele não tem parentes vivos que possam levá-lo. Você sabe que eu faria isso, mas olhe para o meu estado. Estou achando cada vez mais difícil cuidar de mim mesma. Imagine de uma criança. Além disso, eu seria presa e acusada por saber que Finn foi roubado de seus pais biológicos e por não denunciar meu marido. Eu nunca sobreviveria à prisão, sou frágil demais."

"Talvez eu deva confrontar Finn? Fazer com que tenha bom senso."

"Não, por favor, não faça isso. Você tem quase 60 anos. Ele tem metade da sua idade e é mais forte que você. Eu odiaria que ele também o machucasse."

"Então, o que posso fazer para ajudar?"

"Você pode ficar por perto até que eu encontre uma saída? Saber que você está perto depois de todos esses anos é uma grande ajuda."

"É claro", respondi e a abracei com força. Mais uma vez, meu coração partiu por minha pobre irmã.

Hospedei-me em um hotel próximo e aguardei sua ligação. Depois de três longos dias, ela enfim me mandou uma mensagem, pedindo que nos encontrássemos dentro de uma hora e me enviou um mapa. Ela estava em um cemitério com Sonny. Havia ocorrido uma briga colossal entre Finn e sua esposa, e ficou muito violento. Debbie levou o menino para um lugar seguro e, quando cheguei, ela estava quase histérica.

"Eu não sabia para quem mais ligar", afirmou ela. "Preciso levá-lo para longe deles. Tenho medo do que vai acontecer se não fizer isso. Você se lembra de como foi para nós dois crescer em um ambiente tão horrível. Mas, se eu entrar em contato com a polícia, ela vai acionar para o conselho tutelar e não vou suportar ver Sonny em um orfanato."

Uma ideia me veio à cabeça. "Volte para a Noruega comigo", sugeri. "Vocês dois. Se partirmos agora, podemos pegar um barco logo pela manhã. Mande uma mensagem para Finn e Mia e diga que você vai levá-lo por alguns dias até que as coisas se acalmem. Diga a eles que isso lhes dará a chance de resolver as coisas."

"Ah, George, eu gostaria de poder, mas meu corpo não aguentaria."

"Eu vou cuidar de você. Vou cuidar de vocês dois."

"Até mesmo a viagem de balsa me deixaria deformada." Debbie hesitou e enxugou os olhos. "Mas você poderia levá-lo por mim."

"Eu? Sozinho?"

"Sim", ela assentiu.

"Mas não posso. Isso seria um sequestro."

"Sonny é um menino maravilhoso e inteligente que precisa de alguém que cuide dele e ofereça um ambiente seguro. Por tudo que você me disse sobre sua ilha, parece idílica."

"Não sei nada sobre cuidar de um garotinho."

"Você cuidou de mim antes de partir. Você vai aprender à medida que avançar, e, como você disse, vai ser apenas por alguns dias."

"Debbie, isso é demais..."

"Você se lembra de como era ruim viver naquela casa com a mamãe? Não queria dizer isso, mas piorou depois que você foi embora. Cem vezes pior. A violência física escalou e eles... Meu Deus, isso é tão difícil de admitir... eles *fizeram coisas* comigo, George. Coisas horríveis e indescritíveis. E, sem você lá, tive que enfrentar tudo sozinha. Nunca te pedi nada em minha vida, mas preciso de você agora como naquela época. Seu sobrinho precisa de você. Eu troquei as roupas com as quais ele veio aqui, e, debaixo do carrinho, tem uma bolsa com comida para alguns dias, fraldas e roupas. Devem durar até você chegar em casa."

Continuei a encontrar razões pelas quais não poderia fazer isso. Mas Debbie sofreu incontáveis golpes porque a negligenciei por tantos anos. Havia sido covarde demais para enfrentar o passado, fraco demais para voltar e resgatá-la. Não poderia virar as costas para ela outra vez, assim como para este bebê. Então, enfim, concordei. Ela me abraçou, beijou o neto e o colocou em meus braços. "Não tente falar comigo", acrescentou ela. "Vou entrar em contato quando for seguro para que ele volte."

Décadas depois de eu ter sido contrabandeado para fora do país e começar uma nova vida, a história estava se repetindo. Só que agora era eu o contrabandista.

Nos dias seguintes, minha ilha para um se tornou um lar para dois — eu e uma criança sobre a qual não sabia nada. Para minha crescente preocupação, Debbie não ligou, e eu não entrei em contato com ela, de acordo com suas instruções. Apenas deduzi que a situação havia piorado ainda mais. Enquanto isso, Sonny e eu criamos laços, eu obtendo uma compreensão gradual de como cuidar dele e ele lentamente aprendendo a não gritar toda vez que me aproximava.

Foi em outra viagem ao continente quando soube que minha família apartada estava outra vez nos jornais. Meu corpo congelou quando li em um jornal que Debbie agora havia sido acusada dos quarenta assassinatos dos quais a polícia acreditava que seu marido era culpado. Eu quis vomitar. É óbvio que ela não poderia ter feito algo assim! O que havia de errado com as autoridades de lá? Por que pensariam que ela havia feito isso? Não fazia sentido até que pensei nisso com cuidado. Minha linda, doce e carinhosa irmã estava se sacrificando pelo bem do filho roubado que ela tanto amava. Ao admitir a culpa, ela estava garantindo que o dedo da suspeita nunca fosse apontado para Finn. Ela preferia sofrer a ver seu filho sofrendo. Debbie era a verdadeira definição do que significava ser mãe.

Segui de um lado a outro, debatendo o que fazer. Considerei com seriedade retornar à Inglaterra para dizer à polícia o que eu sabia, que minha irmã era uma vítima, não uma assassina. Mas isso traria algo de bom para Sonny? O que aconteceria com ele então? Minha consciência não me permitiria devolvê-lo a Mia, uma mãe que estaria no mesmo nível da nossa. Então, decidi colocar as necessidades de Sonny em primeiro lugar e mantê-lo a salvo comigo.

Semanas depois, Debbie conseguiu ligar do celular contrabandeado de outro paciente no hospital psiquiátrico em que estava internada. Ela explicou por que havia assumido a culpa, e foi pelas razões que eu suspeitava. E disse que eu nunca poderia levar Sonny para casa, nem mesmo depois que sua doença cruel a matasse.

Até então, ela continuava a colocar as necessidades de Finn acima das suas. Ela me pediu que enviasse uma foto de Sonny todos os meses e depois destruísse cada telefone para que não pudéssemos ser rastreados. Fiz o que ela pediu, e Sonny e eu continuamos nossa nova vida juntos, longe da loucura de casa. A única diferença é que eu o havia renomeado como Andreas, para não levantar suspeitas em minhas viagens ao continente.

Agora, Debbie e eu não nos falamos há bastante tempo, mas ela ainda confia que vou fazer a coisa certa por ele e nunca o decepcionarei como fiz com ela.

Amanhã é meu aniversário, então Andreas e eu vamos comemorar com bolo e chá no café da cidade. Vivemos uma vida simples juntos em nossa ilha, desenhando, pintando, velejando, caçando, participando de aventuras e explorando o continente com Oscar, o cachorro que comprei para ele. Estou sendo para Andreas o pai que nunca tive e o que ele merece.

Ele é fluente em norueguês e inglês, e, há pouco tempo, começamos o deslocamento de três vezes por semana de nossa casa para a escolinha no continente, pois sei que ele precisa estar perto de crianças da sua idade e não apenas de mim. Ele é um menino de 3 anos, feliz e inteligente e, embora saiba que sou seu tio, prefere me chamar de *pappa*, assim como as outras crianças de sua classe chamam os pais. Um dia, ele vai querer saber de onde veio, e aí, ou eu mentirei para poupar seus sentimentos, ou direi a verdade. Ainda não decidi qual caminho tomar.

São as pequenas coisas cotidianas sobre ele que me enchem de orgulho, como agora, por exemplo, enquanto ele acha que está assumindo o controle do leme do barco para nos guiar até o continente. Por muitos anos, temi que ter uma família própria pudesse desencadear em mim uma herança genética de meus pais. Mas agora que sou pai, tenho a certeza de que não sou nada parecido com eles. Andreas é como Debbie e eu, e somos boas pessoas. Inclino-me e beijo sua nuca.

"Por que está me beijando?", ele pergunta.

"Apenas para que não se esqueça de que você é amado", respondo, e ele sorri.

Mais tarde, quando ele está na escolinha, volto para a nossa ilha. Nossa casa está à vista, mas há um barco já atracado no píer. Não recebo visitantes com muita frequência, e, quando me aproximo, parece que viajaram até aqui em uma dessas embarcações que Bjarne Johansen aluga para turistas.

Não faço ideia de quem veio me ver, mas não tenho um bom pressentimento sobre isso.

CAPÍTULO 73

DEBBIE, 2022

As primeiras imagens que aparecem no relógio de Finn são de meu doce e amado irmão, olhando para longe da câmera, o vento assoprando no cabelo. A testa está franzida, como muitas vezes ficava quando éramos crianças, uma evidência de que algo o incomodava. Agora, algo para o qual está olhando o está deixando desconfortável. Aos poucos, percebo que a causa é a pessoa por trás da lente.

É Finn.

Demorou dois anos, mas meu filho rastreou George.

Os dedos de Finn tocam na tela outra vez, e, agora, George está deitado em algo branco e de madeira, com a cabeça inclinada para um lado, os olhos abertos e filetes de sangue no rosto. Levo a mão à boca, mas não sou rápida o suficiente para conter um grito. A terceira e última imagem é um videoclipe que dura apenas alguns segundos, mas parte meu coração já frágil.

"Como...", é tudo o que posso dizer antes de perceber que não preciso terminar a frase. Não preciso saber como e por quê.

"Ele não pensava como nós, não é?", afirma Finn. "Ele não foi tão cuidadoso quanto você e eu teríamos sido. Ao longo dos últimos dois anos me provocando com fotos do meu filho, ele deixou fragmentos de informações aqui e ali no fundo sobre suas vidas. Uma parte de uma placa de carro, um letreiro parcial de uma loja, um transmissor de rádio a distância, uma colina com um pico de aparência incomum... há muitos detetives amadores no Twitter, que estão mais do que dispostos a ajudar um estranho a resolver um quebra-cabeça. Então, tudo o que fiz foi aparecer na cidade e fazer algumas perguntas. Não foi difícil encontrá-lo."

"Onde está Sonny agora?"

"Você apenas precisa saber que, pela primeira vez, tenho pleno controle da minha vida. Não você. E, a partir de hoje, você nunca mais vai me ver nem vai ouvir falar de mim."

Está tudo desmoronando ao meu redor, e não sei o que fazer para impedir. Estou confusa, não consigo pensar direito e, no calor do momento, parto para cima e deixo escapar a primeira coisa que vem à minha cabeça. "Vou contar à polícia que você me ajudou a sequestrar aquelas crianças. Vou contar como fizemos isso juntos. Então, você nunca mais vai voltar a ver Sonny nem Chloe."

Ele cai na gargalhada. "Sério?", ele pergunta. "E quem você acha que vai dar ouvidos? Você esperou passar uma semana no seu julgamento para se declarar culpada por insanidade e agora está trancada em uma merda de um manicômio. Quem vai acreditar em você em vez de mim?"

"Então vou escrever para Mia e Emma e contar a elas."

"Fique à vontade. Até mando um bloco e uma caneta, se quiser. Elas sabem como você mentiu e deixou o mundo acreditar que Dave era um assassino. E agora que tenho Sonny de volta, elas vão pensar que você está tentando encontrar uma nova maneira de se vingar."

Droga! Por que o ameacei? Tudo o que fiz foi antagonizá-lo e afastá-lo ainda mais. Nunca poderia ter jogado meu filho aos cães dessa forma. Mas dói ver que ele pode me descartar de bom grado como está ameaçando fazer.

"Por favor, Finn, não pare de vir me ver", imploro. "Você é tudo que me resta. Você nem precisa me visitar todos os meses. Apenas algumas vezes por ano, o que acha?" Estendo a mão para tentar tocá-lo, mas ele recua.

Ele se levanta, e sou tomada por um pavor que nunca experimentei. E percebo que nunca me passou pela cabeça enquadrar Finn. Nunca me passou pela cabeça duvidar que ele estaria para sempre na minha vida. Agora, meus olhos em pânico o observam da cabeça aos pés, tentando guardar na memória cada centímetro do homem que amo agora e do menino por quem anseio. Ele olha para mim, mas não há conexão entre nós como havia no dia em que nos conhecemos.

Estou olhando para ele com tanta força que meus olhos estão ardendo, como se houvesse areia neles. Contudo, um bloqueio mental está me impedindo de emoldurá-lo e preciso desesperadamente dessa imagem antes que minha doença me roube tudo, exceto minha memória. Mas Finn não entende e se afasta de mim.

"Pare!", grito. "Preciso enquadrar sua imagem na memória!"

Ele não sabe o que quero dizer. "Adeus, Debbie", diz com naturalidade e vira as costas para mim, com a facilidade de alguém que ignora o recipiente de doações de um trabalhador de caridade.

"Vire", imploro, "apenas por um momento. Por favor, vire, Finn!"

"É William agora", ele acrescenta sem se virar. "O nome pelo qual minha verdadeira família me chama."

Ele sai pela porta por onde entrou, a parte de trás da cabeça é tudo o que consigo ver dele. Essa é a imagem que agora está fixada e não quero que seja. É para isso que vou continuar voltando e não quero porque é horrível demais. Minha cadeira me engole, meu corpo se curva sobre si mesmo enquanto eu dobro de dor.

O guarda que me escoltou vem em minha direção, pega meu braço, e tento me levantar, mas minhas pernas cedem e ele não é rápido o suficiente para me pegar. Caio de rosto no chão, minha bochecha ferida batendo contra o piso. Sinto os pontos estourarem e o sangue quente contra o chão frio. Ouço vozes, mas não consigo me concentrar no que estão dizendo, porque a única coisa que importa é que perdi Finn. Ele se foi para sempre, e gostaria que eu fosse também.

CAPÍTULO 74

MIA, DUAS SEMANAS E MEIA ANTES

Finn está me esperando na porta de uma unidade especializada dentro do Hospital Gaustad, em Oslo.

Angustiada demais para me preocupar com cortesias, lanço uma torrente de perguntas sobre ele. "Onde está Sonny? Ele está bem? O que os médicos disseram? Aquele desgraçado o machucou?"

"Está bem, com saúde, estavam cuidando dele, ele só está confuso", explica Finn. Olho para cada centímetro de seu rosto para ver se está escondendo mais alguma coisa de mim, mas não acho que esteja.

"Quando posso vê-lo? Quero vê-lo agora."

"O psiquiatra disse que podemos entrar de tarde."

"Vai demorar horas!", protesto. "Peguei o primeiro voo para cá para poder estar com ele agora." Começo a chorar, e Finn me aproxima de seu corpo. É familiar, é seguro. É muito bom.

Foi ontem à noite que ele me ligou com as notícias. Fazia quase um ano que não ouvia sua voz. "Estou na Noruega", informou ele. "Encontrei Sonny. Você precisa vir para cá agora."

Presumi que ele estivesse bêbado. Mal me lembro de uma época em que não estivesse depois do desaparecimento de Sonny. Tal pai, tal filho: ambos os homens levados ao mesmo vício pela mesma mulher. "Finn, você não sabe o que está dizendo", retruquei a ele. "Me ligue quando estiver sóbrio."

"Mia, me escute. *Eu encontrei Sonny*. Estou em um hospital em Oslo, para onde a polícia o trouxe. A primeira coisa que fizeram foi um teste de DNA confirmando que é o nosso filho."

Congelei, incapaz de processar ou reagir. Olhava para mamãe com os olhos arregalados, balançando a cabeça, dizendo a mesma coisa repetidas vezes. "Sonny... ele está vivo." Ela pegou o telefone da minha mão e falou com Finn. Foi apenas quando ela começou a soluçar sem controle que aceitei que não estava sonhando.
Meu filho está vivo.
O sono não estava na agenda ontem à noite. Em vez de tentar dormir, continuei ligando para Finn em busca de novas informações até o aeroporto abrir. Foi então que Finn admitiu ter recebido mensagens de texto anônimas com fotografias de Sonny por quase dois anos, mas foi incapaz de contar a mim ou à polícia, pois arriscaria que nosso filho desaparecesse para sempre. Eu não podia acreditar que ele havia mentido para mim novamente, e desta vez sobre algo muito mais importante do que um caso. Quis gritar com ele, berrar com ele, xingá-lo, chamá-lo de todos os nomes do universo. Enquanto estava enlouquecendo, imaginando o pior, ele ao menos tinha um mínimo de conforto sabendo que Sonny ainda estava vivo. Mas me contive. Agora não era hora de repreendê-lo, e, para ser sincera, o que eu teria feito em seu lugar?
Ele explicou como, assim que rastreou o sequestrador de Sonny na Noruega e localizou sua casa em uma ilha, o homem já havia fugido sem o nosso menino. Então Finn voltou ao continente para denunciá-lo à polícia. Por ser uma cidade pequena, sabiam quem era o homem, que ele tinha um filho pequeno chamado Andreas, que correspondia à descrição de Sonny, e que o menino frequentava uma escolinha local.
Eles interrogaram Finn e contataram as autoridades britânicas para verificar suas alegações. E, quando os resultados do teste de DNA urgente chegaram, pai e filho foram levados separadamente para Oslo, onde especialistas começaram a se informar sobre um pouco do que havia acontecido com ele em sua curta vida.
Agora, fora do hospital, Finn me avisa que, quando o virmos, não podemos esperar milagres. Ele tinha 14 meses quando foi roubado de nós e é improvável que se lembre de muita coisa, se é que se lembra de alguma coisa. Ele não vai ser o mesmo filho que perdemos.

"Demorei tanto para criar um vínculo com ele, e você está dizendo que ele nem vai se lembrar de quem somos?", pergunto.

"É uma possiblidade. Temos que proceder com muita cautela, Mia. Não podemos entrar lá esperando que o amado garotinho que perdemos venha correndo para nossos braços nos chamando de mamãe e papai. Ele levou uma vida completamente diferente da nossa por dois anos. Portanto, temos que nos guiar pelo que os psiquiatras nos aconselham."

"E se ele nos odiar?", pergunto. "E se aquele homem disse a ele que não o amamos e que o entregamos? Só Deus sabe o que se passa em sua cabeça".

"Então, vamos lidar com isso juntos. Pode levar meses, semanas ou anos, mas vamos mostrar a ele o quanto é amado. Ele ainda é apenas um garotinho. Um dia, vai compreender tudo."

Espero que Finn esteja certo. Não quero pensar no pior, mas não posso evitar, meus pensamentos se voltam para o lado sombrio: e se Sonny sofreu algum abuso físico, sexual ou mental? Como será que foi para ele naquela ilha com apenas um estranho como companhia? O desconhecimento rasga minhas entranhas. Finn sente minha apreensão e me abraça outra vez, depois me leva a um refeitório. Peço um café preto, meu estômago está instável demais para comer e digerir a comida.

No caminho para cá, uma vozinha desagradável no fundo da cabeça, usando a voz de Debbie, fica me perguntando se sequer mereço ter Sonny de volta na minha vida. Os pais devem manter os filhos em segurança. Seu pai e eu não conseguimos atender à mais básica das necessidades. Mesmo antes disso, minha depressão pós-parto ficou entre nós, seguida pela minha obsessão por descobrir a verdade sobre Dave, depois sobre Debbie. Quanto do que aconteceu com nós três depois fui eu quem provoquei?

"Quer ver algumas fotos dele?", Finn pergunta hesitante. Aceno com a cabeça, e ele tira o telefone do bolso, mostrando-me as fotografias que foram enviadas nos últimos dois anos. Vejo Sonny com um peixe na ponta de uma linha, vestindo um colete salva-vidas em uma lancha, andando com confiança por uma encosta íngreme, segurando uma bebida fumegante em um café. Minhas lágrimas descem ao ver meu filho crescendo em intervalos mensais, mesmo quando sinto uma onda de alívio por parecer tão feliz.

"Sinto muito por não ter contado sobre eles", diz Finn. "Mas você e eu sabemos do que Debbie é capaz. Não duvidei por um segundo que ela cortaria todo o contato com ele se eu contasse a alguém. Pelo menos dessa forma, tivemos uma chance."

Ainda não sei se posso lhe perdoar, pois é tudo muito penoso, mas entendo seu raciocínio. E o resultado final é que em breve estarei reunida com meu filho.

"Como era a ilha onde eles estavam morando?"

"Parecia legal, na verdade. Eles viviam em uma antiga casa de pedra. Quando olhei no interior, havia uma lareira, dois quartos, uma cozinha e um banheiro. Estava limpa e arrumada. Havia muitos brinquedos espalhados pelo lugar, e as prateleiras estavam bem abastecidas de comida. Do lado de fora, havia varas de pesca e um barco. Eles compararam o DNA tirado da casa dele com o de Debbie, e, como disse, parece que são parentes. Provavelmente, irmão e irmã. Ela nunca havia falado dele."

"E quando você foi à casa dele, ele não estava lá?"

"Não."

"Mas o barco estava?"

"Estava."

"Então, como ele saiu da ilha?"

"Quando cheguei a Store Brattholmen, mostrei a foto de Sonny a alguns moradores locais, e eles o identificaram como Andreas e me disseram onde ele e o homem que presumiram ser seu pai moravam. Ele deve ter sido avisado de que alguém estava perguntando sobre ele e foi embora com Sonny."

Essa lembrança é a única vez em nosso reencontro que Finn não consegue me olhar nos olhos. Pergunto-me se está me contando a história toda. Mas, antes que possa pressioná-lo ainda mais, duas mulheres usando crachás e jalecos se aproximam de nós e se apresentam como médicas, parte da equipe de atendimento que cuida de Sonny. Elas vão nos levar para vê-lo.

Enquanto nos sentamos na sala de reuniões, meu coração bate tão alto que acho que todos ao nosso redor podem ouvi-lo. Os médicos reiteram o que disseram a Finn mais cedo, que devemos entrar sem expectativas. E, logo depois, os seguimos até uma sala de observação, onde vemos Sonny em uma sala de jogos empurrando carrinhos de brinquedo ao longo de um tapete. Próximo a ele, há um pequeno *terrier* adormecido.

Apesar de ter visto as fotos enviadas para Finn, leva tempo para conectar esse garotinho com meu bebê perdido. Ele nos deixou quando era um bebê e agora é uma pessoa que anda e fala. Não consigo me conter mais e começo a chorar de novo por tudo o que perdi.

"Andreas está reagindo muito bem às novas circunstâncias, mas, o que é compreensível, está bastante confuso", explica um psiquiatra em inglês fluente. "Ele chama muito pelo *pappa*, mas temo que não esteja se referindo a você, Finn. Ele sabe que o homem que estava cuidando dele não era seu pai real, mas é óbvio que havia um vínculo de confiança entre eles porque ele disse que escolheu chamá-lo assim. Ele insistiu que seu cachorro viesse junto, e, embora seja contra os regulamentos hospitalares, uma exceção foi feita para este caso altamente incomum. Mas, no geral, ele parece ser uma criança saudável, que foi amada e cuidada."

Minha pele se arrepia diante disso. É claro que estou aliviada por ele não ter sido vítima de abuso, mas dói saber que outra pessoa estava fazendo o que eu deveria estar fazendo. Odeio aquele homem por tirá-lo de mim, mas sei da sorte incrível que tenho por ter Sonny de volta e ileso. Muitas das famílias que tento ajudar no meu trabalho não têm a mesma sorte que nós.

"Por enquanto, vocês apenas vão entrar e dizer oi. Vocês podem se apresentar pelo nome e esperar que ele os convide a brincar com ele, se for isso que desejar. Caso contrário, basta se sentar e assistir. Sei que vai ser difícil não o abraçar ou dizer que vocês são seus pais, mas, se dermos pequenos passos agora, isso pode ajudar em longo prazo."

"Tudo bem", responde Finn. "Podemos fazer isso."

"Prontos?", pergunta o psiquiatra, e uma onda de sangue sobe à minha cabeça tão rapidamente que tenho medo de desmaiar. Mas tenho que ser forte. Nunca mais vou decepcionar esse menino.

Finn e eu olhamos um para o outro e acenamos com a cabeça juntos. E, sem que nenhum de nós fale, pegamos a mão um do outro. Queremos ser uma frente unida na primeira vez que nosso filho nos vir. Este será um novo começo para todos nós.

TRECHO EXTRAÍDO DO MANUSCRITO INCOMPLETO DE CRIANÇAS NO SÓTÃO — A FAMÍLIA POR TRÁS DA MAIS INFAME ASSASSINA DE CRIANÇAS DA GRÃ-BRETANHA, *POR AALIYAH ANDERSON*

Pouco se sabe sobre o passado de Deborah Hunter (nome de solteira: Lewis), além de ter vivido no número 45 da High Street por vários anos até a década de 1980. Apesar de uma ausência de quarenta anos daquela propriedade, suas impressões digitais, colhidas logo após sua prisão, acabaram sendo comparadas por aprimoramentos químicos com impressões que havia deixado quando criança na propriedade. No entanto, suas impressões não foram encontradas nas malas do sótão ou no armazém.
A certidão de nascimento de Hunter revela os nomes dos pais Samuel e Alice Lewis, mas não há registro de emprego para nenhum deles. Nenhuma certidão de óbito foi registrada. A polícia, no entanto, considera que estejam mortos.

Junto com Debbie, acredita-se que eles também tiveram um filho, George Lewis, que não foi registrado no nascimento, não frequentou uma escola e não possui número de registro social.*
Não se sabe quando ele deixou a família ou para onde foi, apenas que reapareceu na Noruega há aproximadamente vinte anos. Desde que o sequestro de seu sobrinho Sonny foi revelado, ele também desapareceu.

Finn Hunter, nascido como William Brown, recusou todas as abordagens para ser entrevistado para este livro, mas foram levantadas questões sobre o seu papel no súbito desaparecimento de George Lewis. Em um comunicado, Finn disse à polícia que a casa de George Lewis estava vazia quando ele chegou à ilha, embora o barco de George permanecesse no cais. Então, como ele partiu, já que ninguém até agora admitiu pegá-lo e a distância é muito longa para ser percorrida a nado?

<u>Podemos confiar em Finn?</u>** Ele já foi objeto de exposição pública por infidelidade em seu casamento com Mia, sendo pai de uma criança e tendo um caso com sua ex-namorada. <u>Será inconcebível que ele também tenha sido desonesto sobre o que de fato aconteceu na ilha naquele dia?</u>** Os registros de visitantes no hospital prisional de sua mãe confirmam que ele foi vê-la em vinte e três ocasiões ao longo de um período de dois anos. <u>Ele poderia saber mais sobre o sequestro de Sonny do que está admitindo?</u>** <u>Ele estava envolvido nisso?</u>** <u>Quantos segredos mais ele está escondendo de sua família?</u>**

*   Especular sobre o porquê
** Precisa ser verificado pelo advogado quanto à difamação.

EPÍLOGO

FINN, 2023

Minha mente devia estar divagando em outras coisas porque perdi o som do bipe anunciando o boletim de notícias. Costumo desligar o rádio assim que o ouço.

"A casa onde foram encontrados os corpos de sete crianças assassinadas deve ser demolida amanhã", começa o apresentador. "A propriedade, que está localizada na vila de Stewkbury, Bedfordshire, pertence ao filho da *serial killer* mais prolífica da Grã-Bretanha, Debbie Hunter, e deve ser transformada em um parque..."

Desligo. Não preciso ouvir mais nada. Não ouço mais as notícias nem leio os jornais, não desde que encontrei Sonny. Foi implacável nas primeiras semanas após a condenação de Debbie, e outra vez depois que levamos Sonny para casa. Recusamos enormes quantias de dinheiro para entrevistas e ofertas de livros porque queremos privacidade e que Sonny tenha alguma normalidade de volta. Felizmente, o interesse está diminuindo.

Mia me disse ontem à noite que mudou de ideia e quer assistir à demolição da casa. Ela perguntou se eu iria com ela, mas recusei e me ofereci para cuidar de Sonny. Ela não pareceu surpresa, balançando a cabeça como se esperasse que eu dissesse não. Isso pode dar um desfecho para ela, mas não vai mudar nada para mim. Quanto mais cedo aquele lugar virar uma pilha de entulho, melhor. Quando a prefeitura nos fez uma oferta pela terra, aceitamos sem hesitar. Perdemos rios de dinheiro com a compra da casa e o trabalho de reforma, mas nenhum de nós se importa mais. Somente queremos nos livrar disso.

Lembro-me de quando vi pela primeira vez aquelas malas no sótão. Soube no mesmo instante que Debbie tinha uma história com aquela casa. Isso explicava por que ela estava tão ansiosa para comprá-la e estava tão relutante em nos deixar fazer uma oferta. Mas não consegui confrontar nem a ela nem a papai sobre isso até dias depois, porque o bem-estar de Mia e Sonny era minha prioridade imediata após a queda dela.

Fiquei furioso para caralho quando papai finalmente confirmou que ela morava lá quando criança, fato que esconderam de mim por meses. Anos atrás, ela já havia me contado sobre as coisas que seus pais fizeram, mas jurou que não sabia que havia corpos lá em cima. No entanto, ela deve ter suspeitado que aquele lugar tinha algo a esconder. Caso contrário, por que ela teria algo a ver com a casa de novo? Ela poderia ter suspeitado de que havia algo podre em seu passado, mas talvez não no sótão. Imediatamente, foi como se estivesse sendo arrastado de volta para um mundo que rejeitei quando adolescente.

E, quando contei isso ao papai, ele sabia exatamente ao que estava me referindo. Foi uma confissão de que ele sabia no que mamãe tinha me envolvido. Perdi qualquer respeito que tinha por ele naquele momento. Ele poderia ter me salvado dela se quisesse. Em vez disso, fez vista grossa.

O GPS do carro diz que estou a 28 quilômetros de uma casa que vou visitar na vizinha Buckinghamshire, que encontrei na internet. Tem sessenta anos e precisa de uma reforma total, mas nada como o outro lugar. Posso fazer boa parte sozinho. O jardim é grande o suficiente para Sonny e Chloe brincarem quando vierem visitar, e Sonny já garantiu que vai ter uma seção onde ele pode começar a cultivar seus próprios vegetais. Mia e eu não temos o menor tato com plantas, então suponho que ele aprendeu enquanto morava na Noruega. Se puder convencer Mia de que esta é a casa de família perfeita para nós, então talvez ela finalmente aceite minha proposta de um novo começo.

Meu telefone apita — falando nisso, é ela. Vou ler a mensagem dela mais tarde. Estamos em um bom momento agora. Muito melhor do que estivemos em anos. Levamos muito tempo para chegar aqui, e há coisas pelas quais ela nunca vai me perdoar completamente, como meu caso extraconjugal e Chloe. Mas ela encontrou uma maneira de viver com isso, e estou determinado a reconquistá-la e a não estragar as coisas outra vez.

No entanto, não ter contado a ela que sabia que Sonny ainda estava vivo sempre vai ser a maior barreira entre nós. Ela entende por que tive que esconder isso, mas, apesar disso, por dois anos ainda deixei que ela pensasse que ele poderia estar morto. Se os papéis fossem invertidos, poderia sentir o mesmo em relação a ela. Ela argumenta que, se eu tivesse dito à polícia, poderiam tê-lo encontrado mais cedo. Mas eu conheço Debbie. Se ela tivesse a menor ideia de que tinha contado a alguém sobre Sonny, ela teria cumprido com sua palavra e eu nunca mais o teria visto. Assim que Mia entender, tenho certeza de que ela vai nos dar outra chance. Para usar um de seus chavões de relações públicas, prometi "transparência absoluta" a partir de agora. Bem, transparência dentro do razoável. Não posso deixá-la ver tudo, correto?

Emma e eu ainda estamos conversando apenas por meio de advogados, mas pelo menos posso ficar com Chloe em fins de semana alternados. Ela é uma criança encantadora que Sonny adora e de quem Mia se afeiçoou. Foi ideia de Mia que ela e Emma se encontrassem pessoalmente. Não foram horas fáceis, Mia admitiu depois, e elas não se transformaram em melhores amigas, mas pelo menos são civilizadas uma com a outra. Até flagrei Mia mandando uma foto de Sonny com Chloe no zoológico de Whipsnade para Emma, o que foi fofo. Emma está com um cara novo agora, Chloe me disse. Ele trabalha em finanças e parece que a trata bem. Ela merece muito mais do que eu. As duas merecem. Mas, se ele machucar qualquer uma delas, vou me certificar de que faça isso apenas uma vez.

Sonny ainda está fazendo terapia. Após a pandemia, as agendas estavam lotadas, mas enfim encontramos uma psicóloga, que nos disse que ele está lidando bem com o sequestro e a volta para casa, provavelmente melhor do que Mia e eu. Ainda sonho com a primeira vez que o vimos naquele quarto de hospital e como ele sorriu assim que entramos. *Ele se lembra de nós!*, pensei e quis envolver meus braços em torno dele e compensar dois anos perdidos. Mas, quando ele sorriu para uma enfermeira exatamente da mesma maneira, eu entendi. É assim que ele é. Ele é um garotinho educado. Odeio que não possamos levar nenhum crédito por isso.

Fizemos o que os especialistas nos instruíram a fazer — não colocamos pressão sobre ele, deixamos que ele viesse até nós quando estivesse pronto, brincamos com ele e ficamos na Noruega por mais doze dias, construindo uma relação de confiança, até que estivesse pronto para voltar conosco. No dia anterior à nossa viagem de volta à Inglaterra, ele perguntou se poderíamos levá-lo até a ilha que ele chamou de casa por dois anos. Com relutância, concordamos.

Ficamos em completo silêncio no passeio de barco escoltado pela polícia e durante mais ou menos uma hora que passamos lá. Andreas, como fomos aconselhados a chamá-lo então, nos mostrou sua casa e seus pontos de pesca favoritos. Mas ele ficou chateado quando pensou que talvez nunca mais visse seu *"pappa"*. Odeio que ele tenha pensado em outra pessoa como seu pai, e, mesmo agora, essa palavra com P me deixa nervoso.

Mas tenho que admitir, aquela ilha era um lugar lindo para uma criança. E, enquanto examinava a escuridão da água, perguntei-me a que distância o corpo de meu tio George havia sido levado ou se ainda estava no fundo do mar com o peso das rochas que amarrei aos braços e pernas. Ele recuperou a consciência enquanto estávamos no barco, mas seus apelos eram ininteligíveis sob a mordaça. Não me importava muito com o que queria me dizer, então o lancei a seu túmulo marinho sem nem sequer me despedir.

Desde que conheci minha família biológica, tenho uma ideia imprecisa de como deve ser para Sonny. Mia não tem onde se basear, então ela acha mais difícil. Ela também está lutando com todos os tipos de culpa de seus dias de depressão pós-parto. Mas ela nunca cedeu na frente de Sonny, nem uma vez. Entre nós dois, ela tem sido a mais forte.

Quatorze meses se passaram, e Sonny ainda tem algumas reminiscências de seu tempo com George. Ouço um estranho sotaque norueguês em algumas de suas palavras. Ele gosta muito mais de estar ao ar livre do que nós e está sempre nos importunando para levá-lo para caminhadas ou passeios de *mountain bike*. Ele vai completar 5 anos no próximo aniversário, e não há fim para sua energia. Às vezes, lutamos para acompanhar. Mas Mia e eu nunca esquecemos como temos sorte por tê-lo.

Pego um desvio da rota do GPS e saio da pista dupla, indo em direção a uma propriedade fora da cidade. No caminho, lembro-me de uma mensagem de voz que recebi ontem. Toda vez que o telefone toca e é um número oculto, presumo que é a equipe do Hospital Broadmoor me dizendo que Debbie faleceu. Eu mantive minha palavra e me recusei a ter qualquer contato com ela. Recebi uma mensagem de voz recentemente que tenho certeza de que era dela, mas era impossível entender o que estava dizendo. Sua doença deve estar tão avançada agora que, quando ela fala, é difícil entendê-la. Ela está ficando presa dentro de si mesma e merece cada momento desse inferno na Terra.

Mia me perguntou uma vez como vou me sentir quando ela morrer. Aliviado? Sim. Arrependido? Não mesmo. Vou sentir falta dela? Não. Eu lhe perdoo por aquilo em que me envolveu quando era criança? Também não. Ela roubou minha família biológica, minha infância e minha normalidade.

Refleti muito sobre isso ao longo dos anos e ainda não entendo seus limites quando me levava para matar. Ela insistia que me juntasse a ela para rastrear as crianças que ela escolhia, e às vezes era meu dever atraí-las para o nosso carro. Esperava que ajudasse a enfiá-las nas malas, organizar o local em que as malas eram posicionadas e, então, observava enquanto ela escapava para esse estado mortificado de transe, olhando para elas.

Mas nunca me permitiu vê-las morrer. Ela me obrigava a olhar para a frente no banco do passageiro, os olhos fixos no porta-luvas, o único som que ouvia era o de sapatos raspando contra os assentos de couro, enquanto lutavam para se libertar de seu aperto intenso.

Talvez ela não quisesse compartilhar seu ritual ou, à sua maneira distorcida, poderia estar tentando proteger o que restava da minha inocência ao não me permitir testemunhar a conclusão de nossa tarefa. Ou talvez ela estivesse discretamente envergonhada por não conseguir se controlar.

Não posso dizer como sabia, mas sempre estive ciente de que o que estávamos fazendo era errado. Nunca gostei tanto de ir a essas viagens com ela quanto ela gostava de me levar, mas ia porque a gente faz o que os pais pedem. Como ela, convenci-me de que estávamos fazendo algo de bom para ajudar aquelas crianças a escapar de sua infância de merda. Mas, quando fiquei mais velho, percebi que ela estava se enganando ao pensar que estava fazendo isso por elas e não por si mesma. E eu não queria mais fazer parte disso. Não a denunciei porque, apesar de tudo, ela era uma boa mãe. Não houve um dia em que ela não tenha me lembrado do quanto me amava.

Com o passar dos anos, perguntei-me se ela ainda estava matando, mas nunca perguntei a ela sobre isso. Acho que não precisava saber. Também nunca perguntei ao papai. Assim como ele, fechei os olhos. Então, quando ela foi diagnosticada com sua doença, presumi que ela não era mais fisicamente capaz de fazer isso. Ela mal conseguia firmar as mãos ao redor de uma caneca, muito menos da garganta de uma criança.

Só depois de passar um tempo com minha mãe biológica, Lorraine, que posso ver que vida tão diferente que eu poderia ter tido. Não necessariamente a melhor vida, mas pelo menos uma vida normal. Lorraine não é perfeita e, se pudesse escolher qualquer mãe, ela não estaria no topo da minha lista. Mas não há pretensão com ela e, o mais importante, nenhuma manipulação.

Nós nos encontramos uma vez a cada dois meses — não com tanta regularidade como falei a Debbie. Sei que Lorraine gostaria de me ver com mais frequência, mas isso não combina comigo e cansei de colocar as mães em primeiro lugar. Ela é pegajosa, mas Mia e eu também somos com Sonny, nunca queremos perdê-lo de vista e acho que Lorraine sente o mesmo agora que me recuperou. Minha irmã mais nova, Gemma, e eu não temos mais um relacionamento depois que ela vendeu sua história e fotos nossas para um jornal.

Entro em uma rua sem saída e estaciono do lado de fora de uma placa que diz "Armazenamento e Depósito — Tarifas Competitivas". Pego a mala da parte de trás da van: ela pesa muito pouco. Sei quem está aqui dentro, então não precisei olhar seu interior quando o desenterrei do cemitério onde esteve enterrado por décadas antes de Dave se juntar a ele. Dentro está o corpo do meu irmão, o bebê Finn original. Na outra mão, carrego sua roupa embrulhada à vácuo, contendo um macacão perfeitamente preservado e um chapéu azul. Debbie explicou que era a roupa que ele vestia na noite em que morreu. Não posso deixar de pensar que sua morte foi uma fuga benéfica para ele.

Ela me disse onde encontrá-lo em uma carta. O cemitério não era usado oficialmente há cinquenta anos e, como não havia parentes vivos para se opor, vai ser transformado em um novo empreendimento habitacional. Debbie me implorou para transferi-lo e, enfim, concordei que ele merecia mais do que um túmulo sem identificação ou que ficasse sob o concreto. Então, alguns dias atrás, desenterrei a mala, as roupas e a urna do Dave e os trouxe aqui, onde podem permanecer juntos, longe da influência de Debbie.

A janela da porta traseira abaixa. "Posso ir também, papai?", pergunta Sonny.

"Tudo bem, mas não podemos demorar muito", respondo, antes de soltá-lo da cadeirinha e levantá-lo. Ele me ajuda a carregar a mala.

Mia e eu alugamos um contêiner neste depósito anos atrás para armazenar todas as nossas coisas quando estávamos nos mudando para o anexo. Mia não sabe que não devolvi as chaves. Dentro, digito minha senha em um teclado de segurança, e a porta se levanta do chão. Acendo as luzes fluorescentes e fecho novamente atrás de nós. Tiro um momento para examinar as prateleiras que instalei aqui. Há cerca de uma dúzia de malas sobre elas, malas vazias que estavam no armazém onde Dave morreu e que a polícia acabou devolvendo para mim. Mia não sabe sobre elas.

Ou que já preenchi duas.

Após o afogamento de George, minha primeira morte solo em território doméstico veio três meses depois, uma jornalista e escritora *freelancer* chamada Aaliyah Anderson, que não nos deixava em paz. Lembrei-me dela por conta da chamada falsa da caldeira alguns anos atrás. Suas primeiras abordagens foram educadas, pedindo nossa ajuda com um livro que ela planejava escrever sobre Debbie e Dave. Mia e eu recusamos. Mas ela foi persistente e começou a bater à porta de Emma e Mia, abordando-as na saída da escola, oferecendo ameaças veladas de como não pouparia palavras em relação às duas a menos que falassem com ela. Uma carta de nosso advogado, ameaçando uma ordem de restrição, caiu em ouvidos surdos. E, quando ela apareceu na minha casa, me encontrou sozinho. Desta vez, ela foi convidada a entrar.

Então, há uma semana, enchi uma segunda mala com a amiga de Mia, Lorna Holmes. Eu estava na sala dos pais de Mia brincando com Sonny quando as ouvi conversando na cozinha. Lorna estava tentando convencer Mia, que estava hesitante, a não me dar outra chance, lembrando-a de que seria apenas uma questão de tempo até que eu a traísse, mentisse ou machucasse outra vez. Ela disse que Mia estaria melhor com aquele policial, Goodwin, o que me pegou de surpresa, pois, quando lhe perguntei sobre ele no passado, Mia assegurou de que não tiveram mais contato.

Conversei com Lorna logo depois para convencê-la a mudar de ideia. Em vez disso, ela jurou que, nem que fosse a última coisa que fizesse, tentaria me manter longe de Mia. Não queria que isso acontecesse, mas perdi a paciência e *foi* a última coisa que ela fez. Ela agora é uma pessoa oficialmente desaparecida, e os pais de Mia e Lorna estão preocupados com sua segurança, especialmente com seu histórico de anorexia e automutilação. Não há mais nenhum mal que possa acontecer a ela, agora que todos os seus membros estão separados no interior de uma mala.

Há uma terceira esperando para ser preenchida e tenho uma ideia de para quem estou guardando. Baixei um aplicativo "invisível" no telefone de Mia, que me permite ler todas as mensagens de texto que envia e recebe no meu próprio dispositivo. Aquela cobra do Goodwin ainda está à espreita, deixando bem claro que seu interesse por ela é menos do que profissional. Ela não disse "não" a ele, mas também não disse para ele se afastar. Ela é tentada por ele, posso dizer, e isso me preocupa. Esforcei-me muito para conseguir minha esposa de volta para que ele ficasse no caminho. Tenho o endereço dele e, se for necessário, vou fazer uma visita.

"Pode abrir, papai?", pergunta Sonny, apontando para três malas no final do corredor, separadas das outras.

"Só uma, já que estamos ficando sem tempo", digo e faço as combinações na fechadura para abrir. Coloco no chão, e ele abre a tampa ansiosamente como se estivesse desembrulhando um presente de Natal.

Dentro, há quatro crânios humanos que pertencem aos donos de várias casas para onde os pais de Debbie se mudaram e mataram. Toda vez que o trago aqui e mostro a ele, ele fica tão fascinado como se fosse sua primeira vez.

"E eles estavam dentro da cabeça das pessoas?", ele pergunta com espanto pela milésima vez. Ele pega um e o segura contra a luz.

"Isso mesmo."

"Conta de novo o que aconteceu com eles."

"Eles eram pessoas más que fizeram coisas horríveis, então sua bisavó e seu bisavô deram um jeito para que não fizessem isso de novo."

"As pessoas eram tão ruins quanto o Scar de *O Rei Leão*?"

"Isso mesmo."

"E quanto ao Hans de *Frozen*?"

"Eles eram ainda piores do que Hans."

"Nossa, uau. Eles eram realmente malvados."

"E o que fazemos com as pessoas malvadas?"

"Nós punimos!", ele responde com entusiasmo.

Eu era apenas alguns anos mais velho do que ele quando fiquei fascinado pelas diferentes formas, tamanhos e texturas de todos os doze crânios nesta e em outra mala. Eu os encontrei por acaso escondidos em caixas na garagem dos meus pais. Mas, quando perguntei a Debbie a quem pertenciam, ela não mentiu para mim como acabei de mentir para Sonny dizendo que pertenciam a pessoas más. Ela me contou sem rodeios, mas me avisou para não contar a mais ninguém, nem aos meus amigos, aos meus professores nem a Dave.

Passava horas brincando com eles, alinhando-os e conversando com eles, imaginando que estavam me respondendo, fingindo que eu era o professor e eles eram os alunos, vestindo-os com óculos escuros e chapéus ou os enrolando em lenços para que não ficassem com frio. Nunca perguntei ao papai se sabia da existência deles, ou se eram outra coisa que ele convenientemente ignorava em troca de uma vida mais fácil.

Olho para o meu relógio — é hora de sair. Ajudo Sonny a guardar os crânios e digo que podemos voltar em breve, mas só se ele prometer outra vez não contar a ninguém, especialmente à mamãe. Lembro que é o nosso segredo e que, se Mia descobrisse, ele seria enviado de volta para a Noruega e nunca mais viveríamos juntos como uma família. Ele odeia a ideia de que isso aconteça.

Desço a porta, tranco e voltamos para a van. Então, continuo a seguir as instruções do GPS para ver a nossa nova casa em potencial. De repente, lembro-me da mensagem de Mia de mais cedo.

Sei que é bobagem, mas não se esqueça de verificar o sótão.

Tenho certeza de que vai estar tudo certo, respondo.

Sua resposta imediata: *Finn, pegue leve comigo.*

É claro. Amo você.

Ela responde com um emoji sorridente e um beijo. Não é bem um *também amo você*, mas vou reconquistá-la por fim.

"Não pode mandar mensagens enquanto dirige", repreende Sonny.

"Desculpe", respondo e largo o telefone. "Certo, vamos ver esta casa?"

"Vamos!", ele exclama.

"E não se esqueça de dizer à mamãe o quanto você a adorou e que quer que todos nós vivamos lá juntos, combinado?"

"Combinado."

"Estou falando sério, Sonny. É muito importante."

"Se a gente comprar, pode ter outro cachorro?"

"Vai depender de você e como vai fazer com a mamãe. Não tenha medo de chorar um pouco se precisar."

Isso me faz lembrar de Oscar, seu animal de estimação norueguês, que trouxemos de volta para a Inglaterra conosco. Sonny ficou com o coração partido quando pensou que o cachorro havia fugido do jardim de seus avós semanas depois e, como eu esperava, veio para sua mãe e para mim em busca de conforto. Ninguém sabe que peguei o cachorro e o deixei amarrado a uma árvore a alguns quilômetros daqui. Vi em um grupo local no Facebook que alguém o encontrou e o acolheu. Sei que não foi culpa do cachorro, mas foi George quem deu a ele, não fomos nós. E toda vez que passeava, alimentava ou acariciava aquele animal, lembrava-me demais da vida de Sonny sem sua mãe e seu pai. E preciso que todos nós esqueçamos esse período de sua curta vida o mais rápido possível.

Esfrego sua cabeça. "Papai!", ele reclama e hesito quando percebo que essa é a primeira vez que me chamou de papai e não de *pappa* desde que voltou para casa.

Eu amo essa criança como nunca amei nada neste mundo, nem mesmo Chloe. Talvez seja porque ficamos separados por tanto tempo que me ressinto de estar longe dele mesmo que por uma noite. Ou talvez queira que tenhamos o relacionamento que Dave e eu nunca tivemos.

Mas uma coisa é certa. Não vou manipulá-lo como deixei Debbie me manipular. Vou lhe ensinar a ser independente, a seguir seu próprio caminho e a se proteger de qualquer coisa que ameace interferir nisso. Só se ele estiver em risco vou intervir e fazer o que for necessário para protegê-lo, como qualquer pai decente faria. Nunca mais vou decepcioná-lo.

Ainda estou ligado a Debbie e sempre vou estar, mesmo que não seja mais seu filho. Não digo a ninguém que uma pequena parte dela se agarra aos meus cantos mais sombrios e molda minhas decisões. A única coisa pela qual tenho que agradecer a ela é por me ensinar a matar sem remorso. Quando você faz por um motivo, faz sem peso na consciência. Posso ter me sentido culpado pelas crianças que ajudei a encontrar, mas não pelas vidas que tirei desde então. Suas lições e seu carinho por mim vão me ajudar a proteger Sonny. Mas prometo que não vou envolvê-lo no que faço como Debbie fez comigo.

Não até que ele seja muito mais velho do que é agora. Não até que ele esteja pronto.

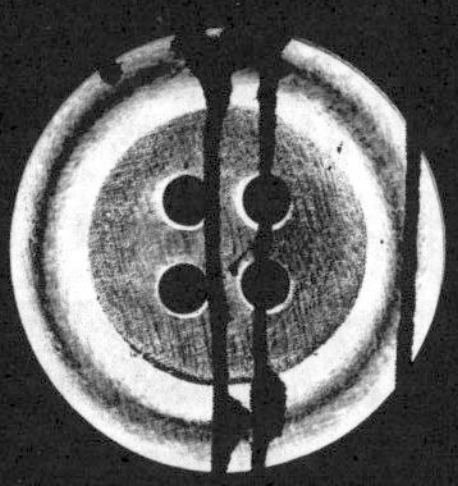

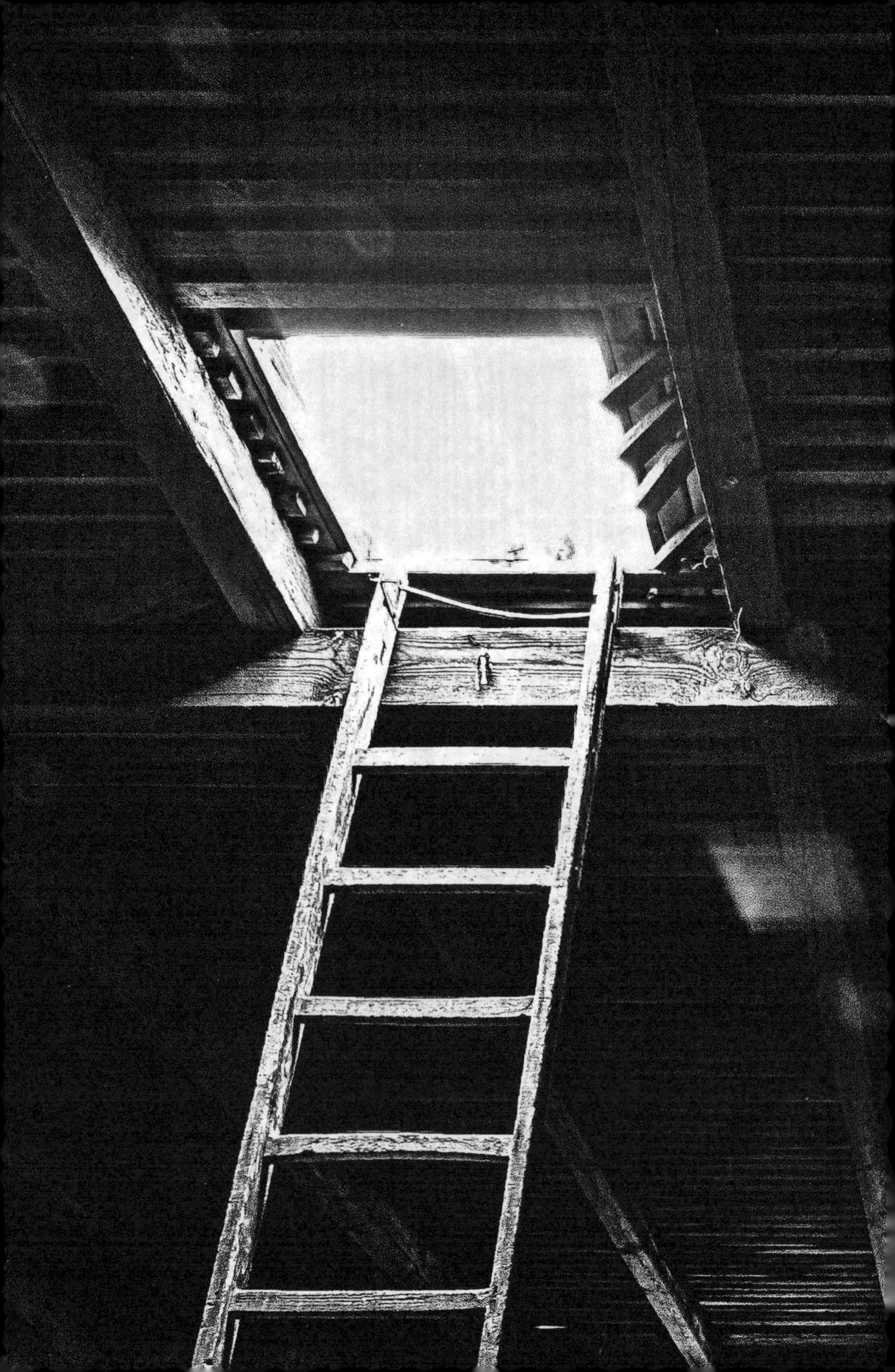

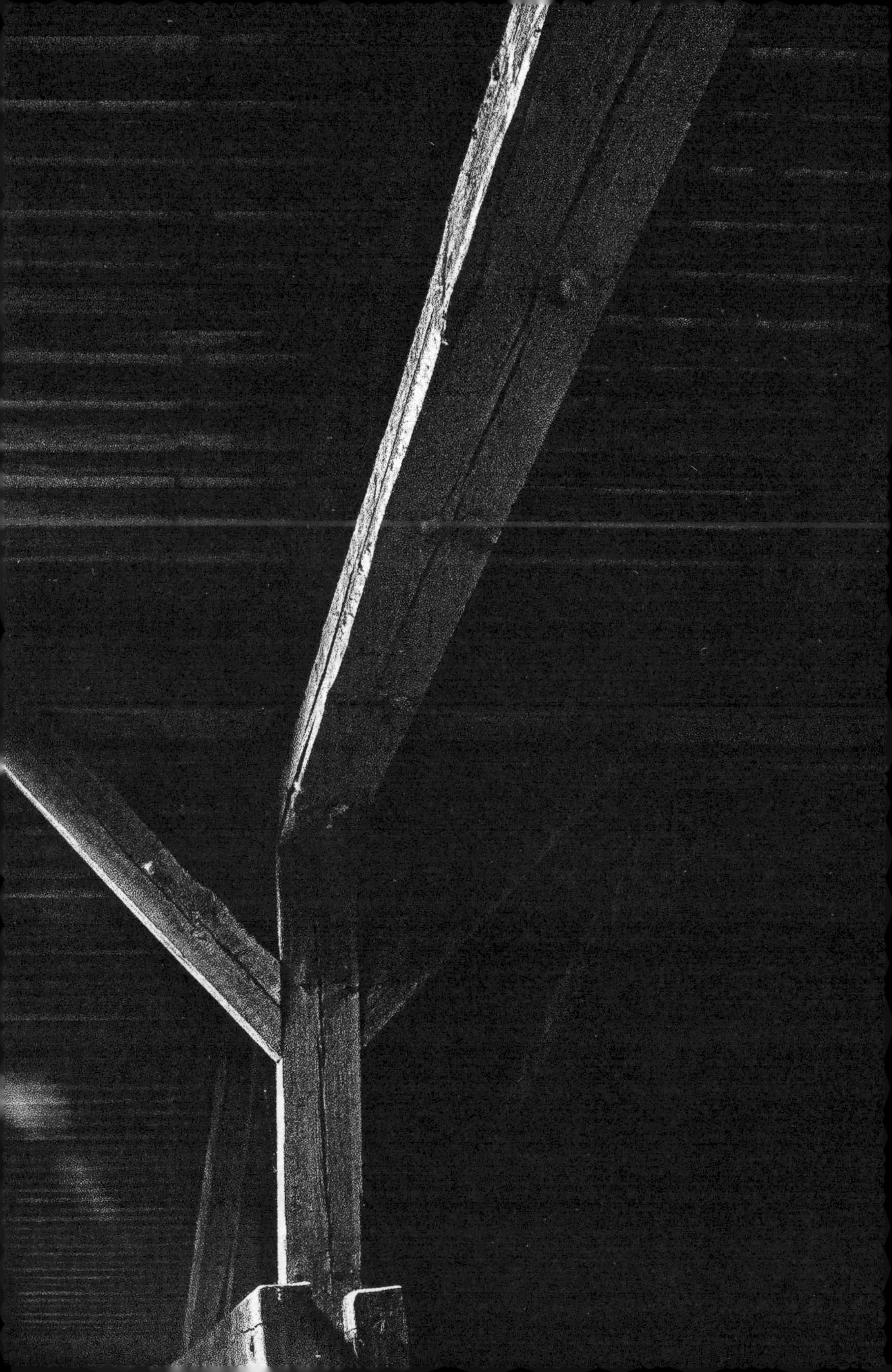

AGRADECIMENTOS

Este é o meu nono romance e o primeiro em que a ideia central veio a mim em um sonho. (Você não gostaria de estar na minha cabeça nos melhores momentos, muito menos à noite e no escuro...) Lembro-me de acordar por volta de 1 hora da manhã e ditar o máximo do que conseguia me lembrar no meu telefone, tentando não acordar meu marido. Meu subconsciente parou quando chegamos às malas no sótão, então tive que descobrir conscientemente o resto.

Minha lista de agradecimentos começa com John Russell, por tentar manter Elliot e Oscar longe de meu escritório enquanto escrevia. Às vezes, falhava e resultava em vocês três brincando com Thomas, o trenzinho, e outros brinquedos enquanto eu estava sentado de costas para vocês, escrevendo sobre cortar corpos para guardar em malas.

Há muitas pessoas que ajudaram com este livro. Gostaria de agradecer à escritora e investigadora Kate Bendelow, além de Christopher Allen da GL Law. Minha gratidão também vai para Benjamin P. Swift e dra. Katherine Brougham, Jo Richardson, Mark Williams, meu ex-editor Jack Butler, RIP (ele não está morto, apenas mudou de editora), juntamente com meus editores atuais Victoria Haslam e David "Interstitial" Downing, Sadie Mayne, Gemma Wain e todos na Thomas & Mercer e na Amazon, incluindo Nicole Wagner e Eoin Purcell. Obrigado por seu apoio contínuo em cada um dos meus livros.

Agradeço também pelo apoio constante à minha mãe, Pamela Marrs, a rainha das notícias Kylie Pentelow, Darren O'Sullivan, Louise Beech, Carole Watson, Wendy Clarke, Emma Louise Bunting, Mark Fearn, Bob Gadsby-Fowler, Rosemary "Mother" Wallace, Denise Stevenson, Michael Bartowski, Kate Thurston, Caroline Mitchell e Gabby Gibson. Agradeço também a Mark "Mr. Pinnaple Head" Goodwin por me emprestar seu nome. Desculpe por nunca ter tido uma chance real com Mia. E, como sempre, a Tracy Fenton por uma de suas melhores participações até agora.

Uma enorme gratidão vai para meus antigos colegas de Chron, Richard Edmondson e Sergio Di Rienzo, por sua inestimável ajuda em me guiar por uma cena de crime. Quaisquer erros processuais cometidos pela polícia nesta história são minha responsabilidade.

Para abordar a escrita de alguns desses personagens e suas emoções, li *Love as Always, Mum*, de Mae West, filha de Fred e Rosemary West.

Como sempre, agradeço aos criadores de conteúdo literário em blogs, no Twitter, no Instagram, no TikTok, no Facebook e no Snapchat por comentarem sobre meus livros.

Por último, mas não menos importante, aos meus fiéis leitores. Vocês, almas sombrias e horripilantes, estão comigo há dez anos e, por isso, agradeço do fundo do meu coração frio e impiedoso.

JOHN MARRS é autor e ex-jornalista de Northamptonshire, Inglaterra. Após passar sua carreira entrevistando celebridades da televisão, cinema e música para vários jornais e revistas nacionais, ele agora se dedica à escrita em tempo integral. Saiba mais em johnmarrsauthor.co.uk.

CRIME SCENE
FICTION

DARKSIDEBOOKS.COM